"PANDORA"　BY ALICE B. WOODWARD

私の太宰治論

浅田高明
Asada Takaaki

文理閣

目次

第一部　私の太宰治論　7

一　『畜犬談』余録　9
二　〝風に藤波さわぐ時〟　17
三　『パンドラの匣』　28
（1）私の実証的『パンドラの匣』論　28
（2）『パンドラの匣』題名考　52
（3）『雲雀の声』と『パンドラの匣』のタイトル再考　66
（4）『パンドラの匣』《つくし》のモデル　79
（5）『パンドラの匣』に描かれた女性像　87
（6）『木村庄助日誌』「巻四」と「巻五」　93
（7）『木村庄助日誌』「巻四」と「巻五」（続）　111
（8）『パンドラの匣』の原資料『木村庄助日誌』発刊に寄せて　130

(9) 希望と再生の物語―復刻版『パンドラの匣』を推す　144
(10) 映画「パンドラの匣」のモデル孔舎衙健康道場　146
(11) 「パンドラの匣」映画化にかかわって　149
四　師弟の愛憎―井伏鱒二と太宰治　151
五　オリオンの星は燦めく―太宰治・晩年における或るエピソード　197
六　長篠康一郎先生を偲んで　239
付　三鷹時代における太宰治の使用薬剤
―追跡調査に基づく一考察（山本貴夫との共著）　252
○太宰治研究関連業績（著書、論文、講演、その他）初出一覧　272

第二部　私の体験的作品論

第二部　私の体験的作品論　287
一　遠藤周作『海と毒薬』―その実相と分析の試み　289
二　「あの夏―60年目の恋文」をめぐる追想の前・後日譚　331
三　川端康成『山の音』の背景としての昭和の戦争と戦後史　354
四　焼夷弾と模擬原爆　空襲被災体験―その検証と考察　419
五　補遺　神谷美恵子抄　477
○初出誌一覧　514
あとがきに代えて　515

第一部　私の太宰治論

一　『畜犬談』余録

世はまさにペットブームである。天下泰平の証拠であろうか。

戦争があった半世紀余り前の昔、人は家畜の餌どころか、己の食うものにさえ事欠いていた。軍馬、軍犬、そして鳩までもがこぞって戦場に駆り出されていたことを想えば、先ずは喜ぶべき社会風俗現象なのかも知れない。

ところで、女房に先立たれた当初、ずっと侘びしいやもめ生活に明け暮れていた私を見た幾人かの知友たちは皆決まって、異口同音に〝何かペットでも飼ってみたら……、少しは気がまぎれて心も晴れるだろうから……〟とのアドバイスをしてくれた。耐え難い喪失の悼みを癒やすのに、またもやいずれ死んでゆく生き物にすがる、精神医学や心理学の方では、それを代償や変形、あるいは置き換えなどと言うそうだが、同じ生き物ならやっぱり人間様の方が……、とつい口に出しそうになって、ぐっとこらえ言葉を呑んだ。そんな適当な人がおいそれと直ぐ見付かる筈もない、苛酷な運命はまともに受容し、自ら打開、解決の手立てを模索し、試練の道を少しずつ踏み固めながら歩んで行くというのが常からの私の信条、痩せ我慢と言われようが、ええ恰好しいと言われようが、とにかく強情だ

け は貫き通し続けて今に至っている。

だからおよそペットと名の付くものも、犬、猫、鳥や魚の類まで、女房の死後はおろか生前からも、一切、飼ったためしがない。もっとも子供が小さかった頃（多分、理科や生物の実験・観察か何かだったのだろう）、ほんの暫くは時たま頼まれて、彼女らが飼っていた金魚やひよこの餌をやるくらいのことはした覚えが微かにあるが。

ペットだって長く飼っていれば、それ相応の愛情も湧き、死んだ時のことを考えるととてもかわいそうで堪らない。そんなことは別にペットに限らず、人間を含めてすべての生き物に当て嵌まること理屈にも何にもなっていない。正直なところ、やっぱり飼うのが面倒で、世話をするのが億劫なのである。つまりは只のものぐさ、不精者というのが、決して動物を飼わない最大の理由にして偽らざる本音と言うことになるのだろうか。

只今は己独りの毎日の生活のこまごまとした雑事に四苦八苦し、自分の身体一つをさえ持て余し、碌にその遣り繰りの後始末が出来ずいつも難行苦行の有り様だから、なお更そんな余分な生き物の世話などという、大層、手間のかかることは平に御免を被りたいのは申すまでもない。

閑話休題、かつて私が或る雑誌の編集子から与えられたテーマに、《動物の出てくる太宰治の作品について》と云うのがあった。

川端康成や志賀直哉など動物好きで通っていた作家とは、全く、対極的、事実、一時は彼らへひどく楯突いたことでも有名な無頼派の太宰治とペットという取り合わせなど、余り似つかわしいとも思えない。
彼もまた私同様、大のものぐさで、聞きしにまさる面倒臭がり屋だった。そんな太宰が、飼い犬を扱った短篇を一つだけ書いている。彼が甲府で新婚生活に入って間もない頃、雑誌『文学者』の昭和十四年十月号に発表した作品「畜犬談」である。

主人公の《私》は、日常、犬が恐ろしくて大嫌いなのだが、友人が噛み付かれたことを知るに及んで、その憎悪は頂点に達する。

けれども町中いたるところ、やたらに跳梁跋扈する多くの野犬の群れに遭遇しては、とても用心し切れるものではない。《私》は難渋、苦心のあげく、遂に甚だ拙劣、無能極まる、窮余の一策を案出する。犬にはいささかも敵愾心のないことを示して、迎合の面持ちに終始し、すべからくお追従笑いを浮かべ、無邪気に童謡などを口ずさんで見せて、ひたすらご機嫌をとることにしたのである。

ところがかかる画策の結果、皮肉にも《私》は却って犬に好かれる破目になってしまう。

ある早春の夕方、近くの練兵場へ散歩に出懸けた際、付いて来た一匹の小犬が、いくら追っても帰らずしまいには家に住み込んでしまった。軟弱外交の故に、ポチなどと呼んで親切に育ててやっていたが、だんだん不様な姿に生長してゆくにしたがって、いよいよ野犬の本性を暴露し、いろいろ悪戯したり、よその犬と喧嘩格闘をおっ始めたりし出す。しかるに一匹の大きなシェパードに挑みかかって、殆ど相手にされず無残な敗北を喫してからは、卑屈なほど柔弱な様相を呈するように変わってきた。

夏になって、《私》は、東京・三鷹村に新築中の小さな借家に引っ越すことになったのを機会に、ポチをそのまま置き去りにしてゆくことに決めた。が、ちょうど家主へ転居の時期を問い合わせている最中に異変が起こった。

ポチが皮膚病にかかったのである。症状は悪化の一途を辿り、炎熱とともに悪臭を放ち、その惨状は眼をそむけ、形容をはばかるようになってきたのである。折悪しく竣工が少し遅れるとの家主からの返事が来たことも手伝って、我慢も限界に達し、とうとう犬を殺すことになった。

ある朝、《私》は、ポチを散歩に連れ出し、薬屋で求めてきた少量の薬品を混ぜた肉を食べさせて毒殺を試みるが、生憎、薬が効かず、計画は失敗に終わる。面目無げに、首を垂れて付いてくるポチを伴って、家へ帰る道々、《私》は、〝芸術家は、もともと弱い者の味方で、友達なんだ。芸術家にとって、これが出発でまた最高の目的なんだ。こんな単純なことを僕は忘れてゐた〟と反省、悔悟する。そうして《私》はポチを、断然、東京の新居へ一緒に連れて行こうと決意するのである。

美知子夫人や親しかった先輩作家・山岸外史によれば、太宰は、実際、平素から犬に対して呆れ果てるくらい臆病で、異常に極端な恐怖心を抱いていたらしい。その彼が懐柔策に失敗したばかりに、逆に犬へ愛情を感じ始め、やがて飼うことになるまでの顚末を、何とも言えない滑稽味をもって、自嘲、自虐的に戯画化、表現したのがこの作品である。太宰自身、後になって再録本の「あとがき」に、わざわざ〝憤慨もまた度を越すと、滑稽に止揚するものらしい〟と記しているのも、うべなるかなである。

ともあれ、一般にこの作品は、作者太宰治の凶暴や粗野、理不尽あるいは欺瞞などの諸概念を包含する強者社会への違和、嫌悪、敬遠、はたまた心ならずもの妥協、服従の念、そしてそれにことごとく相反する弱者社会への親近、共感、憐憫の情を描いたパロディの構図だと評されている。

昭和八年、処女作『思ひ出』を引っ提げて文壇へデビューして以来、非合法運動へのシンパ活動、心中未遂騒ぎや、胸部疾患、麻薬嗜癖など、様々な閲歴に関する世間からの指弾と忌避、非難の中で、太宰は不安と錯乱の果てに、底無しの人間不信へ陥らざるを得なかった。

しかし昭和十四年初め結婚、それまでの混乱から抜け出して家庭生活に入った彼に、ようやく心身共に安定した平穏の時代が訪れたのである。少なくとも愛と信頼に根差した希望の光のようなものが見え始めて来たことだけは確かだっただろう。たまたまその頃に書かれたのが、この『畜犬談』の物語だった。それ故にこそ、太宰はいわゆる前期の思想信条を必ずしも完全に超越、克服したとまでは言えない結婚以後の、中期における転向、妥協的色彩の濃い生活態度に対する彼自身の自嘲と逡巡の有り様を、独得のユーモア手法を使って諧謔を交え、比喩的に語らざるを得なかったというわけである。

更にもう一つ、この作品では愛情に係わる女性心理への太宰特有の見解が、問わずして語られているように私には思えてならない。

執筆当時を回想して、美知子夫人は、

犬嫌いの彼がある日、後についてきた仔犬に「卵をやれ」という。愛情からではない。怖ろしくて、手なずけるための軟弱外交なのである。人が他人や動物に好意を示すのに、このような場

合もあるのかと、私はけげんに思った。（中略）
　これは他への愛情ではない。エゴイズムである。彼のその後の人間関係をみると、やはり、「仔犬に卵」式のように思われる。がさて「愛」とはと、つきつめて考えると、太宰が極端なだけで、本質的にはみなそんなもののようにも思われてくる。

と述べておられる。だが、一概にそうとばかり言えるだろうか。何よりも作品『畜犬談』そのものに当たってみよう。
皮膚からの悪臭ふんぷんたるポチにまいってしまって、最初に殺そうと言い出したのは、他でもない当の夫人、《家内》の方だったらしいのである。

　「ご近所にわるいわ、殺してください。」女はかうなると男より冷酷で、度胸がいい。「殺すのか。」私はぎよつとした。「もう少しの我慢ぢやないか。」（中略）「とつても、我慢できないの。私まで、むづ痒くなつて。」家内は、ときどき私に相談する。「なるべく見ないやうに努めてゐるんだけれど、いちど見ちやつたら、もう駄目ね。夢の中にまで出て来るんだもの。」「まあ、もうすこしの我慢だ。」がまんするより他はないと思つた。
　続いて、一夜、普通なら逆立ちしても出来っこない決心を、酷暑と退屈と焦燥と不眠の坩堝の発狂状態のせいで、已む無くしてしまった《私》は、翌朝早く、掛けて置いた目覚まし時計も鳴り出さぬ先から目覚めてしまい、平然として〝おしまひまで見てゐないですぐお帰りになるといいわ〟と、のたまう《家内》の声に送られて家を出る。が、数刻の後、その《家内》は危うく難を逃れて再び帰宅したポチに、二つも卵をやれと命じた《私》を、いとも浮かぬ顔で出迎える結末になってしまった、犬殺し事件失敗談のいきさつが述べられている。

ここには先の美知子夫人の言とは又、多少異なった、太宰の思惑がシニカルに語られている。

元来、太宰治には、幼少時の生育環境での母親不在状況に原因があると考えられる男性（大人）社会への自立、発達阻害・遅延が認められ、女性への依存、渇仰、親近感が著しい一方で、必ずや反発、嫌悪、恐怖感も併存し、愛憎のアンビバレンスが特徴的であると言われている。

したがって、彼の文学に現れる女性像にも、例えば『津軽』のたけさんに代表されるような優しさ、暖かさ、穏やかさを兼ね備えたタイプと、『お伽草紙』の「カチカチ山」の白兎に見られる強さ、厚かましさ、残忍さなどを持ったタイプの両者が常に登場してくる。さしづめ本作品の犬殺しの発案者である《家内》も又後者に属し、戦後における『ヴィヨンの妻』の椿屋のさっちゃんや、『斜陽』のヒロインかず子の示すバイタリティの世界へも繋がるものと看做してよいだろう。

ところがである。後年、美知子夫人が語られた、

散歩の帰りに小犬がついてきたことはありますが、犬を飼ったこと、ましてその毒殺を企てたことなど全くフィクションです。太宰はよくおもしろおかしい話を聞かせて周囲のものを笑わせる人でした。このユーモアに富んだ小説は作者のそういう明るい一面を現わしています。

という楽屋裏のお話を耳にするに及んでは、又しても太宰に一杯喰わされたと地団駄踏んで大いに悔しがる落ちに終わらざるを得ないのである。

二　〝風に藤波さわぐ時〟

〝……野べも山べも新緑の
　　風に藤波さわぐ時……〟

うつらうつらしながらの寝入りばな、枕許のラジオから聞こえてきたアナウンサーの声に、私は思わず耳をそばだてた。確かにどこかで聞いた、いつか何かで見たのと同じ歌詞だ、と思ったからである。

年齢を重ねると、だんだん夜も眠れなくなってくるし、寝付きも悪くなる。私にはもともと不眠症の気があるから、余計にそれがひどい。ＮＨＫの「ラジオ深夜便」という高齢者向けの夜間放送があって、いきおい近頃は、そのお世話になる機会も多くなってきている。

この「ラジオ深夜便」は、平成十年十月十四日、《中高年層向けの深夜番組の定着》の功に対して、制作スタッフ一同が第四十六回菊池寛賞（日本文学振興会主催）を授賞され、その贈呈式が十二月四日の晩に行われたらしい。

たまたま聞いたのが、頭書に挙げたその翌五日（土）深更、午後十一時半過ぎの放送番組の一部だったのである。終末土曜の夜から日曜朝にかけては、いつもベテランの宇田川清江アナウンサーが、ほぼレギュラーに担当なさっている。その夜は、園芸研究家・鳥居恒夫と「花を楽しむ」という対談をなさっていたのだが、私が気付いた時には、残念ながらお二人の話も、大方終わりに近付いていたため、それがどのような内容だったかは殆ど知ることが出来なかった。早速、宇田川アナウンサーへ手紙を書き、二度にわたって、件の放送の、植物づくしの歌詞が出てくる内容の詳細、すなわちその出所と由来をお尋ねしたのである。

直ぐ親切なお返事をいただき、出所は戦前の国定教科書、第二期の国語読本「巻八」に掲載されている《花ごよみ》であることが判明し、そのコピーも送ってくださった。

そこで直ちに図書館に走り、『日本教科書大系（国語）』を開いて、関連の知識を仕入れると共に、その頃オープンしたばかりの京都市学校歴史博物館や、翌平成十一年六月上京したついでに、北区王子、都電荒川線沿線の「東書文庫」を訪れて更に詳しく調べた上、又古い教科書の実物を手に取って眺めたりすることも出来た。

もくろくの第十一、三十四〜三十七頁に細密な線画風の挿絵入りで、その歌詞が載っている。

花ごよみ

年のはじめの福寿草、
黄金の色の暖かく、

つゞいてかをる梅が香に、
うぐひす
　鳴かぬ
　　里もなし。
ひなの祭の桃の花
ほころびそめて、山々の
桜も咲けば、梨・すもゝ
　　皆一時に紅白の
　　　花のながめの
　　　　うるはしさ。
野べも山べも新緑の
　風に藤波さわぐ時、
　　池水にほふかきつばた。
垣根にからむ朝顔の
さきかはりつゝいさぎよく、
　にごりにしまぬ白蓮の
　　巻葉をもるゝつゆ涼し。
夕暮に咲く月見草、

月見のころも近づけば、
萩のうねりにやどる玉、
ききやう・かるかや・をみなへし、
　秋の草花多けれど、
　　中にも君の千代八千代
　　　祝ふや菊の花の宴。
いつしか木々もうらがれて、
さびしきにはのさざん花や、
　北風寒きやぶかげに、
　　びはの花咲く年の暮。

正月から始まって年の暮まで、四季折々の草花と樹木十八種がそれぞれの季節ごとに鳥、風、水、露、月などと一緒に、里、野、山の風景や年間行事の中に、実に美しく謳い込まれている。

ところで、いったい何故私がかくもこの〝風に藤波さわぐ時〟の歌詞にこだわるのか？　以下、いよいよ本題に入って少しその理由を述べてみたい。

太宰治の名作『津軽』には、彼が友人と連れ立って訪れた本州最北端・竜飛岬の宿に一泊して、目覚めた朝の情景が次のように記されている。

翌る朝、私は寝床の中で、童女のいい歌声を聞いた。翌る日は風もをさまり、部屋には朝日がさし込んでゐて、童女が表の路で手毬歌を歌つてゐるのである。私は、頭をもたげて、耳をすました。

せッせッせ
夏もちかづく
八十八夜
野にも山にも
新緑の
風に藤波
さわぐ時

私は、たまらない気持ちになつた。いまでも中央の人たちに蝦夷の土地と思ひ込まれて軽蔑されてゐる本州の北端で、このやうな美しい発音の爽やかな歌を聞かうとは思はなかつた。（中略）希望に満ちた曙光に似たものを、その可憐な童女に感じて、私はたまらない気持ちであつた。

何とも不思議な手毬歌である。昭和十九年五月、太宰治の津軽地方取材旅行時、かの地では本当にこんな童謡が歌われていたのだろうか？

太宰が宿泊した奥谷旅館で、その節、彼とも面識があった現女将の奥谷光江さんは今もご健在なので、彼女にいまだ若かった頃の記憶を呼び起こしてもらうことにした。

その結果は、ちょうど隣家に幼女が二人居て、あのような感じの童謡を歌っていたことだけは確かに覚えておられたが、その歌詞の詳細となると今ひとつ定かではないように見受けられるご返事だった。

さて、この童女の歌の出だしは、いわゆる手拍子取りの句、次に続くのは国定教科書（第一期）の『尋常小学唱歌（三）』（明治四十五年三月三十日発行）、すなわちあの懐かしい文部省唱歌に収載されている《茶摘》の冒頭部分である。だが、〝野にも山にも〟の次の本来ならば〝若葉が茂る〟となるべき箇所が、全く異なった詞句に変えられてしまっている。

そもそもルポルタージュ風の小説『津軽』が、決して純粋な実録でないことは、従来から太宰文学研究家の間ではよく知られた事柄である。したがって毬つきには些か不自然なこの手毬歌にも又、何か本歌取りの気配が感じられてならない。〝新緑の……〟以降のフレーズにもひょっとすると元歌があるのではなかろうか？　そんな疑問が、今まで常に私の脳裏にこびり付いて離れなかったのである。

睡魔に襲われてやや朦朧としていた意識の中へ、あたかもその脳波の波長にぴたりと共鳴したかのように、突如、ラジオの電波に乗ったアナウンサーの爽やかな朗読の声〝野べも山べも新緑の　風に藤波さわぐ時〟が、すーっと流れ込んできた。これだ！　これに間違いない！　瞬間、インスピレーションのような確信を得て、私はＮＨＫにお伺いを立てる仕儀に相成った次第である。

わが国で初めて国定教科書が使用されたのは、明治三十七年四月（第一期）であった。爾来、社会情勢や国家方針、並びに教育思潮の変遷に伴って、明治四十三年（第二期）、大正七年（第三期）、昭和八年（第四期）、昭和十六年（第五期）の度重なる改訂を経て敗戦を迎え、昭和二十二年の教育基本法、学校教育法成立による新時代の国定教科書（第六期）へと継承されてきたのである。

これら国定教科書の中、特に国語の本に関しては、小学校第一学年入学時の最初に用いる「巻一」冒頭の頁に因んで、それぞれ「イエ、スシ」読本（第一期）、「ハタ、タコ」読本（第二期）、「ハナ、ハト」読本（第三期）、「サクラ」読本（第四期）、「アサヒ」読本（第五期）と略称されていたことが、殊の外、懐かしく想い出される。因みに、例の《花ごよみ》が掲載されているのは、第二期の「ハタ、タコ」読本の「巻八」だけであり、他の時期ではいずれの巻にも全く出ていない。

後に作家太宰治となった津島修治は明治四十二年六月十九日生まれ、郷里青森の金木町立第一尋常小学校へ入学したのは大正五年四月だった。国語の時間で手にしたのは、当然、第二期の国定教科書「ハタ、タコ」読本であった。もっとも彼は幼少時から本を読むのが大好きで、字も兄姉たちの使ったお古の教科書で子守のたけから教わり、学齢期以前に特別許されて、時々、小学校へ通って教室内うしろ隅に与えられた机の前に坐っていたともいう。

後に学力補充のため、一年だけ通った金木町郊外の組合立明治高等小学校第一学年在学時の大正十二年二月四日、中学校受験準備課題綴り方の予習用読方帖に記した文章「僕の幼時」にも、

（前略）五、六才の時から僕は毎晩々々たけの所に行つて本を教はつたものだ。

始めはハタタコと一字々々に覚えて行くのは僕にとつては又たまらなく面白かつたのである。そ

して一、二ヶ月の間にどうやら巻一は読める様になつた。学校に入いるによくなつた頃にはもう
巻三にも手をのばし《ママ》様になつた。（後略）

とある。つまり小学校入学の際には、とくに第二学年用の読本も読めるようになっていたのである。ところで《花ごよみ》が載っている尋常小学読本「巻八」は、第四学年後期用である。その四年生に修治が進級したのは大正八年四月であるが、第三期の改訂本が出始めるのは先述のとおり、その前年の大正七年からであった。すなわち、その頃はもはや《花ごよみ》の載っていない「ハナ、ハト」読本の時代に入っていたわけである。けれども実際に新しい教科書が出来たのは、大正七年中には「巻一～三」、以後逐年的に、翌大正八年に「巻四～五」、大正九年に「巻六～七」、そうして大正十年五月にようやく「巻八」が発行されたのである。結局、津島修治たちの学年は、改訂された第三期の新しい教科書が間に合わないまま、六年間すべてそれまで通り、第二期の「ハタ、タコ」読本代用ですませたことになる。

　余談だが、先に挙げた中学校受験準備綴り方の予習用読方帖の大正十二年一月二十三日の頁に彼が記した「胃の失敗」と題する文章は、《花ごよみ》の載っている同じ読本「巻八」のもくろく第二十《胃と身體》（六十九～七十二頁）の内容が下敷きになっている。

　本の方の大意は、忙しく立ち働いている口・耳目・手足どもが、〝胃だけは何もせず、只座して食うだけではないか？〟と誤解したあげく、申し合わせてストライキを起こし食物を送り込むのを止めてしまう。結果、身体がだんだん衰弱、不調になってくる。そこで胃は食物を消化させて血液を作る

自分の役目を、彼らに説いてその考えの誤りを正し、今後は身体全体、皆お互いに仲良く助け合って暮らそうではないかと諭し聞かせる、というものである。

　ところが津島修治は、綴り方「胃の失敗」で、この口・耳・目・（手足に代えて）鼻と胃の立場を逆転させている。珍しいことを見たり聞いたり、あるいは美味しいものを嗅いだり食べたりしている目・耳・鼻・口に向って、今度は胃の方が怒って〝もうごみだめへ物を捨てるように食べかすを送ってよこすな〟と消化を拒み、死ぬ準備でもしておけと悪態をつく。しかるに身体は一向に衰えぬどころか、却って元気になってゆく。不思議に思った胃は、傍らの腸から代役を果たしていることを聞かされて深く後悔する、という風に話を作り変え、パロディ化させているのである。

　尚、この《胃と身體》は、第一期国定教科書以前の明治三十三年十月、冨山房より発行された、坪内雄蔵（逍遥）著の国語読本（高等小学校用）「巻三」の第五課《胃の腑の説諭》（三百四十九～三百五十頁）にその原型を見ることが出来、第三期の「ハナ、ハト」読本「巻八」の第二十五《胃とからだ》（九十九～百三頁）へ、文語体を口語体に代えて引き継がれている。

　更に又、一般にかのギリシャ古伝説とシルレルの詩から借材したとも言われる太宰中期の佳作『走れメロス』が、やはり彼のかつて習った明治高等小学校時代の教科書、高等小学読本「巻一」の第三課《真の知己》にあるピチウスとダモンの美しい友情と堅い信義の物語に、動機付けられていたのではないか？　という甚だ魅力的な学説があることも、参考までにここで触れておこう。

　いずれにしろ幼少時から人一倍感受性の豊かだった太宰治は、小学校で教わった教科書の片言隻語ですら、いついつまでも記憶に留め、後々、折に触れては己の習作や、文学作品などに生かしていったと思われる節が多い。

以上見てきた幾つかの例証事実から考えて、彼が《花ごよみ》の収載されていた第二期の国定教科書、尋常小学読本「巻八」で学んだことは毫も疑問の余地がない。

つまりこの『津軽』の手毬歌も又、取材時の五月に因んで、八十八夜の登場する小学唱歌《茶摘》を先ず選び、その〝野にも山にも〟に似通った《花ごよみ》の〝野べも山べも〟を仲介の句に仕立てることにより、次の〝新緑の風に藤波さわぐ時〟へとうまくジョイントさせた、太宰治流替え歌の一種と看做してよいだろう。

されば昔、彼が学んだ小学校の教材を巧みに援用して作ったが故に尚のこと、あの雪深い北辺僻陬に育ちながらも、種々、希望に満ち満ちていた幼少時の懐かしい思い出が呼び覚まされてきて、何とも堪らない気持になったのではあるまいか。

最後に、同じく《花ごよみ》中の〝夕暮に咲く月見草〟からは、太宰の作品『富嶽百景』中の名句「富士には月見草がよく似合ふ」を、そして〝風に藤波さわぐ時〟と、それに続く〝池水にほふかきつばた〟からは、やはり彼が死に臨んで友人の伊馬春部に遺した色紙にしたためられた伊藤左千夫の短歌「池水は濁りににごり藤波の　影もうつらず雨ふりしきる」が思い起されることも付記しておきたい。


【参照文献・資料】
（一）海後宗臣編『日本教科書大系　近代編第六～九巻　国語（三～六）』講談社、昭三八・一一・一〇～三九・一一・一〇。
（二）海後宗臣編『日本教科書大系　近代編第二五巻　唱歌』講談社、昭四〇・九・一五。
（三）太宰治『太宰治全集　第一二巻』筑摩書房、平三・六・二〇。
（四）小野正文『太宰治　その風土』洋々社、昭六一・一一・一。

三　『パンドラの匣』

(1) 私の実証的『パンドラの匣』論

はじめに

『パンドラの匣』は、京都の文学青年木村庄助から遺贈された療養日誌を資料として昭和十八年秋に書かれた作品『雲雀の声』を、敗戦直後になって、急遽、仙台の日刊紙「河北新報」の連載小説用に書き直したものである。

元来、結核性素因の色濃い家系に生まれ育ち、彼自身も罹患し療養体験も経た太宰治ではあるが、その主題に結核病や結核患者を扱った作品は殆ど見当たらない。『満願』や『葉桜と魔笛』などの作品にしても、そのテーマは、大概、登場する結核患者とそれを巡る人物たちとの交情や心理の描写にのみ的が絞られ、およそ結核病そのものに触れた小説とは言い難い。その意味でこの『パンドラの匣』こそは、太宰が手懸けた只一つの本格的結核小説と言ってよいかも知れない。

以下、本論で、ある結核患者から贈られた療養日誌つまり太宰治と同病の木村青年が一時期入所し療養に励んだ孔舎衙と亀島の健康道場にまつわる格好の素材を得て、彼が書き上げた作品『雲雀の声』と『パンドラの匣』、言わばあの結核猖獗の暗い時代と環境に明るく咲いた日輪草のような物語を通して、太宰木村、両者邂逅の奇しき運命の必然性みたいなものについて少しばかり述べてみたい。

もちろん、文学からは些か方向外の一医学徒の変則的な論考故、まともな作品論には遠く及ばないことを予めお許し願っておきたい。

一

そもそも結核は長らく絶対致死の国民病、殊に戦時中は若年層を襲う亡国病として恐れられていたにもかかわらず、敗戦前後からの抗生剤ストレプトマイシン登場によって病像一転、まさしく画期的な治癒経過を辿り、やがては激減消滅してゆくに至った極めて稀有、特異なる疾患である。

概してわが国の結核死亡者数は、人口動態や疾患の解析統計が整備され始めた明治中期以来、次第に増加上昇し、スペイン風邪大流行の大正七年に至って最高位に達した。

以後、結核予防法の制定公布、国公立療養所の新設拡充、結核病学会の設立、ＢＣＧワクチン開発による予防法の研究などが奏効、その死亡率は次第に減少低下傾向を来たしていたが、十五年戦争の開始時期、昭和七年ころから再び増加に転じ、戦争の激化に伴う食料や諸物資の不足、過酷な労働や劣悪な社会環境に、貧弱な衛生設備が拍車をかけた結果、はからずも小説『雲雀の声』が成った昭和十八年には、またまた先のスペイン風邪の年に次ぐ高値を記録した。いくつかの統計値が発表されているがその代表的なものは、大正七年には人口一〇万対約二四六〜二五三人、昭和十八年は同じく約二二六〜二三一人となっている。

戦乱により確実な資料把握が困難であった昭和二十年は、一応、推定として人口一〇万対二八二人という驚くべき数値が挙げられているが、戦後の化学療法が発達普及するや否や病勢俄かに衰え、昭和二十五年には同じく一四六人に減少、翌年以降長年占めてきた死因トップの座を遂に脳卒中に明け渡すことになった。因みに現在の死亡率は単に人口一〇万対二人前後であることを思い合わせると、まさに隔世の感を禁じ得ない。

二

かかる悲惨な蔓延状況下のちょうど戦中から敗戦前後、太宰はかねて文通のあった結核患者の木村青年に対し、いったいどのような関心を抱き、かつ彼の孔舎衙健康道場方式という通常ならざる療養所入所体験記にいかなる興味を感じて作品を綴っていったのだろうか。

およそ特効的な治療薬の皆無だった往時の肺結核は、余程の軽症でもない限り完全治癒は望むべくもなかった。一般にはかなり長期にわたって病状の沈静と再燃を執拗に繰り返す、いわゆる慢性感染症のタイプを示すのが常だった。

幼少期から既に結核の洗礼を余儀なくされていた太宰の場合を考えても、この公式は容易に当てはまるだろう。表面的には健康そうに見えても、ひとたび肺内に食い入った病菌はそう簡単に死滅するものではなく、体力の消耗に応じて病勢は悪化し、種々の呼吸器症状をしばしばもたらすのが通常の経過だった。

昭和十六年十一月中旬、文士徴用令に基づく身体検査による肺浸潤の診断、その前後の度重なる発熱や風邪症状、例えば昭和十六年十月二十三日付、昭和十七年七月四日付竹村坦宛書状、あるいは昭和十六年十月三十一日付、そして『雲雀の声』執筆中の昭和十八年十月十七日付山岸外史宛はがきの、

（前略）またもや、少し長い小説にとりかかり、今月末まで書き上げなければいけなくなつて、毎朝早く起きてやつてゐますが、一週間ほど前から風邪をひいて、仕事も難儀になりました。（中略）風邪がくるしいので、このごろは仕事がすむと、すぐに寝ます。（後略）

などの文面、及び昭和十九年四月二十日付小田嶽夫宛書簡内容はこの事実をよく裏書きしているように思える。このように頻発する難治性の風邪症状はずばり言って潜在化した遷延性、慢性の肺結核症状そのものであろう。

一方の木村青年もまた、後に結核死した祖父や姉妹を持ち、自らは昭和十二年秋の発病以来、長期療養の日々を送っていた。

昭和十五年十一月八日の日誌には、

（前略）自分では、病気が、快くもならず悪くもならず、い、加減なところにうろついてゐるやうに思つてゐるけれど、案外、知らぬ間に悪い方にどんどん進んでゐるのではないかしら、若しかしたら、近い中に死ぬ日が来るのではないかしら、そんな気がして、正直のところ、今日も、井出の保健所へレントゲンを撮りに行かうかと思ひ、母にもその予定を告げて置いたのだが、結局気が変つて、それは止めにしたとはいふものの、何かしら、さうした、死の影のやうな予感が、しきりにしてならない。別に、死ぬのも困ることはないし、むしろ、このまま死ねたら助かる、と思ふのだが、しかしそれまでには、何か、こくのある、纏つた、創作の仕事を残して置きたいものだと思ふ。何もせずに死ぬ。それも気持のい、ことだが、しかし、何か残すことが出来たら、それに越したことはない。残せるものなら、残したい。さう思ふ。

と記している。まさしくこの文面は、太宰治の昭和十七年十月十七日付高梨一男宛書簡の結末部分、「ナイテ血ヲハクホトトギスといふ気持です。来年は私も三十五歳ですから、一つ、中期の佳作をのこしたいと思ひます。（早く死にたくて仕様がねえ。）」の心境に相通じるものである。

かくのごとく日常から宿痾に悩み、体調の不具合に疲れ、同病相憐れむ間柄の二人であったからこそ、突如、届けられた単なる一ファンに過ぎなかった木村からの昭和十五年夏に於ける初書簡に対しても太宰は、

（前略）貴兄の文学が見込みがあるかどうかは、貴兄がこれから、もう五年、自重の御生活をなさつてから、お答へ致します。ちやんとお約束いたします。私も、それまでは生きて居ります。おからだが、おわるい由、ご恢復を祈つて居ります。欺かざるの日記を、おからだに無理でない程度に、書いて居られるとよい。（後略）

のごとき、一見、甚だ素っ気なく突き放したような、それでいて取り方によれば初めての返事としてはむしろ親身溢れたはがきを送ったのではなかろうか。加えてそのたった二カ月余り後の木村青年が変名を使って出した松田登宛に、知ってか知らでかは不詳なるも、

（前略）綴喜郡の青谷村字十六、木村庄助君が、いつも面白い長い手紙を私に下さいますが、ご存じですか？　ご存じでなかつたら逢つてごらんなさい。面白い青年のやうですよ。不乙。

と、もう既に木村との意気投合ぶりを手放しで教えてやっている。余程、太宰が木村の性格を気に入り、その人物に惚れ込んだ有様が彷彿としている。

この変名を使うことに関連して、木村は同年十一月三十日の日誌面に、

（前略）〝猿面冠者〟の中にあつた、〝風の便り〟の真似をして、太宰さんに、おもしろい葉書を、

書いた。差出人の名前は、〝風の便り〟とした。かういふ葉書を貰ふことは、太宰さんにも、きつと嬉しいに違ひない。私だつて、こんな葉書が貰へたら、どんなに嬉しいだらうと思ふ。だから、太宰さんだつて、嬉しいに違ひない。書き出しは、「私、べつに悪いことをするのでないから、わざと葉書に書くの。—なあんてね」

と書いている。作品『猿面冠者』中の男が、元旦の朝受け取った差出人名がない賀状の一枚(それにはやっぱり「私、わざと私の名前を書かないの。云々」と記されているのだが)について触れているわけである。作家を志してあれこれ思い悩んでいた当時の木村の、太宰へ寄せる屈折した心の襞が読み取れてなかなか興味深い。

日誌によれば、最初、木村は太宰からのはがきによる簡単な返事に、些か高望みの無いものねだりの感なきにしもあらずだが、決して満足ではなかった。だが、如何せんその作家的実力と人間的魅力には寸毫も抗い難く、次第に太宰への恋情の念を募らせていった。

彼は、同じく昭和十五年の暮も押し詰まった十九日の日誌に、

(前略)文学界の正月号を買つてきた。そして、太宰さんの、〝東京八景〟を読み、大いに感激した。大いに、力を得た。私は、長生きしよう、と思つた。生きられるだけ生きよう、と思つた。こゝ一月程前からの私は、—日記にはぼんやりしか書かなかつたが—しきりに、死ぬことを考へてゐた。自分を死に近付けるため、それとなく、心を払つてきた。最近では、はつきり、死

ぬ、覚悟をきめてゐた。いつ、死ぬか？　—単に、それだけが、私にとつて、問題であつた。死なう、死なう。死ぬに如かず。—しかし私は、〝東京八景〟によつて、救はれた。〝東京八景〟によつて、生きる力を得た。生きる自信を得た。私は、生きられるだけ生きよう。いや、生きなければ、ならぬ。〝東京八景〟は、私にとつて、そんなに、いゝ作品であつた。（中略）私は、その中に描かれてある、太宰さんの苦脳《ママ》に、強く衝たれずにはゐられなかつた。太宰さんは、これまでにも、その大部分の作品を、太宰さん自身の生活に取材して書いた。殆どが、太宰さん自身の経験を描いたものであつた。けれども、それは、極く短い部分が、部分部分にわかたれて描かれてゐるに過ぎなかつた。私は、太宰さんの作品の中から、太宰さんの生活の、部分部分を、知ることは出来ても、その部分部分をふくむ、全体としては、知ることが出来なかつた。それは、無念なことであつた。その渇が、やうやく、この〝東京八景〟で、満たされた。私は、この作品によつて、太宰さんの、こゝ十年間程の生き方を、はつきり知ることが出来た。そして、その苦脳《ママ》に満ちた生き方に、強く心をゆすぶられた。私は、いつしかに薄れてゆきつゝあつた太宰さんへの思慕の気持を、この作品によつて、取り戻し、その上に、さらに一層、恋しい気持を加へた。私は、太宰さんの生きてゐるこの世に、何としても、生きてゐたいと思つた。太宰さんも生きてゐるこの世—、だから、私も、生きる。太宰さんと共に生きる。生きたい。—さう思つた。私は、これからも度々、動揺するだらう。死なう、と思ふこともあるだらう。けれども、ここには、太宰さんが、ゐる。太宰さんが、私を救つてくれる。私にとつて、太宰さんは、単なる小説家ではない。キリストである。（後略）

と記して、死に至る病の絶望から救ってくれた太宰に感謝の念を捧げ、生きる自信と希望を取り戻している。

作品『東京八景』は必ずしもすべてがそのままの伝記的事実ではないが、ある転機を得て「どん底」の過去から絶縁し人間として目覚め再出発する太宰が、たじろがずに放ったひと言の「人間のプライドの窮極の立脚点は、あれにも、これにも死ぬほど苦しんだ事があります、と言ひ切れる自覚ではないか。」が、木村を甦らせた点だけはほぼ間違いない。

とにかく翌年の孔舎衙健康道場入所中の日誌面に見られる常識的な予想に反しての意外なタッチの明朗快活さは、ひとえにこの辺りに因るものではなかろうか。これはかつて塚越和夫が「素材となった日記そのものが闘病への強い意志に支えられた向日的な文章だったのだろう」とした推測の正しさに繋がり得るが、その明るさが実は太宰作品を愛読した結果などが大きく影響したものだったこと迄へはさすがに思い及ばなかっただろう。

三

さてここで、作品の原資料に現れる木村の体験した孔舎衙健康道場方式について、ちょっと触れておこう。開設運営者は医師ではないし、付添いの世話や介護をする女性も看護婦免許を持っていない。正式な医師が嘱託顧問として在籍勤務していたので、医療法上は病院としての認可は受けていたものの、かなり風変わりな医療施設だったことは間違いなかろう。と言って、この道場で行われていた養生法が、全く非科学的で出鱈目、インチキだとするのもまた穏当ではない。

もともと化学療法剤発見以前の結核に対する治療は、およそ近代医学に基づいた科学的方法とは言い難い大気・安静・栄養の三大要素を中心に据えた自然療法だった。

清浄な空気を吸い、十分な栄養を摂り、静かに身体を横たえてひたすら無念無想で回復を待つ治療法は、当然、経済的、時間的な余裕が無ければ成り立たない。海浜、高原や、人里離れた風光明媚な保養地に建てられた結核療養施設（サナトリウム）への入所者はごく一部の有産階級にのみ限られたのは言う迄もない。しかも長期の安静臥床療法は、ともすれば人間をして安逸、怠惰、無気力に流れさせ、精神荒廃の危機を招きかねない。そこに結核療養上の経済、社会生活から心身の健康面全般にわたっての、適切かつ強力な訓錬育成が必須、医学的知識に加えて更により広い教養と、高い見識を併せ持つ有能な指導者の出番を待つことになるのは想像に難くない。

孔舎衙健康道場の創始者、天真正伝神道一念流の剣士吉田誠宏は、時と場所を得て現れるべくして現れた適格の人物だったと考えてよかろう。元来、道場とは仏教用語の一つ、仏教や道義を修める場所の意。武道その他の芸道に限ってその修練の場を、他のスポーツのように体育館などと呼ばずわざわざ道場と称するのは、ここが人間形成を目的に神聖視され、伝統的に精神練成の場とされるためである。剣道では特に礼に始まり礼に終わることが強調され、神仏の道に精進する宗教的道場と同様、決して恥ずべき行為はしない場所との意味が込められている。健康道場なる命名もまた、結核養生を心身修養の一貫と看做した吉田の考えに基づくものであろう。

摩擦に使用していたブラシ

孔舎衙健康道場方式の特長は、カリスマ性豊かな吉田場長の発案による手足の運動と腹式呼吸の組み合わせからなる屈伸鍛錬と皮膚摩擦、宗教的修行法を加味した心身の安定平衡調和性の重視だろう。臍下腰脚に気を集中して行う丹田呼吸法は、現代の呼吸生理学から見ても極めて合理的で肺の効率よいガス交換をもたらすのみならず、腹部内臓諸器官の鬱血を防ぎ、腹腔神経叢の鼓舞刺激による自律神経・内分泌系の機能調整と相俟って心身両面の健全化に大いに寄与するものであった。

尚、若い独身女性介護者による個々の患者への水に浸したブラシを用いた摩擦は、親しみ籠る手作り治療の効果抜群、陰鬱に傾きがちな道場内の雰囲気を明るくし、気分を爽快にするのに大変役立った。互いに本名を避けてあだ名で呼び合う習慣や、「やっとるか」「やっとるぞ」「がんばれよ」「ようし来た」の掛け声など、みな過去の暗い娑婆から絶縁し、明るい気持でぜひとも死の淵から立ち直り、生まれ変わろうとする盛んな闘病意欲を掻き立てるために場長が考え出した方策だった。

『パンドラの匣』の「幕ひらく」で、

この「病気を忘れる」といふ事が、全快の早道だと、ここの場長さんが言つてゐた。少し変つたところのある人だ。何せ、結核療養の病院に、健康道場などといふ名前をつけて、戦争中の食料不足や薬品不足に対処して、特殊な闘病法を発明し、たくさんの入院患者を激励して来た人なのだから。とにかく変つた病院だよ。

と紹介されている、そのままの施設だった。

四

一般に敗戦直後の作品『パンドラの匣』の底に流れている「明るさ」「かるみ」の思想の淵源を探れば、多分、原作『雲雀の声』はもとより『お伽草紙』『津軽』や『右大臣実朝』など中期の諸作品にまで遡り得、結局、またそれは反抗と破壊のリベルタン宣言や便乗思想批判へ通底する意識へ繋がるとするのが、夙に東郷克美や渡部芳紀らの意見である。

「ホロビノアカルサ」「すべてを失ひ、すべてを捨てた者の平安」の原型は、先に挙げた「ひばり」のモデル木村庄助の日誌、昭和十五年十二月十九日の文面にも明確に見出すことが出来る。そこには不治の病に冒され、死の想念に悩み、幾度となく自殺を企図するも果たさず、文学を志して遂に太宰を発見し、ようやく生きる希望に到達した彼の心情が赤裸々に活写されている。

今、そこに記されている「太宰さんは……キリストである。」の一語に注目したい。

或る日、或る時、聖霊が胸に忍び込み、(中略) すつとからだが軽くなり、頭脳が涼しく透明になつた感じで、その時から僕は、ちがふ男になつたのだ。

まさしく木村青年にとって太宰治のキリストは『パンドラの匣』冒頭に現れる三位一体の「聖霊」、そして「天来の御声」から「尊いお方」に相当、匹敵することになるのだろう。

惜しむらくは、木村が実際に孔舎衙健康道場へ入所した昭和十六年八月十五日の日誌が紛失して存在しない。したがってその日彼がいかなる感慨を抱いたかは知る術もない。

案外、思慕尊敬する太宰治の文学魂に痛く触発され、結核養生の先達・太宰治の御声に感泣して、「自己嫌悪や悔恨を感じない、まつたく違ふあたらしい男としての爽やかな自負を持つて、何事も思はず、素朴に遊び、透明に、ただ軽快に生きて在れ!」の心境で、道場の門をくぐり再生の途へ踏み出して行ったのではなかろうか。

ところで木村日誌の昭和十五年九月五日の記述に、

(前略) 大体、この新聞といふ奴が気にくわない。最近、愈々、結構なことを書いてくれるやうに、なつてきたやうである。謂く、「新体制」といふ。謂く、「興亜」謂く新秩序 謂く節米 この頃では、複雑怪奇 とか 長期抗戦とか 云ふ迷語は、大分すたつたけれど、その代りに、二言目には、ドイツを見ならへ。イタリーを見よである。まことに結構なことである。何でもかでも、レッテル付である。人間にも、レッテルがつけば、さしづめ私などは、真先きに「頽廃」をおしつけられ、「自粛」せよ、と来るだらう。今時分、自由とか頽廃とか云ふ奴は、非国民とか云ふ国民になるのださうである。

とあり、また十二月上旬には、

四日　水　晴
まつしろに霜が下りてゐた。午后一時から、小学校で、満十七から十九までの者の厚生省の体力検査があつて、いやだつたが、行つた。性病の有無まで検査した。お蔭で、ひどく風邪を引いた。
身長一六五糎、体重、五〇瓩《ママ》、胸囲七七・五糎。
五日　木　晴
風邪を、ひどくして弱つてゐる。井出の正美さんが、死んだ。年は三十幾つ？　れいの、大はやりの、新体制とか？　勤労奉仕に行つたのがた丶つて、その翌日から寝たのださうである。かうした例は、方々で、よくきく。大体、新体制といふのは、かうしたものだ。と頭からのみ込んで、間違ひないらしい。さう云へば、私が昨日受けた、厚生省の体力検査とかいふものも、去年まではなかつたものである。そのお蔭で、ごらんの通り、私は、風邪を引いた。同じ呼ぶにも、新体制、なんと《ママ》いふ、生硬な言葉で呼ばなかつたら、これほどの害はなかつたらうに、といふ気さへする。嫌悪すべき、はやり言葉である。これに限つたことはなく、この頃の新聞の書く言葉は、大抵、口にするもいまはしいやうな言葉でないものはない。ジヤーナリズムのおつちよこちよい、である。新体制といふ言葉も、新聞が、もつと注意して使つてくれさへしたら、こんな、口にするのもいまはしい、といふやうな種類の言葉にはならなかつたかもしれない。新聞は、一日もなくてはならぬものだが、（それだけに）その功罪も大きい。私は、誰にも劣らず新聞を愛するが、（愛するが故に）それが作り出した所謂〝新聞文化〟を心から嫌悪する。現在の、この日本文の驚くべき堕落も、その大部分の責任は、新聞にある。新聞は信用出来ない。にも拘らず、それを無理にも信用しなければならぬところに、われわれの悲劇がある。西園寺さんの国葬で、ラヂオは講演ばかり、つまらない。

更に一日飛んで、

七日　土　晴

新体制、とか云ふ、わけのわからない言葉が出来て、その実行機関として、大政翼賛会とか云ふ、これもわけのわからない運動が、鐘や太鼓の鳴物入りで、ドンチヤンドンチヤンと起され、そのドンチヤン騒ぎの記事が、毎日の新聞を賑はしてゐるが、この運動がこれまでになしてきた、数へ切れぬ馬鹿げた仕事の中でも、その阿呆の最たるものは、昨日の閣議で決定した選挙法の改革であらう。（中略）本来ならば、若い新しい人達の力にまつべくして起されたいはゆる〝新体制〟

が、この改革では逆に〝旧〟の方向に廻れ右をした形なのである。まして、出来るだけ多くの国民を政治に参与させ、出来るだけ広い範囲の国民の総意を聴く、と云ふ、いはゆる〝新体制〟の理念は、こゝに於て、まつたく空文に化してしまつたのである。かうした、誰の目にも一目瞭然に、不可、とわかつてゐるやうなことを、何回ものお偉方の会議にかけ、ものものしく国民に押しつけようとするのが、いはゆる〝新体制〟とか云ふ言葉の、大体の輪郭なのであらう。さう解して置く。（後略）

と述べられている。

その年六月二十四日、枢密院議長を辞任した近衛文麿は、内外未曾有の難局に対処すべく、高度国防国家の建設、外交の刷新伸張、強力な挙国一致政治の確立を目指して、新体制運動推進の決意を表明した。やがてこの運動は、その秋十月十二日創立の近衛を総裁とする大政翼賛会へと発展していく。当会は、最初、全政党の解党を受けて作られた官製の国民統合組織だったが、政府、官僚、旧政党、右翼勢力など相反する内部の利害対立事情により、次第に内務省主導の上意下達機構となり、御用組合的な政府協力結社に変貌していったのであった。

また四月八日には、第七十五帝国議会で国民体力審議会答申に基づいて作成された国民体力法が可決公布されていた。日支事変の長期化に伴い、兵力の根源を成す青少年の体力向上が国策として重点化、十七〜十九歳男子の定期的身体検査が義務付けられ、体力手帳の交付が決定し、九月二十六日より施行された。昭和十六年に入ってその当該年齢は、更に十五〜十九歳にまで拡大されたのである。

木村は、このあえて虚弱者までをも無理やり強制的に狩り出す、全く民意を無視した国を挙げてのファッショ的な戦時体制化に辛辣な皮肉を加え、その提灯持ちをする新聞ジャーナリズムに著しい嫌悪感を示し、ひいては元老・西園寺公望の国葬行事に順応したラジオの自粛ムード番組へも不快の念を露わにしている。

ゆくりなくも『パンドラの匣』中「固パン」の章で、塾生の大先輩越後獅子が語る圧制や束縛のリアクションとして発生する反抗と破壊の精神に基づく自由思想や、時代便乗思想への抵抗批判の一節が思い出され、執筆連載と同時併行的に先輩、知己、友人らに送った数々の太宰書簡の文面が甦ってくる。

昭和二十年十一月二十三日付、井伏鱒二宛

（前略）新聞小説はじめてみたら、思ひのほか面白く無く、百二十回の約束でしたが、六十回でやめるつもりです。（中略）いつの世もジヤーナリズムの軽薄さには呆れます。ドイツといへばドイツ、アメリカといへばアメリカ、何が何やら。（後略）

十二月二十九日付、山下良三宛

（前略）新型便乗の軽薄文化をニガニガしく思つてゐます。いまこそ愛国心が必要なのにねえ。（後略）

翌昭和二十一年一月十二日付、尾崎一雄宛

（前略）このごろはまた文壇は新型便乗、ニガニガしき事かぎりなく、この悪傾向ともまた大いに戦ひたいと思つてゐます、私は何でも、時を得顔のものに反対するのです、（後略）

一月十五日付、井伏鱒二宛

（前略）このごろの雑誌の新型便乗ニガニガしき事かぎりなく、おほかたこんな事になるだらうと思つてゐましたが、（中略）ジヤーナリズムにおだてられて民主主義踊りなどする気はありません。（後略）

一月二十五日付、堤重久宛

（前略）いまのジヤーナリズム、大醜態なり、新型便乗といふものなり、文化立国もへつたくれもありやしない、戦時の新聞雑誌と同じぢやないか、（後略）

や、他に一月十九日付河盛好蔵宛、同二十八日付小田嶽夫宛、同二十九日付更科源蔵宛の便りなどみな然りである。

してみれば戦後書き直された？　あるいは書き加えられたやも知れぬ『パンドラの匣』中「固パン」の章に盛られているモチーフの原型もまた、案外、『雲雀の声』ひいてはその素材たる木村日誌そのものに由来していたと考えてもよいのではなかろうか。

昭和十八年秋の末、太宰は訪ねて来たかつて雑誌『青い花』の同人、久保喬に「心の世界をだいじにすることも許されないのかな。作家というものは弱いものだね。でもね、歌を歌う小鳥がうるさがられても殺されても、やっぱり好きな歌を歌いつづける。そういうものを書いてみたいがねえ」と、半ば独り言のようにつぶやいていたという。時まさに遺贈された木村日誌の内容に借材した長編『雲雀の声』の脱稿直後、彼は「それこそピイチクピイチクやかましくおしゃべりする雲雀みたいになって」うるさがられても殺されてもやっぱり好きな歌を永久に歌い続けたい、という思想と言論の自由への限りない憧れと祈りを、作品の主人公「ひばり」へ必ずや託したかったのであろうと思いたい。

五

さて戦中の言論統制の深い谷間にありながら、自由を求めて囀り続けようとする揚げ雲雀に因んで名付けた題名の『雲雀の声』を、太宰は、戦後、何故か『パンドラの匣』と変更している。匣底に探し当てた一粒のキラリと光る「希望」の小石なるパンドラ伝説のモチーフが、輝かしい夢と未来を期待、渇望する新生日本の時代的要請にぴたり合致するのが最大の理由だったろうことは十分に察しがつく。

　そもそもこの人類最初の女性とされるパンドラの名が初めて登場するのは、古代ギリシャでホメロスと並び称せられる紀元前七百年頃の大詩人ヘシオドスが著した『仕事と日』だった。壮大な天地創造の歌であり、神々の系譜詩である『神統記』にはいまだかかる名前は見えず、単に女と記されているだけである。天界から火を盗んだプロメテウスに怒ったゼウスが、神々に命じて作った乙女に付けたその名は、すべての〈パン〉贈り物を与える者〈ドラ〉の意。彼女は地上へ降ろされ、プロメテウスの弟エピメテウスに与えられた。その時、土産に携えたのがいわゆるパンドラの箱、好奇心に駆られた彼女が蓋を開けるや否や、あらゆる災いが飛び出して四方へ散った。驚き慌てて閉めた箱の底には、たった一つ、辛うじて「希望」だけが残ったとされる。けれども他説によれば、箱〈ピュクシス〉は本来もっと大型の甕〈ピトス〉であり、したがって持ち運びが出来ず、初めからエピメテウス家の調度品だったとか。大きなピトスが小さなピュクシスに変わったのは、中世ルネサンス最大の人文主義者エラスムスの誤訳が原因だったとも言われる。しかも蓋を開けたのは、パンドラではなくエピメテウスだったとか、あるいは二人いっしょだったとか、それも決して只の好奇心ではない知識欲からで、おまけに中から飛び出したものは災いだけではなく、本当はその名の通りあらゆる善の祝福の贈り物だったとか、この神話を巡る種々様々な異説は枚挙に暇がない。

　ドイツの美術史家エルヴィン・パノフスキー〈愛称パン〉は、妻ドラ（二人併せてパンドラ）との共著『パンドラの箱―神話の一象徴の変貌』で、この辺りの事情を図像学的に検証してエラスムス誤訳の一件について詳しく述べ、またパンドラのもたらす災厄のイメージも中世に至ってキリスト教の

『お伽草子』表紙
昭和20年3月空襲警報中に書き始め、6月末、疎開先の甲府で完成。7月脱稿し、10月筑摩書房より刊行。

教父たちによってイヴと混同視された結果が専らであろうと記している。

即ち、パンドラとは元来与える者を意味する。ギリシャ神話の大地の女神、始原の女性に通じるもので、ピトスは五穀と果物の宝庫たる豊饒の角《つの》、言わば収穫を満たした角《つの》形の容器、ないしは子宮のシンボルなのである。古代オリエントや地中海地方などからは、女性像を象徴化したり、女面を表した壺や甕が数多く出土すると言う。器の材料たる土は大地そのもの、大地はまた女性の魂の依り代、壺や甕と女性は一体化し、その中にはすべてのものが豊かに存在し、女性は決して富を奪う者ではなく、常に富を与える者と看做されてきたのである。

戦中に出来上がった『お伽草紙』の「浦島さん」で、竜宮からの帰途「まばゆい五彩の光を放つてゐるきつちり合つた二枚貝」の玉手箱を土産に貰った浦島は、開けてはならぬと言う亀の忠告によってギリシャ神話の「パンドラの箱」を思い出した。その際、浦島は貝殻底に残る希望の星の在るなし如何を当てにせず、只、遥かな年月の忘却によってのみ救われた。

昭和二十年二月十一日、太宰は京都に住む愛弟子・堤重久へ「お伽草子《ママ》」の執筆を予告しながらも「バクダンが落ちて来たら、私も死ぬでせうが、まあ、いまのところ相変らず。」と書き、春四月二日未明の三鷹爆撃被災を経て、甲府にある妻の実家へ疎開後の五月十八日になって、再び、ただいま

「お伽草紙」という書き下ろし短篇集を創成中と述べた絵はがきを送っている。

戦雲いよいよ急を告げ、敗色日増しに濃く、ただ漾々と龍宮城を取り囲む薄明にも似た生命のたそがれにあっては、「希望」の光も今ひとつ探し当てることが難しかったのであろう。

はてさて、よくよく考えてみれば、病苦、悲哀、嫉妬、貪慾、猜疑、陰険、飢餓、憎悪など、これらありとあらゆる不吉の虫は、戦時中の結核療養所にも、例外なくぎっしり詰まっていた。そしてそこには、長期の臥床養生にもめげず何とか病を克服しようとする闘病魂、つまりたった一つの、幽かに「希望」と書かれたけし粒ほどの光る小石も確かに存在していた。言うなれば『雲雀の声』の「健康道場」自体もまた、なんら遜色のない「パンドラの箱」だったと見てよかろう。

昭和二十年八月、遂に戦争は終わった。戦時下にあっては、容易に吐露、表白出来なかっただろう自由と純粋の精神も、新造の大きな船に乗ってするすると岸を離れ、今度こそ紛う方なき希望の潮路へ鹿島立とうとしている。開け放たれた匣から魑魅魍魎の跋扈する娑婆に向かって勢いよく飛び出し、陽気に「希望」の歌を囀りつつ舞い上がる一羽の「ひばり」の明るく爽やかな再生譚、即ちそれが新生日本に於いて太宰治が先ず目指そうとした野心の第一作『パンドラの匣』だったのではないだろうか。

おわりに

だが、もとはと言えばパンドラは豊饒の女神、彼女が抱えた箱には与えられるべきすべての善と祝福と恩寵の贈り物がたくさん詰まっている筈である。

ひょっとするとこの小説『パンドラの匣』は、「健康道場」で「マア坊」や「竹さん」、その他多くの若い助手さんたち、やさしく逞しい女性の面々から大いにパワーを贈られて元気を取り戻す塾生「ひばり」の物語だったのかも知れない。

そこにこそ、きっと過ぎし忌まわしい戦争中、検閲不許可と空襲被災という二度にわたる出版中絶によって葬り去られようとした鎮魂の作品を書き上げ、無理やり歌を禁じられて焼き殺されかけた雲雀を、燃え盛る紅蓮の劫火から今ひとたび救い出し、不死鳥のごとく蘇らせて羽ばたかせ、宿痾に絶望、自裁して果てた木村庄助の遺志に応えようとする太宰治の真摯な祈りに似た意図があったに違いない。

尚、このたびの論考に引用した昭和十五年を主とする木村日誌「巻四」の文章もまた、実際の頁面が殆どすべて大きな折り目を付けられたり、上部欄外に太宰の手になる鉛筆での丸印が書き込まれたりしていた。そのことから考えても小説『雲雀の声』及び戦後の改作『パンドラの匣』の構想には、昭和十六年秋の孔舎衙健康道場入所中に記された日誌「巻八」「巻九」だけではなく「巻四」その他を含めた全冊が、参考資料として殊のほか大きな役割を果たしていたらしいことが証明され得るのではなかろうか。

【参照文献・資料】

（一）　田中正一郎「結核の疫学」「最新医学」最新医学社、昭三〇・一二。

（二）　飯島吉晴「剣道場の祭神の由来」「日本医事新報」第三四〇七号、日本医事新報社、平成元・八。

（三）　浅田高明『太宰治―探査と論証』文理閣、平三・五。

（四）塚越和夫『作品論太宰治』双文社出版、昭四九・六。
（五）荻久保泰幸・東郷克美・渡部芳紀「鼎談昭和一三年〜二〇年の太宰治をどう読むか」「国文学 解釈と鑑賞」至文堂、昭六二・六。
（六）荻久保泰幸・東郷克美・渡部芳紀「鼎談昭和二〇年〜二三年の太宰治をどう読むか」「国文学 解釈と鑑賞」至文堂、昭六三・六。
（七）長野隆編『シンポジウム太宰治その終戦を挟む思想の転位』双文社出版、平一一・七。
（八）昭和史研究会編『昭和史事典』講談社、昭五九・三。
（九）久保喬『太宰治の青春像』六興出版、昭五八・五。
（一〇）ドラ&エルヴィン・パノフスキー著、阿天坊輝・塚田孝雄・福部信敏訳『パンドラの箱―神話の一象徴の変貌』美術出版社、昭五〇・四。
（一一）木村重信『木村重信著作集第一巻』思文閣出版、平一一・一二。

(2)『パンドラの匣』題名考

『パンドラの匣』は、京都出身の一太宰ファン木村庄助から遺贈された病床日誌に借材して、健康道場と称する特殊な結核療養所の日常を描いた戦時中の未発表作品『雲雀の声』を、敗戦直後、新聞連載用に改題、改作したものである。

その題名は、原作が主人公の名前・小柴利助《こしばりすけ》あだ名は《ひばり》に因み、改作は作品の序章に引用されているギリシャ神話中のパンドラの箱の物語に由来している。

それでは、一体何故太宰は、戦後に原作の表題『雲雀の声』をわざわざ『パンドラの匣』と改題したのであろうか?

もちろん、匣底に探し当てた一粒のキラリと光る希望の小石なるパンドラ伝説のモチーフ自体が、廃墟から立ち直って、輝かしい夢と未来を渇望する新生日本の時代的要請にぴったり合致するのが最大の理由だったことは十分にうなずける。だがひょっとすると、あるいは他に、何かもっと隠された誘因や、副次的要素が介在したのでは? との見方も又、一応、許されてよいかも知れない。

敗戦直後の九月中旬、津軽・金木の生家へ疎開、帰郷中だった太宰の許へ仙台の日刊紙「河北新報」社出版局の村上辰雄が、新聞への連載小説依頼のため訪れた。太宰は彼を近くの芦野公園に誘って酒を酌み交わしながら歓談した。その回想記には、次のように述べられている。

…〝小説書いてくれるね〟〝うん、書きたいと思っているのがあるんだ。O書店からも催促されているし迷っている。何しろ終戦だろう。僕は、改めて希望というものを感じている。パンドラの匣から、最後に見つけ出した生きがいというか、もう長虫だの歯のある蛾だの毒蛇見たくないんだ〟〝パンドラの匣、それがいい、それにしよう〟と私はこの機をはずさず、ひとり決めに言い張った。

戦中の作品『惜別』を通じて旧知の間柄だった村上を、太宰は快く迎い容れ、新生日本の希望と生きがいをテーマにした構想と『パンドラの匣』という作品のタイトルはたちどころに決定、商談は殊の外あっけなく成立したのであった。

実はたった数日前、復員してきて近くの北津軽郡板柳町に逗留していた小山書店編集部の加納正吉が、いよいよ上京するために挨拶に来ていたのだった。当然、太宰は前の年、加納が編集担当だったものの発行間際の空襲騒ぎで未刊に終わってしまっていた『雲雀の声』の一件を思い出し、二人の間で幾分かはそれが話題に上がっていたのではないかとも察しがつく。

村上に対して太宰が〝書きたいと思っているのがあるんだ〟と答えたのは、まさしくその直後だったわけである。

〝心のひらけるような小説が書きたいのだ〟と即座に応じ、執筆依頼を引き受けたのも、考えてみればこの村上訪問こそ、彼にとって渡りに船のまことにお誂え向きな絶好のタイミング、旧作『雲雀の声』の改稿、再利用の願ってもないチャンス到来だったのである。

ただし太宰が村上に提示したこの『パンドラの匣』構想は、何も敗戦後になって初めて彼の脳裏に浮かんで来たものではなかったようである。そうかと言って、現在の、つまり戦後に改作された『パンドラの匣』中のギリシャ神話の一節が、昭和十八年秋に執筆された原作『雲雀の声』の序章にも、すでに存在していたかどうかになると、その実態は必ずしも定かではない。万世一系の天皇を現人神と崇め奉る神国日本の往時にあって、いやしくも皇国史観に基づく記紀神話をさておいて、西欧のギリシャ神話を持ち出すことがたやすく可能であっただろうか？　たしかに一抹の危惧、不安、疑念の残るところではある。

しかしながら、その後一年半を経、戦争まさにたけなわだった昭和二十年春に出来上がった『お伽草紙』の第二篇「浦島さん」に、乙姫から貰った貝の玉手箱の箇所で、太宰は当のギリシャ神話からのパンドラの箱の件を堂々と詳述している。

実際、世にいわゆる彼の文学分類上の前、中期とされる昭和初期から十年代の殆どが、あの十五年戦争の時期と重なってしまった太宰治は、時代の風圧への抵抗、無視、韜晦の手段として、早くから古今東西の小説、伝承、寓話や日記の類いに依拠し、己の主義主張をカモフラージュしつつ作品を書き綴るのを得意技としてきた。

かのギリシャの神々の物語も決して例外ではない。中島孤島が訳したギリシャ神話本の内容は、昭和十四年四月の『懶惰の歌留多』や、昭和十五年十二月から十六年六月にかけての『ろまん灯籠』等に参照、引用され、又、雑誌『文学界』昭和十五年九月号へ発表させる愛弟子・田中英光の原稿表題名を「杏の実」から「オリンポスの果実」へ改めさせた契機にもなっている。

してみれば、パンドラの箱や女神の神話なども小説素材の一つとして比較的以前から常に太宰の胸中に温存されていたと見るべきだろう。結局は、『雲雀の声』の原作においても、このパンドラの箱の物語は大方の懸念を他所にちゃんと健在し、例えば《いかなる艱難辛苦にもめげず、ひとすじの希望の炬火を掲げて、すべからく聖戦必勝の道へ邁進すべし》の意味付けのもとに、開戦に際しての戦意昂揚スローガンとして、ちゃっかり拝借、利用されていたのでは…、と考える方がよいのかも知れない。

つまりは戦後初の新聞連載小説のタイトル『パンドラの匣』も、かなり以前から太宰の胸中に醸成されつつあった構想から生まれたことは、ほぼ間違いないところであろう。

さてそれでは次に、序章「幕ひらく」末尾のギリシャ神話の一節が、すでに原作に在って、戦後、その開戦が敗戦に書きかえられたのか、はたまた、急遽、追加挿入されたかはとりあえず別にしても、太宰が新聞連載に当たって、何故に旧来の正式作品名『雲雀の声』をさし措いて、言わばずっと戦前からの持ち駒で、殊更に目新しいものでもなかった『パンドラの匣』へわざと変更したのか、新題名選定の動機は果たして奈辺にあったのか？　なかったのか？　いよいよ設問の本題に入って、今暫く、些か別方向からの吟味考察を加え続けることをお許し願いたい。

たまたま、原仁司は『太宰治と近代劇』なる論考で、ドイツの劇作家ヴェデキントの『「地霊」「パンドラの箱」―ルル二部作』と太宰の『パンドラの匣』との関連有無について問題提起をしておられる。

されば、私も又、このヴェデキントの戯曲『パンドラの箱』、並びにその原作に基づいて作られた戦前のドイツ映画「パンドラの箱」が、太宰治の戦後の『パンドラの匣』への改題に際して何らかの意味を持つのではなかろうか？　の一点に的をしぼって、彼の周辺より出来るだけ傍証となり得る事実を集めてみよう。

そもそも太宰の芝居や演劇畑への接近は、政治家であった趣味人の父・津島源右衛門が生家へ持ち込んだ歌舞音曲、芸事世界の雰囲気にもよろうが、それ以上に何はさておき早稲田大学に学んで劇作に強く引かれていた長兄文治や、美術学校に在学しながら同人誌に小説を書いていた三兄圭治らの影響に負うところも非常に多かったと思われる。

東京に遊学して、自由気侭に小説や戯曲を読み耽り、観劇に通い、休暇になれば映画演劇の新刊本や雑誌をたくさん抱えて帰郷した兄たちから、太宰は幼い頃以来知らず知らずの中に、新劇や外国映画などに関する最新の知識をどしどし吸収していった。

原も述べている、太宰の金木尋常小学校時代の後輩で友人だった鳴海和夫が語っているエピソードがある。

昭和三年、高校の夏休みに帰省中だった津島修治が、小学校の同窓会の席上、町の劇場を借りて催す演劇のヴェデキントの『春の目ざめ』を上演すると言い出したものの、戯曲に現れる性描写の余りの生々しさに驚いた鳴海が、その節の田舎の社会環境や文化レベルにそぐわぬ理由をもって、演目をジャネット・マークスの『郭公』に代えさせたという回顧談である。

フランク・ヴェデキント（一八六四〜一九一八）はドイツ・ハノーバー生まれの詩人、劇作家。彼はアウトサイダーの観点から、小市民社会の誤った道徳矯正の場たる劇場における、あらゆる低俗、欺瞞、虚飾、残酷、脆弱さの暴露、表現形式としてのドラマを提唱し、とりわけ人間の内奥に潜む本能や、性衝動を徹底して明るみへ描出しようとした。

『春の目ざめ』は一八九一年作、一九〇六年初演の三幕戯曲。形式的な社会因習と、古風な学校教育の重圧の犠牲となって絶望し、自殺する思春期の少年と、堕胎の末に死亡する少女の心理的葛藤の物語である。

日本での初演は、大正六年九月二十二、二十三日の両日、牛込芸術倶楽部での青山杉作演出による踏路社第三回私演。その後、築地小劇場による大正十四年五月、同十五年二月、昭和三年五月の計三回の公演、そして村山知義監督の新協劇団により昭和十二年四月に一回上演されている。

津島がかかる東京での『春の目ざめ』公演のいずれかを直接観劇した可能性は先ず在り得ない。しかしその頃、話題の新劇作品だった故、しばしば演劇雑誌にも採り上げられていたのを彼はきっと目にし、戯曲全集も読んでいたのだろう。事に依ったら兄たちのする噂話などもあるいは耳にしていたやも知れない。もちろん早熟な津島の性向、彼の習作期の作品内容から考えても、ヴェデキントへの親和共鳴は疑問の余地がない。

いきおい津島は、劇作家ヴェデキントの人物像と作品についても、早くからかなり通暁しており、『春の目ざめ』に次ぐ問題の戯曲『地霊』（一八九五年）『パンドラの匣』（一九〇四年）の二部作をも、その題名くらいはもしかしたら知っていたと考えても、あながち不自然ではなかろう。

この有名な戯曲も又、わが国では大正十一年三月四〜六日の三日間、東京・有楽座において、「研究座」第六回公演、楠山正雄訳「地霊（ルル第一部）」四幕五場として花柳はるみ主演、邦枝完二監督で初演されている。

次いで昭和五年六月、つまり津島修治が東京大学に合格して上京したちょうどその頃には十一～十四日の四日間にわたって、池谷信三郎、中村正常、舟橋聖一らの劇団「蝙蝠座」によって、高田保作「ルル子（地霊）二部翻案劇」が十七歳の新人・三宅艶子（作家・三宅やす子の娘で、画家阿部金剛夫人）を主演に仕立てて築地小劇場で上演されている。この三宅が又可愛いボブ・カットスタイル、肌色タイツの踊り子姿で観客を魅了したらしく、出し物が出し物だけに、舟橋が築地警察署に呼び出されて、あんまり露出、煽情的な演出はいかんと油をしぼられたとか。尚、戦後の昭和五十二年夏には、「俳優座」の千田是也の演出で、やはりこの「二部作」が一晩で上演されている。主な配役は栗原小巻のルル、松本克平のシェーン、永井智雄のシゴルヒ、堀越大史のアルヴァ、中野誠也のシュヴァルツ、川口敦子のゲシュヴィッツであった。

一方の映画「パンドラの箱」が日本へ入って来たのも又、まさしく津島の大学入学前後の昭和五年早春だった。

二月十三～十九日（京都・新京極、松竹座）、二月二十～二十六日（東京・浅草・新宿、松竹座）、四月二十四～三十日（大阪・道頓堀、弁天座）の順に封切、上映されている。

ドイツのゲオルク・ヴィルヘルム・パプスト監督が、当節流行のボブ・カットスタイルをトレード・マークにして活躍中のハリウッドスター、ルイズ・ブルックスを主演女優にベルリンへ招いて撮影した一九二九年のネロ・フィルム社の作品だった。

ルイズ・ブルックス（一九〇六〜一九八五年）はアメリカ、カンザス州ウィチタの出身。一九二五年、パラマウント社と契約。彼女は眼と眉の間が些か狭く、涼しげな眼差し、細く通った鼻筋、真一文字に結んだ口もとなど、すべて直線的な組み合わせの顔付きに、日本人と見間違うが如き素敵な直毛の黒髪だった。その斬新、特異な鋭角、断髪の姿態は、ニューヨークのジーグフェルド・フォリーズやロンドンのカフェ・ドゥ・パリ仕込みのしなやかな肉体から発散する小悪魔的色気と相俟って、一躍、人気の的となり、デビュー作「或る乞食の話」を手始めに、「三日伯爵」「チョビ鬚大将」「百貨店」「人生の乞食」「カナリヤ殺人事件」「港々に女あり」など続々と封切られる出演映画は、いずれも大きな話題となり好評を博したが、彼女のスターとしての地位と名声を不動のものたらしめたものこそは、何と言っても他ならぬこのパプスト監督によって撮られた「パンドラの箱」だった。

L・ブルックス扮する奔放、淫乱な女主人公ルルは、妖しげな境遇から己を救ってくれた大新聞主筆のシェーン博士を篭絡して結婚に持ち込むが、やがて家庭を破壊したあげくに彼を殺してしまう。捕えられたルルは、博士の秘書アルヴァ、養父シゴルヒ、力業師ロドリーゴ、同性愛の伯爵令嬢ゲシュヴィッツたちの協力を得て裁判所から逃げ出し、港町で放縦な生活を送るが、警察に追われてロンドンに渡り、困窮の果てに身を売るべく夜の街に出て、最後は切り裂きジャックに刺し殺されてしまう、というのが映画のあらすじである。

ただしこの作品、十九世紀末の限られた会員制劇場での上演を前提としたヴェデキントの原作とは異なって、第一次世界大戦後、急速に発達した二十世紀初頭の大衆娯楽文化の一ジャンルとしての映画というだけあって、そこには自ずから幾つかの作品解釈や映像表現技法上の差異が、シナリオ中に見られるのも、所詮、已むを得ぬことと言わねばなるまい。

パプスト監督は、原作では猛獣使いの提示する蛇としての地霊、悪女ルルを、あくまで無邪気なボーイッシュ、チャイルディッシュなパンドラの女神として描いた。加えて宗教的な見地からは、実はルルと一緒にジャックに殺される筈だったシェーン博士の息子アルヴァを、ラストシーンで霧深いクリスマスの夜に、街頭の救世軍へ身を投じるべく歩み去って行く改悛の後ろ姿として捕えることによって、暗いストーリーの結末へ一条の光を投げかけている。

その他、原作のコレラ騒ぎによるルルの脱獄は、裁判所の火災報知器を悪戯してのいんちき火事による被告人の脱走に、パリの豪華サロンは、英仏海峡沿いの列車と港外の賭博船へ場所変えされている。

いずれにしろ、この白黒のドイツ、サイレント映画「パンドラの箱」では、L・ブルックスの白い額や頬と黒い髪や瞳とのコントラストが、ルルの肉体の昼と夜、愛と憎しみ、信頼と裏切り、憧憬と侮蔑をうまく象徴し、妖しく交錯する光彩の中に立つ宿命の女（ファム・ファタール）を見事に表現しており、一見の価値ある懐かしい佳作であることに間違いはない。

が、その内容は太宰の小説『パンドラの匣』とは全く似ても似つかぬ別物である。

無論、東京で公開上映の節、いまだ弘前高校三年に在学、卒業直前だった津島修治がそれを観た筈はない。だが、それから間もなく大学に入り東京に暮らすようになった彼には、折よく四月に封切られた同じくL・ブルックスを起用したパプスト監督のドイツ，ホム・フィルム社の作品「淪落の女の日記」の新聞広告や、当時の映画雑誌に載っていた彼女関連の記事（特に「キネマ旬報」昭和四年十月

〜同五年三月頃にかけての「パンドラの箱」関連号を含めて）を目にする機会は、十分在り得たとも考えられよう。

ちょうどこの時期、長兄・文治を通じて予め面識のあった秋田雨雀を囲んでの、青森県出身学生有志による左翼劇作研究グループ日曜会への参画も、津島の映画、演劇関係人脈との接触を、より便ならしめたのは言うまでもない。

青森中学校同輩で、一年先に上京して築地小劇場の照明係をしながら、演劇の勉強をしていた中村貞次郎や、八年先輩の劇作家・菊谷榮の存在なども、彼に少なからぬ刺激を与えたに違いあるまい。

菊谷は、当時、エノケンこと榎本健一に請われて、新カジノ・フォリーに参加、舞台装置家として活躍し始めていた。後、プペ・ダンサント、ピエール・ブリアントと行動を共にし、エノケン一座の名脚本家として、昭和初期の浅草オペレッタや喜劇、レビュー等々、時の軽演劇界に一大繁栄をもたらした影の功労者だった。

因みに菊谷の実母・田中フユと、津島修治の姉きやうの夫・小館貞一の母せいとは従姉妹同士である。要するに太宰治と菊谷榮は遠い姻戚関係に当たり、また貞一と菊谷は青森中学校時代の同級生でもある。

津島は上京直後から、菊谷の下宿先本郷森川町の総州館二階を度々訪ねて、彼に原稿のアドバイスを受けたり、酒を飲んだり、時には金銭的な面倒もかけていたらしい。

この菊谷も、彼の商売柄、踊り子出身で主にパラマウント社の喜劇映画によく出演していたL・ブルックスに早くから注目し、昭和四年夏に書いた「自分の好きなスターたち」という某新聞コラム欄に、彼女の名前を挙げ《初夏の到来を思わせる爽やかなイメージがある》と誉め讃えているのである。

ところでL・ブルックスが装っていたボブ・カットと呼ばれる断髪スタイルは、日本でも大正末から昭和初期にかけて一世を風靡した流行の髪型だった。第一次世界大戦時、従軍看護婦や後方部隊でトラックやダンプカーを運転していた女性兵士たちが、仕事に便利なように長い髪の毛を短く切り揃えたのがそもそもの始まりだったとも言われ、一九二〇年代に入ってからはモダンガールの象徴として、流行の最先端を行くヘア・モデルに発展したものだった。先に挙げた「蝙蝠座」の新人女優・三宅艶子然り、そして又太宰の最初の妻であった小山初代もこの髪型を愛用していた。

話は飛ぶが、太宰治と同じ明治四十二年生まれの作家・大岡昇平は、若い頃からこのボブ・カットと言われる断髪型の女性に痛くご執心だったことは有名である。彼は、三宅艶子に、昭和三、四年頃、既に東京成城付近で会ったと記し、友人の中原中也や小林秀雄の愛人だった広島県出身の、一時、劇団「表現座」女優で、昭和五年の「グレタ・ガルボに似た女」コンクールに第一位入選したことがある長谷川泰子も同じくボブ・カットだったと述べている。

大岡は京都大学仏文科一年生の冬、新京極の松竹座で封切られた、本邦初公開のドイツ映画「パンドラの箱」を鑑賞し、L・ブルックスにすっかり惚れ込んでしまった体験を幾度となく語り、半世紀を経た昭和五十九年十月になって、遂に執念の結実とも言える『ルイズ・ブルックスと「ルル」』なる書物を中央公論社から刊行したのであつた。

このように眺めてくると、まさに大岡と同世代である、かつての東大生津島修治も又、憧れのヴェデキント原作にして、当節、流行のボブ・カットスタイル、妖艶、魅惑の有名スターが主演する話題の映画「パンドラの箱」を実際観る機会に恵まれなかったにしろ、やっぱりその題名くらいは無意識の中に己の深層心理に刻み込んでいた可能性は完全には否定し得ないような気がしてくる。

さて太宰治が戦後逸早く、既存の小説『雲雀の声』を改題して、再び、新聞に連載発表しようとした意図は、過ぎし忌まわしい戦争中、検閲不許可の虞れと空襲被災の二度にわたる出版中絶によって葬り去られた鎮魂の作品、つまりは無理やり歌を禁じられて焼き殺されようとした雲雀を、燃え盛る紅蓮の劫火から今ひとたび救い出し、不死鳥のように甦らせて新しく羽ばたかせ、宿痾に絶望自裁して果てた木村庄助の遺志に応えようとするものだったと推察して誤りはなかろう。そしてその節、恐らくはかつて同じく諸般の事情から、彼が心ならずも中断せざるを得なかった未完の小説『火の鳥』（昭和十四年）の影もが、フト心の片隅をよぎったのではあるまいか。

太宰文学研究家・相馬正一は、その『火の鳥』に登場する主人公、鴎座女優である十九歳の断髪女性高野さちよに、太宰は昭和五年晩秋、鎌倉腰越海岸で死亡させた断髪の美少女田部あつみの面影を見る一方、更に彼女や後に自殺して逝った甥・津島逸朗への贖罪鎮魂の祈念を込めると共に、彼自身の回生、再起へ懸ける真摯な願いをも綴ったと説いている。（尚、相馬は、本小説ヒロインのモデルとして、若き日に宝塚女優を夢見たり、文芸同人誌「火の鳥」に属したりしていた作家・大田洋子の可能性も挙げている。田部あつみ、大田洋子に加え、先述の長谷川泰子の三人がいずれも広島県出身なのは、全くの偶然だとしても、何か不思議な因縁を感じざるを得ない。）

そしてまた腰越海岸畳岩で起こったカルモチン嚥下による田部あつみの絶命こそ、終生、太宰の心の奥深くへ決して消え去ることのない罪の意識を刻みつけ、彼の文学の根底にまさしく沈潜する永遠のテーマと直結する大事件だったのである。

されば心機一転、戦後日本の門出に当たって発表の小説へ相応しいテーマやモチーフ探索の途上、不死鳥、火の鳥、新生、希望と続く連想の彼方に、毫も忘れることのなかった断髪の田部あつみの麗姿に重なって、かのボブ・カットスタイルのスター、L・ブルックスのシルエットが忽然と浮かび上がり、そしてあの腰越事件と同じ昭和五年に封切られた彼女の主演映画、そのタイトルが、偶然、ギリシャ神話とも一致し、例のヴェデキント原作・パプスト監督の「パンドラの箱」までも、があるいは甦ってきていたのでは……、という甚だ他愛もない空想が、私の脳裏をかすめて仕方がないのである。

とは言うものの、この妄想を抱くのはどうやらちょっと無理なような気がする。戦後の大映多摩川撮影所による「看護婦の日記」としての小説映画化や、昭和二十二年六月発行の映画制作に関する人民新聞のインタビュー記事、同年夏、上映された映画を一緒に鑑賞した編集者・野原一夫の回想、昭和二十三年二月のマア坊役に扮した大映女優・関千恵子との対談内容などに際して、太宰の口からは戦前のドイツ映画「パンドラの箱」についていては、只の一言も触れられた形跡が窺えないからである。

究極的には、太宰の小説『パンドラの匣』の題名は、せいぜいヴェデキントの戯曲「パンドラの箱」には何らかの影響を受けたや？　も知れないが、パプストの映画「パンドラの箱」とは、やはり無縁だったとの推論に落ち着かざるを得ないのではなかろうか。

【参照文献・資料】

(一) 原仁司『太宰治と近代劇』(「文藝と批評」第八巻第四号) 文藝と批評の会、平八・一一・二〇。

(二) フランク・ヴェデキント著、岩淵達治訳『地霊・パンドラの箱―ルル二部』(岩波文庫) 岩波書店、昭五九・一二・一七。

(三) 北の会・北の街社編『エノケンを支えた―昭和のモダニズム菊谷栄』北の街社、平四・一〇・二〇。

(四) 大岡昇平『ルイズ・ブルックスと「ルル」』中央公論社、昭五九・一〇・二〇。

(五) 相馬正一『評伝 太宰治』(第三部) 筑摩書房、昭六〇・七・三〇。

(六)『恋と革命を語る人気作家ダザイ氏訪問記』(「人民しんぶん」第一九〇号) 人民新聞社、昭二二・六・二。

(七) 野原一夫『回想 太宰治』新潮社、昭五五・五・一〇。

(八) 関千恵子『大宰治先生訪問記』(「大映ファン」第二巻第四号) 大映ファン社、昭二三・五・一。

(3)『雲雀の声』と『パンドラの匣』のタイトル再考

戦後初めての「河北新報」紙連載小説『パンドラの匣』、及びその原作『雲雀の声』について、各々、そのタイトルの由来と意味に関連する若干の知見を、再度、補足してみたい。

昭和十八年五月十三日、京都保養院で療養中だった熱烈な太宰ファン、木村庄助が自殺した。遺言により、彼の姉・登志子とすぐ下の弟・重信の二人によって丁寧に整理、包装された十二冊の日誌帖が、太宰治のもとに送られた。七月十一日、太宰は庄助の父・木村重太郎に宛てて、お悔やみの言葉と共に、日誌を預かり故人の遺志に沿いたい旨を書状にしたため、九月から十月末にかけて、二百枚の長篇『雲雀の声』を書き上げたのであった。

が、時あたかも前年の日本文学報国会発足に続き、その年には大日本言論報国会が結成され、言論出版の自由に対してはまさに戦争遂行の国策に沿うべく、ますます制約の度が加えられつつあった。年初、日本出版文化協会は用紙割り当てに際し、単行本五割、雑誌四割の減配、書籍の外箱廃止を決定発表する。二月に入って英米語の雑誌名はみんな日本語に変えられ、『サンデー毎日』は『週刊毎日』、『エコノミスト』は『経済毎日』、『キング』は『富士』、そして『オール読物』は『文藝読物』と改題された。四月にはキリスト教関連の書籍一切が発禁処分になった。続いて五月には前年秋の雑誌『改造』登載論文に基づく細川嘉六検挙事件が、『改造』『中央公論』両社の社員逮捕に至る、いわゆる泊事件に連鎖、拡大していた。これは半年後の昭和十九年一月、横浜事件として三たび出版、ジャーナリズム界への弾圧強行に発展していくことになる。

谷崎潤一郎が、雑誌『中央公論』一月～三月号に連載していた小説「細雪」は、時局に相応しからぬ廉で、次の六月号からは既に掲載が中止されていた。

太宰治自身もやはり、一年前の昭和十七年十月、雑誌『文藝』に発表した「花火」が全文削除の憂き目に会っていた。

ところが、内閣情報局の肝煎りで発会した例の社団法人日本文学報国会が編集し、その年七月十八日に八紘社杉山書店より発行された『辻小説集』には、彼の「赤心」が載っている。その年に完成したばかりの小説「右大臣実朝」中から抜粋して作った四百字足らずの短い文章である。初出は、二カ月前の雑誌『新潮』五月・創刊四十周年記念号の「辻小説」欄である。

この短文について、太宰夫人・美知子はかつて八雲版太宰治全集月報の記事「実朝のころ」に、

> 十八年五月の「新潮」に、「赤心」と題して、「山はさけ海はあせなむ」の歌のくだりを、壁小説として発表して居リます。この鮮かな一枚の掌篇を読終つたときの感銘の強さを忘れることが出来ません。

と書いている。

今、この「壁小説としての一枚の掌篇」について少しばかり解説しておきたい。

当時、日本文学報国会の小説部会が計画発案、部会員四百六十二名の各々がいっせいに、四百字詰原稿用紙一枚の国難突破に当たって相応しい超短篇や檄文を執筆、かたや作家と不離一体の日本挿絵協会の約百名の会員が、一人四、五篇ずつ引き受けて挿絵を描く。しかる後、先ずこれを「辻」即ち、街頭のもはや陳列品のなくなってしまったデパートのショーウインドーや商店の店先、あるいは駅前などに貼り出す。追って作品を適宜、新聞や雑誌に掲載発表、やがて一冊の本に纏めて上梓し、その原稿料と印税はすべて建艦運動へ献金するものとする。これが「辻小説」、つまり文筆家たちの弾丸切手であり、詩部会の部会員三百三十九名による「辻詩」なるものも同時進行していた。

結局、全会員のおおよそ半数の二百七名が参画したこの「辻小説」の執筆陣には、太宰の他、彼の友人知人たち、すなわち伊馬鵜平（春部）、楢崎勤、浅見淵、小田嶽夫や、後の無頼派の面々である田中英光、坂口安吾、織田作之助をはじめ、芹沢光治良、谷崎潤一郎、宇野千代ら、比較的自由な作風の文筆家をも含めて、目ぼしい作家は殆ど軒並み顔を揃えている。

意外なことには、夫の壺井繁治が「辻詩集」に投稿しているのにならったのか左翼派の壺井榮や、はたまた、昔、長谷川時雨の「女人芸術」を舞台に活躍し、戦後は原爆文学で一躍脚光を浴びた大田洋子らまでもが名前を連ねている。戦時における彼らが置かれていた言論、思想統制の場が、如何に只ならぬ異常さで覆われていたかが窺い知れよう。

一方、雑誌『青い花』同人だった久保喬は、彼の著書『太宰治の青春像』に「戦時中の太宰」と題して、戦時中の十八年の秋の末、太宰の家を訪ねた時、太宰はすこし沈んだ顔をしていた。最近書き上げた作品で出版社に渡したものが検閲不許可になりそうだという。「別に戦争の問題にかかわりのないものなんだがね」（中略）「心の世界をだいじにすることも許されないのかな。作家というものは弱いものだね。でもね、歌を歌う小鳥がうるさがられても殺されても、やっぱり好きな歌を歌いつづける。そういうものを書いてみたいがねえ」と太宰は半ば独り言のように言った。（中略）いずれにしてもこのころの太宰の執筆態度については、戦後中野重治も「太宰は侵略戦争の提灯もちをしなかった。この点をはっきりさせる必要がある」（エッセイ「死なぬ方よし」）と述べているが、こういう太宰の性格が当局から疎まれていたのであろう。

のように記している。

このことから想像すると、『雲雀の声』という作品の題名は、主人公・小柴利助《こしばりすけ》の名前を、只、単にもじっただけではなく、ひとえに当時の太宰がうるさがられても、殺されても、やっぱり好きな歌を永久に歌い続けていきたいという思想と言論の自由への限りない憧れと祈りを込めてつけたものであったろう、という思いがしきりにするのである。

ところで、些か余談になるが、この作品名『雲雀の声』に接する時、決まって甦ってくる一つの想い出がある。

昭和一桁前半に生まれた私たちの世代が、昔、小学校入学時の初っ端に開いた、あの《サイタ　サ

イタ　サクラ　ガ　サイタ》で有名な国語教科書、即ち文部省検定済の「小学国語読本　尋常科用巻一」（著作兼発行者・文部省）の第十〜十三頁の見開き二頁にわたって、下半分が牛と雲雀の色刷り挿絵入りの、《ソラガハレタ。　キレイ　ニ　ハレタ。　ヒロイ　ノハラ　デ、　ウシ　ガ　ナク。》《ピイチク、　ピイチク、　ヒバリ　ガ　アガル。　テン　マデ　アガル。》という甚だ語呂がよくて暗誦のし易い、したがって現在もはっきり憶えている文章が載っていた。

この教科書もやがて昭和十六年四月からの、戦時における皇民教育練成を意図する国民学校令公布に基づく小学校の国民学校への転換移行に伴って、冒頭は《アカイ　アカイ　アサヒ　アサヒ》の「ヨミカタ」へ引き継がれ、中身も少々変わるのだが、ヒバリの文章などはそのまま残されていたようだ。私が教わった昭和十年代前半は、戦争中とは言え、いまだ日支事変始まりの段階に留まっていたせいか、平穏無事な片田舎の小学校での国語の授業時間には何の緊張感もなく、朗読させられた件の文章からは、結構、のどかで広々とした明るい雰囲気を味わったものだった。

その後数年を経た大東亜戦争（アジア・太平洋戦争）の真っ只中、言論統制の暗い谷間で、太宰治が綴った小説のタイトルにひたすら託した願いも、まさにかくのごとき自由な揚げ雲雀の囀りに似たものだったのではなかろうか。

さて戦後の改題に際して、かつて昭和初期に上演、上映公開されたF・ヴェデキントの戯曲「地霊」「パンドラの箱」――ルル二部作や、G・パプスト監督のドイツ映画「パンドラの箱」が、太宰に何らかの関連、影響を与えたか否か？　という仮定の問題については、別記論考でかなり詳しく吟味しておいた。

その節、まだ京都大学フランス文学科一年に在学中だった大岡昇平が、ちょうどわが国へ輸入封切りされたばかりだった映画「パンドラの箱（匣）」を新京極の映画館で観賞し、爾来、そのボブ・カットへアスタイルの主演女優ルイズ・ブルックスに痛くご執心だったことにも触れた。

その後の大岡は自らも、ヴェデキントやパプストの「パンドラの箱」に現れる淫乱、奔放かつ死の虚無に捕らわれた主人公ルルに些か似通った身の振り方を過ごして来た某銀座のバーのマダムを愛人として数年間の同棲生活を営み、かつ、その模様を自作の中篇小説『花影』に仕立て上げた。

作品のヒロイン洋子は、酒乱の実父に愛想をつかして離別した実母に代わった後妻の養母に育てられ、十六歳で某鉄工場主に売り与えられてバーの女給となり、以来、あらゆる作家、評論家、教師、計理士、テレビプロデューサー、製糸会社経営者などと破廉恥、放縦、複雑な関係を重ねるが、その間、常時、「先生」と称する骨董の目利き老人がヒモの役割で彼女の身辺に揺曳、出没する。大岡は西洋美術史を教える大学教師の不倫モデルとして登場しているが、結局、彼と離別後、洋子は生きる希望と光明をすべて失って、周到な準備を重ねたあげくに見事な自殺を遂げてしまう。

映画評論家・四方田犬彦は、大岡がこの小説『花影』のヒロイン洋子に、群がり寄せ来る男どもに花の影像は与えるけれど、実態の花はどこにあるのかさっぱり判らない、花の影しか踏むことを許さない、常に死の影を宿した空虚、破滅、衰退に向かって限りなく収斂し続けていく「宿命の女」を、「パンドラの箱」中の妖婦ルルに似せた姿として描出したかったのだろうと推量し、二つの作品における筋書き、構成の類似性を指摘している。

私はさらに、村上龍の最近の小説『インザ・ミソスープ』も又、同じく『パンドラの箱』及び、その参考資料となった十九世紀末のロンドン市イースト・エンドに実在した切り裂きジャック事件に、その発想のヒントをかなり得ているような気がしてならない。

村上の作品は「読売新聞」夕刊に、平成九年一〜七月まで連載されたが、ちょうどその途中で、例の衝撃的な神戸の少年殺人事件が発生し、一時は時代を先取りした小説か？　とも騒がれた。

フランクと名乗るいかさま外国人が、夜の新宿・歌舞伎町で犯す連続猟奇殺人事件をキーワードとして、バブル経済崩壊後も何ら未来への希望を見出し得ないまま、只いたずらに過ぎ去った爛熟の幻影の渦にたゆとう現代日本の頽廃世相と曖昧さの文化を抉剔、告発するこの作品は、その終幕で、なぜか除夜の鐘とミソ・スープという純日本的なものへの、そこはかとない憧憬へ回帰する。

十九世紀末のロンドンのクリスマスの夜は、二十世紀末東京・新宿歓楽街の大晦日の夜にワープし、ホワイトチャペル付近に屯する街娼婦殺害は、歌舞伎町キャバクラの風俗嬢とプレーボーイたち惨殺へ変移し、映画「パンドラの箱（匣）」ラストシーンでルルの愛人アルヴァの救世軍隊列を追ってフェードアウトする後ろ姿は、かたや東京・築地界隈に鳴り響く煩悩を打ち砕く百八つの鐘の音へと収斂してゆくのである。

主人公フランクの名前は、もとよりフランク・ヴェデキントを想い起させることは言うまでもない。

私にはやっぱりどうしても『インザ・ミソスープ』は、かの「パンドラの箱（匣）」の本歌取りと思えてきて仕方がない。あえて愚見を呈してみた所以である。

一体、このギリシャ神話のパンドラ、及び彼女によってもたらされる小箱に込められた寓意は、その些か悪の匂いを振り撒く何とも蠱惑的な語句の響きと相俟って、今日、神学上の原罪を指す言葉から始まり、詩、小説、戯曲、音楽、絵画等々の思想、文学、芸術の領域は言うに及ばず、一般の世俗社会の日常生活へ至るまで幾多の素材を提供し、慣用的な成句や単語、呼称ともなり得ている。

以下このパンドラないしパンドラの箱（匣）の語源について、少し歴史的かつ修辞的に検討し、併せて「希望」の意味をも勘案してみたい。

そもそも、この人類最初の女性とされるパンドラの名が初めて登場するのは、紀元前七百年頃の古代ギリシャにおける大詩人ヘシオドスが著した『仕事と日』や『神統記』であったことはすでに詳述しておいた（四十七〜四十八頁参照）。

エルヴィン・パノフスキーは絵画史上で示されるパンドラ像の多様な変遷を辿って現代に及び、遂には二十世紀最大の悲劇、原子爆弾炸裂の恐怖を孕むマックス・ベックマンの抽象画「パンドラの箱」（一九四七年）に触れて、神話が含む寓意の展開と終末を語っている。

原子爆弾が出たついでに、最近知り得た『重松日記』の一節についても少々付け加えておこう。

太宰治の師とされた井伏鱒二の小説『黒い雨』の原資料となった、重松静馬の日記の八月十日の項には、爆心地付近で腐乱して蛆虫が湧いた死体の火葬処理に当たる兵隊たちの模様を記した後、

…あゝこれが戦争か、戦果か、これで広島も終りかと歩き乍ら考えた。誰かの言葉に、絶望と

思える時でさえ希望は残されていると、丁度その句の通りだ。死体の処理は市街の取り片付だ。
そこに希望は残っている。又何時の日にかは、広島も立ち上がるであろう。…

と続いている。

ヴェデキントの『パンドラの箱』に登場する妖婦ルルも、あるいはそのタイトル『地霊』の本来意味する大地神ガイアの「生」と「与」の母性原理を宿しながらも、十九世紀末西欧における男性社会によって産み出された爛熟と頽廃へ下降せざるを得なかった悪女の象徴的存在と看做されるべきものではなかったろうか。

ここで、ちょっと話題を変えよう。

アメリカの現代ミステリー小説、トマス・チャスティン作『パンドラの匣』（一九七四年）の題名は、メトロポリタン美術館名画強奪事件捜査のため、ニューヨーク市警に極秘裏で設けられた緊急動員計画の暗号名「《パンドラの匣》作戦」に由来する。計画の立案兼責任者のカウフマン警視は、

…この世の中にありとあらゆる邪悪が解き放たれているにもかかわらず、希望だけは未だ失われてはおらず、逆に人間が希望を失わない限り、どのような邪悪がいくら際限なく襲ってこようとも、その人間は最終的に破滅させられることはあり得ない…

と考え、勇躍この作戦を発動するのである。

他方、ごく最近、同じアメリカの小説であるエリザベス・ゲイジ作『パンドラの箱』（一九九〇年）は、その作品名を、美貌の女性写真家ローラが将来の大統領候補・上院議員との不倫で生まれた一人息子を被写体にした芸術写真の個展に付けたタイトルから採っている。彼女は、その初々しい少年の顔に、人類が未来に於いて、しかも無私でエゴイズムから解放される時にだけ、必ずや実現されるであろう輝かしい希望を見事なまでに活写しているのである。

さて、前記パノフスキーの著書中、私が尤も興味を惹かれたのは、やはりマスター・Z・B・Mか描く『パンドラ＝無知』（一五五七年）と題したエッチングだった。

一人の盲いた女性が、ピュクシスでもなくピトスでもない、言わば入念に仕上げられた櫃から解き放っているのは、災禍を意味する四匹の蛇と二羽の蝙蝠ばかりではなく、学識や知恵の象徴でもある三冊の書物と文章を記した書状である。彼女自身の、視力を持たぬ、つまり好奇心によらぬ、無私無意識的な行動が、害悪を追放する善と希望の力をも同時に生み出すことに繋がる。換言すれば、彼女はまたすべてを照覧する神の僕《しもべ》として、自らは永久に与り知らない栄光の時代を実現する必須の役割を担っているとも言えるのである。

善悪の狭間にあって、第三の重要な運命を生かされるパンドラに付与された新しい図像解釈である。

古代神話の昔から、人類は様々な汚濁、罪悪、災禍にまみれながらも、又幾ばくかの歓喜、幸福、豊饒の益にも浴してきた。かつそこには常に天界の父によって与えられた行く手を照らす希望のともし火があった。

生前、太宰が親しんだ十七世紀フランスの文人ラ・ロシュフコーの『箴言集』（高橋五郎訳『寸鉄』玄黄社、大正二年十月十五日発行）には、次のような一節がある。


希望なる者は撤頭撤尾空頼みなれども、少なくとも愉快なる旅道を経て吾人を終焉へ導く多少の功なくんばあらず。


ここで、又もや前世紀アメリカの有名な作家ナサニエル・ホーソンが、パンドラ神話を子供向けにうまく修正し、ハマット・ビリングスがきれいな木版挿画で彩ったお伽話の本『子供の楽園』が、現代の私たちの心に強く訴えかけてくるのを想い出す。

可愛くて、少々我侭な少女パンドラは、遊び仲間の少年エピメテウスにせがんで、彼の家にある金色の紐で結ばれた美しい小箱を開けさせてもらう。途端に鋭い針をかざした多くの昆虫「災難」がいっせいに飛び出したので、驚いた二人が急いで蓋を閉めると、逃げ遅れて中に取り残された小さな妖精「希望」が、自分も一緒に外へ出してほしいと頼む。以後、その願いを聞き入れて、子供たちはいつも希望とともに、いかなる災難にもめげず、明日の幸せを信じて生長していくことになったというわけである。

かくして、絶望の深淵を越える希望の橋を捜し求めて、時代と人生をさまよい続けていた太宰治も、又やはりあの原子爆弾に止めを刺された敗戦の廃墟から甦り、壊滅の暗闇から抜け出して、まるで植物の蔓が延びるみたいな意識を超越した天然の向日性に誘われて目指そうとしたもの、それこそはまさしくかの中世に描かれてあった、全能の神の手に導かれてひたすら光明の世界を開こうとした、無念無想、無私無欲タイプのパンドラにまつわる物語の、戦後日本における再現版だったのではなかろうか。

【参照文献・資料】
（一）桜本富雄『探書遍歴―封印された戦時下文学の発掘』新評論社、平六・一・二〇。
（二）江刺昭子『草饐―評伝　大田洋子』大月書店、昭五六・七・一〇。
（三）久保喬『太宰治の青春像』朝日書林、平五・六・一九。
（四）国語教育学会編著『国民科国語の指導ヨミカタ（一）』岩波書店、昭一八・一・三〇。
（五）フランク・ヴェデキント著、岩淵達治訳『地霊・パンドラの箱―ルル二部』（岩波文庫）岩波書店、昭五九・一二・一七。
（六）大岡昇平『花影』中央公論社、昭三六・五
（七）四方田犬彦『大岡昇平とフィルム「パンドラの箱」』（中野孝二編『大岡昇平の仕事』）岩波書店、平九・三・一二。
（八）村上龍『インザ・ミソスープ』読売新聞社、平九・一〇・一六。
（九）仁賀克雄『ロンドンの恐怖』（ハヤカワ文庫ＮＦ）早川書房、昭六三・七・三一。
（一〇）ヘシオドス著、松平千秋訳『仕事と日』（岩波文庫）岩波書店、昭六一・五・一六。
（一一）ヘシオドス著、広川洋一訳『神統記』（岩波文庫）岩波書店、昭五九・一・一七。

（一二）ドラ&エルヴィン・パノフスキー著、阿天坊耀・塚田孝雄・福部信敏訳『パンドラの箱―神話の一象徴の変貌』美術出版社、昭五〇・四・二五。

（一三）重松静馬『重松日記』筑摩書房、平一三・五・二五。

(4)『パンドラの匣』《つくし》のモデル

小説『パンドラの匣』の文中に、あだ名を《つくし》と呼ぶ患者の塾生・西脇一夫が故郷北海道の病院へ転院後、古巣の健康道場における若い看護婦で《マア坊》のあだ名を持つ助手さんにラブ・レターを送る箇所がある。

「妹」の章は、小説の主人公で同じく《マア坊》に好意を抱き、《つくし》の恋敵でもある塾生・小柴利助、あだ名は《ひばり》が、《マア坊》からそれを見せられ文末に記された短歌の解釈を求められる場面になっている。

《ひばり》が、実に馬鹿げたひどい文章だとこき下ろしたそのラブ・レターは、たしかにちょっとわかりにくく、憧れの若い女性へ送るにしては、一風変わった手紙である。

大意は、転院先の海辺の病院の窓から沖の白波を眺めて静かに来し方行く末に頭を巡らしながら、懐かしい《マア坊》を妹だとまで恋い焦がれていると思いきや、恋人として熱愛するのは実は科学であり、自然美であると言ってはぐらかし、その気持をよくよく理解してくれよと言いながらも、最後にはまたまた万葉集の相聞歌などを書き添えて、いささか気を引くような素振りをも見せてくる。

何とも文脈が終始一貫せず、真意の掴み難いことだけは確かだが、しかし又、全く意味不明というわけの代物でもない。まさしく《ひばり》の言う名文、魔文で、うら若き乙女の心を惑わし、思いをかき乱す摩訶不思議な書簡であると言わねばなるまい。

ところがこの小説『パンドラの匣』の原資料『木村庄助日誌』「巻九」を読んで驚いた。昭和十六年十一月二十日の誌面に、木村が《マア坊》のモデルで実際は輔導員と呼ばれていた孔舎衙健康道場の看護婦、本名は村田富美子、あだ名は〔文鳥〕から見せられた《つくし》のモデル患者だった篠田文男からの手紙の全文がそのまま書き写されており、その文意文体は先のラブ・レターとほぼそっくりである。なるほど小説では実在の地名、人名はことごとく削除するか、変名や他の字句に書き換えたり、あるいは一部省略したり、文節の前後を少し入れ替えたりはしてある。が、両者の内容、形式は全く瓜二つの様相を呈し、まさしく剽窃と言っていいくらいにまで類似しているのである。

更に、この篠田の手紙に接して初めて判ったことが二つある。
（1）小説中のラブ・レター文末に引用されている万葉歌は、実は太宰治による書き換え変更。原文にあるのは土井晩翠の第一詩集『天地有情』中の「別れの袖に」、しかもそれは末尾ではなく文章の途中に挿入されている。
（2）ラブ・レターの意味の不明確さや文脈の一貫性欠如の源は、部分的省略や書き換えのせいもあろうが、やはり何と言ってもその原因の一半は、篠田が文中に土井晩翠の詩文を借用したことにあるように思われる。
つまり篠田は、詩集『天地有情』の巻頭におかれた「希望」の、

沖の汐風吹きあれて／白波いたくほゆるとき、／夕月波にしづむとき、／黒暗よもを襲ふとき、
／空のあなたにわが舟を／導く星の光あり。

の詩句を殆どそのまま、自分が述べる書簡の文章中へ無理やり嵌め入れ、埋め込んでいたのである。
そして同じくこの詩集が初出の前述「別れの袖に」すなわち、

別れの袖にふりかゝる／清き涙も乾くらむ／血汐も湧ける喜の／恋もいつしかさめやせぬ／物
皆移り物替る／わが塵の世の夕まぐれ／仰げば高き大空に／無言の光星ひとつ。

が引用されている。

そもそも晩翠の詩集『天地有情』は、後に藤晩時代とも言われるようになった、あの島崎藤村の『若菜集』に遅れること二年の明治三十二年四月、博文館より刊行されたが、「希望」はすでに同時期、つまり『帝国文学』（明治三十年二月）誌上に初出、発表されている。

篠田が亀島に持参していたのは『晩翠詩抄』（岩波文庫　昭和五年六月）であり、その中にはこの詩が二篇とも収載されている。

恐らく亀島の海辺できれいな夕月や星空を眺めながらの療養中、幾らかおセンチになった篠田はこれら晩翠の詩の内容をわが身の境遇に引き当て、別れてきた彼女への手紙にぜひとも書き込みたい心境に駆られたものではなかろうか？

かつラブ・レター中の兄妹関係の記述描写は、多分その頃の流行歌「想兄譜」（西條八十作詩・竹岡信幸作曲・服部良一編曲）の歌詞に影響を受けたとも思われる。

たまたま、この歌の第三連目は、

ひろいこの世に　兄妹ふたり、
いつも離れず暮らさうと
かたくかはした　優しい誓ひ、
あの日、あのころ、なつかしや。

となっている。

かくして兄弟姉妹のいなかった篠田は、〔文鳥〕へ〝貴女を妹と呼ばして頂きたい……ああ、やはり恋人と云つて熱愛すべき方がよい〟と書き送り、〝妹よ!! 私の!! 兄のこの気持、念願を心から理解してくれることと思ふ。それであつてこそ私の妹だと思ひ、これからの御便りを送つてゆきたいと思ふ。わかつてくれるだらう、妹よ!!〟とも述べることになったのである。

長谷川一夫、李香蘭主演の東宝映画「支那の夜」の主題歌として有名な「蘇州夜曲」とともに渡辺はま子が歌った「想兄譜」は、その前年の昭和十五年八月コロムビア・レコードから発売されたが、〔文鳥〕の愛唱歌でもあって、道場内の演芸会などでもしばしば披露されていたらしい。

と、考えていた矢先、たまたま当の篠田文男が関西の地に健在であることが判明し、遂に彼と巡り会う機会がやってきたのである。

もともと名前だけは早くから「木村日誌」によって知り得、道場時代の彼に関しては、拙著『探求太宰治』（文理閣、平成八年・十二月）にも述べておいたのだが、肝心の所在やいまだ存命か否かは一向に判らず、その後の追跡確認調査をすっかり諦めていた方だった。

平成十一年四月初め、桜が満開のある晴れた日の午後、小説『パンドラの匣』の《つくし》のモデル、実際の孔舎衙健康道場でのあだ名は〔ぼた餅〕の篠田を、私は西宮市に訪ねることができた。

篠田文男は大正十年八月二十三日、大阪市北区の生まれ。木村庄助と同年齢である。市立堀川小学校三年の時、大阪師範学校付属池田小学校へ転校、兵庫県立伊丹中学校を経て昭和十五年四月に大阪薬学専門学校へ入学する。

篠田文男（昭和16年秋、孔舎衙健康道場前にて）

第二学年在学中の夏、肺門リンパ腺炎に罹患、父親の友人だった孔舎衙健康道場の某理事の紹介で、昭和十六年八月初旬入院することになったが極く軽症だったらしい。その節、木村と同室になり、彼の療養日誌に登場する所以となったのである。十月三十一日、木村より一足先に亀島健康道場へ転院。十二月二十五日退院。昭和十七年四月第二学年へ復学する。

昭和十八年八月、徴兵検査で甲種合格。九月、繰上げ卒業と同時に第一製薬㈱へ就職入社。同年十一月、第十六師団歩兵第三十八連隊（奈良）へ入営。翌十二月、渡満、佳木斯《チャムス》駐屯。昭和十九年一月、甲種幹部候補生（衛生兵）合格後、佳木斯、富錦《フーキン》両陸軍病院勤務。同年十一月一日帰国、東京陸軍軍医学校入学、三カ月の教育を受け、陸軍衛生部薬剤見習士官として卒業。昭和二十年二月、再渡満。四月、ソ満国境近くの黒龍江省孫呉《ソンゴ》陸軍病院へ配属。同年八月九日ソ連軍参戦越境進入後、陸軍病院焼亡捕虜となり、対岸の収容所に約五カ月、次いでシベリヤ鉄道にて他へ移動させられたが、幸運にもソ連軍側の薬剤管理業務への協力を命じられたため重労働を免れた。

昭和二十二年十二月ナホトカより高砂丸で舞鶴港へダモイ。昭和二十三年二月、第一製薬㈱へ復社。昭和二十六年頃には京都地区の販売営業を担当、私の母校・京都大学結核研究所や、その後の赴任先であった国立宇多野療養所へも、新開発の抗結核剤ネオイスコチンのPR活動に回ったそうである。

昭和三十年から豊中市内で薬局を開業していたが、十五年前に家業を子息へ譲り、平成の初め、西宮市に転居、現在に至っている。

さて〔文鳥〕への手紙の件、太宰治の小説『パンドラの匣』中に借材されていたことを彼は、一切、知らず、したがって予め差し上げておいた私からの通知を読んで、大層、驚かれたようだった。あまつさえ、面談の際にも最初は、自分が書いたことさえ覚えていない感じに見受けられた。しかし「木村日誌」にしたためられていた署名入り手紙のコピーを示し、小説の梗概、木村に関する調査結果などを話している中に、ようやくかつて孔舎衙や亀島での健康道場入院体験が甦ってきたらしい。

もちろん、木村が大いに意識していた〔文鳥〕を巡る恋の鞘当てなどには、篠田自身は全く無自覚、無関心、無関係だったようだ。事態はことごとく木村の思い過ごしであり、すべては彼の独り相撲に過ぎなかった。

本当は満二十歳の独身、体重十五〜六貫、身長五尺四〜五寸で、むしろがっしりした体格の〔ぼた餅〕は、小説では三十五歳のひょろ長いはにかみやの妻帯者《つくし》に作り替えられている。孔舎衙健康道場退院時、駅へ送って行った《マア坊》が彼の奥さんから白足袋二足を貰ったなどは全くの作りごと、《つくし》へ出したのも、実際は単なる礼状ではなかった。

亀島へ転院して間もなく、〔文鳥〕から好意を示す手紙を受け取った篠田は、まるで予期せぬ出来事だっただけに大慌ての結果、療友の本田陽彦に打ち明けて相談したらしい。〝孔舎衙の時に、余り優しい言葉をかけるからや…〟とたしなめられ、〝すぐに返事を出したら…〟と忠告されて綴ったのがあの手紙だったとの由であった。

小説中の塾生・木下清七、あだ名は《かっぽれ》のモデルとも目される本田は俳句に堪能で、篠田も道場時代に初めて彼から手ほどきを受けて以来ずっと現在まで趣味の一つとして嗜まれ、ソ満国境の戦陣や軍病院時代においてさえ、度々、句会を開いていたそうである。

つひの間の生か流星杯を上ぐ
玉砕近く星夜辞世の句を読める
死生一如南瓜の花に見入りたり

苛酷な敗戦、抑留の死線をさまよいながらも、幸い九死に一生を得て故国へ帰還された篠田は、遥か五十余年前、孔舎衙の里で一緒に病を憩うた療友木村庄助の思いもかけぬ早逝を知らされて、只々、言葉もなく、ひたすら冥福を祈られるのみだった。

彼は今も尚、頗る健在で、俳句、読書や旅行などの趣味に静穏な毎日をお過ごしである。終わりに、最近、戴いた便りに添えられていた二句を記しておく。

読みかえすパンドラの匣桜桃忌
モデルとて載りしはじらひ桜桃忌
暁舟

註：（一）『木村庄助日誌巻九』は平成四年三月、津島家より実弟・木村重信へ返却された。
（二）篠田文男は平成十六年三月十四日死去された。

(5)『パンドラの匣』に描かれた女性像

『パンドラの匣』は、太宰ファン木村庄助の病床日誌に借材して書かれた大阪生駒山麓に実在した孔舎衙健康道場と称する特異な結核療養所を舞台にした青春小説である。

療養施設を扱った作品であるゆえ、当然、そこには患者の看護や世話に当たる助手と呼ばれる看護婦に相当する大勢の女性たちが登場する。太宰治は主人公の塾生と称する患者ひばりと若い彼女たちとの日々の交歓風景を軽妙なタッチで明るく描いている。

以下、原資料『木村庄助日誌』「巻九」との関連を特に重点的参考に据えながら、塾生ひばりと助手中で最も若いマア坊、そして婦長に当たる組長の竹さんとの間に芽生えた淡い恋愛感情を通して、太宰が本作品で意図したと思われる女性像に迫ってみたい。

まず助手のマア坊。〝美人ではないが、ひどく可愛い。仕事にもあまり精を出さない様子だし、摩擦も下手くそだが、何せピチピチして可愛らしいので、竹さんに劣らぬ人気だ。〟と、熱を上げっ放しの彼女のモデルは、実際の日誌では文鳥のあだ名を持つ輔導員（看護婦）の女性村田富美子である。だが村田は同室の他の患者に好感を抱き、ひばりのモデル木村の意を一向に解してくれず付かず離れずの態度に、彼は終始いらいらの毎日だった。

作品中「妹」の章では、一足先に転院して行ったその恋敵の患者から彼女へ届いたラブ・レターに記された短歌の意味を、ひばりが解説してやるくだりがある。事実は太宰が日誌原文にあった土井晩翠の第一詩集『天地有情』中の詩「別の袖に」を、万葉集巻四の六四八、大伴宿彌駿河麿が大伴坂上郎女に送った短歌に変えていたのである。どちらかと言えば、恋心のはかなく移り変わり冷めゆく様を謡った土井の詩よりも、万葉時代における男女の心の機微に触れた相聞歌の方が、この際は適切だろうと判断したのだろうか。少しでも魅力的なマア坊像を描こうとした? 太宰の胸の中が偲ばれていささか興味をそそられる。

さて「コスモス」の章で、マア坊には俳句の素養があることがわかる。ところが十八歳の美少女村田は俳句に縁がなかった。作品中の〝乱れ咲く乙女心の野菊かな〟や〝コスモスの影をどるなり乾むしろ〟の句を作っていたのは、実は全く別の輔導員、日誌の書き手木村と奇しくも同姓の木村マサ子、あだ名は真あ坊だった。二十歳、若さが取り柄の文鳥とはまた異なって、さすがに年上だけあって何となく落ち着いた雰囲気と趣味教養の豊かさが感じられる女性だった。

日誌、十二月十三日の面に書き連ねた添削済みと思われる俳句中には、確かに〝乱れ咲く乙女心の野菊かな〟と〝コスモスの影のあそべるほしむしろ〟の二句があり、その頁に挟まれた古い便箋用紙には変体仮名まじり、女文字の真あ坊の原句〝咲き乱れし乙女心や野菊かな〟も認められる。若い日に俳句を嗜み、芭蕉の「かるみ」に憧れた太宰だけあって抜け目はなかった。早速、彼はこの二句を借用、更に見事な推敲添削を加えて村田、木村の両女性を一人の助手マア坊に仕立て上げたのであった。

もちろん、塾生ひばりの恋の相手の本命は組長の竹さんだった。人を決して堕落させない正しい愛情の持ち主、よく気がきいて働き者、堂々たる風格に孤独の気品を備えた日本一のおかみさん然たる女性である。組長竹さんに肩入れする文通相手の親友の向こうを張って、初めは助手のマア坊に惚れてはみるものの、やがて彼の思いも次第にまたこのつくづく人生の厳粛さを感じさせ、色気無しに親愛の情を抱かせる女性に真の美しさと偉大さを見つけ出してゆくのである。

太宰はこの組長竹さんを単なる聖女や賢婦としてだけではなく、世の辛酸をすべて舐め尽くした極めて鋭い洞察力と暖かく大きな包容力を併せ持った、いわゆる出来た母親像として描きたかったと考えられ、本作品の竹さん像造型には格別の思い入れがあったに違いない。

その企てと努力の経過を、作品の構成叙述への日誌引用の面からちょっと眺めてみよう。

例えば「死生」の章3節で、ごはんを余分に分配されて有難迷惑がるひばりを〝いやらしい子！〟と難詰めする竹さんの口癖や、「試練」の章1～2節で竹さんからの土産の竹細工人形、同じく「試練」の章7節における早朝の青い電灯下での洗面所掃除などの箇所は、いずれも実際の日誌ではことごとく文鳥の立ち居振る舞いである。ただし十月二日の文鳥は余分のどんぶり飯を他の患者へは分けてやってもわざと木村だけには与えない。五日の記述によれば文鳥の口癖〝いやらしい〟は悪意と好意の両刀遣い的表現。十一月七日に外出から戻った文鳥は、やはり直ぐには木村へ土産を渡さない。そして二十二日早朝、掃除の場面は、〝大便所には、青い電球がついてゐるのだが、その青い灯の下で、文鳥がしやがみ込んで、戸をふいてゐた。いつもの着物の上に、例の紫のはんてんを羽織つてゐた。五時前のことだつたらうか、暗くて、なまめかしくて、満足に口がきけず、お早ようを言ふのも忘れてゐた。〟となっている。これが作品では〝洗面所には、青いはだかの電球が一つ灯つてゐる。

のぞいて見ると、絣の着物に白いエプロンをかけて、丸くしやがみ込んで、竹さんが、洗面所の床板を拭いてゐた。手拭をあねさんかぶりにして、大島のアンコに似てゐた。振りかへつて僕を見て、それでも黙つて床板を拭いてゐる。顔がひどく痩せ細つて見えた。道場の人たちは悉く、まだ、しづかに眠つてゐる。竹さんは、いつもこんなに早く起きて掃除をはじめてゐるのであらうか。僕は、うまく口がきけず、ただ胸をわくわくさせて竹さんの拭き掃除の姿を見てゐた。白状するが、僕はこの時、生れてはじめての、おそろしい慾望に懊悩した。夜の明ける直前のまつくらい闇には、何かただならぬ気配がうごめいてゐるものだ。〃となって、より気高く美しい、あたかも泰西名画の光背中に浮き出た聖母像をさえ思わせるような、一層こまやかな描写に変わっている。

ところで、原資料の木村日誌「巻九」は道場入院後約一カ月経った昭和十六年九月十三日からの第二冊目のもの、不思議なことだがこの中には組長竹さんのモデルに当たる人物は一切出てこない。書かれている内容の大半は木村が寄せる輔導員文鳥への濃密な恋心の吐露激白と言ってよい。先に挙げた日誌文抄録のすべてが文鳥にまつわるエピソードだった所以もここにある。現在、紛失してしまった入院当初の第一冊目「巻八」には恐らく書かれていたと思われる組長のモデルは、井上千代茂なる実在人物であることを私はすでに独自調査で確認している。個人的事情により九月上旬ころ道場から他の関連施設へ転任したらしい。木村が入院早々にして別れねばならなかった人格、識見ともに優れてすこぶる信望篤かったこの婦長格の井上へ、日誌読後の太宰もまた大いに魅せられ、即座に彼の日ごろから夢見ていた理想の母性像の典型を見出したに相違ない。新聞連載の送稿に際して、「河北新報」社出版局・村上辰雄宛へ〃竹さんなる女性の顔は、当分挿画のはうに出さないやう恩地孝四郎画伯にお伝言下さい。そのわけは、あとでわかります。大いに面白いものを書くつもりです。〃と述べた一文からもまた、彼の竹さんなる人物像案出描型へのただならぬ意気込みが感じられてならない。

されぱこそ日誌のあちこちに散在する、主として文鳥と木村との間に起こった様々な事件や挿話の類いを専ら竹さんとひばりの関係へうまくスライドさせた上、原文を巧みに取捨選択、修飾改変しながら徳育、情操、才色兼備、より高邁清潔で模範的な組長像を書き上げようと努めたのであろう。助手のマア坊が村田冨美子、木村マサ子の両モデルを合体したように、竹さんもやはり井上千代茂へ後で道場長と結婚することになった同じく輔導員の西村光子を更に重ね併せて作った人物であることも申し添えておかねばならぬ。かつて太宰夫人美知子がその著書で〃『パンドラの匣』の主人公や、竹さんその他はヒントは得ているにせよ、太宰の作り上げた人物像である。〃と述べたのもうべなるかなである。

いずれにしても執筆に当たっての太宰の素材の読み込みの的確さと、その借用、適用、流用、転用の手捌きの鮮やかさ、翻案創意の技巧の冴えには、ただただ目を見張り舌を巻いて感嘆せざるを得ない。

作品の終章で、塾生ひばりは失恋の痛手を照れ隠しながらも組長竹さんの結婚を知らせてくれた助手のマア坊の顔に、「かるみ」へ通じる無慾の気品と透明な美しさを発見し、希望の微風に頬を撫でられる。間もなく彼は純粋の献身に心掛けつつ、陽が当たり蔓の伸び行く方向へ歩き出そうと決心するのである。

さてそもそも「パンドラ」とはギリシャ神話に現れる人類最初の女性の名で、あらゆる贈り物を与える者の意。彼女が抱えた「パンドラの匣」には、一説によれば本来は災厄や希望の他にすべての富と豊穣や善と祝福と恩寵の贈り物が詰まっていたとも言われる。

結核闘病の場、健康道場には、竹さん、文鳥や真あ坊以外にもキントト、うるめ、ハイチヤイ、孔雀、となかい、こほろぎ、たんてい、たまねぎ、カクランなど多士済々な助手と呼ばれる若い看護婦さんたちが溢れていた。

すなわちこの小説、本当はやっぱりその多くの優しく逞しい溌剌たる女性らから大いに癒しの心と生きる力を贈られて、病気を克服し元気を取り戻す塾生ひばりの飛躍、復活、再生譚だったのではなかろうか。

註：マア坊のモデルの中の一人だった木村〔飯島〕マサ子は平成二十八年十月十五日死去された。享年九十六。

(6)『木村庄助日誌』「巻四」と「巻五」

小説『パンドラの匣』の原資料となった『木村庄助日誌』「巻九」は、平成四年三月既に津島家から遺族の実弟・木村重信へ返却されていたが、平成十年九月中旬、更に残りの二冊「巻四」と「巻五」が五十五年ぶりに戻ってきた。

今回は、当日誌の書き主木村庄助と太宰治との出会い、並びに太宰書簡集収載の木村宛現存書簡四通を巡るいきさつにかかわる記載を、主として「巻四」について述べ、併せて先に発表済みの事項に関しても若干の補足、訂正を試みておきたい。

昭和十八年五月、自殺した木村庄助から太宰治へ遺贈された日誌は全十二冊だったが、美知子夫人の回想記にある現存三冊の日誌「巻四、五、九」は、これでみんな遺族の手元に揃ったことになる。

最初に、日誌の体裁について記しておく。「巻四」は〈随想〉と題した三省堂発行化粧函入り市販自由日記だが、現在、かなり傷んで表紙は表、裏、背ともに完全に剥がれ落ちてなくなり、誌面が直接剥き出しの状態、その上、所々、頁の角辺りが少しちぎれたり、皺になったり、変色したり、また破れたのをセロハンテープで修理してあったりして、多少、字の読みにくい箇所などもある。

大きさは縦十九・六×横十四・五センチメートル、各頁は銀灰色の太、細両線で二重に囲まれた縦十七×横十二・七センチメートルの長方形枠中に、十五本の縦罫線が引かれた十六行の自由記載形式のものである。

昭和十五年一月一日？　～十日、十月十五日の中途あるいは十六日～十一月三日、及び十二月二十日中途～三十一日？　の部分は欠落、紛失している。一月十一日から十月十五日（七月十、十二、十七、十八、二十二日、八月三、七、九、十四日は記載なし）まで計二百七十日間二百八十六頁、十一月四日から十二月二十日まで計四十七日間三十六頁、合計三百十七日分三百二十二頁のみが残存、前記の欠落部分があるので、全頁数は不明である。

外函（縦二十センチメートル×横十六センチメートル）の方も破損が激しく、全く解離して平らに開いてしまっており、かつ天井に当たる一面は消失している。

一方の「巻五」は、褐色やや目の粗い布貼り装丁、大きさ縦十九・五センチメートル×横十五・五センチメートルの表紙。中身の誌面は縦十八・七センチメートル×横十四・七センチメートル、薄緑色罫線による二十四齣／行×十二行の原稿用紙タイプ。

昭和十六年一月一日～三月二十七日の計八十六日間の本文記述三百六十四頁分と、最終横罫線部分八頁（うち一頁に索引と題し、読了した単行本・雑誌のリスト、別の一頁に聴取したラジオ番組のリスト記載、残り六頁は空白）の合計三百七十二頁、厚さは二・五センチメートルに及ぶ。奥付によればこれもやっぱり〈随想〉と題する三省堂、昭和十五年十月五日発行の市販自由日記である。尚、この日誌「巻五」は、今までに東京駒場の日本近代文学館、横浜の県立神奈川近代文学館で、それぞれ太宰治没後三十年及び四十年記念の展示として出品されたお馴染みのものである。

ところでこの「巻五」は、表紙に何の記載もない。したがって以前、拙著『探求　太宰治』に木村庄助日誌全十二冊には「巻一」から「巻十二」までの通し番号が順番に振られ、背表紙にそれが金文字で印刷されていたと記したのは誤りである。「巻四」は表紙が消失しているので不明だが、これも「巻五」と同様の三省堂発行の市販日記〈随想〉であることから、一応、似たように類推してよいのではなかろうか。つまり物資不足のため、市販日記が入手不可能になって大学ノート代用に切り替わり、自家製本する機会が生まれた「巻九」前後からの日誌のみ、背表紙に番号やタイトルが記入されるようになったのかも知れない。

おまけに今度の日誌内容から、庄助が実際に日誌をつけ始めたのは昭和十四年の六月頃からだったらしいことが初めて判明した。よって先著『私論　太宰治』の、日誌「巻一」は昭和十三年二月以降から始まったとする記述も、この際いっしょに訂正しておきたい。

いったい、太宰治に関する記載が日誌に初めて登場するのは、「巻四」の昭和十五年五月である。すなわち、

二十六日　日　曇　晴

気になつてゐた文藝を読み上ぐ　四月号の創作は中々力作揃ひで読みごたへがあつた（中略）太宰治の〝善蔵を思ふ〟は四月号でも一番いゝ　文学とはこんなものだと思ふ　この作品全体を流れてゐる自虐的な心理解剖は全然私にも思ひ当ることばかりだ　作者は自己を心理的に虐待してその虐待に酔つてゐるやうに見えるし更に一歩進んで考へれば虐待に酔つてゐる自己を更に虐待

してゐるやうに見える　これ遁環論法である（後略）

の文章である。

昭和十一年四月、宇治茶問屋の長男だった彼は、学業を終えると直ぐ静岡の同業者へ見習い奉公に出、一年後その東京支店へ移る。

それから半年経った昭和十二年十月、祖父が経営する名古屋市東区鍛冶町三丁目の「木村山城園」店に帰ってくるが、間もなく結核を発病して近くの同区武平町三丁目の黒田病院へ入院する。

翌昭和十三年一月末、軽快退院して帰郷、近所の親戚や自宅別棟の一室で療養生活を続けるうちに次第に思索に耽り、やがて古今東西の純文学作品や思想哲学書に熱中し出し、文藝雑誌を毎月講読するまでに至ったのである。

そうしてたまたま読んだ雑誌『文藝』に登載されていた太宰の作品「善蔵を思ふ」に行き当たったというわけである。その時はまだ恐らく木村は、まさにこの太宰治こそが後に彼の生涯を決定づける運命の作家になるだろうなどとはよもや夢にも思っておらず、ただ心に何となく波長の合うものを感じる程度だったのではなかろうか。

約三週後の六月十七日に、

（前略）夜は新雑誌の〝新風〟七月号を読む（中略）太宰治の〝盲人独笑〟は彼の彼らしい佳作である　私はまだ太宰の作を二つしか読んでゐないが現代文壇で一、二番に好きな作家である

この作も完全に成功したとはいへないだらうがかういふ自虐的な持味を持った作家は他にはゐないし私は好きである（後略）

とある。

前回と同様、彼は太宰作品の自虐性に強く魅かれている。

当時、彼は盛んに自意識過剰、自己嫌悪の念に苛まれ、厭世観に悩み、少々神経衰弱気味であった。事実、一度は自殺を決心し、両親と親友への遺書さえしたためている。が、果たさず、その後も生死の問題に苦しみ喘いだあげく、結局は再度文学へ戻ってきたのである。

七月二十七日、彼は町へ出る弟に太宰治の作品を全部買ってくるように命じたが、生憎、その日は『女の決闘』と『虚構の彷徨』の二冊しか手に入らなかった。

彼は、早速、当夜の日誌に、

（前略）こゝに私と同じ苦しんでゐる姿がある。これは読む者が読まなければ鼻持ちならぬ気障な作風に思はれても無理からぬことだ　太宰がどこまで自分の書いてゐることについてわかつてゐるのかどうか少しその点は疑問に思ふが　それは大して問題でない　私はその酔漢めいたくだまく文章を読んでゐるだけで結構救はれる　太宰の作品は短い文章を一つ一つ切り離して考へるといふことは出来ない　それは全然意味がない　作品全体の　一種の酔漢めいた　もだもだした雰囲気。それがそのまゝ太宰の文学であり思想であり哲学であり生きかたであるのだ（中略）太

宰治に栄あれ　ダザイオサムに　祝福あれ　万歳（後略）

と、その読後における救われた感激を綴っている。

しかも太宰の作品には川端康成など他の作家に見られる或る種の割り切れない、忌々しい不安感が全く無い、太宰はすっかり腹の中に収まり、共鳴が感じられ、それでいて結構健康な刺激をもって迫ってくるとも述べている。加えていまだ太宰文学の救いは一時的、どれ程偉大な作家だって一生を支配するような決定的な感化力を持つ筈はないとわざわざ断わりつつも、とにかく太宰治発見の喜びを手放しで語っている。

かくしてその日以後、彼は急激に太宰治の人と文学へのめり込んで行くのである。

尚、太宰治に本格的に出会うようになったちょうどこの頃から、庄助氏の日誌や書簡の文章には、それまで例外的にしか見られなかった句読点がはっきり打たれるようになってきているのは甚だ興味深い。

四日後の七月三十一日の日誌には、

白状してしまはう。砂子屋書房へ他の用事のついでに問い合はせてやつた太宰の住所を返事してきたので、思い切つて昨日の、〝太宰治への手紙〟を未完のまゝで送つた、（中略）一縷の僥倖にすべてを託して十五枚だけ送つたのである。あとは様子を見た上で送るか送らぬか定める。若し、或る程度の好結果を得られる見込みさへつけば、書く方のことは心配ない。どういふ結果になることか。自分でも少しも自信がないので非常に心配である。

と記されている。遂に太宰治へ働きかける具体的な始まりがやって来たのである。八月に入って、早々の、

四日　日　晴　曇

（前略）太宰から返事が来た。なるほど、こんな書き方もあるものだな、と感心しながら読んだ。それについても、今日は何も書かない。彼はやはり大人であつた。

五日　月　晴

〝太宰への手紙〟の後半を書き上げて郵便で送つた。昨日、あんな葉書を受け取つてゐる以上、本来ならば送るのを差控へるべきだとは思ふが、少し云ひたいこともあつたので、図々しく送ることにした。読むのが嫌なら、クヅ籠に投り込んで貰つて一向差支へはないのだから。

と二日続きで、日誌は太宰からの返信について触れている。

太宰治書簡集に登載されている、例の昭和十五年八月二日付木村庄助宛の最初の葉書は、彼の精魂込めた十五葉にも及ぶ長文の手紙に対する返事としては、もう五年の自重と猶予を促しただけの実に素っ気ないものに過ぎなかった。

庄助の「彼も大人であつた」の記述からは、太宰へかけた大きな期待の一端が物の見事に裏切られ

た無念の心境を、無理やりカモフラージュした皮肉の意図が読み取れるような気がする。
にもかかわらず、やはり諦めきれずに再度したためた手紙へは、さすがに太宰からの応答はなかった。だが、十五日には『晩年』『女生徒』十七日には『皮膚と心』『愛と美について』等、先に書店へ注文しておいた太宰治の著作が相次いで到着する。

十七日　土　晴

（前略）今、いゝ気持になつて、第一小説集の〝晩年〟を読んでゐる最中である。（中略）よはひ二十歳にして、晩年だと云つた太宰の気持が私にはよくわかる気がする。（中略）〝猿面冠者〟についいで、〝思ひ出〟がよかつた。どうも自分の形代を見てゐるやうで、気味の悪い程、ウフウフ笑ひながら読んでゐる。若し誰かが、「何か面白い小説を書く人はありませんか」と訊いたら、私はそれでは、太宰治をお読みなさい。と躊躇なく答へられるであらうか。多分答へられまい。私は出来るだけ太宰の愛読者の少いことを願ふ。出きるだけ多くの人が、太宰の価値をみとめないことを願ふ。太宰は文豪になることを夢見てゐるかも知れないが、私は文豪の太宰など困る。（中略）私は決して太宰の名前を私以外の人間に向つて発しないことにしなければならぬ。太宰は私の秘密である。（後略）

次いで、

十九日　月　晴

（前略）〝晩年〟を読了した。（中略）彼の〝二十世紀旗手〟は出版元の版画荘が、つぶれて、現在、絶版になつてゐるさうである。しかし、是非読みたいと思ふので、性こりもなく、また太宰に手紙を書いた。哀れな僕だ。なつちやゐない。それからこれは内緒であるが、僅かばかりの粗茶を、小包で送つた。あゝ、恥しい。穴があつたら入りたい。「先日は、再度、つまらぬことで御迷惑をお懸けして、相当、気にしてゐます」「晩年の〝葉〟の中で見たのです。お詫びのしるしです。よろしかつたら秋には松茸をお送りします」なあんて、こんなたいこもちみたいなことを私は書いてしまつた。恥しいなんていって云つてゐられない。これから五日間程、その返事を待つ楽しみを思へば、実際、恥しいなんて云つてゐられない。（後略）

昭和十五年八月現在、庄助は『二十世紀旗手』以外の、それまでに発行、市販されていた太宰治の著作七冊は全部入手していた。

彼は「葉」の終末の断章、

生活

よい仕事をしたあとで／一杯のお茶をすする／お茶のあぶくに／きれいな私の顔が／いくつもいくつも／うつつてゐるのさ

どうにか、なる。

に、太宰治の日常における執筆生活の一端をかいま見、自家製品のお茶を送るとともに『二十世紀旗手』の入手方法を尋ねたのであった。その誌面にはどうにも抑え難い太宰への思いが、些かの衒いと自虐の面持ちで吐露されている。

二十日、彼は日誌の文面を、以後、太宰への手紙形式に変えようと考え、早速、「太宰治へ話しかける」と書き出し始めるが、その一日後には、もう、

二十一日　水　晴

昨日は、僕、少し興奮して、気障を云ひ過ぎた　ね。なつちやゐない。今日は、も少し、真面目に書かうね。（後略）

と反省しながらも、買ったばかりの『愛と美について』『女生徒』の二著をむさぼり読み、『富嶽百景』では、天下茶屋の娘さんや吉田の青年たちに凄まじい嫉妬をさえ感じている。

あまつさえ、小説を読むだけでは我慢出来ず、兄のように感じ尊敬する太宰に、是非会って話したいとすら述べている。

ちょうどその矢先、待ちに待った太宰からの『二十世紀旗手』の件などに触れた二十日付の返事が、とうとう送られてきた。

果たして木村庄助の努力と熱意は報われたのだろうか？　さにあらず、彼はやはりどうにも不服

だったのである。その憤懣遣る方のない胸のうちは次のように綴られている。

二十二日　木　晴　曇　驟雨

駄目だ。君は、君は、なんにもしらないのだ。僕が、どれほど君を好いてゐるか、君はちつともしらないのだ。少しでもしつてゐたら、あんな葉書の書けるわけがない。僕は、君から三枚の葉書を貰つた。なぜ、君は、短くてもよいから、手紙に書いてくれないのだらう。僕は、葉書を受取ることがきらひだ。はがきは、しつれいである。（中略）ちつとは、僕のしよげ方も考へてくれ給へ。（中略）封筒に名前を書かなかつたのは、あんまり、度々のことなので、君が封を切らない先にうんざりしはしまいか、と心配したからだ。他意はない。書くのを忘れたのでは、むろん、ない。この用心ぶかい僕が、どうして、忘れたりなんぞ、するものか。ばかばかしい。考へても、わかりさうなものだ。（中略）僕は、君が小説を考へるひまの、いたづら書きのやうに走り書きした、あの葉書をさへ、もう二十ぺんは、読みかへしてゐる。ありがたいとは思はないか。よく、手がはれてしまはない、ことだ。こんな葉書を、いま、書いたところだ。

「しやくだけれども、あなたの云ふとほりに、します。断わつておかないことには、気持がおちつかないので、僕のきらひな、はがきで、ちよつと、おしらせします。みなさんの、御健康、祈ります。なほ、僕は、い、人です。では、また、五年のちに。

不乙。」

これは、明日の朝、出す。君は、二十四日の朝、受取るだらう。

この文面でちょっと気になるのは「君から三枚の葉書を貰つた」と記されていることである。太宰治書簡集によって判断する限り、庄助氏は当二十二日の時点で、八月二日付、八月二十日付の二枚だけしか太宰からの葉書を受取っていない筈である。ただし二十日付のものは文面がやや長いので（句読点込みで二百九十一字）、二枚にわたって書かれた？　とも考えられ得る。しかし昭和十一年三月一日付佐藤春夫宛葉書は、同じく句読点込みで三百三十五字だが、写真版で一枚の葉書であることが確認出来る。やはり三百字内外の文章は一枚の葉書で十分、書簡集にも二枚とは断わってない故、一枚であることには間違いないだろう。

してみると、二日から二十日までの間に書簡集へ未登載の葉書が更にもう一通あったのだろうか。庄助が、あれほど心酔していた太宰治からの葉書の枚数をまさか誤ることなど絶対あり得ないと思うからである。

さて、先般贈った銘茶に対する太宰からの二十二日付返礼の葉書を受取った庄助は、

二十五日　日　曇　雨

太宰さん。また葉書、もらつた。今日のは、これまでのより、一層、走り書きで、そつけない。悲しくなるね。しかし、かまはない。僕は五年たつたら、再びお眼にかゝらう。それまでに、うんと勉強して置く。（後略）

のように、どうしても思いの通じない落胆振りと、もう五年先へ一縷の希望を繋いでの更なる忍従

の程を述べた後へ、太宰の作品「乞食学生」が連載されている雑誌『若草』九月号を購入したことをも併せ記している。

以後、彼は絶望と死から己れを救ってくれた太宰治の作品をひたすら読むことに生き甲斐を見出し、太宰の苦悩に共感し、小説家になりたいと切望しつつも、寄せては返す耐え難い煩悶と焦燥と自虐の日々に明け暮れるのである。

すなわち、三日後の、

二十八日　水　晴
（前略）私の現在、背負つてゐる苦悩は、大体に於て、太宰さんなどの持つてゐる苦悩と同じものだと云へる。たゞそれが、太宰さんに於ては、表現の道がひらかれてゐるに反し、私には、それがない、といふだけのことだ。（中略）苦悩といふものも、一つの、自尊心なのである。〝俺は、かういふことに苦しんでゐるんだぞ〟といふやうな、自己優越の気持をふくんでゐるものらしい。さうでなかつたとしても、それを発表することによつて、苦悩の重量の減ることは、疑ふ余地のないことである。だから、今、の私は、太宰さんよりも、より重い苦悩を背負つてゐるのである。私は、さう思つて、せめてもの、さゝやかな、自己満足にふけるより、仕方がない。

翌九月になってからの、

二十二日　日　晴　曇

小説を書きたいと思ふ。（中略）太宰式の酔どれ小説なら、私にもかなりうまく書けさうな気がする。（中略）しかし今の私は、さういふ真似から出来るだけ遠ざかりたいのである。出来れば、志賀直哉のやうな小説を書きたいのである。この願望は、夢にも、物好きや冗談ではないのである。はつきりほんものなのである。太宰の名は、私の秘密である。それを、たとへ、違つた形にもせよ、人に見せることは好ましくないのである。また、無意識ででも、私の書いたものが太宰さんの真似だと云はれるやうなことがあつては困るのである。（後略）

重ねて十月に入ってからの、

七日　月　晴

（前略）今、夜の十時である。眠ろうとしても眠られぬまゝに、太宰治の著書を引つ張り出して、（中略）読み入つてしまひ、ますます太宰治（つまり、君のことだ。しつかりしたまへ。）が好きになつた。私は、今後、新しく書く君の作品を読むためにだけでも、結構、この世は、生きてゐる価値があると思つた。いや、君の作品を読むために、生きてゐなければならぬと思つた。さうだ、僕には生きる希望があるのだ。私は、泣いてゐるのである。笑ひごとではない。私は、君が、好きだ。私は、君の書いたものを読むために、生きよう。君と同じくらゐに、長生きしよう。

等々の文面は、その彼の偽りない太宰への恋慕の心境を如実に物語っているとみてよかろう。
さて、現今の太宰治書簡集では、昭和十五年における木村庄助宛の葉書四通の中に、彼の変名と注記された十月十一日付松田登名義のもの一通をも含めている。
以下、この件について少し述べてみよう。
松田登は、庄助の祖父・木村庄之助の実妹キミの嫁ぎ先松田長三郎家へ、近郊の相楽郡東和束村原山から養子に入った人物（旧姓・藤沢）で、当時、庄助の実家の直ぐ近く、青谷川を挟んで南側の綴喜郡多賀村（現城陽市井出町多賀）に住んでいた。昭和十三年一月末、名古屋の病院から退院、帰郷した庄助が引き続き昭和十五年四月上旬まで療養していたのも、実はこの松田家の離れの一室であり、二人は年齢も殆どいっしょで極めて親しい間柄であった。平成九年十二月死去された。

拝復

けさほど貴翰拝誦いたしました。拙著は、あの八冊だけです。よく集めましたね。人名録のは、間違ひです。来春には、また、二、三冊出る筈です。綴喜郡の青谷村字十六、木村庄助君が、いつも面白い長い手紙を私に下さいますが、ご存じですか？　ご存じでなかつたら逢つてごらんなさい。面白い青年のやうですよ。

不乙。

としたためられた、例の松田登名義宛十月十一日付太宰書簡をその二日後に受け取った庄助は、日誌に次のように記している。

十三日　日　曇　雨

おかしくつて仕様がない。ごらんの通りの葉書は、君が、くれたのである、先日、図書館へ行つた時、文藝年鑑で君の経歴をしらべた処著作として、創生記、道化の華、晩年と書いてあつたが、創生記といふのは、聞いたこともないし、どういふものか知りたいと思つたので、問合せを出したのである。しかし、私の名前では具合が悪いので、登さんの名前を借りたのだが、それに気付かずに、ご存じですか？　などと書いたのは、君の迂闊と申すよりほかはない。逢つてごらんなさい、なんて、醜体ですよ。逢ふにも何んにも、二人は同一人なんだから、これはまつたく抱腹ものである。若しかしたら、君は知つてゐて、かういふことを書いたのかもしれないと思ふ。さうだつたら、君は、えらい。

庄助はその後、知り合いの書肆に依頼し、九月に入ってからやっと見付けた『二十世紀旗手』を含めて、太宰治の著作単行本はすべて買い揃えたと思っていた。

ところが十月八日、京都へお灸をすえに出た帰途、葛西善蔵に関して調べるため図書館に寄った際、ついでに『文藝年鑑　一九三九（昭和十三・十四年）版』中の（「文芸家」便覧）三百三十五頁「夕」欄掲載の太宰治略歴を見たのである。「創生記」は、雑誌『新潮』昭和十一年十月号に発表後、どの刊本にも収録されず、昭和十七年十一月になって漸く『信夫翁』（昭南書房刊）に登載された作品である。『文藝年鑑』での記載は確かに「道化の華」「創生記」「晩年」となっており、庄助氏が「創生記」を既刊の単行本の一冊と誤認したのも無理はない。太宰の言った「人名録」は、多分、この『文藝年鑑（「文芸家」便覧）』を指すものであろう。

ここで注目したいのは、末尾に記されている「若しかしたら、君は知つてゐて……さうだつたら、君は、えらい。」の文節である。

太宰から文通を禁じられていた庄助が、已むなく名前だけ変えて赤の他人になりすまし手紙を出したところで、字の形や癖、文章のスタイルなどまで完全に違ったふうにごまかし通せるものでは決してなかろう。

まして同じ京都府綴喜郡からの便りであるからにはやっぱり太宰もあながち偶然とばかりは思っていなかった？　ひょっとすると或いは……などと疑っていたやも知れない。

まさしく欺かれたふうを装って実は逆にうまく欺いている、あの太宰流独得のサービス精神、そしてそれをまた見事に看破し、受容していたのでは？　とさえ思える庄助の姿がはしなくも露呈している感がある。

そこには、己れ自身に生き写しの性格と思考過程とを兼ね備えた木村庄助の、秀抜な文才をそろそろ認め始めざるを得なかった太宰治と、そのまな弟子を夙に自認して已まなかった庄助との間に交わされた、洗練された遊び心での虚々実々の掛け合いや、阿吽の呼吸に支えられた紙つぶての遣り取りの妙技の冴えが仄見えている。

「いつも面白い長い手紙」「逢つてごらん」「面白い青年」などの文字が示している、木村庄助への親近の情を込めた太宰書簡は、ことごとく受信当日の日誌の頁に挿入貼付されていた由に聞く。が、このたび返却された日誌からはそれを伺うことが出来なかった。恐らく書簡集登載の前記四通以外にも、多数の庄助宛書簡があったと推定されるが、それらもすべて失われてしまっている。「巻一、二、三、六、七、八、十、十一、十二」の残り計九冊の日誌とともに。

もしも今、それらの遺品全部が存在し、仮に手に取って読むことが出来たなら、世紀の大作家太宰治と、彼を文学の師と仰ぎつつ、心ならずも宿痾に斃れた夭折の俊才木村庄助青年との心の交流がもっと色鮮やかに、そしてもっとつまびらかにされただろう。まことに残念無念、愛惜の情を禁じ得ない。

【参照文献・資料】
(一) 津島美知子『回想の太宰治』『増補改訂版　回想の太宰治』人文書院、昭五三・五、平九・八。
(二) 浅田高明『探求　太宰治―「パンドラの匣」のルーツ木村庄助日誌』文理閣、平八・一二。
(三) 浅田高明『私論　太宰治―上方文化へのさすらいびと』文理閣、昭六三・五。
(四) 入山信造氏宛木村書簡など
(五) 奥野健男編『恍惚と不安―太宰治　昭和十一年』養神書院、昭四一・一二。

(7)『木村庄助日誌』「巻四」と「巻五」(続)

―川端康成と太宰治―

前論考(6)に続いて、本稿では日誌中における川端康成に関する記載を探り、出来るだけ原文に沿って紹介してみたい。

先述した日誌「巻四」の昭和十五年七月二十七日の項にもあるように木村には、太宰治の文章は川端康成など他の作家にしばしば見られる割り切れなさや不安さがちっともなく、すっかり共鳴できる上に結構な刺激を与えてくれ、そしてそれは彼の「もだもだの作風のせゐ」だと考えているような節が伺える。

ところが、その約二週間前の七月十四日の日誌に、彼は、

(前略)〝伊豆の踊子〟を読んで泣いた
珍らしい程素直に涙が出た　泣いた後に少しの空虚も自己嫌悪もなかつた　一度読むと　ラヂオを聴いて　も一度読み返した
私は　出来るなら　毎日　かういふ清純な気持で　この日誌を埋めて行きたいと思つた(中略)

私は〝伊豆の踊子〟の中にもあるやうに自分をいゝ人だと思つた　私は　それを　素直に感じることが出来た
何時もは大抵午前か　午後に寝苦しい昼寝をするのに　今日は　眼が冴えて少しも眠気を催さなかつた　頭が　しん　として　興奮とは違ふ　一種の白い感銘が長い間　眼の先にちかちか残つてゐた（後略）

のように書き記している。
加えて八月十三日には、雑誌『文藝春秋』七月号の創作欄〈短篇特輯〉について、その読後感想批評を綴り、

（前略）川端康成の〝日雀〟は佳作である。これが一番勝れてゐると思つた。恐らく川端康成の作品の中でも佳作の部類に属するものだろう。〝禽獣〟と同じく小鳥を書いたもので、〝禽獣〟程の感動はないが、康成の近頃のものでは、一番いゝやうに思ふ。純粋で美しく、何か悲しい。かういふ作品は（または作者を）尊敬したくなる。主人公が康成と同一人だとしたら、康成は尊敬出来る。うまく書けないが。

として、横光利一、堀辰雄、正宗白鳥、里見弴、阿部知二ら他作家に較べ、只一人、川端康成のみを誉めそやしている。

昭和十五年の七月から八月と言えば、庄助が初めて太宰治を発見し、太宰治へのめり込んで行き始めた、まさにその時に当る。

太宰文学の酔漢めいた自虐性に同調し、安心し、救われた心地になる一方で、彼はまた川端文学の清らかさ、美しさ、悲しさへも止めどなく魅かれているのである。

十二月二日には、

（日本小説：注）代表作全集を読了。感心したのは、川端康成の〝母の初恋〟である。やられた、と思つた。かなはない、と思つた。この何とも云ひやうのない、純粋な美しさは、どうだ。婦人公論に載つたものであるゆゑ、さうした層の読者を目標にして書いたやうな処はあるが、完全に敗けちやつた。川端康成は、やはりえらい。（中略）第五集でよかつたのは、何と云つても、〝母の初恋〟が一番だと思つた。（この題は、たゞ〝初恋〟とする方がいゝやうに思つた）（中略）どうもまた、川端康成を読んでみたくて仕様がない。やつぱり、川端康成は、ちがふ、と思ふ。太宰さんと、武麟、と梶井基と、川端康と、荷風と。私も、幸ひ、命長らへることが出来たら、いつかは一度、川端康成のやうな小説を書いてみたい。

とある。

実は既に紹介したように、同じ昭和十五年九月二十二日の日誌に庄助は、太宰式の酔いどれ小説ならいつでもうまく書けそうだが、そんな真似は避けて出来ることなら志賀直哉風のものが書きたいとも述べている。本音はいったいどっちなのだろうか。

いずれにしても、神経過敏、自意識過剰、自虐趣味で、厭世観に苛まれ続けていた庄助は、己れ自身そのままの姿を太宰の中に発見し、ひたすら彼の文学に親近感を覚える反面、余りにその身近さにまた抵抗感を抱き、些か嫌悪の情すら持ったのではなかろうか。

近親憎悪と言っては言い過ぎだろうが、やっぱり目指すは己の性格や日常に、ちょっと欠けた純粋、清潔さや、簡明、端正さの文学であり、憧れるのは、美麗、悲愁、枯淡、繊細等々の描写であったと見て取りたい。

続いて、昭和十六年の日誌「巻五」を開くと、その一月十八日の頁に、

（前略）去年の十二月の中旬から、川端康成選集を〝そろばんや〟に注文してあつたのだが、第五巻以外は、全部品切れで、その第五巻が、よりによつて、〝雪国〟の載つてゐる巻なので、失望した。余計なものを買はされて、損したと思ふ。入浴した。痔で困つてゐる。

夜、川端康成選集を読んだ。〝雪国〟のほかに、〝学校の花〟〝化粧と口笛〟〝針と硝子と霧〟〝慰霊歌〟が載つてゐる。〝学校の花〟と〝化粧と口笛〟を読んだ。前者は少女小説で、取立てゝ云ふほどのことはないが、〝化粧と口笛〟には唸つた。かなはない。私にはまだ、川端康成は、よくわからないところがあつて、痒いところを着物の上から掻いてゐるやうな、まだるこつさを感じるけれど、それでゐて、たまらなくいゝ。若しこれが、コツクリ、と頭の中に入つてくるやうになつたら、ほんとに、どんなにいゝだらうと思ふ。川端康成は、何とも言へず、悲しい作家

だ。この悲しい味が、すつかり割り切れて、自分の胸に入つてくるやうになつたら、私の文学も、まああといふところまで、行けるだらう。私は太宰さんの作品に、芸術的血縁を感じる。それと同じやうに、いや、それの十分の一でもいゝ、川端康成がわかるやうになれないものか。川端康成は、私の憧憬である。高嶺にあつて、背のびしても、まだなかなか手が届かない。それが、何とも言へず、腹立たしく、もどかしい。川端康成！ 私は、もつとこの人を読まなければならぬ。川端康成は、その名前を思ふだけでも、何かしら、むしように悲しい。どうしてこんなにも、この世のものでないやうな美しい女が、書けるのだらうか。この人に較べると、私などは、ひどくリアリストだけれど、しかし、一度ぐらゐは、こんなにも美しい、純粋な小説を書いてみたい。堀辰雄といふ作家も、やはりこんな風な綺麗な小説を書く人なのだらうか。私は、こんなにも純粋な情感を持つた人を、あこがれる。自分も、たとへ文章の上だけでもいゝから、こんな美しい情感の持主になりたい、この人が書くと、同じ俗なことでも、ちつとも俗でなくなる。私は、こんど書く〝娘〟といふ小説を、出来るだけ、この人に近付けてみよう。川端康成！ 私はさつきから、溜息ばかりついてゐる。太宰さんの真似なら出来るが、川端康成の真似は、私には出来ない。明日は、残りの二つを読まう。そして、早速、腹案の小説を書き上げよう。希望を持つて。

と記している。

太宰はこの文章を読んで、きっと歯軋りし地団駄踏んで悔しがったのではあるまいか。

庄助は、真似は出来ないと言いながらも、同人誌『曙人』へ寄稿する小説「娘」を、川端風に書きたいと願うのである。太宰へは決して感じない？　希望を持って。

そして翌十九日には、

川端選集第五巻の残り二つを読了。これは、あまり感心しない。いろいろの意味で、少なからぬ示唆は受けるが。今夜は書くつもりである。うまく行ったら、二日ぐらゐで書き上げられよう。

（後略）


とある。

しかしやっぱり書き上げられなかった。えらい意気込みで臨んだのに、その日は一字も書けなかったのである。おまけに何かの参考にと思って、飛び飛びに読んだ太宰の『女生徒』が致命的にいけなかったと述べ、どうやら「娘」という傑作は、現実にはお目にかかれない頭の中の幻影、小説のお化けだと記している。

それでも悪戦苦闘の末、十日後には不本意ながらも何とか六十枚足らずに纏め上げる。

彼は編集担当者へ送稿の際、予定の悲劇小説が多少喜劇調の首尾一貫せぬ、「箸が転んでもをかしがる若い女の変わりやすい気持ち」を、「意識の流れ」風に辿ってみたつもりだと言い訳している。

二月十八日、店の用事で京都へ出たついでに、方々の本屋を回って川端康成選集の第一、三、六巻の三冊を探し求めてくる。

かくして二日後の日誌には、次のように記している。

二十日　木　雨曇

川端康成の〝掌の小説〟七十篇を読了した。どれもみな、二枚から十枚ぐらゐの、清麗な、文字通り、掌の小説である。

私には、逆立ちしても、このやうな持味のものは書けぬ、と思ふと寂しかつた。きのふ、あれほど動いてゐた創作の気を、また、どこかへ見失つてしまつた。川端康成の真似は、出来ぬ。この人に較べたら、私は何といふ、野暮くさい、リアリズムの人間なのだらう。甘くて、話にならぬ。つくづく、むづかしいものだと思ふ。私は、見込みがないのかもしれぬ。私は何一つ、自分のものを持つてゐない。寂しい。

もう川端康成様々である。専ら川端への熱烈なラブ・コールである。川端の前にはせっかくの創作意欲も完全に萎え果ててしまいそう。だが二十六日には、隣村へ外出の際乗り合わせた汽車の中に、若くて美しい女性客を見付ける。そしてこのような美しさを小説に書きたい、このような女の美しさをぜひとも創作に写したい、さながら川端康成のように純粋な、非情な（俗情に溺れないという意味か?）美しさを描きたいと、しきりに乞い願い、恋い焦がれている。

翌々日、

二十八日　金　雨曇

（前略）来月の曙人に載せる小説に、もう取りかかつてゐる。いいものを書くつもりである。題は、〝壁画〟とする予定である。川端康成を頭に置いて書いてゐる。考へ、考へ、十枚ばかり書き進んだが、なかなかよく書けて在ると思つてゐる。雪のやうに澄んでゐて、かなり独創的である。（中略）これまでのやうな、うるさいお饒舌りの説話体を避けて、出来るだけ、簡潔な、凝結した文章を書かうと思つてゐる。（中略）太宰さんとともに川端康成を思つてゐる。（中略）純粋で美しいものを書かう。この世のものでないやうな美しいものを書かう。自分が清められるやうな美しいものを書かう。（中略）

と記すが、最後になって、

――夜、大して気も向かなかつたが、康成選集の父母への手紙、の中の「十六歳の日記」を飛びに読んでみた。が、私の好きな康成は、どうやら、〝掌の小説〟時代の康成と、〝旅の作品〟時代の康成と、つい最近の康成とであるらしい。こんや読んだのは、大体に於て、いやらしい気がした。どうも、またわからなくなつた。

と書いている。

迷っている。彼にとって川端文学はとても一筋縄ではゆきそうにもないのである。

三月に入って、

一日　土　晴

ぼちぼち書いてゐる。一字一字考へ考へ書いてゐる。俗情が入り込みさうになるとペンを投げ、暫く川端康成の「伊豆の踊子」や「童謡」「温泉宿」などに眼をうつし、再び、感情が熟してきたなら、またペンを取ることにしてゐる。（中略）

とにかく一生懸命やらう。俗情の入り込むことには、充分警戒しなければならぬ。この小説には、私の生地を出してはならぬのだ。――難しいのは、これからだと思つてゐる。（後略）

二日　日　曇

店の雑事のため、一行も書けなかった。それに、筆も渋つてきた模様である。夜、筆を持つ気にもならないままに、「浅草紅団」を読んだり、ラヂオを聞いたりしてゐたが、むしように悩ましい気がしてならなかつた。（後略）

三日　月　晴

川端康成の小説を評して、よく批評家が、「非情の世界」といふけれど、あれは嘘つぱちだ。何が「非情」なものか。この人ほど「有情」な小説を書く人はない。それにひどく官能的でもある。通俗小説の、その方面の旗頭、小島政二郎や邦枝完二よりも、もつと、ずつと、匂はしく、官能的である。

――と、以上お昼前に、つい考へもせず書いてしまつたのだが、これは間違つてゐるだらうか。ちつとも、自信がないのである。（中略）結局、私には文学がわからないのであらうか。見込みがないのであらうか。駄目なのであらうか。（鈍根）といふ言葉がある。私は、その（鈍根）なのであらうか。省みて、暗然たらざるを得ない。

私はいま、康成の「浅草紅団」以下の作品を読んでゐるのである。そして以上のやうなことを思つた。

「浅草紅団」の長篇を始めとして「浅草の姉妹」「浅草の九官鳥」「紅」など。私は打ちのめされたやうな気持になつて、（中略）矢鱈に、侘しくなつたり、悲しくなつたりしてゐる。自分が、惨めに思へて仕方がないのである。太宰さんの小説を読んだ時とは、全然別な感じだ。太宰さんには、救ひがある。死に絶えんばかりの苦しい時でも、太宰さんの小説を読めば救はれる。はつとして、助かる。川端康成は反対だ。自分が寂しくて、侘しくて、悲しくて、惨めで仕方がない。それだのに、やはり、無性に惹かれる。自分が小説を書くとすれば、太宰さんのやうなものよりも、むしろずつと、川端康成のやうなものを書きたいと願望する。如何にも惨めである。（中略）私が現在書いてゐる小説は、正しく、川端康成の真似事である。それを、しかも私は、得々としてゐるのである。（後略）

と、連日にわたって川端文学に触れ、遂には太宰文学との比較にまで及んでいる。太宰治の暖かな懐に抱かれながらも、それに安住できず、庄助が目指すのは究極的にはやはり川端康成の清冽なリリシズムであるように見える。

ところが、またまた雲行きが怪しくなってくる。

四日　火　曇晴

昨夜から今日にかけて、川端選集の第六巻、「父母への手紙」を読んでゐるのだが、六つの短篇のあとにつけ加えられた随筆風の読物を見て、ちよつと考へ込んでゐる。正直に云ふと、康成に幻滅を感じたのである。随筆なんか読まなければよかつた、と思つてゐる。いけなかつたのである。折角、小説によつて頭の中に出来上がりかゝつた、康成のイリユージヨンを、この随筆共は、粉々に壊してしまつたのである。（後略）

以下に続くこの日の誌面で、庄助は川端の随筆に対する嫌悪感を縷縷述べ、やはり随筆であれ、小説であれ、手紙であれ、書くものすべてに安心出来、信用が置ける太宰治の良さを、改めて再発見し、再確認することになる。そしてこれからは康成を読んでも決して惨めな思いにならず、それを卒業し、自分の小説修行にずるく利用するだけだと記している。

尚、「この随筆共は、……」以下の箇所の見開き二頁は、昭和六十三年五月～六月にかけて神奈川近代文学館で開催された没後四十年記念太宰治展に出品、公開され、筆者が硝子ケース越しに読んで手帳に書き写し、後に拙著『太宰治―探査と論証』中の「木村庄助日記と書簡」の章、八十六頁に引用した文章「この随筆集は……」以下（集は共の誤り）の部分と同じである。更に、そこに記しておいた昭和九年十月十九日発行の改造社版『川端康成集第一巻　随筆批評集』も誤り、当然、これは昭和十三年八月二十日刊の改造社版『川端康成選集　第六巻』でなければならず、その内容には「末期の眼」「文藝時評」は含まれてゐない。改めて訂正しておく。

この訂正に関連するが、かつて拙著を目にされた『異域からの旅人―川端康成論』の著者橘正典からの書簡に、「木村が読んだという川端の随筆集の中に、御指摘になっている「末期の眼」が入っていたかが問題になります。外の随筆はともかく「末期の眼」も木村が読んでいて、川端嫌いになったとすれば、木村という人は『伊豆の踊子』も『雪国』も本当は読めていなかったのだ、というか、もともと川端文学とは無縁の人であったと思います」との頗る示唆に富む見解が記されていた。「末期の眼」は『川端康成選集　第七巻　作家と作品』中に収録されていたので、この時点での庄助氏は、無論、それを読んでいない。

しかるに、

五日　水　晴

きのふはあんなことを書いたけれども一夜明けると、康成のあの嫌な随筆の記憶なんか、あとかたもなく消えうせてしまつた。康成を利用する。なんて書いたのは、あれは嘘だ。やつぱりこれまでと同じ對度《ママ》で、憧憬と尊敬をもつて、康成を読まう。さう思ふ。（後略）

六日　木　晴

（前略）私はけふ、康成の選集第四巻を読んだのである。これはけさ、着いた。まだ、〝禽獣〟と〝叙情歌〟の二つを読んだきりであるが、前に一度読んだことのあるこの二つの作品に、私は呆然としてゐるのである。駄目なのである。まるで私はなつてゐない。一昨日、あんな馬鹿馬鹿しい広言を吐いたのが、きりきり舞ひして死にたいほど恥しくなる。私は、まだ、何一つ知つてゐない。何一つわかつてゐない。（後略）

七日　金　雨晴

侘しさと悲しさを持て余してゐる。〝水晶幻想〟をどうやら読み上げて、以後当分の間は、康成の小説に新しくお眼にかかることも出来なくなつたわけだけれど、一体、このやり切れなさをどうしたものだらう。どこへ流せばよいのだらう。（中略）一日も早く、太宰さんの新作にお眼にかかりたいものだ。もう、何も云へぬ。何も出来ぬ。康成といふ奴は、何といふやり切れない小説家であるのだらう。こなごなにやつつけられた。いまいましてならぬ。ぢれつたくてならぬ。

のごとく、彼は橘が指摘の「末期の眼」を読むまでもなく、またもや前言を翻して三日連続での、川端讃歌のオンパレードに戻ってしまう。

ちょうど満二十歳の誕生日、三月九日の日誌には次のように記されている。

（前略）ああ、太宰さんを思ふや切である。早く新作にお眼にかかりたい。長い間の沈黙ではないか。それとともに、川端康成を思ふ。川端康成、癪な奴め。腹がたつて、いまいまして仕方がないのである。けれども、やはり、思ふ。思はざるを得ない。太宰さん、太宰さん、その名は、私の救ひである。川端康成、その名は私の悲しみであり、憧れである。ああ、やり切れない。

庄助の心は太宰と川端の狭間で、時計の振り子のように激しく揺れ動き続けるが、十二日には、悲しさ、哀しさについて、「人間とは哀しきものである。生きるとはさびしきことである。人の世、とは、やりきれぬ処である」、「哀しさ、とは、人間生得の感情」と述べ、「哀しさ、は人生競争の救ひにはならない」、川端に代表される「哀しさの文学は、人間の救ひにはならない」と結論づける。

同時に、文学する自己の能力の限界に煩悶しながらも、

（前略）私は太宰さんの弟子であつた。五年経つて、私が二十五になつたら、太宰さんが私の作品を見てくれるのである。ちやんと約束してくれたのである。師匠の名を汚してはいけない。（中略）一時とは云へ、川端康成の猿真似などして、私の不覚であつた。許して貰はねばならぬ。私は断じてやるのである。鈍才は鈍才なりに、二十一は二十一なりに、無学は無学なりに、私は精一杯やるのである。太宰さんを思へ。川端康成に圧倒されて遣り切れなくなつた時も、太宰さんを思へ。（後略）

としたためている。

三月十四日、彼は、届いた雑誌『文藝春秋』二月号に太宰治の新作「服装について」を見付け、いくらか救われた気持ちになる。ついでに本箱から古い雑誌をも取り出して読み、掲載されていた太宰作品の批評に関して、次のような不満を吐いている。

（前略）昭和十四年といふ年は、〝懶惰の加留多〟や〝女生徒〟によつて、太宰さんの最も活躍した年である。その年の雑誌には、だから、殊に太宰さんに関する記事が多い。それらの記事はみな面白かつたが、しかし私が少しく疑ひを覚えたのは、批評家といふものが、果して腹の底から思つたことを云つてゐるのだらうか、どうだらうか、といふことであつた。例へば、この太宰さんに関する批評にしても、わざと難しく、難しく解釈しよう、としてゐるやうな傾向が眼に見え、しかもその解釈が、果して、その人達の腹の底から云つてゐる言葉であるかどうか、またはそれらの批評が、正しい批評であるかどうか、頗る疑問に思つたのである。事、太宰さんに関する限りは、私は、相当の程度に深い理解を持つてゐるつもりであるが、私は、これら、川端康成や、外村繁、森山啓、らの批評に、少なからず承服できなかつたやうな点が隠せなかつた。むろん、川端康成なんかは、批評家としても、当代第一の人であり、その上、太宰さんの忠実な読者でもあるさうだから、僅か半年間の私の幼い勉強などとは較べものになるまいとは思ふが、しかし私は、太宰さんの文学が、果して川端康成の云ふやうに、難かしい意味のあるものなのかどうかを、少なからず疑ふものである。（中略）太宰さんは、ちつとも難かしくなんかない。私は、川端康成をこの上なく偉いと思ひ、尊敬してゐるけれど、事、太宰さんの文学に関する限り、二つ三つではない眼の曇りを指摘することが出来る。（後略）

つまり庄助は、昭和十四年に発行された雑誌『文藝春秋』五月号の「川端康成『小説と批評──文芸時評』」や『新潮』十二月号の「森山啓『昭和時代の代表作』」などを読んだのである。

彼らはいずれも、太宰治の『女生徒』『懶惰の歌留多』に対して極めて好意的な讃辞を呈している。が、庄助はその評言に見られる頽廃、虚無、懐疑、或いは悔恨、苦悩からの脱却、はたまた高貴と清純さへの献身等々の些か堅苦しい語句の羅列に向って、

太宰さんは、こんな理窟でもつて、難かしく解釈されねばならぬ作家だらうか。いや、別に、難かしく解釈されるのは関はないが、少くも太宰さん自身が、こんな難かしい理窟を頭に置いて、小説を書いてゐるのだらうか、どうだらうか。私は、もつと、やさしく、もつと、容易に、太宰さんを解釈していいのだと思ふ。もつと一刀両断的に、直接に、太宰さんの作品の中へ入り込んでいいのだと思ふ。太宰さんの文学に、解説は不要である。私は、これらの批評家達より、もつと気軽に、直接に、太宰さんの作品の中に入り込んでゐるつもりである。

と、自信を持って反論している。

更にその一週間後の、既にもう残り少なくなった日誌の頁に注目しよう。

二十一日　金　晴曇　春季皇霊祭
毎日、日誌の中で、いやになるほど何のかのと云ひながら、さて、いま、私が一生懸命読んでゐる小説を何かと云へば、それが、川端康成の〝雪国〟なのであるから世話はない。私は、半ば屈辱を感じながらも、熱心にそれを読んで、一々、その美しさに惹かれてゐるのである。正直に云へば、太宰さんのものより、川端康成のものの方に、ずつと強く惹かれてゐるといつていいかもしれない。いまいましくて仕方がないけれど、どう仕様もない。（中略）川端康成は哀しい。そして、惹かれる。そしてそれは、私をますます焦燥と自己嫌悪に追ひやるばかりで、何一つ、身につく、為になるものを与へてくれようとはせぬ。わかつてゐるのは、たゞそれだけである。果して、川端康成を読むことを止める方がいいのか、止めない方がいいのか。いや、恐らく止める方がいいのには違ひないが、けれども、どうしても、私には、その魔（こゝまで書いてきて、どういふわけだつたかペンを止めた。そして、書き次ぐのを忘れて雪国を読んでゐたら、どう書くつもりだつたのか忘れてしまつた。だから続けて書くのは不可能である。で、また別の文章を書かう）
いま、〝雪国〟を読了したところである。哀しかつた。非常によいものであるとは思つたけれども、いや、それだからこそ哀しかつた。（中略）やり切れなくて、気が狂ひさうである。死ぬかもしれぬ。けれどもまた、死ぬのはたいへんいやな、口惜しいことのやうに思へる。（後略）
とある。

事実、彼はそれから一週後、正確には昭和十六年三月二十八日早暁、カルモチンを服毒して自殺をはかった。この「日誌　巻五」の最終の日、二十七日の記録途中には、「只今、十二時を過ぎること、二十二分であります。風が吹いて、がたがた硝子障子が鳴つて、寒い晩であります」の字句がしたためられている。

が、事件は未遂に終わり、心機一転した彼はその年の八月中旬～年末にかけて、太宰治に小説『パンドラの匣』の素材を提供する所以となった大阪・生駒山麓の孔舎衙健康道場へ入院、心身共にひと時の明朗快活な健康を回復することになったのである。

ところで日誌「巻四」「巻五」二冊全頁中、懸案の志賀直哉関連の箇所は、前記昭和十五年九月二十二日以外、昭和十五年二月二十一日に他の文学作品に混じって「(暗夜行路) 前後篇 (文庫)」の記述、昭和十六年二月十二日に自己の心境を綴った形容の「絶望だ。……五里霧中だ。暗夜行路だ。」の字句、並びに同三月十四日に雑誌『文藝春秋』掲載の志賀作品「早春の旅」への読後感と思われる「一回分だけではわからないが、あまりいいものではない」とする短い言及の計三回だけで、他には一切見当たらない。

案の定やっぱり、志賀直哉は、到底、川端康成のライバルにはなり得なかったと思われる。

して見れば、庄助の胸中にあって、唯一、太宰治に勝るとも決して劣ることのなかった川端康成の方は、それから後、果していったいどのように折り合いをつけて解決され、昇華されて行ったのであろうか？　今となっては毫も委細を知る術はない。

けれども、二年後の春、改めて決行された彼の自裁と、恐らくは秘められた本心の深奥？　についてつらつら思いを巡らす時、宿痾の苦痛に加えて、やはりあのひたすら傾倒して已まなかった川端文学の醸しだす深い「哀しみ」が、その死の過程にきっと何らかの陰影を落としていたような気がしきりに感じられてならないのである。

註：津島家から返却後の『木村庄助日誌』「巻四」「巻五」「巻九」の保存責任者である実弟・木村重信は平成二十九年一月三十日死去された。享年九十一。

(8)『パンドラの匣』の原資料『木村庄助日誌』発刊に寄せて

『パンドラの匣』の原資料である『木村庄助療養日誌』「巻九」が、ご遺族の実弟・木村重信方から公開、出版される運びになった。

ここ約三十年、本作品のモデルなどにつき主として実証的な立場からの調査研究に携わってきたいきさつから、以下に若干の知見と所感を述べて、私のつたない解説の責めを果たすことにしたい。

そもそも太宰治の小説『パンドラの匣』については昭和五十年代初めまで、木村庄助の療養日誌を素材にして戦時中執筆された『雲雀の声』を戦後になって、急遽、新聞連載用に改作したものだという極めて簡単な解題があるのみで、作品の素材資料の詳細やその利用の経緯内実などは、一切、知られていなかった。

昭和五十三年五月になって、太宰治の未亡人津島美知子が、著書『回想の太宰治』中に「『パンドラの匣』と木村さんの日記」の一文を挙げて、初めてそのあらましを述べている。

（前略）木村さんの没後その遺した日記が、故人の遺志に従って、太宰のもとに届いたときは、十冊位あったが、私どもの疎開中に散佚して、いま私の手もとには三冊しか残っていないけれども、『パンドラの匣』と素材との関係を窺うには、十分である。
木村さんは茶問屋の長男で将来は家業を継ぐべき身であるのに、京都の商業学校卒業前後に発病し、以来おもに自宅の離れ家で孤独の療養生活を送り、昭和十八年自殺した。享年二十二歳。いま原始美術研究家として活躍しておられる木村重信氏はその令弟である。（中略）

『木村庄助療養日誌』「巻九」

木村さんは数年に亙る療養生活中、その一風変った生駒山麓の療養所には四ヵ月いただけである。療養所の日課や、療養者同志あだ名で呼び合うなど、そのまま『パンドラの匣』にとりいれてあるが、形をかりているだけで、『パンドラの匣』の主人公や、「竹さん」その他はヒントは得ているにせよ、太宰の作り上げた人物像である。（中略）
「健康道場にて」と記した日記は、のちに製本し、「善蔵を思ふ」を模して、「太宰治を思ふ」と題名を刷りこんである。（後略）

たまたまその年昭和五十三年は、太宰治没後三十年に当たっており、六月十三日から七月十二日までの一カ月間、東京駒場の日本近代文学館で記念の太宰治展が開かれ、木村庄助日誌も初出品公開された。ガラスのショウケース中に展示されていたのは「巻五」即ち昭和十六年一月から三月の日誌の元旦の頁だった。しかし同時に発行の展示目録「アルバム 太宰治」に掲載の写真は、それと異なる「巻九」の冒頭「健康道場にて 其の二」と、それに続く九月十三日の見開き二頁分だった。（この日誌面は、既に昭和四十二年十一月筑摩書房発行の第五次太宰治全集第八巻付録「月報9」に掲載されている。）

昭和五十八年六月、更に講談社から文庫版の『回想の太宰治』が出版された。木村日誌に関する記述は先の人文書院版と少し異なり、

（前略）三年後の昭和十八年七月、太宰は木村さんの父君から木村さんの訃報と、遺志によって送られた「太宰を思う」（「善蔵を思う」にちなんだ題名）日記十冊ほどを受けとった。（後略）

となっており、現在、何冊残っているかについては何も触れられていない。

昭和六十二年一月、美知子未亡人はそれまで所蔵されていた太宰執筆の生原稿や、関連図書、雑誌など二百三十三点を日本近代文学館へ寄贈した。現在「太宰治文庫」として保存されているが、その中には『木村庄助日誌』は含まれていなかった。

以後この「日誌 巻五」は、昭和六十三年の太宰治没後四十年記念展に際し、再び横浜の神奈川近代文学館と東京の日本近代文学館で展示され、そして更に青森県近代文学館の特別展へも出品された。

ところで私が太宰の作品『パンドラの匣』を、再度、改めてじっくり落ち着いて読み直したのは、昭和三十二年から三十三年にかけて刊行された第二次筑摩書房版「太宰治全集」の第八巻においてである。

当時、結核・呼吸器病学を専攻する大学研究室に在籍していた私は、結核病に罹患した作家や文学者に関心を抱き、殊に太宰治に魅かれていた。そしてわが郷土の京都府綴喜郡青谷村出身の木村庄助青年なる結核患者の療養日誌に素材を得て書かれた小説『パンドラの匣』に特別の興味を感じたのは、至極、当然の成り行きだったと言わざるを得ない。繰り返し読んではそこに書かれているストーリーのモデルや、虚実の関係に様々な空想や連想を馳せて、人一倍の楽しさを噛み締め、味わっていたのであった。

つらつら顧みて思うに、大学医局や提携病院における多忙と貧窮の下級臨時医員の生活、十数年間をやっと勤め上げた昭和四十年代末、赴任した呼吸器専門病院の姉妹施設が、幸いにも当の木村出生地である、かつて青谷村と称した地域内に存在していた。おまけにその頃、府立図書館で見つけた郷土文学に関連した自費出版になる某個人小冊子に、『パンドラの匣』のモデルだった青年がその青谷の結核療養施設で治療を受けていたような記載があるのに出くわした。

昭和五十一年の暮れ、私は、勇躍、宿願の『パンドラの匣』のモデル探査に着手した。結局、その冊子記載は誤りであることが解ったが、まさかそれが爾来三十年の経過を辿って現在までにも及んだ太宰治の小説『雲雀の声』と『パンドラの匣』のルーツ探索の長旅への出発点になるとは夢想だにしなかった。

木村庄助の生家、青谷の里から始まった実地調査は、その後二人の実弟重信、重夫へのインタビューを経て、庄助の学生時代からの親友かつ同人誌仲間だった入山信造から提供の木村書簡閲覧へつながり、孔舎衙健康道場跡地の発見に続く吉田道場長未亡人及びその令息との邂逅、道場資料の入手から旧職員や患者たちへの訪問、面談へと進展拡大、確実な成果を挙げていった。

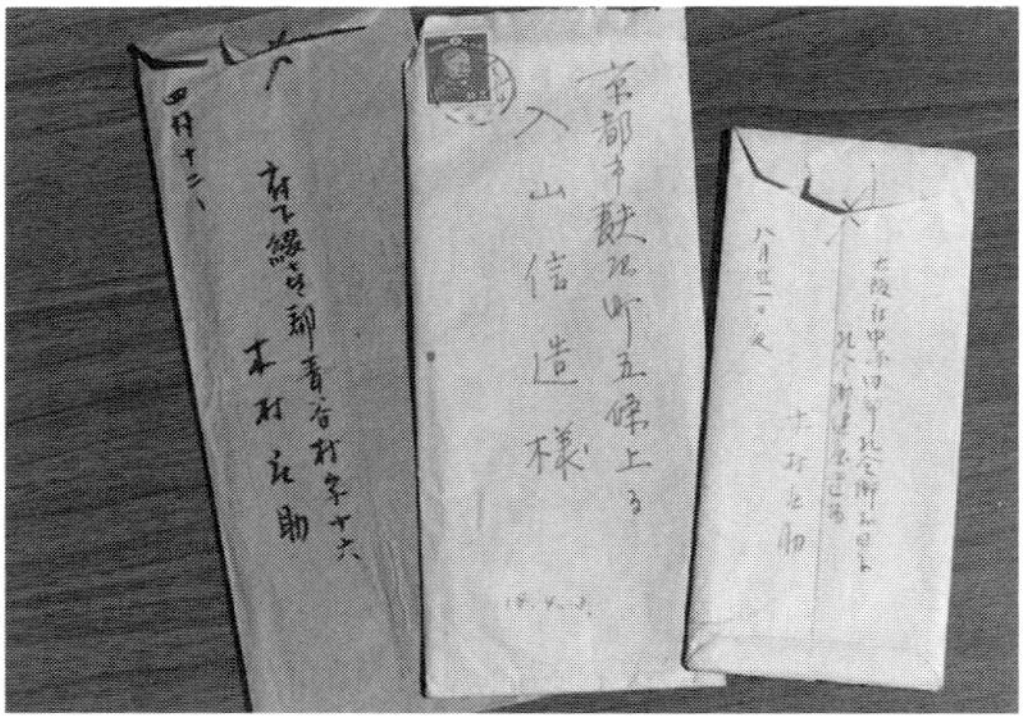

入山信造宛の木村庄助書簡

その後、私はこのようにして集め得た二つの目と耳と二本の足とによる、十五年間の汗にじむ独自探査に基づく新発掘の結実を数冊の著書にまとめて発表した。

が、自負の念はひそかに抱いていたものの、やはり一抹の不安はどうしても拭い去り切れなかった。調べたことが果たしてすべて間違いないのだろうか？　どこかでとんでもない思い過ごしや、見誤りを犯しているのではなかろうか？　などの疑念は常に脳裏を去来して已まなかった。

平成四年三月七日、土曜日午後、今でもはっきり覚えているが、その日、私は庄助の療養日誌を見せていただくため、木村重信宅にお伺いしたのであった。

日誌を開いて、すぐ目に飛び込んできたのが「健康道場にて其の二」の文字を記した頁であった。あの没後三十年記念展の展示目録や全集付録月報の写真で、いつも見ていた日誌の紛う方なき原本そのものであった。

全頁にわたって、二十四本の灰色横罫線入り紙面を縦に使って青インクのペンで丹念に書き綴られた達筆の細かい文字がぎっしり詰まっていた。

かつて太宰治がじかに手を添え、熱心に読み込んだであろう、そのまさに同じ日誌帳本体が醸し出す何とも言えぬ異様な雰囲気と質感にやや興奮気味、今こそ長年のわが独自調査の結果が果たして正しかったか否かの審判を仰ぐような、あるいは難しかった試験問題の模範正解答に接するような厳粛な気持に襲われながら、感慨無量で文面に見入ったのを思い出す。

ご好意によりお借りして自宅に持ち帰り、約一週間で読み終えた。それまでの自己調査が誤りだった二、三の点を発見はしたものの、健康道場の実態や療養状況は概ね予想推定していたとおり、それまでに書いた拙著の内容も大筋において正しかったことが判明し、ほっと胸を撫で下ろしたのであった。

早速、既に発表済み論考の誤り箇所を訂正がてら、当日誌の大凡と小説『パンドラの匣』の内容を比較対照し、いささか吟味考察した追加の一書『探求 太宰治「パンドラの匣」のルーツ 木村庄助日誌』を上梓させていただいた。

さて本日誌中、特筆すべきは何はさておいても、作品『パンドラの匣』における塾生《ひばり》と助手さん《マア坊》との恋愛モデルと目される、書き手の木村、即ち渾名を〝長靴〟と呼ぶ患者の青年が、渾名を〝文鳥〟と称する輔導員の一少女へ寄せる、ありったけの思いのたけの吐露激白の文章であろう。その全頁に漲る連日の詳細、濃密な描写は、微笑ましさを遥かに通り越して、一種異常な凄まじささえ感じさせる文字通りの圧巻である。

太宰は、これら日誌に記された色々なエピソードを、あちこちの章節へ脚色、挿入しながら、明朗快活なタッチで作品を仕上げている。例えば、九月二十八日の皮膚摩擦に際しての〝長靴〟〝文鳥〟両人の間に生れた息詰まる緊張感の〈死生1〉へ、十月四日の〝長靴〟が〝文鳥〟の不可解な心根に感じる苛立ちの〈鈴虫3〉へ、十一月七、八日の同じく彼が男前の新入患者〝堅パン〟へ抱く嫉妬心の〈マア坊6〉へ、はたまた〝文鳥が〟が〝長靴〟へ贈ったシガレットケースのお土産の〈マア坊4、5、6〉へ、そして十一月十六日の〝堅パン〟が〝文鳥〟から貰ったダニエル・ダリューのプロマイドの《マア坊3》へなどの借材が、皆そうである。

更に十二月十三日の頁には、六首の短歌と六句の俳句が一部変体仮名まじりでしたためられた二葉の黄ばんだ便箋用紙が挟まれている。俳句を嗜む輔導員の〝眞あ坊〟から渡されたもので、作品中の《マア坊》の副モデルとして、特に〈コスモス〉の章への素材関与を示す極めて有力な証拠の品である。

又、十一月二十日に記された〝ぼた餅〟が書いた〝文鳥〟へのラブ・レターの件の〈妹〉〈試練〉の章への流用をはじめ〝ちよろ松〟〝堅パン〟〝となかい〟〝熊手〟など、当時、拓生と呼ばれていた多くの道場患者の療養の日々における悲喜こもごもの言動は、適宜ミックス、アレンジされ、小説における患者の塾生《つくし》《かつぽれ》《固パン》らのモデルとして、その魅力的な人物造型にうまく生かされている。

あるいは、〝文鳥〟の立ち居振る舞いの一部、例えば十月二日の〔ご飯の分配〕、同五日の〔いやらしいの口癖〕、十一月七日の〔竹細工の贈物〕などの記述が、いずれも作品においては、助手さん《マア坊》ではなくて組長《竹さん》のそれへ、十二月十二日の〔パーマネントへの反省〕が、助手さん《孔雀》の口紅騒ぎへと見事に転用されている。

いずれにしろ太宰治が執筆に当たって、原資料を取捨選択するその手さばきの鮮やかさには、只々、目を見張り、感嘆せざるを得ない。あまつさえ、作品の随処に現れる日誌文章さながらの表現描写に接するに及んでは、当「木村日誌」への太宰の思い入れの格段の深さが偲ばれるとともに、それ自体又、小説『パンドラの匣』の作品構成に関わる、日誌の素材的価値の高さを確実に物語る恰好の証左とさえ見做し得るのではなかろうか。

とにかく具体的委細のもろもろは既に発表済みなので省略し、ここでは別記のような小説と「日誌 巻九」における人物、場所等の対照一覧表（次頁）を参考に掲げる程度に留めたい。

そして今は、私が最も不思議に感じる謎の一点、即ち小説中の助手の組長《竹さん》に当たる極めて重要なる人物が、「日誌 巻九」のどこにも全く出て来ないという事実についてだけ、触れておくことにしよう。

私の実証調査では、この人は井上千代茂と言う責任者格の主任輔導員であることが明らかになっている。信州伊那の出身。過去に結婚歴があったが複雑な家庭事情から一人出奔、上阪して開設間もない孔舎衙健康道場へ勤めることになる。輔導員中最年長、信望すこぶる篤かったようだ。そのうち外科的処置が必要な、ある疾患に罹り、吉田誠宏道場長の計らいで手術に便利な愛知県形原町の姉妹施設・形原病院（亀島健康道場の関連・提携病院）へ転勤したらしい。考え得る可能性はただ一つ、木村が入所した八月中旬にはまだ孔舎衙にいた井上が、その後余り日を経ずして、ほぼこの「日誌 巻九」が書き始められた九月十三日までの間にもう形原の方へ転出してしまっていたと見てよいのではなか

小説と日誌の対照一覧表

小説『パンドラの匣』

入所期間
　昭和二十年八月十五日～初冬（年末）？
（書簡発信期間）
　昭和二十年八月二十五日～十二月九日

健康道場
「桜の間」
「白鳥の間」
「向日葵の間」
「新緑の間」
「乙女ヶ池」
田島場長（清盛）

塾生
ひばり（小柴利助）……僕
越後獅子（大月松右衛門・花宵）
かっぽれ（木下清七）
つくし（西脇一夫）
固パン（須川五郎）
鳴沢イト子

青大将

助手
竹さん（竹中静子）・組長・
マア坊（三浦正子）
キントト、うるめ、ハイチヤイ、となかい、
こほろぎ、たんてい、たまねぎ、孔雀、
カクラン
友達の詩人

「木村庄助日誌　巻九」

入所期間
昭和十六年八月十五日～十二月二十五日
（翌十二月二十六日亀島健康道場へ）
（昭和十六年八月十五日～九月十二日は
「巻八」に記述―紛失のため存在せず）

孔舎衙健康道場
「桜の間」
「竹の間」
「なでしこの間」
「さつきの間」
○天女ヶ池」（日下新池）
○吉田先生（吉田誠宏）、《○千葉胤明》

拓生
○長靴（木村庄助）
《青坊主、奴、禿鷹、清盛》
○ちょろ松（本田陽彦）
○ぼた餅（篠田文男）、《トナカイ》
○堅パン（金本恵）、《熊手》
有沢さん
青大将、禿鷹、青坊主、清盛、熊手、しゃくし、
奴、徳利、となかい、うるめ、団扇、どびん、
グリコ、こほろぎ、つくし、だ鳥……等々

輔導員
○おばあ（井上千代茂）○亀さん（西村光子）
○文鳥（村田冨美子）○真あ坊（木村マサ子）
カメレオン、ターザン、ダットサン、腰抜け、
山ちん、金トト、松ちゃん、ゴリラ、チビ公、
鯨ちゃん、アメンボー……等々
○親友の入山（入山信造）

ろうか？ つまり彼女に関する詳細はすべて「日誌 巻八」の方にのみ記載されていたと結論付けられないだろうか？ 現在、「日誌 巻八」が存在しないのでその内容を知り得ず、推論の正否が証明出来ないのは甚だ残念なことと言わねばなるまい。

（もう一人の西村光子の方は、亀島へ転じた後の日誌に散見し得る。）

表中の○印は小説に登場する人物のモデルと考えられ、実証調査で渾名・実名などを確認済みの者、（井上千代茂は日誌には出て来ないが実在確実なる故に記入）、《》内はモデルの人物造型への参考になった可能性のある者を示す。

加えて、健康道場独特の屈伸丹錬と皮膚摩擦を組み合わせた療養日課のスケジュールや、健康道場の建物概略なども、又恐らくこの「巻八」における入所当初頃の頁に紹介されていたと思われ、その紛失は重ね重ね惜しまれてならない。

さて書簡集に登載されている、木村の変名たる松田登宛の太宰書簡が出された日、昭和十五年十月十一日の「日誌 巻四」の頁には次のように記されている。

十一日金 曇晴

いつものやうに朝飯前の新聞を讀みに店へ行つて、拝見場にひろげてある昨日の京都日々新聞を何気なく讀んで、びつくりした。芥川賞候補、村田孝太郎、と大きな見出しが出てゐるのだが、その村田といふのが、實は、多賀の丸萬の息子なのである。これまでにも、丸萬の息子が小説を書いてゐるといふことは、時々きいてゐた。（中略）かうして新聞に出るからには、相当なものに違ひない。芥川賞の候補であるとかないとかは問題でない。新人の小説家は、すべて芥川賞の候補であるのだから。たゞ、私の住んでゐる近邊に、私のよく知つてゐる人が、（中略）立派に小説を書いてゐるといふことは、私にとつて、かなりな衝撃である。それは、私にも、小説が書ける、といふことである。書け、といふことである。少くとも、書けない、筈はないのである。この人は、生活派に属する作家である。だから、私の好む作風とは、大分相違がある。また年も三十七歳といふから、大分隔りがある。だが、そんなことは、どうでもいゝのだ。私は、たゞ、この村田といふ人の存在を、私の文学への精進の、激勵として、受け取れば、いゝ。（後略）

前日、昭和十五年十月十日の「京都日日新聞」社会面には、五段抜きで〝作家から天晴れ山男 芥川賞の候補者村田孝太郎氏 聖戰下稔りの秋の話題〟のリード記事が載っている。

村田は生活派の地味な作風を持つ異色の新進作家で、京都には数少ない文壇人。雑誌『文学界』十月号に「雞」の巧短篇を寄せて、志賀直哉らからも激励され、芥川賞候補者として将来を嘱望されていた。が、その前年末からぷっつり文壇との消息を絶ち、多賀村に転入して荒廃地や田畑を耕す土の生活に徹し、名実ともに生活派の百姓作家としての真価を問おうとする姿が写真入りで紹介されていたのである。

すぐ近隣に住んでずっと文学に親しみ、作家を志して苦吟懊悩の末、遂に太宰を発見、心酔しつつあった当時の木村の足元を、いきなり掬ったこの村田ショックは、さぞかし大きなものだったに違いない。が、日誌にも記されている通り、彼は更に又いよいよ文学への自信を深め、執念を燃やし続けていったであろうことも想像に難くない。

因みにこの村田の創作「雞」は、雄鶏、雌鶏、ヒヨコの三章から成る鶏の生態に関わる徹頭徹尾の観察記で、風変わりな作品である。翌昭和十六年一月の第十二回芥川賞（昭和十五年度下半期）候補作に挙げられ、殊に審査員の室生犀星、滝井孝作、川端康成の三人が口を揃えて称賛し、授賞を推奨している。


しかるに昭和十六年夏、木村氏は再発し大阪生駒山西麓の孔舎衙健康道場へ入所する。

今回の「日誌 巻九」の一冊前の「巻八」には、恐らく入所から九月十二日までの療養状況、つまり「健康道場にて 其の一」が記されていたものと考えられる。それに続く「健康道場にて 其の二」が、とりも直さず本書の誌面なのである。


孔舎衙、亀島両道場での療養を経て健康回復、帰郷していた彼は、その後又もや喀血をもって病状再燃、昭和十七年の年末に至って、京都上賀茂ケシ山の麓、深泥ヶ池畔の京都保養院の病棟・平和寮へ入院する。

昭和十四年六月以降ずっと綴り続けていた日誌は、そのころ既に「巻十二」にまで達していた。昭和十八年一月八日、木村は親友入山信造に宛てて、物資不足のため既に入手不可能になっていた市販の昭和十八年版日誌帳に代え、余分に手持ちの使いさし大学ノート数冊の製本装幀を依頼する旨、手紙を出している。だが昭和十八年五月十三日、突如、彼は、出来上がったばかりのまっさらな日誌帳を枕辺に遺して逝ってしまった。

太宰の遺品を引き継いで所蔵管理しておられた津島美知子夫人が死去された後の平成九年八月三十日、長女園子、次女里子両人によって『増補改訂版 回想の太宰治』が初版と同じ人文書院から刊行されたが、日誌の冊数についての記述は相変わらず先の講談社文庫版を踏襲して、全く同文の「日記十冊ほどを受けとった。」に留まっていた。

しかし木村家に返されたのが「巻九」、そして「巻四」「巻五」の三冊のみであってみれば、後の九冊つまり「巻一」「巻二」「巻三」「巻六」「巻七」「巻八」「巻十」「巻十一」「巻十二」は、やはり残念ながら紛失してしまって、現在残っていないものと断じざるを得ない。

とまれ、残った三冊中に小説『パンドラの匣』と直接関連する「日誌 巻九」が含まれていたというのは、やはり僥倖と言うべきだろう。その公刊が太宰文学の更なる研究発展へ大いに寄与することを、心より願って已まない。

最後に、探査研究の取材に際して、特別のご協力をいただいた吉田誠宏夫人光子（旧姓・西村）、入山信造、篠田文男、飯島（旧姓・木村）マサ子、木村重信の五人は、それぞれ平成五、七、十六、二十八、二十九年に死去されたことを付記し、生前のご厚意を深謝するとともに、改めてご冥福をお祈りする次第である。

注：現在、この跡地は、地元の方達によりきれいに整備され、町興しの一環として平成十一年九月からは「日下山を市民の森にする会」も発足、〈パンドラの丘〉と名付けられて公園化され、地域里山における憩いと野外学習活動の中心となり、また遠くからの多くの人々を集めて見学、観光の場を提供している。

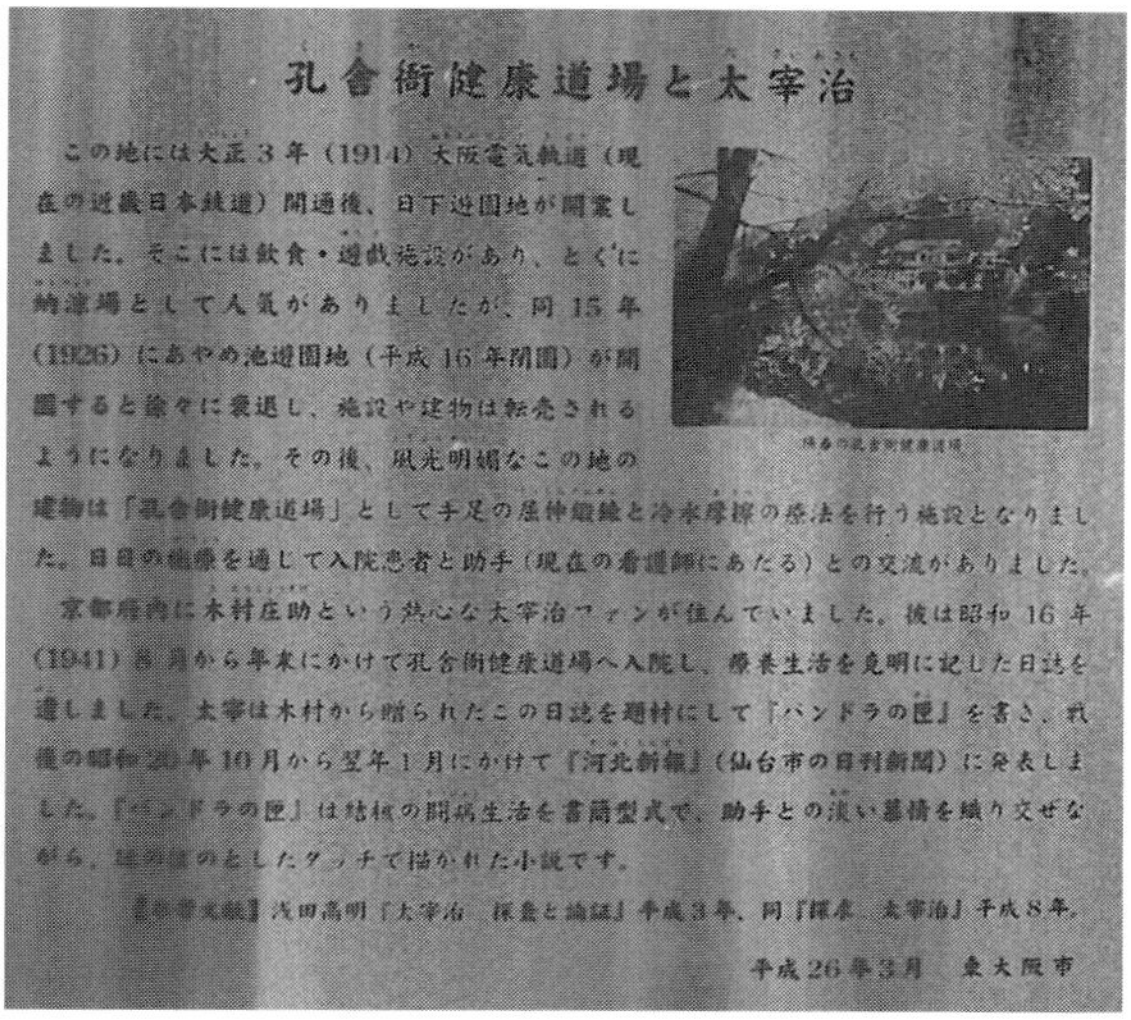

パンドラの丘公園　道場跡地と標識説明板

⑼　希望と再生の物語
―復刻版『パンドラの匣』を推す―

小説『パンドラの匣』は、主人公の塾生〈ひばり〉のモデルだった京都の木村庄助青年が大阪生駒の風変わりな療養施設・孔舎衙健康道場入院中の日誌に素材を得て書かれた。

彼が入院した昭和十六年は日米開戦の年、世はまさに軍事最優先、すべての若者は兵役に服しお国のために奉公するのが最高の名誉、誇りだった時代、その条件から完全に外れた役立たずの結核患者は最大の嫌われ者で人間の屑、言わば人間失格者だった。そんな欠陥人間ばかりが療病を目的に集まった特殊な協同社会が健康道場、〈ひばり〉はそこで療友たちと共に、当時、助手と呼ばれて看護に携っていた若くて優しく逞しい多くの女性たちから大いにいのちのパワーを贈られ、愛を囁き自由を語らいながら、日々、元気を取り戻し心身を甦らせて行く。軍靴の音鳴り響く非常時の外界世間から完全に隔絶された健康道場の桃源郷にあって、彼はひたすら病苦や暗鬱を克服し、夢と希望を抱いて明朗快活闊達な青空の世界へ羽ばたこうと努める。そんな物語が『雲雀の声』であり、戦後に『パンドラの匣』へ再生したのである。

〝この道は、どこへつづいてゐるのか。それは、伸びて行く植物の蔓に聞いたはうがよい。……

「私はなんにも知りません。しかし、伸びて行く方向に陽が当るやうです。」……〃

この小説が、かつて敗戦直後の新生日本の首途に相応しい光明を与えたように、今ひとたび多事多難な現代社会の中で、様々な苦況と難局を乗り切って往くべき明るい希望と再生の道しるべとなれば又とない幸いである。

⑽ 映画「パンドラの匣」のモデル孔舎衙健康道場

『パンドラの匣』のモデルになったのは、その昔、大阪と奈良の府県境を走る生駒山西麓の中河内郡孔舎衙村（現東大阪市日下町）にあった孔舎衙健康道場である。

昭和十六年八月の中旬、胸を病んだ一人の青年・京都府下青谷村（現城陽市）出身の木村庄助が入院して来た。文学を志し、太宰治に心酔していた彼は、常日頃から日誌をつぶさに書き綴っていた。

彼の死後、遺言によって太宰へ送られた全十二冊の日誌の第八冊及び九冊目に記されていた孔舎衙健康道場における療養の日々のつれづれ、殊に、当時、輔導員と呼ばれて患者の看護に携わっていた女性や療友たちとの交流の状況を素材にして、昭和十八年秋、小説「雲雀の声」が書かれたが、時節柄出版できず、戦後の昭和二十年秋～二十一年初め、仙台の日刊紙「河北新報」（一部は同時に青森の「東奥日報」）へ改題、連載されたのが『パンドラの匣』である。

木村入院の昭和十六年、時あたかも日米開戦の年、世はまさに軍事最優先、すべての若者はお国のために兵役に服する義務があり、それが最高の名誉であり誇りであった時代、その条件から完全に外れた結核患者は最大の厄介者、社会から落ちこぼれた役立たずであり人間の屑であった。言わば人間失格者だったのである。そのような人間失格者たちばかりが集まった特殊社会が結核療養所、つまり孔舎衙健康道場は娑婆から全く疎外された者たちが作る、療病という共通目標で強固に結ばれた同志たちの協同社会だったわけである。

世間で使ってきた実名に代えてお互いにあだ名で呼び合い、「やっとるか」「やっとるぞ」「がんばれよ」「ようしきた」の挨拶を掛け合ったことも、この協同社会での同志的結合をより堅くするためだった。

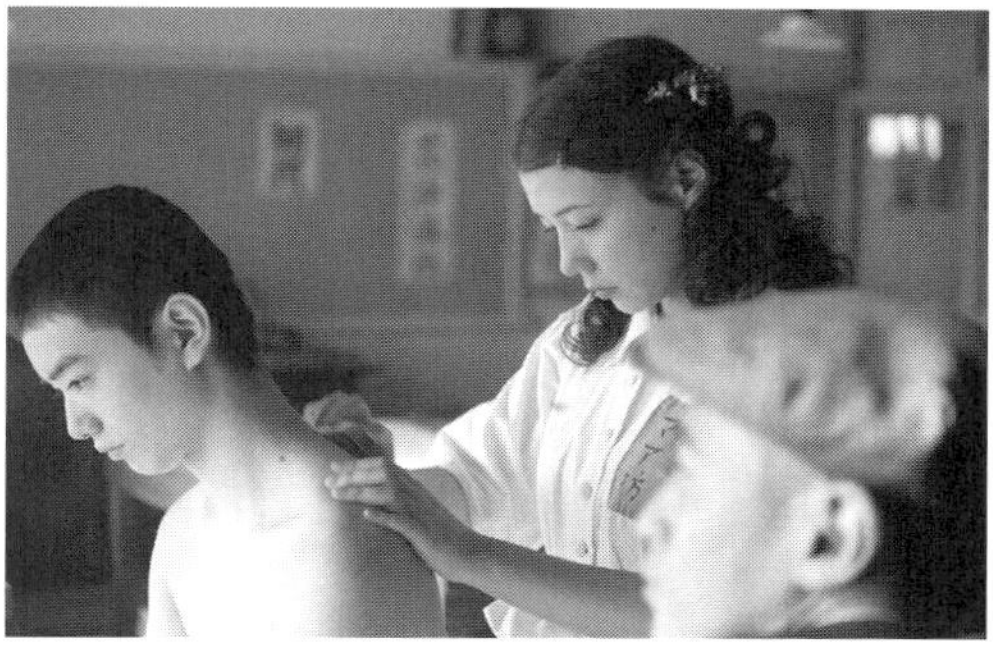
映画「パンドラの匣」ブラッシングのシーン
©2009「パンドラの匣」制作委員会

当時の結核治療は大気・安静・栄養療法が基本原則、孔舎衙健康道場ではそれに剣士だった吉田誠宏道場長発案になる四肢筋肉の廃用萎縮を予防する特別な屈伸鍛錬法、現代の呼吸生理学上から見ても胸式呼吸法に勝る腹式呼吸法、並びにカリスマ性豊かな道場長直接指南の精神修養法が加えられた。更に究極の特製メニューとして採り入れられた若い女性補導員による暖かい人間的な接触をもたらす皮膚摩擦は、一般世間で暗い業病的イメージを持たれ、あらゆる人々から忌み嫌われ、拒み避けられてきた患者たちの心にほのぼのとした夢と希望をもたらしたことは想像に難くない。当然、淡い恋心から始まって熱烈なラブ・コールに及び、果てはいささか危うい……？　というところまで進んで行ったとしても別に不思議ではなかっただろう。

患者たちにとって健康道場内の世界は軍靴の音が次第に高まり、非常時が叫ばれつつあったその頃の周囲外界とは全く隔絶された桃源郷、ユートピアであり、病に悩む暗さなどは一気にどこかへ吹き飛んで行ってしまう明るく朗らかな素晴らしい理想郷だった。

つまり小説『パンドラの匣』は一種のユートピア物語である。通常、ギリシャ神話の「パンドラの匣」では、匣の中にあらゆる不幸が詰まっており、開けた途端それらが一斉に飛び出した後の底に希望がたった一つだけ残っていたことになっているが、他の説では不幸ではなくあらゆる幸福のもとが詰まっていたというのもある。いずれにしても私には、孔舎衙健康道場そのものが「パンドラの匣」だったような気がしてならない。結核患者のあらゆる苦悩がいっぱい詰まった療養所の中にあって、若い女性の輔導員は輝ける希望の星だったわけである。

今回、太宰治生誕百周年に当たって、俊才富永昌敬監督の手になる映画「パンドラの匣」が完成したことは、長年にわたって太宰の原作『パンドラの匣』のモデル孔舎衙健康道場を探査、検証し続けてきた私にとっても甚だ喜ばしい限りである。

明朗闊達な小説『パンドラの匣』のユーモアとペーソスあふれる暖かく和やかな雰囲気の中で、主人公の塾生〈ひばり〉や〈つくし〉らと助手の〈竹さん〉や〈マア坊〉たちによって醸し出されたいわゆる「かるみ」の世界が、かつての大阪孔舎衙健康道場と『木村庄助日誌』の忠実、綿密な考証に基づきながらも、時に新鮮な解釈を施し、より洗練された手法を駆使した意表を衝く脚色に則って、見事に再現、活写されている。

この映画「パンドラの匣」が、多彩なジャンルに満ち満ちた太宰文学に表れる人間と芸術の更なる玩味、読解、鑑賞、研究へ大いに寄与するものであることを堅く信じて已まない。

⑾「パンドラの匣」映画化にかかわって

平成二十一年、太宰治生誕百周年記念行事として作品『パンドラの匣』の映画化を企画した東京の某プロダクションへ、小説モデルを良く知る私が協力することになった。

現代の若手映画監督やプロデューサーたちには、化学療法のなかった大気・安静・栄養療法時代の結核病に関するイメージが全く湧かないので、ぜひ具体的な資料と知見を教えてほしいとの依頼だった。私はモデルの療養所建物、患者や看護婦たちの写真、手紙、日誌、元職員からの取材記録テープなどを提供し、彼らの要請に応えた。

ロケは、小説の初出日刊紙「河北新報」の発行地宮城県の廃校になった古い小学校を使い、前年秋に行われた。看護婦長には、大阪出身で、ちょうどその春、第百三十八回芥川賞を受賞したばかりの作家・川上未映子の特別起用というサプライズ配役だったが、彼女は女優初体験とも思えぬ名演技を披露、果たして当年度のキネマ旬報社新人女優賞をも獲得した。病室のベッドも私の意向で、頑丈な木製のものをわざわざ特注、映像全体の色彩トーンをやや古めかしいセピア調に仕上げる反面、若者観客層の受けを狙ってか、看護婦の制服にハイカラなエプロンを組み合わせたり、監督自ら作詞の劇中歌を川上爪弾くギター伴奏で看護婦連中に合唱させるなど、様々な工夫をこらした脚本、演出へのこだわりは、予想と期待を遥かに上回った。

映画「パンドラの匣」ポスター

文芸佳篇として先ずは及第、私の四十数年に及ぶ長かった太宰治研究を締め括るにはまことにふさわしい百周年行事の一つ、望外の喜びをしみじみ味わった四年前の出来事だった。

だが、その二年後の東日本大震災時、高さ十六メートルにも及ぶ大津波は、あのロケ地南三陸町のすべてを呑み込み押し流してしまった。

返す返すも痛恨の極み、多くの地元ロケ協力関係者へ想いを馳せ、亡くなられた方々を悼み、今なお続く苦難に耐えておられる人々をしきりに案じて已まない心痛の日々この頃である。

四　師弟の愛憎
―井伏鱒二と太宰治

かつて京都へ移住したことのある作家五木寛之が井伏鱒二から貰ったはがきに、

京都は芸術家を駄目にする町ですから、気をつけたほうがいいです。それに京都は、水も悪いですから、気をおつけなさい。

としたためられてあったとか。

五木は、自分自身が芸術家と思ったことがないので、前半のフレーズは読み流したが、後半の「水も悪い」の「も」は、一体何にかかった言葉なのか気になって、多くの人に聞いて回った。「気候」だとか「女」だとかいろいろな答が返ってきたが、もう一つしっくり来なかったらしい。彼はこの「も」にはきっと何かある、井伏はどうも京都が好きになれなかったようだ、と述べている。

ひょっとすると井伏には、若い日、橋本関雪画伯への入門を拒まれた一件が、あるいはその根にあったのかも知れない。

それにしても「水も」の「水」だって、伏見や醍醐の名水もあるのだから、あながち正鵠を射た表現とも言い難い。

井伏鱒二に対しては、私自身、別に個人的な恨みを抱いているわけでもないが、こうまで言われると、その人生の三分の二以上もこの京洛の地に住み着いて、今や何がしかの愛着めいたものさえ感じられるようになってきている人間としては、やはり少しばかりの異議も申し立ててみたいような気になる。

以下、表題に掲げたテーマにのみ的をしぼってとりあえず一矢を報いておくことにしたい。


昭和二十三年六月十三日から十四日未明にかけ、作家太宰治は愛人山崎富栄と共に、東京都下三鷹町の玉川上水に投身自殺した。入水現場近くの山崎の下宿先・野川あやの方の部屋には、太宰の妻美知子へ宛てた正式遺書の他、書き損じて捨てたと思われる遺書三枚の反古も一部破損した状態で屑籠の中から見付かった。太宰治没後五十年に当たる平成十年、雑誌『新潮』はその七月特大号の巻頭グラビア《太宰治アルバム（津島家蔵資料より）》に、これら妻美知子宛遺書の一部を初公開として載せている。ところが、今回掲載された妻宛ての遺書全九枚中の二～三枚目と六枚目、及び九枚目とその封筒の写真三葉の中で、実際に初公開だったのは、最初の二～三枚目だけだった。後の二葉の写真は、太宰没後の昭和二十三年秋発行された『自叙伝全集　太宰治』（文潮社版）の巻頭に《死の直前愛妻

に認めた遺書の一部》の説明付きで既に載っており、その編集に携った愛弟子の作家田中英光が、あとがきで、

（前略）太宰さんの遺書として、新聞紙上に発表されたものは、みな仕事部屋に書き棄てられた断片で、真の遺書はこの巻頭にその一部の写真をのせた外には、今まで全く公表されてゐない。遺族に無断で、書き散らし破り棄てた断片を遺書として争つて掲載した新聞社に対し、太宰さんの弟子を代表してこの機会に強く抗議する。

と述べている。

さて、雑誌『新潮』に登載されているもう二葉の写真は、これ即ち三枚の書き損じ遺書反古中の二枚と思われ、それぞれ事件当時の昭和二十三年六月十六日付朝日新聞と十七日付東京新聞に掲載されたもの、先の田中が言う遺族に無断の遺書とは認め難い代物である。

とは言うものの、過ぎ去った五十年の年月の後にも依然として遺されている作家太宰治の人間的事実は、当事者の妻美知子も既に亡くなった今、津島家としても只頑なにいついつまでも全面否定し続けられるものでもないだろう。果たせるかな、写真に添えられた《遺族の意向により一部非公開》の括弧付き但し書きは、つまりはこれら書き損じ反古もすべてやはり遺書の類いとして認めざるを得ない立場に陥り、変化を余儀なくされた津島家の心境を裏書しているように思われる。

にもかかわらず、今尚、《一部非公開》としてこれら写真の遺書が部分的に白い紙片で覆われ、記

された文章が隠されているのはやはりちょっと納得し難い。あたかも倫理委員会の理不尽な意向で、モザイクを掛けられた裸婦の名画を見せ付けられているような、何とも後味の悪い感じを抱かされるからである。しかし書き損じ反古の方は、既に新聞紙上に発表済みのため、折角、遺族の意向により隠された白紙片下の文章も疾うに知られてしまっている。

「朝日新聞」の方は、

□下さらば／簡単に解決／可□信じ居候／長居するだけ／皆をくるしめ／こちらもくるしく／かんにんして被下度／子供は凡人にても／お叱りなさるまじく／筑摩　新潮　八雲　以上　三社にウナ電　（□印の箇所は文字不明）

かたや「東京新聞」の方は、

皆、子供はあま／りできないやうで／す　ど　陽気に育／てて下さい／あなたをきらひに／なつたから死ぬの／では無いのです／小説を書くのが／いやになつたから／です／みんな／いやしい欲張り／ばかり　井伏さんは／悪人です

となっている。

後者の方を見付けた新聞記者が、名指しされた当の井伏鱒二本人に通夜の席で尋ねたら、彼は「そ

りゃあ、僕は善人じゃありませんよ」と憮然とした表情で答えたと、その際傍らにいた新潮社社員野平健一の夫人ふさ子は語っている。

当時、太宰関連の文壇人、出版界などの先輩、友人、知己の多数が、彼への追悼文の中でこの新聞記事に触れ、とりわけ最後にある《井伏さんは悪人です》の一節が、その後にさまざまな憶測や、風評、反響を生むもとになった所以である。妻美知子に宛てられた正式遺書の方の写真に見受けられる白紙で隠された箇所にも又、恐らく公表には些か不都合な、類似の内容が記されているものに違いなかろう。

ところで井伏は、早速、六月十七日付「時事新報」に、

私のことを悪人だといつてゐるさうだが全然思ひあたるふしはない（中略）わたしは〝酒はやめろ〟〝雑文をかくのはやめて小説を書け〟とうるさく忠告したのでうらまれたのかも知れない（中略）太宰君は最も愛するものを最も憎いものだと逆説的に表現する性格だからさういうつもりでいつたのだらう

と語っている。

太宰治の心中事件当時、巷間一般に井伏鱒二は太宰の文学上の師と考えられ、私生活でも大の恩人とされていたから、この遺書の意味の解釈には逆説だとか、はたまた甘えだとか、一瞬、みんな戸惑ったのも別に不思議ではない。

井伏鱒二と同様かつて太宰が師と仰いでいた佐藤春夫は、その年十一月の季刊『作品』誌上に「井伏鱒二は悪人なるの説」を発表している。日頃から井伏、太宰の人間関係を熟知していただけあって、その他大勢式おざなり論評と異なって、中々、穿った見解だと思われる。以下にその要点を抜粋しておく。

（前略）井伏鱒二は尠くも太宰治にとつては其の時悪人と感ぜられた。この説を肯定するために先づ知つて置かなければならないのは、井伏は太宰夫妻の月下氷人だといふ一事である。（中略）太宰の奴はその死を決するに当つて、人間並にも女房や子供がかはいさうだなといふ人情が湧いたのである。（中略）

所詮人並の一生を送れる筈もないわが身に人並に女房を見つけて結婚させるやうな重荷を負はせた井伏鱒二は余計なおせつかいをしてくれたものだな。あんな悪人さへゐなければ自分も今にしてこんな嘆きをする必要もなくあつさりと死ねるのだがなあ。井伏鱒二のおかげで女房子供に可愛そうな思ひをさせる（と太宰は井伏を悪人にして一切の責任をこれに転嫁した）井伏鱒二は悪人なりの実感のあつた所以である。それ故あの一句の影には太宰の、女房よ子供よこの悪い夫を悪い父を寛恕せよといふ気持を正直に記す気恥しさ「井伏鱒二は悪人なり」と表現したのであつた。あの一句からこれだけの含蓄を読み取り、この心理的飛躍と事実の歪曲とを知る事が出来ないでは、結局太宰の文学は解らないわけである。太宰の結婚を知る人には解りやすい謎語だから細君や井伏はこの一句をすぐ会得するであらうと、かう書いては見たが、すぐわかるとなるとそれさへが、気恥しく、それに表面の文字がきがかりでやつぱり破いてしまつたのは、太宰自身でも自分の文学の真の読者の鮮いのに気づいてゐたからであらう。

さすがは両人の面子や世間体にも配慮し、温情に満ち溢れた好意的な解釈である。

この他に、太宰は通り一つ筋向いの仕事部屋・千草の鶴巻幸之助夫妻にも、山崎と連名で、

永いあいだ、いろいろと身近く親切にして下さいました。忘れません。おやじにも世話になつた。おまえたち夫婦は、商売をはなれて僕たちにつくして下さつた。お金のことは石井に

と書き遺している。石井は、当時の井伏、太宰のぎくしゃくした間に立って誠心努めていた太宰お気に入りの筑摩書房編集者である。

以下、この井伏鱒二悪人説の当否をじっくり吟味することにしたいが、その前にぜひとも挙げておきたい一人の在野の太宰治研究家がいる。私が数十年来私淑してきた太宰文学研究会の主宰長篠康一郎である。彼は、太宰と共に死んだ山崎富栄への事件当初における余りにも心ない非難、中傷に強い義憤を感じた。爾来、太宰治の名誉と利益を擁護せんがため、関連文壇や出版界側からのあらゆる圧力、迫害にめげず、赤貧に甘んじながらも、彼女の知られざる実像の発掘に心血を注いだ。常識人井伏鱒二の裏面に潜む欺瞞性も逸早く見抜き、その仮面の悪質性を執拗に叫び続けてきたが、ほんの一

部の良識ある研究者を除いて認める者は少なかった。四面楚歌の中にあって、井伏批判の先鞭を着けた者こそ彼に他ならなかった。最近になってようやく彼の学説の正当性が学界のあちこちで評価され出しつつあるのは、真の太宰文学研究の進歩発展のためにもまことに喜ばしい限りである。

ここでいよいよ本論に入る。先ず戦後の太宰治と井伏鱒二との交流の実際について、少し詳しく述べておこう。

昭和二十一年十一月十四日夜、太宰は津軽での疎開生活を切り上げて東京へ帰って来た。が、その頃井伏はまだ郷里の広島県深安郡加茂村に疎開逗留中だった。一週後の同月二十一日付で、太宰は井伏へ次のようなはがきをしたためている。

拝啓　たうとう東京へ移住しました。東京は、よくも無いし、悪くも無いし、相変らずの「東京生活」です。井伏さんがいらつしやらないので、気抜けの態です。昨夜、新潮社の佐藤哲夫さんと、河盛さんと、かぐら坂のうなぎ屋で飲み、私は井伏さんだけほめ、あとの作家を全部クソミソにけなし、みづから興覚めました。おからだお大事にたのみます。

敬具

折り返し、井伏から三鷹下連雀宅の太宰宛に二十六日付で、拝復東京移住、上首尾のおもむき万慶です。小生月末ころ上京雑用を果たして来る予定ゆゑ三鷹へ寄り久々に愚痴でもこぼしたらどんなものだらうと思ひます。このごろ風邪ひきの上に風邪をひき頭痛です。（後略）

不一

十一月二十四日夜

のはがきが届いている。

ところが井伏は遂にその姿を現さなかった。待ち焦がれた太宰は、十二月二十一日の付のはがきで、

拝啓　おいでなさるとの御報でしたので、実にまつたく首を長くして毎日毎日御待ちしてゐました。きのふは大地震の報できもをひやしました。きつと御無事とは思ひますが、念のため、御安否おたづね申し上げます。私はこのごろおつくうで、毎日大酒です。

不尽。

と書いている。その日早暁、近畿、四国地方を中心に西日本一帯を襲った南海道大地震の報に接し、きっともう福山在に帰ってしまった？　と思っていた井伏の身を案じた故である。

しかるに井伏はその頃確かに上京し、三鷹からそう遠くない荻窪に滞在していたにもかかわらず、太宰へは何の連絡も取らないばかりか、まだ帰郷もしていなかった。

五日後の二十六日付、都内杉並区清水町の井伏宅から太宰に宛てたはがきは意外なものであった。

前略、先日上京、北芳四郎氏がおいでになつて君の住所をたづねられました。名刺をなくしたので北氏の住所を君に伝へることができなくなりましたが、近いうちに北氏は君を訪ねたいと云つてゐました。僕も君のところを訪ねたいけれども明日午後の汽車で田舎に帰る予定ゆゑ酒を飲んでは車中つらいので先づ会はないで帰ることにします。君の栄硯を祈ります。酒はつつしんだ方がいいと思ひます。僕も節酒にきめた。二十五日夜

文中の北芳四郎は、以前からの津島家出入りの洋服屋で、長兄文治から依頼を受けた東京での太宰の目付け監視人である。井伏は北に会って、その頃の酒浸りだった太宰の動向について何か聞いたとも思われる。彼から太宰に関する苦情めいた相談を持ち掛けられては、さすがの井伏も、自身決して嫌いではない酒さえ太宰と一緒に飲むことを控えざるを得ない破目に陥り、面倒なことからはさっさと逃げ出したくなったのではなかろうか。文面からは明らかに太宰を避けている気配が読み取れる。

それから約半年余り後、皮肉にもこの両者の人間関係のベクトルは、はっきり逆転することになるのだが、この時点ではいまだ太宰の方が井伏を慕い、追いかけ追い続け、井伏はともすれば太宰から逃げ回っていたのである。太宰自身、まさか井伏を悪人呼ばわりすることなど夢想だにしていなかった筈だし、井伏も又、太宰を甚だ扱い難い困った駄々っ子の一人ぐらいにしか思っていなかったに相違ない。にもかかわらず、そろそろこの辺りから、あのセンセーショナルな悪人説へ繋がる行き違いの悲曲、つまりは師弟の「訣れの曲　序章」における重苦しい不協和の音色が、密かに流れ出し始め

ていたと考えられる。

昭和二十二年に入って、太宰は自宅近くの仕事部屋に毎日通って『ヴィヨンの妻』『母』『父』などを次々に書き上げる傍ら、かねてから文通のあった太田静子の日記に借材した長篇『斜陽』の執筆に着手する。その過程での三月末、彼は静子から懐妊を知らされ、しかも美容師・山崎富栄との交際も始まって、いわゆる「酒と女性と仕事でメチャクチャ」（昭和二十二年六月二十日付青柳瑞穂宛はがき）の生活に明け暮れることになり、続いて『女神』『フォスフォレッセンス』『朝』をも仕上げる。この超過密で、不規則なスケジュールが祟ったのか、しばしば体調を崩して寝込むことさえあった。

七月下旬、井伏が約三カ年の疎開を終えて東京へ戻って来た。この夏の一日、筑摩書房から出版されることに決まった「井伏鱒二選集」の解説を太宰が担当することになって、その編集打ち合わせのため、井伏と筑摩書房関係者たちが、太宰のいる山崎の部屋へ集まっている。

昭和三十一年、井伏はその時の模様を次のように回顧している。

戦後、私は太宰君とあまりつきあひがなかつた。今でも覚えてゐるが、私が東京に転入してから太宰君に逢つたのは三回だけである。

当時、太宰君は私に対して旧知の煩らはしさを感じてゐた。おそらくさうあつたらウと思つてゐる。結局、私の方からもなるべく太宰君を避けてゐた。概して気の弱い人は、新しく恋人が出来たり女で苦労したりしてゐるときには、古い友人を避ける傾向がある。しかし当時の私は、太宰君が女で苦労してゐるとは知らなかった。ただ何といふこともなく、可成りの程度に私を避けてゐると思つてゐた。（中略）初めて太宰君は、そのじょせいとを私に紹介するとき、「この部屋は、この女の借りてゐる部屋です。僕は仕事部屋に借りてゐるのです」と云つた。

戦後、久しぶりに初めて太宰君に逢つたときのことである。その席には古田晁や筑摩書房の石井君がゐたが、太宰君は私たちをこの仕事部屋に迎へるのに煩らはしい工作をした。

井伏は先ず石井に連れられて若松屋といううなぎやの主人に会い、しかる後にこの主人が四十～五十分も待たせたあげく太宰と慎重に打ち合わせてから彼のいる山崎の部屋に案内した、同様な方法で古田や臼井吉見もやってきた、なぜ彼がそんな煩わしい手数を取らせたのか全く理由がわからぬという。そして山崎に対する印象を、

こがらの女が壁際の畳の上に俎を置いて野菜か何かを刻んでいた。室内の様子と庖丁の使ひかたとで、この女は所帯くづしだらうと私は見た。

と述べ、かつそれ以前の昭和二十四年にも、

彼女の下宿部屋を太宰が仕事部屋に使つてゐた当時、私は三度太宰を訪ねた。最初は、出版の事で打ち合わせをする用事で訪ねたが、某女と口をきく必要がなかつたので、お互に殆ど口をきかなかつた。

とも述べている。

もっとも井伏は昭和二十三年、他誌に「疎開中、二年あまり会わなかった上に、東京にきてから一年ちかくのうちに四度しかあわなかった」と書いている。

三度なのか四度なのか、いったいどっちなのだろうか？

妻美知子によれば、戦前から正月には井伏宅へ親しい後輩たちが連れ立って年始の挨拶に伺うのが恒例だったらしい。だが昭和二十一年は井伏、太宰共にいまだ田舎に疎開中、翌二十二年には井伏は先述のはがきでわかるように郷里へ帰ってしまっている。かつ笠岡で、小山祐士、木山捷平らと小宴を張っていることから推しても、松の内の東京滞在はちょっと考え難い。

戦後は昭和二十三年正月、元旦に初めて太宰は井伏宅へ年賀に上がっている。かたや井伏は山崎方の太宰を昭和二十二年夏、同二十三年四月三日、十四日（？）、そして二十六日か、あるいは二十七日の三～四度にわたって訪ねているが、最後の一度だけは彼が留守だったので会えずじまいだった。つまり結論を言えば、戦後の二人はやはり三～四度だけしか顔を合わせていない。

ところで、井伏の選集は全九巻、作品解説の「後記」はすべて太宰が書く予定だったが、彼の死去によって第五巻以後は上林暁に変更された。

（前略）このやうな機会を利用して、私がほとんど二十五年間かはらずに敬愛しつづけて来た井伏鱒二といふ作家の作品全部を、あらためて読み直してみる事も、太宰といふ愚かな弟子の身の上にとつて、ただごとに非ざる良薬にもなるかも知れぬといふ、いささか利己的な期待も無いわけでは無かつたのである。（中略）東京の大学へはひるとすぐに、袴をはいて井伏さんのお宅に伺ひ、それからさまざま山ほど教へてもらひ、生活の事までたくさんの御面倒をおかけして、さうしてただいま、その井伏さんの選集を編むことを筑摩書房から依頼されて、無量の思ひも存するのである。（後略）

と書き始められている「後記」文末の日付（昭和二十二年、晩秋）から推して、太宰は恐らくその年の八月頃にとりあえず第一巻「後記」に着手、その後より十一〜十二月頃にかけてずっと、井伏の全作品を調べ、読み直したものと考えられる。

川崎和啓の綿密精緻な論考は、この時太宰が井伏の小説集『禁札』（昭和十四年三月二十日、竹村書房刊）中の百五十七〜百七十八頁に収められた短篇「薬屋の雛女房」（昭和十三年九月十五日発行『婦人公論』十月号初出）を読んだことを明確、歴然と証明している。この作品は昭和十一年秋のパビナール依存に苛まれた太宰をモデルにして、麻薬依存患者が示す異様かつでたらめな言動を、その不幸と苦悩に対する何らの同情もない、多分に茶化した筆致で描いたものである。それが掲載された初出誌面『ユーモア読物特輯Ⅱ』の性格が自ずから、その節における井伏の作品執筆に至る動機の軽々しさを示していると言ってよかろう。

作品が発表された時期、太宰はちょうど御坂峠の天下茶屋に滞在中だった。たまたま九月十八日午後、太宰はその井伏に付き添われて甲府市水門町の石原家を訪問し、後に妻となる女性の美知子と見合いをしている。勿論、初出以来の九年間、太宰はこの短篇「薬屋の雛女房」の存在を全く知らなかった。彼は信頼していた先輩作家井伏に裏切られたという思いに愕然とし、今更のごとく己のお人好しさ加減を悔やんだに違いない。げに、彼がこの作品を読み終えた時点こそが、それまでの太宰、井伏の関係がまさしく百八十度のコペルニクス的大転回を遂げるに至った運命の瞬間だったのである。

昭和二十二年九月四日付で、井伏は太宰へ、

前略　先日、展望編輯の石井君が来て、君が病気で臥てゐることを知らせてくれました。就ては、さつそく見舞ひに出かけようとしたところ、いや、ちよっと待つてくれと石井君が引きとめて、見舞ひを受けることは断じて御免を蒙りたいと伝言してくれと君が石井君にことづけ云つた由。尤もそれが君の逆説かもしれぬと石井君は云ひますが、君は友人の顔を見るとすぐ飲むことを企てるので、いま暫く僕も避けてゐた方が無難だと考へなほしました。

としたためた後へ、更にくどくどと節酒を説き、しからずんば津軽の文治さんに注進の手紙を出すやも知れぬと付け加えている。弟子から突きつけられた絶縁状の真の原因がよもや己にあろうなどとは、およそ気付いていない師匠井伏の姿に、どうしようもない擦れ違いの悲喜劇をまざまざと見せ付けられる思いがする。

いよいよ師弟訣別決断の秋《とき》がやってきたのである。果たして第二巻「後記」では、一転して巧妙か

つ冷徹な皮肉の下に隠された井伏への非難と、反感が明らかに読み取れる。前巻にあった敬愛と思慕の言辞は、もはや完全に影を潜めてしまっている。

（前略）私の最初の考へでは、この選集の巻数がいくら多くなつてもかまはぬ、なるべく、井伏さんの作品の全部を収録してみたい、そんな考へでゐたのであるが、井伏さんはそれに頑固に反対なさつて、巻数が、どんなに少なくなつてもかまはぬ、駄作はこの選集から絶対に排除しなければならぬといふ御意見で、私と井伏さんとは、その後も数度、筑摩書房の石井君を通じて折衝を重ね、たうとう第二巻はこの十三篇といふところで折合がついたのである。（中略）今回もこの巻の「青ヶ島大概記」などを中心にして、昔のことを物語らうと思ふ。井伏さんは、今でもそれは、お苦しいにはちがひないだらうが、この「青ヶ島大概記」などをお書きになつていらした頃は、文学者の孤独または小説の道の断橋を、凄惨な程、強烈に意識なされてゐたのではなからうか。

選集への「薬屋の雛女房」収載を拒否された太宰は、代わりの妙案を考え付いたのである。それが「青ヶ島大概記」における盗作の裏話だった。

この小説は、井伏が友人の伊馬春部を通じて民俗学者折口信夫から借りた近藤富蔵の著書『八丈實記』の「伊豆国付八丈島持青ヶ島大概記」を種本にし、その六割以上をなぞって書き記した作品である。太宰は傍らでそれをつぶさに眺めていながら、「後記」に〈天才を感じて戦慄した。私のこれまでの生涯に於て、日本の作家に天才を実感させられたのは、あとにも先にも、たつたこの一度だけであつた」と皮肉った。

折りも折り、この「後記」執筆に取り掛かっていた頃の十一月十二日、下曽我の太田静子に女児誕生、十五日には山崎方を訪れた代理の実弟太田通を介して、太宰は治子と命名する認知の証文を彼女に与えている。半月後の十二月二日付で、彼は京都に住む愛弟子・堤重久に宛てて、

（前略）実はね、いろいろ、あぶねえんだよ、いちど逢いたいと思つてゐる。いろいろと人の悪口も言ひたい。安心してそれを言へる相手は、誰も無いんだよ。みんなイヤシクていけねえ。乞食みたいな表情をしてゐる。無理をしてでも出て来なさい。お前の夢を見た夜もある。

のようなはがきを出している。

驚いた堤は、当時、奈良女子高等師範学校の教師をしていた横田俊一を伴って、十二月二十日早朝に上京した。

彼の著書には、たまたま三鷹の山崎方仕事部屋で太宰が書き上げたばかりの、この第二巻「後記」の原稿を読んだ時の模様が記されている。該当する箇所（前後の関係から、一応、十二月二十一日の出来事と推定されるが、昭和四十三年十二月末脱稿になる堤の記述は、なにしろ二十一年前に遡る回想故、林芙美子邸訪問や日本小説社社員同道の「美男子と煙草」執筆のための上野地下道浮浪児探訪の日にちが、『山崎富栄日記』と食い違っている点などもあり、今一つ確かではない）を抜粋してみよう。

午後四時頃、筑摩書房の石井さんという青年がきた。太宰さんは、同社で発刊される「井伏鱒二選集」の後記を毎巻かくことになっていて、その原稿の催促にきたのである。（中略）なにせ太宰さんは、井伏さんに対して機嫌の悪い最中である。井伏さんではなく、石井さんに当たって、かきたくないものを何故かかすんだ、お前はなんの権利があって、おれを強要するんだ、お前はバカだ、などとぼろくそに面罵するのであった。しかし石井さんは、おとなしく堪えながら、でも先生、約束です、お願いしますと粘っている。（中略）ついに太宰さんの方が根負けしたらしく、じゃあ、かく、かくからそこで待っておれ、といったので、私は自分のことのようにほっとした。

太宰さんは、不機嫌な、くしゃくしゃの顔で机に向って、ときどき、かきたくねえんだ、かきたくないのになあ、などと呟きながら、一時間近くペンを動かしていたが、ほら、かけた、という声と共に、その六、七枚の原稿を私に手渡して、よんでごらんといった。

私は、よみだした。よみ進むうちに、胸が切なくなってきて、よみ終ると同時に、私は落涙した。おどろくべき文章であった。行間に、字間に、井伏さんへの畏敬と情愛の想いが潮のように満ち溢れて、一字一字がその敬愛の水に浸って、ダイヤモンドのように煌いているのだった。不思議な人よ、と私は思った。かきたくないなどといいながら、一たんペンをとれば、そのペンの先から切ない愛と芸術のインクが流れ出る。太宰さんが、井伏さんに天才を感じたとすれば、私はこのときの太宰さんに、芸術の怪物を感じたのであった。

「青ヶ島大概記」執筆にまつわる複雑な事情を一切知らぬ堤にしてみれば、太宰の流麗な筆になる井伏鱒二天才説をまともに受け取って感涙に咽んだのも至極当然と言わねばなるまい。

しかしこうまでして己の恥部を逆撫でされては、さすがの井伏も示しがつかない。後に彼は仕方なく『社交性』と題した一文を草して、自らその真相を告白している。

太宰はあることないこと混ぜ合わせて書き、意地の悪い悪戯をし、誉めることがないので作り事をし、まるっきり嘘は言いたくないので当事者だけを赤面させる、彼はそんな遠慮深い社交性を持っていると述べ、およそ太宰の真意とはかけ離れた的外れな苦しい言い訳をする破目に陥ってしまっている。

第三巻に入って、太宰の井伏に対する皮肉に籠められた批判の矛先は、益々、冴えてくる。収載作品と青春の関係を採り上げ、早稲田界隈、下宿生活の臭いを嫌いながらも、下宿街の後輩学生たちに取り囲まれては断わりようもなく、飲み屋に誘ったあげく、乏しい懐具合に戦々恐々とする井伏の小心振りを巧みにカリカチュアライズしているのである。

そして第四巻に至るや、太宰の井伏攻撃の企みはその頂点に達する。この巻の旅行見聞記みたいな作品に関連して、釣り道具を肩にかついで旅に出掛ける井伏の姿を最高と持ち上げ、旅行の名人と誉めそやす。

釣。

将棋。

そこに井伏さんの全霊が打ち込まれてゐるのだかどうだか、それは私にもわからないが、（中略）金銭の浪費がないばかりでなく、情熱の浪費もそこにない。井伏さんの文学が十年一日の如く、その健在を保持して居る秘密の鍵も、その辺にあるらしく思はれる。旅行の上手な人は、生活に於ても絶対に敗れることは無い。謂はば、花札の「降りかた」を知つて居るのである。（中略）不敗。井伏さんのそのやうな態度にこそ、不敗の因子が宿つてゐるのではあるまいか。井伏さんと旅行。（中略）旅は徒然の姿に似て居ながら、人間の決戦場かも知れない（後略）

と鮮やかに斬って捨てている。

ここまでくると、もう誉めているのか、けなしているのか、とんと解らなくなってくる。まさに太宰治の面目躍如たる。まことにユニークな解説後記と言わねばなるまい。

同じ昭和二十二年暮、その前年に滝井孝作を主幹、亀井勝一郎、浅見淵、上林暁、外村繁らを編集同人として赤坂書店から創刊された季刊文芸誌『素直』の担当者八匠衆一が、一度も顔を出さないメンバーの太宰を三鷹に訪ね、同人会への気軽な出席を依頼した。しかし滝井の友人の志賀直哉や、井伏と顔を合わすのを嫌ってか、太宰は決して確約を与えようとしなかったという。

昭和二十三年元旦、太宰は「やっぱり私の言葉をいれて下さって、お嬢様と御一緒に」（『山崎富栄日記』）「しぶっているのを毎年の例だからと、押し出すように」（津島美知子『回想の太宰治』）されてやっと井伏宅へ年始の挨拶に伺った。しかし美知子は、「帰ってから茶の間で泣いた。みんなが寄ってたかって自分をいじめる、といって泣いた。その泣き方は彼自身が形容している通り、メソメソという泣き方で、坊ちゃんが外で腕白共にいじめられて泣いて訴えているのと同じ」だったと述べている。

前述の堤の著書の同じ十二月二十一日と思われる箇所にも、次のような記述が見られる。

ここだけの話だがね、この正月にね、亀井や山岸たちと井伏さんのところに挨拶にいったんだ。例のごとく、おれはしたたかに酔っ払っちゃってね、眠くなったもんだから、隣室に引退って、横になって寝ちまったんだ。どのぐらい寝てたんだか、それは分からんがね、とにかく、ふと眼をさますと、襖越しに低い声が聞こえるんだ。みんなで、寄ってたかっておれの悪口を言い合っては、笑っているんだ。おれがピエロだというんだ。いい気になっているけれど、ピエロに過ぎんというんだよ。このとき、おれはね、地獄に叩き込まれたと思ったね。髪の逆立つ思いとは、あれのことだね、思い出しただけで、総身が慄えてくるんだよ。

だがこの文章内容は、昭和二十二年十二月末訪問時における太宰の弁なる故、冒頭にある《この正月》も明らかに昭和二十二年でなくてはならぬのに、前にも述べておいたようにこの年井伏は帰郷していて東京にはいない筈である。文章の中身はどう見ても先の美知子の回想に似ている。多分執筆の際、堤が後で他から知り得た翌二十三年の事実を、誤って二十二年と勘違いして引用してしまったものだろう。

三月に入って太宰は、いよいよ熱海起雲閣別館に閉じ籠もり、畢生の大作『人間失格』の執筆に取り掛かる。下旬までに脱稿した「第二の手記」の終わりから登場するヒラメは先の北芳四郎と井伏がモデルと考えられる。以後、書き進められた「第三の手記二」、作品の終末近くで、遂に主人公の葉蔵はヒラメらに連れられてサナトリウムとばかり思っていた脳病院へ監禁される。彼は絶叫する。

断じて自分は狂つてなどゐなかつたのです。一瞬間といへども、狂つた事は無いんです。けれども、ああ、狂人とは、たいてい自分の事をさう言ふものださうです。つまり、この病院にいれられた者は気違ひ、いれられなかつた者は、ノーマルといふ事になるやうです。(中略)人間、失格。もはや、自分は、完全に、人間で無くなりました。

井伏たちが関与した昭和十一年秋における東京武蔵野病院入院事件の悪夢が、一度に甦ってきたのであった。

太宰がぜひとも書きたいと熱望していた『如是我聞』の雑誌連載も、いよいよ三月初めから開始された。彼はその「一」冒頭近くに、

自分は、この十年間、腹が立つても、抑へに抑へてゐたことを、これから毎月、この雑誌(新潮)に、どんなに人からそのために、不愉快がられても、書いて行かねばならぬ。そのやうな、自分の意志によらぬ「時期」がいよいよ来たやうなので、種々の縁故にもお許しをねがひ、或ひ

は義絶も思ひ設け、こんなことは大袈裟とか、或ひは気障とか言はれ、あの者たちに顰蹙せられるのは承知の上で、つまり、自分の抗議を書いてみるつもりなのである。

と宣言し、真っ先に小説の神様と称されている文壇の大御所・志賀直哉を攻撃の射程距離内に置いた激越な「老大家」批判を一気にまくし立てた。

井伏の二度目の三鷹訪問は、ちょうどその直後の昭和二十三年四月三日だった。当時の「山崎富栄日記」には、

四月二日

（前略）同夜、梅林さん「ブロバリン」百錠、服毒す。夜半、二時半ごろ、太宰さん目覚めて発見、早速医者を呼びに雨の中を走る。重態。翌朝までに三度医者を呼び、朝、中村医院に入院す。この間、たいへんでした。

四月三日

梅林さん入院、〝死ぬ〟という断、ため息ばかり出る。夜、井伏さんみえる。甲斐ない人。

と記されている。

先に紹介した井伏の著述「をんなごころ」にも、確かにその時のことが次のように書かれている。

もと某雑誌編輯部にゐたUといふ青年が太宰の仕事部屋に訪ねてきて睡眠薬を大量にのんだ。結果は、瀕死の状態になつて、口から泡を吹きだした。私はその噂をきいたので、きつと太宰も困つてゐるだらうと察し、様子を確かめるために駈けつけた。（中略）「昨日晩から、僕は一睡もしないんです。とんでもない迷惑でした。寄つてたかつて、みんなで僕をいぢめやがるんだ。井伏さんを恨みます。」「妙なこと、きくものだね。なぜ、僕を恨むんだ。」「だつて、Uといふ男、井伏さんと知りあひだつたでせう。僕はUといふ男と、一ぺんも会つた覚えがない。昨日、初めて来て、僕たちが酒を飲むのを見ながら、こつそり薬をのんだんです。僕は恨みます。」「そりや、筋合が違やしないかね。僕がUを君に紹介してよこしたのなら、話はまた別だ。しかし、僕はUと知り合ひだつたといふことだけで、そんな云ひがかりをつけられては困る。僕こそ、迷惑だ。」私が気を悪くすると、「いや、三十分ばかり恨みました。実は、ほんのちよつと、三十分ほど恨んだだけです。もう何ともありません」太宰はさういふ出まかせのやうなことを云つて、尚さら私を気まづくさせた。

当然、先の志賀批判の雑誌記事を目にしていたであろう井伏にしてみれば、さすがにそのまま放置しておくわけにもいかず、太宰を訪れたついでに何らかの忠告を与え、叱言の一つも言わざるを得なかっただろうことは推測するにやぶさかではない。たまたま太宰が呼び寄せ、居合わせた担当編集者の野平健一を通じ、井伏は執筆中止を進言したらしい。同時に彼は銀のシガレット・ケースを置いていった。自殺騒ぎを詫びるつもりだったのかも知れないが、中止への褒美と勘繰った太宰は、早速、それを半紙で丁寧に包み糊付けして、翌日訪れた筑摩書房の石井立編集者に持たせて井伏宅へ返却してしまった。

加えて「山崎富栄日記」四月十四日の項にも《お仲人をした井伏さんが、太宰さんを苦しめている。ちょっとした偽善者だ》の記述が見られるが、只、この字句からだけでは、その日実際に井伏の来訪があったか否かは判断し難い。

その頃常に傍らに侍っていた山崎にしてみれば、太宰に対する井伏の口出し干渉が耐えられず、つい不満めいた非難の言葉も日記中に出てきたのではあるまいか。

四月二十六日、阿佐ヶ谷会のメンバーで太宰も親しかった青柳瑞穂の夫人とよが死去した。訃報を受けた井伏は、葬儀の日取りを知らせに行ったが、太宰は留守だった。

帰宅後、井伏の言伝てを聞いた彼は、直ちに青柳邸へ向ったという。青柳の孫娘いづみこは、その当時を、

　太宰はとよがなくなったときいてかけつけてきたが、どうしても門の中にはいれなくて、引き返してしまった。家の中にはいると、自分も死神につかまえられて、二度と戻ってこられないような気がしたのだろうか？

　青梅街道と阿佐ヶ谷駅をつなぐ中杉通りというけやき並木の通りを、ほとんど放心状態で歩いている太宰を発見したのは、当時「群像」編集部にいた川島勝である。きくと、青柳家がどこかわからなくなったという。川島は、太宰を家まで連れてきたが、駅に山崎富栄を待たせていた太

宰は、すぐに姿を消した。太宰はとよの葬式のとき、もう一度姿をあらわした。（中略）不精髭を生やした顔は血の気がなく、眼差しは陰鬱で、足元もいささかおぼつかない。お香をたく細い指も震えていた。結局、その二ヶ月後に、太宰も富栄と心中してしまった。

と回想し、瑞穂自身もやっぱり心中事件直後に、

僕が最後に会ったのは、妻の告別式（四月二十八日）の日だった。太宰君はいきなり入って来ると、僕に向って、まるでおこっているようだった。「どうしたんです。どうしたんです」を繰返しながら、僕に、当たり散らしているような態度だった。いかにも苦しげな表情だった。そして、線香もあげることはあげてくれたが、それも実になげやりの風だった。僕自身、気のてんとうしている時ではあったがどうも気にかかったので、他の友人たちと一緒にいた太宰君をこっそり呼んで、告別式がすむまでいることは無いから……と言ったら、彼は逃げるようにして行ってしまった。「死」の部屋から逃げるようにして……。

と記して、彼を悼んでいる。
かかり付け医の配慮によって心臓麻痺と診断されたとよの死因は、実際は青酸カリによる服毒自殺だった。
中央線沿線の阿佐ヶ谷界隈住まいの文士たちの集まりで、かつての在るひと時にはその自宅をも例

会の場所として提供したことのある阿佐ヶ谷会では、明治二十二年生まれの青柳瑞穂は、井伏鱒二とは年齢が一つ若いだけの同世代だった。

が、その閲歴は他の文学三昧のメンバーたちとは些か趣きを異にしていた。慶応大学仏文科卒業後、詩人・堀口大学に師事して最初は創作詩などを同人誌に発表していたが、いつしか本業はフランス文学や詩の翻訳となり、更には得た収入の殆どを骨董蒐集に費やし、好きな酒と古美術に憂き身をやつし出し、その頃にはすっかり道楽が嵩じて、家庭経済を全く顧みなくなってしまっていた。山梨の田舎で質屋の四男坊に生まれ、幼少の頃から質草の書画骨董がぎっしり詰まった白壁の土蔵を遊び場として育った彼の目利きのセンスが、やがて身の内に潜んでいた芸術家の血を沸き立たせ、果ては好きで一緒になった女房さえも自裁の死地へ追いやるまでの悲劇に嵌まってしまった運命の苛酷さを思わざるを得ない。

無論、青柳夫妻の火宅に起こった異変の真相の、隠された深奥を知る由もないまま直ちに駈け付けた太宰にも、自分が、以前、彼にしゃべった片言《この頃の井伏さんはワセダのドブにおっこちたようだ》までも、わざわざノートに書き留めておいてくれたりした、およそ俗塵まみれの井伏などからは程遠い真の芸術家肌だった青柳の胸中を痛く思い遣り、朧げながらもきっと何かを感じ、何かを嗅ぎ取るものがあったに違いなかろう。

五月中旬に仕上がった『如是我聞「三」』では、太宰の歯に衣を着せぬ鋭い舌鋒は、とうとう井伏自身の方へ向って来た。彼の言わば老婆心的な要らぬおせっかいは、却って太宰の胸に燃え盛る火に油を注ぐ逆効果になってしまったのである。

先輩といふものがある。さうして、その先輩といふものは、「永遠」に私たちより偉いもののやうである。彼らの、その、「先輩」といふハンデキヤツプは、殆ど暴力と同じくらゐに荒々しいものである。例へば、私が、いま所謂先輩たちの悪口を書いてゐる姿は、ひよどり越えのさか上りの態のやうである。（中略）彼らは、実にだらしない生活をしてゐるのだけれども、所謂世の中の信用を得るやうな暮し方をしてゐる。さうして彼らは、ぬからず、その世の中の信頼を利用してゐる。永遠に、私たちは、彼らより駄目なのである。私たちの精一ぱいの作品も、彼らの作品にくらべて、読まれたものではないのである。彼らは、その世の中の信頼に便乗し、あれは駄目だと言ひ、世の中の人たちも、やつぱりさうかと容易に合点し、所謂先輩たちがその気ならば、私たちを気狂ひ病院にさへ入れることが出来るのである。

妻美知子が他界した平成九年の明くる年は、ちょうど太宰治没後五十年に当たり、頭書に紹介したこれまで津島家遺族が大切に保存してきた彼の遺書をはじめ、書簡、作品の草稿や未定稿、構想メモの類いが一挙に公開された。

その中の一つに、青森県近代文学館へ寄贈された二冊の文庫手帖がある。平成十三年八月三十一日、当館は、資料集の第二輯として、この手帖の全頁を原寸大の写真版で翻刻公刊した。

鎌倉文庫発行の昭和二十二年、及び二十三年版日記式備忘録。一部の頁欠落があるが、そこには、当時、執筆中だった『斜陽』『人間失格』『眉山』『女類』『渡り鳥』『如是我聞』『「井伏鱒二選集」後記』『豊島与志雄著「高尾ざんげ」解説』などの構想メモ、その他が乱雑に書きなぐってある。敗戦直後における紙質の粗雑さに加え、長年月の経過による劣化も進んでか、薄い紙面の裏の文字が透けて見え、かつ時を違えて記したと思われる異なった書体が幾重にも複雑に入り混じって、甚だ読みにくい文面である。

注目すべきは、昭和二十三年版の三月十八日（木）～四月十六日（金）までの三十日分（見開き二頁が一週間に相当）合計九頁を使って記された井伏に対する痛烈な非難、攻撃の文章である。これこそが、あの従来からの井伏悪人説に籠められた太宰の無念の心情を殆ど理解しないばかりか、殊更にそれを過小評価し、ともすればなるべく穏便にすまそうとしてきた数々の論評の意図を、根底から覆す画期的な証拠なるべきものであろう。

井伏鱒二／ヤメロ　と　いふ、／足をひっぱると●いふ、／『家庭の幸福』／ひとのうしろで、／どさくさまぎれに／ポイ●ントを／かせいでゐる、／卑怯、／なぜ、やめろといふのか、／「愛？」私は、そいつ／にだまされて来た／のだ、人間は人間を／〔だませる〕愛す／私は、そいつ／に、だまされて来た／人間は人間を／〔だませる〕愛す／る事は出来ぬ、／利用するだけ、／思へば、井伏さん／といふ人は、人に／おんぶされて／ばかり生きて／来た、孤独／のや△でゐて、／このひとほど／「仲間」がゐないと／生●きてをれないひと／はない、井伏の悪口を△ふ／ひとは無い、△ケ／モノだ／阿呆みたいな／顔をして、作品／をごまし（手を／抜いて）誰にも／憎まれず、／人の陰口は／ついても、めんと／向っては、何も／△△ず、わせだ／△のろひながらも／わさ●だをほめ、／愛校心、／ケッペキもくそも／ありやしない／最も、いやしい／政治家である。／ちゃんとしろ、／（すぐ人に向△△／グチを云ふ。△や／しいと思つたら／黙つて、つらい／仕事をはじめ／よ、）／私はお前を捨て／る。お前たちは、／くだらぬものを●強い。（他のほめ／たり）どだい／私の文学が／△からぬ、わが／ままものみたい／に見えるだけ／だらう、聖書／は屁のやうなも／のだといふ、／実生活の／駆引きだけ／で／生きてゐる。イヤシ●●イ。／私は、お前たちに／負けるかも知れ／ぬ。しかし、私は、／ひとりだ。「仲間」を／作らない。お前／は、「仲間」を作／る。太宰は／気違ひになつ／たか、などといふ／仲間を、／ヤキモチ焼き、／悪人、／イヤな事を言ふ／やうだが、あなた／は、私に、世話／したやうにお●／つしやつてゐる／やうだけど、／正確に話し／ませう、／かつて、私は、／あなたに気に／いられるやうに／行動したが、／少しもうれしく／なかつた。

（●は塗り潰し抹消、△は文字不明、〔　〕内の文字は縦線で抹消、小文字は傍らに書き込みの箇所）

ところで同じ手帖の終わりに近い頁に、『「井伏鱒二選集第二巻」後記』の執筆構想メモに相当すると思われる《青ヶ島大概記清書のこと、》《おでんやでジアジア泣くこと》《改めない、巻き込む、吸ひ込む、求心力が強い、》《モンテーニュ　槍、》《勉強次第で谷崎にはなれるやうな気がするけど、井伏さんにはなれない、谷崎にほめられて井伏さんおよろこびのこと》などに混じって、豊島與志雄著『高尾ざんげ』の「解説」中の一節《スプウンでリンゴを割る》の字句がある。そして以下同様、その「解説」に使われた《日本で一ばんの教養人　アニユイ》《切株、ツギホ　浪花節　講シヤク師》《いつも会場の隅にゐらつしやる、さうして微笑してゐる》《自分が善人と思はれる事ほど大いなる苦痛は無い、それで深夜の酔歩がはじまる》《シヨパン　ヴアレリイ　教養人　悲哀の表情　二階から見てゐる》など多くの字句が、続く七頁にわたって細々と記されている。これらすべては太宰の豊島に捧げられたオマージュの言辞にかかわっている。

そしてこれらの箇所に隣る冒頭、先の『青ヶ島大概記』関連の記述のすぐ次頁にしたためられた《私の創作の／苦しさを知り、／私を敢然と△支持／してくださつた唯一の先輩／だつたといふことを／私事ながら／付記して置△／させていただく》（△印は文字不明）の文章中の、井伏と看做される〈唯一の先輩〉も、ひょっとすると実際は豊島が念頭にあったのでは？　という気がしてならない。

通常、生前の太宰は井伏を先輩、豊島を先生と呼んでいた。したがってこの文庫手帖を解説している太宰文学研究家・安藤宏も、当然、この先輩には井伏？（ただし否定も肯定もしない複雑な心情で）を当てている。

しかし、昭和二十二年十一月中旬に太宰を訪ねた青柳の《彼は友人の文学者を片っぱしからこきおろし、ただほめるのは豊島與志雄と青柳瑞穂だけだった》の言葉から推しても、「『井伏鱒二選集』後記」や『如是我聞』執筆時における太宰が、尚、依然として井伏へ尊敬の念を堅持していたとは到底信じ難い。あえて異論を掲げて、一つの可能性を探っておきたい。

太宰治死亡に際しての、葬儀委員長は豊島、副委員長は井伏だった。

世間体を慮って後見役を任され、殊に晩年煙たがられた井伏とは異なって、豊島は真の芸術家にして、無頼文学追求の徒・太宰治の極めて良き理解者だった。豊島は《死は、彼にとっては一種の旅立ちだったろう。その旅立ちに、最後までさっちゃん（山崎富栄の愛称）が附き添っていてくれたことを、私はむしろ嬉しく思う》と語り、二人の合同葬と比翼塚をも提唱していたと聞く。

非業の最期に斃れた後輩太宰治の葬送の儀に際し、担当責任者としてそれぞれの持ち味を生かして選ばれた両先輩師匠の姿に、配剤の妙を思わざるを得ない。

話は前後するが、ここで太宰治と井伏鱒二、二人の最初の出会いから太宰の結婚に至るまでの、井伏の功罪を簡単にさらっておこう。

そもそも太宰が井伏を初めて知ったきっかけは、大正十二年の夏休みに、三兄圭治が東京から持ち帰った同人誌『世紀』創刊号中の井伏著「幽閉」（後に『山椒魚』と改題）を読んだことにある。例の『「井伏鱒二選集第一巻」後記』に彼は、その時の感想を《私は埋もれたる無名不遇の天才を発見したと思って興奮したのである》と述べている。

井伏の代表作『山椒魚』は、彼自身、夙に語っているようなチエホフの『賭』をヒントにしたものではなく、実はロシアの風刺文学作家サルティコフ・シチェドリンの『賢明なスナムグリ』が種本であるらしい。

だが、いまだ中学一年生だった津島修治が、とてもそこまで知っていたとは思えないし、だからこそ無名不遇の天才発見と率直に興奮したのである。第二巻の『後記』に記された『青ヶ島大概記』の場合の《天才を感じて戦慄した》のまことに意味深長な皮肉とは、完全に区別しなければなるまい。

昭和三年夏の上京に際して、津島は自らの編集誌『細胞文藝』への投稿依頼のため井伏を訪問したが会えず、帰郷後に彼からの『薬局室挿話』を受け取った。

東大入学直後の昭和五年五月、自作短篇を携えた津島は神田の作品社で井伏と初対面する。以後、彼は井伏に師事、二人の交流は次第に繁くなっていくが、作品『思ひ出』に至ってようやく井伏は彼の才能を評価する。加えて母校早稲田大学同窓会の誼みもあって、津軽の長兄から依頼された後見役も引き受け、より個人的な関係を深めてゆく。

その後太宰治とペンネームを定めた彼と、井伏は酒を酌み交わし将棋を指す一方で、鎌倉八幡宮裏山、群馬県水上における二度の自殺未遂事件、パビナール依存症による東京武蔵野病院への入院措置、そして初代との離縁問題など、あまた不始末騒動の解決、対策に奔走する。多少の紆余曲折はあったにしろ、井伏は太宰の作家修業及び社会の実生活援助に尽くし、太宰も又井伏にそれなりの恩義を感じてきたのだった。

そこで荒んだ生活の立て直しと、一層、実のある文学精進を図って、井伏が採ったのが太宰と美知子の結婚世話仲介だった。だが、多彩な女性関係の渦中を漂う無頼派太宰にとって「家庭の幸福は諸悪の本」、善かれと思った目論見が却って晩年の、とんだ師弟愛憎劇の遠因にさえ繋がることになってしまった。

時たま井伏と同郷の高田英之助が慶応大学国文科卒業後、東京日日新聞へ就職、甲府支局に在勤していた。北や井伏が高田に依頼、彼の婚約者斉藤須美子の母親せいが石原美知子を紹介したのだった。彼女は東京女子高等師範学校卒業後、山梨県立都留高等女学校に勤務中だった。当時、数え年二十七歳、石原家での見合いから一カ月後の十月十九日付井伏宛書簡に太宰は、《娘さんは、式や形式など、どうでもいい、結婚を早くさつさとしてもらひたい、くるしくてかなはない、今無理に小説あせつて書かなくていい……》との美知子の言葉を伝えている。

しつかりと自立した職業を持つ女性とは言え、常識的には結婚適齢期もかなり過ぎていた彼女にとっては、やはり多少のあせりもあったかも知れず、ましてや未婚の妹も直ぐ後に控えていては、折角の縁談を積極的に断わる理由もない以上、母親の薦めるままに、只何となく結婚に踏み切った面もあながち否定出来なかったのではなかろうか。

が、後に彼女が著した回想記の一節、

太宰のような常識圏外に住む人と私はそれまでに接触したことがなかった。御崎町時代は何もわからず暗中模索していたようなものである

とか、

この人にとって「自然」あるいは「風景」は、何なのだろう。おのれの心象風景の中にのみ生きているのだろうか——私は盲目の人と連れ立って旅しているような寂しさを感じた

にも端的に表れているように、もともと堅実な学問一家に育った美知子にとっては、所詮、自由気

屄な作家稼業の太宰と一緒の所帯を維持していくことは、至難の業だったように思える。

太宰が井伏に対して、如何に努力の誓いを一札にしたためようと、美知子が如何に良妻賢母に撤しようとあがいてみても、二人の亀裂の溝は次第に大きく開いてゆき、晩年の破局はどうにも防ぎようがなかったのかも知れない。

太宰の心情や性格のすべてを、当然、知り尽くしていた井伏自身も又後にきっと、この使いさしの油に冷たい岩清水を無理やり注ぎ足したような結婚の失敗だったことははっきり認めていたに違いない。真偽の程は定かではないが、先述の堤に対しても、太宰は子供のような半泣きの表情を浮かべながら、

井伏さんはひどいよ。可愛ゆげがないから、美知子と別れろというんだ。お前、ひどいと思わんかね。自分が世話したくせにさ、それ以来、おれはね、井伏さんを信用しないんだ。

と訴えたという。

後年又、かの高田英之助が語ったエピソードがある。

初めて文京区本駒込のお宅へ電話して、駅前の花屋で秋の七草など見つくろい、訪問した。(中略)甲府や津軽、三鷹の話しなどぼつぼつしながら、巷間伝うるところ、〝冷蔵庫のような冷たい女〟という印象が、やはりつきまとうのだった。(中略)私は持参の秋草を仏前に供えたい

からと、仏間はどこかと尋ねた。そこで未亡人が、何か部屋の隅っこで一人ごそごそやってると思ったら、両手で小さな仏壇を一つ軽々と抱え込むようにして、私どもの前にどっかり据え置いた。それが何と、太宰治の仏壇であり、未亡人の一寸手荒と思える扱いだったので、何だか太宰が可哀想な気もしながら、仏前に焼香をすましたけれども、私どもで世話したのが、仇になったかと思えるような、些か当てつけがましい仕打ちとも思えた。

かつて、井伏を「養ひ親」に見立て、乳兄弟の契りをさえ結ぼうと言った太宰の、他ならぬ弟分からの兄嫁つまりは姉貴に向っての何とも名状し難い無念の思いが文面に漂っている。

加えて一つ、作家志望である私の某友人が教えてくれた取って置きの内緒話がある。

かつて彼は晩年の太宰治を三鷹の自宅に訪ねた体験を持つ。当時、「千草」の仕事部屋で彼は自作の小説原稿を見てもらい、傍らにいた山崎富栄とも会っている。更には太宰没後も、数回にわたって美知子と面会している。その節、某は彼女に井伏への弟子入り紹介をしきりに懇願したが、何故かその依頼は聞き容れて貰えず、代わりに太宰と友人かつ同郷津軽の作家だった今官一を薦められたという。

これらの諸事実を、あの井伏に対する致命的打撃の確証とも思える文庫手帖をわざわざ廃棄処分にもせず、五十年もの間ずっと保存し続けたことなどに考え合わせると美知子はあの無残な破局に終った結婚生活について、単に夫の太宰へだけではなく、それを取り持った井伏へも何かしらある種の苦々しいこだわりを抱き続けていたような気がしてならない。

さて、井伏作品における原典の盗用、改作の問題は、ひとり『山椒魚』や『青ヶ島大概記』だけには留まらない。

昭和十二年下半期、第六回直木賞受賞作『ジョン万次郎漂流記　風来漂民奇譚』は、誤謬の多い石井研堂著『中村万次郎』からの殆ど丸写しで、井伏自らも只《記録を並べてみただけだから、これは小説ではなく、記録小説という注文で書いたもの》と認めるような、認めないような何ともややこしい言い訳をしている。『厄除け詩集』の粉本は、生家二階、父親の本箱から探し出した『臼挽歌』と題する漢詩及びその翻訳であることも、ほぼ、最近では定説化してきている。

太宰没後においても、広島の原爆被災を扱った『黒い雨』は、その資料である重松静馬の日記とのいきさつが、これまでもしばしばマスコミに採り上げられてきたので比較的よく知られている。原本と称せられながらも長らく未公開だった『重松日記』が、最近、遺族方より出版されたが、以前から細部にわたってそれに異議反論を唱えてきた重松の友人・豊田清史も又、その内実を書誌学的に検証した論考を追加発表されている。ともあれ、当事者である井伏鱒二と重松静馬の両人が既に亡くなってしまっている現在においても、周辺関係者それぞれの言い分が複雑に絡み合い、論点が微妙に擦れ違って、いまだに最終的な決着は付けられていない。

なお、この『黒い雨』と『重松日記』の関係を含めて、先の井伏諸作品における原典盗用、盗作などの問題大要は、すべて猪瀬直樹の著書『ピカレスク太宰治伝』に述べられており、他方又、作家長部日出雄は、井伏文学の特色とも言うべき人間の実存性への透徹した観察眼の濃密さを例に引いて、これに異説を挟んでいることも付け加えておきたい。

それぞれに頷ける点も多いが、いずれにしても留意すべきは、文学作品における原典資料の引用、借用、改変、そして盗用の事実は別に珍しいことではなく、井伏のみに限ったものでもない。和歌における本歌取りを挙げるまでもなく、古今東西いくらでも前例が見られるのである。問われるべき問題の本質は、むしろ新たに生み出される作品における構想のオリジナリティや文学的価値の有無如何にこそ在るのではなかろうか。

芥川龍之介の掌篇『舞踏会』は、ピエール・ロティの『江戸の舞踏会』を下敷きにして書かれた作品であることはよく知られている。或いは島崎藤村の代表作『夜明け前』の冒頭が、秋里籬島編『木曽路名所図会』（文化二年刊）の「三留野の項」にそっくりだということも解っている。竹山哲の近著は森鷗外らの諸作についても、この辺りの事情を詳述している。

早い話、太宰治でさえ『女生徒』と「有明淑日記」、『パンドラの匣』（『雲雀の声』）と「木村庄助日誌」、『斜陽』と「太田静子相模曾我日記」の三例、各々をつぶさに比較検証してみれば、彼の著作にも又、まさしく原文資料の剽窃と見紛うばかりの表現描写を、一再ならず発見し得ることを強調しておかねばなるまい。

が、『黒い雨』と『重松日記』問題については少なくとも次の二点の証拠資料に照らして、やはり井伏の倫理的資質だけは、どうしても問わなければならないだろう。
（一）萩原得司『井伏鱒二聞き書き』の件。
井伏自身は、後に訂正、削除、加筆をしたにもかかわらず、萩原は私見を一切加えていないと言う昭和五十八年六月から始まる約一年間の聞き書きの《「黒い雨」について　その一》中の発言。

あの資料を西洋人に渡したと思っていたのは、僕の記憶違いで、富士見の農家にいた時があったろう。あのとき、縁側に置いたので、紙屑といっしょに燃してしまったんだ。

（二）「朝日新聞」（夕刊）一九八八（昭和六十三）年十月十二日付、記事中の井伏談話。

だいぶ前のことで忘れた面が多いが、重松さんの日記に驚きながら書いた記憶がある。（中略）重松さんから日記を返してほしいといわれたことがあったが、手を加えたりしてずたずたになっていたから、返せないので、いまはない。どの程度の引用だったのか……。私の作品には出来、不出来があり、「黒い雨」は出来のいい作品とは思っていない。

被爆者が彫心鏤骨の思いで書き綴った日記を如何なる約束事があったにしろ、本人からの返却申し出を拒んでおきながら簡単に第三者に譲り渡そうとしたり、ましてや燃やしてしまったなどと言う（本人が死去してしまった今、その言動の真偽の程を知る術はないが）、井伏の精神構造はやっぱりちょっと奇異であり、些かも弁明の余地がないと思いたい。

もっとも、井伏の『黒い雨』執筆時における日記盗用の事実が表面化し、大きな問題になり出したのは、はからずも連載終了後の単行本発刊直後、第十九回野間文藝賞受賞時における、文藝評論家たちの讃辞に満ちた論評からだった。

何故なら、評者がこぞって称揚したのは、井伏が原日記の素材を彼ならではの確かな観察眼と手法の技術的円熟とをもって、独自の原爆文学にまで高め得たという点にあったからである。しかるに、その節彼が引いた作品『黒い雨』中の叙述描写の実例は、いずれもことごとく原資料の『重松日記』に、そっくりその侭存在していたのである。賞まで貰ってしまった井伏としては、今更、その楽屋裏を白状するわけにもいかず、僅かに「受賞のことば」で、

この作品は新聞の切抜、医者のカルテ、手記、記録、人の噂、速記、参考書、ノート、録音、などによつて書いたものである。ルポルタージュのやうなものだから純粋な小説とは云はれない。その点、今度の野間文藝賞を受けるについて少し気にかかる。


と苦しまぎれの弁を吐いている。

恐らく文藝賞など受けなければ、盗用の発覚もうやむやになった上、こんな歯切れの悪い釈明までしてとりつくろうことも要らなかっただろう。いずれにしても井伏にとっては、思わぬ誤算だったに違いない。ここにも又今まで見てきた、例のまさにアバウトな井伏流創作手法の欠点がはしなくも露呈している感がある。

そろそろ紙幅も尽きかけてきた。先を急ぎ、結論に移ることにしよう。

井伏は戦後の太宰について、《彼はつらいことがあつても私にはまともに打ちあけない習慣であつた。もし私を避けてゐなかつたにしても同じことである。しかし実際は避けてゐた》と語り、又《自分のして来たことについて悔いることがないとはいはれない。ことに最近に至って、或は旧知の煩はしさといふやうなものを、彼に感じさせてゐたかもわからない》とも述べている。

そして井伏は更に、以前、太宰から直接貰った次のような、或る返事の葉書にしたためられた冒頭抜粋を挙げている。

○井伏さん曰く「ちかごろ、どんなことになつてゐるのか伺ひます。」
○太宰、沈思黙考、暫くして顔をあげ、誠実こめて「ちかごろ、悲しきことになつてをります」

あの備忘録の手帖に書きなぐられた太宰の激越な文章からはおよそ想像もつかない、互いに面と向っては強く言い出せない、深く悲しい心の闇を抱えて生きる師弟愛憎の哀れさ、切なさがそくそくと胸に迫ってくる。

有り体に言えば、俗世間的に円満な常識の人だった井伏鱒二に較べて、太宰治は脱世間的な芸術家だった。少なくとも、こと文学に関する限り、太宰の考えは峻烈、厳格そのものだったと考えてよかろう。

井伏自身も又、《太宰君は大変にお行儀がよくて、ことに小説の話をするときには端然と坐りなほすのが記憶に残つてゐる。自分の小説の腹案を話すときにも坐りなほすのである。小説といふものを一途に大事がつてゐる学生のやうであった》《それはぼくのいう文学についてすわり直すんじゃなくて、自分の念ずる文学に対してだろうとおもいますよ。姿を改めたですね。かえって、こっちが教えられる》と評している。太宰にとっては、師井伏の創作態度に時として現れる鷹揚かつ曖昧、南国的とでも言うべき茫洋、無頓着な場当たり式便宜主義だけは何としても受け容れ難いものだったに相違ない。

井伏鱒二、太宰治そして妻の美知子において、人間の生きかた、考え方はそれぞれに異なり、性格の不一致も或いは避けられまいが、両作家の文学がそれぞれに有意義な存在であることも又論を俟たないだろう。

私は思い出す。かの太宰の傑作『お伽草紙』中の「瘤取り」の結末部分をである。

実に、気の毒な結果になつたものだ。

（中略）つまり、この物語には所謂「不正」の事件は、一つも無かつたのに、それでも不幸な人が出てしまつたのである。それゆゑ、この瘤取り物語から、日常倫理の教訓を抽出しようとすると、たいへんややこしい事になつて来るのである。それでは一体、何のつもりでお前はこの物語を書いたのだと短気な読者が、もし私に詰め寄つて質問したなら、私はそれに対してかうでも答へて置くより他はなからう。性格の悲喜劇といふものです。人間生活の底には、いつも、この問題が流れてゐます。

と同時に、太宰は又、人に裏切られた一人の男に《倫理は、おれは、こらへることができる。感覚が、たまらぬのだ。とてもがまんができぬのだ》（『姥捨』）とも言わせていることを、最後に付け加えておきたい。

【参照文献・資料】

（一） 太宰治『自叙伝全集太宰治　文潮社版』文潮社、昭二三・一〇・一〇。
（二）『NEWS　HUNTER　間違い』（「サンデー毎日」）毎日新聞社、平一〇・七・一〇。
（三） 野平ふさ子『没後五十年「太宰治」の男っ振り』（「新潮45」）新潮社、平一〇・六・一。
（四） 相馬正一『評伝太宰治　第三部』筑摩書房、昭六〇・七・三〇。
（五） 山崎富栄著・長篠康一郎編『愛は死と共に―太宰治との愛の遺稿集』虎見書房、昭四三・三・一五。
（六） 長篠康一郎『山崎富栄の生涯』大光社、昭四二・九・一。
（七） 井伏鱒二『太宰君の仕事部屋』（『太宰治全集九　月報』）筑摩書房、昭三一・六。
（八） 井伏鱒二『をんなごころ』（「小説新潮」）新潮社、昭二四・一二・一。
（九） 井伏鱒二『おしい人　太宰君のこと』（「新文学」）、昭二三・八・一。
（一〇） 津島美知子『回想の太宰治』人文書院、昭五三・五・二〇。
（一一） 東郷克美編『井伏鱒二全集　別巻二』筑摩書房、平一二・三・二五。

（一二）川崎和啓『師弟の訣れ』（「近代文学試論」第二九号）広島大学近代文学研究会、平三・一二・二五。
（一三）川崎和啓『太宰治のパビナール中毒―井伏鱒二の作品から』（「太宰治」第八号）洋々社、平四・六・三〇。
（一四）堤重久『太宰治との七年間』筑摩書房、昭四四・三・八。
（一五）亀井勝一郎編『作家研究叢書　太宰治研究』新潮社、昭三一・一〇・三〇。
（一六）野原一夫『「如是我聞」の背景』（「新潮」）新潮社、昭五八・一一・一。
（一七）長部日出雄・野原一夫・井上ひさし・小森陽一『座談会　昭和文学史Ⅶ　太宰治』（「すばる」）集英社、平一〇・七・一。
（一八）青柳いづみこ『青柳瑞穂の生涯―真贋のあわいに』新潮社、平一二・九・二五。
（一九）青柳瑞穂『太宰君の思い出』（「八雲」）八雲書店、昭二三・七・一。
（二〇）青森県近代文学館編『資料集第二輯太宰治・晩年の執筆メモ』青森県近代文学館、平一三・八・三一。
（二一）青柳瑞穂『太宰治の死―忘れえぬこと』（「群像」）講談社、昭四一・一〇・一。
（二二）豊島與志雄『太宰治との一日』（「八雲」）八雲書店、昭二三・七・一。
（二三）猪瀬直樹『ピカレスク　太宰治伝』小学館、平一二・一一・一五。
（二四）高田英之助『あれから60年―甲府の嫁、同時に実る』（「毎日新聞　広島東部版」）毎日新聞社、平三・七・二。
（二五）高田英之助『回想の太宰治―未亡人を訪ねたが』（「毎日新聞　広島東部版」）毎日新聞社、平三・六・二五。

（二六）「太宰治書簡」〈高田英之助宛〉昭一三・一一・二六。
（二七）伊藤真一郎『「ジョン万次郎漂流記」の主典拠』（「近代文学試論」第二十号）広島大学近代文学研究会、昭五八・六・一。
（二八）伴俊彦『井伏さんから聞いたこと』（「井伏鱒二全集　月報4」）筑摩書房、昭四二・五。
（二九）寺横武夫『井伏鱒二と「臼挽歌」』（「国文学解釈と鑑賞」）至文堂、平六・六・一。
（三〇）寺横武夫『他日文壇馳名─井伏素老略伝』（「太宰治」第八号）洋々社、平四・六・三〇。
（三一）重松静馬『重松日記』筑摩書房、平一三・五・二五。
（三二）豊田清史『「黒い雨」と「重松日記」』風媒社、平五・八・六。
（三三）豊田清史『井伏鱒二著「黒い雨」の内実』創元社、平一七・一〇・二〇。
（三四）長部日出雄『桜桃とキリスト─もう一つの太宰治伝』㈱文藝春秋、平一四・三・三〇。
（三五）竹山哲『現代日本文学「盗作疑惑」の研究』ＰＨＰ研究所、平一四・四・三〇。
（三六）青森県近代文学館編『有明淑の日記』（「資料集第一輯」）青森県近代文学館、平一二・一二・一五。
（三七）浅田高明『探求太宰治「パンドラの匣」のルーツ木村庄助日誌』文理閣、平八・一二・一〇。
（三八）千葉宣一『「斜陽」試論「斜陽日記」の剽窃をめぐる問題』（「国文学解釈と鑑賞」）至文堂、昭六三・六・一。
（三九）相馬正一『「斜陽日記」のオリジナリティ　創作「相模曾我日記」の活字化』（「国文学解釈と教材の研究」）学燈社、平一一・六・一〇。
（四〇）萩原得司『井伏鱒二聞き書き』潮出版社、昭六〇・四・一〇。
（四一）井伏鱒二『受賞のことば』（「群像」）講談社、昭四二・一・一。

（四二）井伏鱒二『十年前頃』（「群像」）講談社、昭二三・一一・一。
（四三）井伏鱒二『太宰治のこと』（「文藝春秋」）㈱文藝春秋、昭二三・八・一。
（四四）井伏鱒二『解説』（「太宰治　上」）新潮社、昭二四・一〇・三一。
（四五）井伏鱒二『太宰君のこと』（「文学」）㈱文藝春秋、昭二八・九・一。
（四六）井伏鱒二・伊馬春部『ふたりで話そう　憎めない〝演技の人〟太宰治』（「週刊朝日」）朝日新聞社、昭三七・五・一九。

五　オリオンの星は燦めく

——太宰治・晩年における或るエピソード

はじめに

敗戦のショックからようやく立ち直った昭和二十三年は、皇居の国民一般参賀再開でめでたく明けたかに見えた。が、一月半ばに寿産院事件、下旬になってからは帝銀事件など陰湿、凶悪な殺戮事件が相次いで起こり、おまけに関西汽船女王丸が瀬戸内海牛窓沖で触雷沈没し、死者行方不明者併せて百八十三名に及ぶ悲惨な大事故が発生、かたや海外からは月末にインドのマハトマ・ガンジー暗殺というう衝撃的なニュースが飛び込んできた。

二月に入ると政局にわかに改まり、十日に至って戦後初の社会党片山哲を首班とした連立内閣が閣内意見の不一致や党内左右両派対立からとうとう総辞職、またもや大見出しの記事が各新聞の一面トップに踊った。

たまたまその日、山陽道の某海辺の町から一人の青年が、藁半紙ようの粗末な原稿用紙四百枚にしたためた自作の小説を大切に携えて東京へ旅立った。

彼の名は水戸弘。かつて青春の日リアルタイムで読んだ新聞連載小説・太宰治『パンドラの匣』の、実証的調査研究をライフワークとしている私についての新聞報道記事を見て興味を示した彼が、電話連絡をくれたのが契機だった。それ以来、時々、会って酒を飲み飯を食いつつ文学論を交わしたり、互いの作品を見せ合ったりしながらの極めて気の置けない仲が二十年間続いた親しい友人だった。

その彼が或る時私に話してくれた遥かな追想、懐旧の物語をもとにして、以下、彼と作家太宰治との奇しきかかわりについて少し書き記してみたい。

一

水戸は昭和三年七月二十七日、韓国・慶尚南道蜜陽《ミリヤン》邑生まれ。因みにこの邑は昭和十五年、東京で開催予定のところ戦争のため中止になった幻の第十二回オリンピック大会への出場が期待されていた朝鮮のマラソン選手候補・梁任得《ヤンイムトク》（作家柳美里《ユウミリ》の母方の祖父）の出生地でもある。柳美里の美里《ミリ》は祖父が蜜陽《ミリヤン》の蜜《ミリ》から取って名付けたという。

釜山中学四年生の夏に敗戦を迎えた水戸は、父親の郷里・宮城県へ引き揚げ白石中学に転入学する。翌昭和二十一年三月卒業後、釜山時代の隣家に住んでいた知人の紹介を頼りに広島県大竹町の三菱化成株式会社大竹工場へ就職し、同社工員寮に入る。

しかし勉学への情熱抑え難く、数カ月で退職、白線ボーイに憧れ旧制高等学校への入学を目指して受験勉強を始めるが、戦後の荒廃した世相や人間の裏面に潜む虚無と無明の深淵を覗き見ること如何ともし難く、やがて進学を断念して文学の道を志すべく人生の方向を再度転換したのであった。

彼は引き揚げ直後の頃、仙台の日刊紙「河北新報」に連載された太宰治の小説『パンドラの匣』を読んで受けた強烈な印象と感銘を毫も忘れることが出来なかった。養徳叢書『晩年』、現代文学選『猿面冠者』、三島文庫『狂言の神』、筑摩書房版『ヴィヨンの妻』、そして新潮社発行の『斜陽』など、太宰治の著作を次々と買い求めてはむさぼるように読み耽るとともに、その他の内外、古今、東西の思想・哲学・文学の書物もあれこれ片っ端から読み漁った。こうして彼は遂にその燃えたぎる文学への思いを、『瞳』と題する長編の創作一篇に練り上げ書き綴った。


当時、世の中は敗戦直後の狂乱物価インフレ時代、物資の流通は殆ど闇価格、金より物が幅を利かし、身の回りの目ぼしい物を次々と売り飛ばしての筍生活、大抵の国民は着のみ着のまま、着たきり雀、只食うだけの暮らしに精一杯の毎日だった。彼の父は、母の親戚が営む九州のキャバレーで事務員として雇われていて別居不在、浪々の身の息子とまだ女学生の娘を抱えた母は、已むなく闇米のかつぎ屋をして一家の生計を立てていた。ために彼の家庭は金銭と食い物だけには、比較的不自由しない恵まれた生活環境にあった。

「太宰治に会いたい。ぜひとも太宰に、自分の処女作を読んでもらいたい…。」

水戸はそう考えると、もう矢も楯も堪らず、母親の商売関係で割合容易に入手できた一升近くの米をリュックサックに背負い、普通ではちょっと真似の出来ない数千円もの現なま紙幣の大金をも無心し、十数枚の旅行者用外食券をポケットに捻じ込んで、住んでいた六畳一間のアパートを飛び出したのであった。

昭和二十三年二月現在、山陽・東海道本線経由で、門司から東京まで直通の鉄道列車は、急行が二本、臨時の普通が二本、更に不定期で臨時の普通が一本、併せて五本あった。が、不定期の列車はダイヤが不確実で、利用客はその都度運行状況を予め問い合わせる必要があった。その頃、一般に大竹から東京へ行くには、すぐ西隣の山口県岩国駅より急行列車に乗るのが最も便利だった。それでもおよそ二十一〜二十二時間、普通列車では優に二十六〜二十七時間もかかったのである。

戦争による全国鉄道網の被害、荒廃は極めて甚大だった。敗戦直後、満身創痍の鉄道へ外地からの復員軍人や軍属、引き揚げの一般民間人、本国へ送還する中国、朝鮮からの強制連行労務者、帰郷の徴用労働者や動員学徒、都会へ復帰する疎開移住者、日々食料の買出し客や闇米はじめ闇物資禁制品の運び屋たちが、一挙に殺到して輸送量はたちまち増大、加えて進駐して来たアメリカ占領軍関連の人員と物資運搬が、絶対優先の至上命令として重く圧し掛かっていた。

被占領下日本における鉄道の特殊事情について更に少し述べておこう。

連合国軍総司令部（ＧＨＱ）のもと、横浜の日本郵船ビル内にあった第八軍所属の第三鉄道輸送司令部（３ｒｄＭＲＳ）は昭和二十一年七月以降、全国五カ所の地区司令部（ＤＴＯ）と三カ所の（英連邦軍進駐地域に於ける）輸送統制司令部を配置し、その下部組織だった運輸省鉄道輸送事務所（RTO）を主だった駅や観光地に設置して、鉄道運輸業務全般を管理していた。通常、連合軍関係の兵員・兵器及び民需一般の旅客・貨物の輸送など各種の業務要求は纏めて包括調達指令書（PD）とし、運輸省第三鉄道輸送司令部東京連絡室を経て各地の鉄道渉外事務局担当者へ直接指示連絡され、運行ダイヤが決められていた。その他、GHQ民間情報部傘下に民間運輸局（CTS）と称する国鉄の政策管理を担当する機関があって、経営や施設に関する助言と勧告などを主要業務としていた。

食堂車や寝台車などの上級優等客車は、すべて接収されて連合軍関連の専用（白帯）列車となり、日本側に残された老朽車両や線路、枕木の損耗はその激しさを頓に増加、ために全国あちこちで度重なる脱線、転覆の大、小事故が頻発していた。客車不足のため、貨車それも時には無蓋貨車まで引っ張り出して列車が編成され、乗客は破れたガラスの代わりにところどころ板切れが打ち付けられた窓から我れ先に乗り降りし、網棚に寝、デッキや連結器にぶら下がり、炭水車の上や機関車の先端にまで溢れた。車内ではスリ、かっぱらいや暴行犯罪が頻発し、男性は大抵よれよれの薄汚れたスフ、人絹混紡のカーキー色国民服か軍隊放出の軍服に戦闘帽、ゲートルに重たい編上靴、擦り切れたズック靴や地下足袋か、ちびた下駄履き、女性は化粧っ気ない顔に引っ詰め髪のモンペ姿、皆大きなリュックサックを背中に担ぎ、雑嚢や風呂敷包みを両手に抱え、鈴なりの超満員列車に必死でひしめいていた。

一時期、燃料の石炭不足が深刻化し、スピードダウン、ダイヤ削減、重なる運休は暫時急行列車の全廃にまでさえ及んだが、戦後二年も過ぎた昭和二十二年春半ばころから、ぼつぼつ食料事情が好転し出すとともに世相の混乱もやや沈静化に向かい、運よく長距離の急行、準急行列車も次第に復活されつつあった。だが長距離列車に乗るには乗車駅で切符の他に指定証を必要とし、乗客は何時間も前から出札窓口や改札口に列を作って並ばねばならなかった。そんな制限にもかかわらず列車はいつも積み残しが出るくらいの超々満員、旅をするのも決して容易な時代ではなかったのである。

二

しかしまことに驚嘆すべき文学青年の一途な情熱は、いかなる困難も物の数ではなかった。

昭和二十三年二月十日午後三時五十分、彼は最寄りの大竹駅より東京行臨時普通列車に乗り込んだ。東京〜大竹間九百三十・三キロメートルの運賃は二百三十五円（岩国から急行を利用すると更に急行料金五十七円の追加が必要）だった。

たまたま政府は逼迫する国の経済、財政状況改善の一助として、翌十一日からの鉄道運賃値上げを予定していた。昭和二十一年三月の十五パーセント、翌二十二年三月の二十五パーセント、同年七月の二百五十パーセントに次ぐ戦後四度目の値上げで、定期、貨物のみは不変なるも普通旅客、連絡船航路、小児、回数券の運賃や、急行、寝台、入場料金などはすべて百パーセント値上げの計画だった。例えば東京・大阪間の三等普通旅客運賃が昭和二十年の十五円五十銭からこの三年間で実に二十倍の三百十円への増額になる筈だった。結局、本値上げ案も連日の閣議紛糾の果て、遂に内閣総辞職によって延期・廃案に至ったいきさつのあったこともこの際付け加えておこう。因みに現在は大竹から在来線で岩国へ、新幹線の新岩国から〔こだま〕で廣島へ、そこで〔のぞみ〕に乗り換えれば、最短約五時間で東京へ到着できる。運賃・特急料金込み二万百二十円である。

当時、日雇労務者の日給はいわゆるニコヨンの二百四十円、新規募集の東京都営住宅賃貸料月額三百円、駅弁二十～三十円、カレーライス一皿五十円、掛け蕎麦一杯十五円、（以上三品はいずれも外食券や粉食券が必要）白米十キログラム当たりの標準小売価格百五十～二百円、ビール大瓶一本百円、日本酒一升五百～六百円、たばこ（ゴールデンバット）六円、総合雑誌二十五円、週刊誌十円、理髪料二十五円、入浴料六円、エンゲル係数はほぼ六十二パーセントだった。

乗車の際の鮨詰め列車も、途中の駅からはなぜか普段に比べれば乗客の数もやや少な目で、彼は、案外、たやすく車内にもぐり込んで、二人掛け座席の端を何とか詰め合って運良く三人で腰掛けることさえ出来た。

あにはからんや、水戸が東京を目指して一路東海道をひた走る車内にあった二日目の二月十一日は、ちょうど戦前の紀元節、建国記念祭の日で休日に当たっていたのである。もちろん行事とて一切なく国民は誰しも皆そんなことは疾うに忘れてしまっていたが、驚くべきは敗戦後既に二年半も経った被占領下の日本に、戦前の皇国史観に基づく祝祭日がまだそのまま残っていたことである。廃止されたのは「国民の祝日に関する法律」が新たに制定公布されたその年七月二十日になってからだった。言わば廃止を目前にした最後の紀元節当日だったのである。

彼は験を担いだ。あわよくば念願の作家志望への第一歩となるやも知れぬ門出の日が、物情騒然たる世の中にあってもはや有名無実とは言え、いまだ一応は昔のめでたい祝いの旗日だったことに、何かしら漠然とした感慨、つまりは淡い希望の予兆めいたものすら覚え、些か幸せな気分に心をときめかせていた。

その晩七時少し過ぎ、太宰治に会いたい一念に逸る彼を乗せた列車は約二十七時間に及ぶ長旅の末、ようやく無事東京駅ホームに滑り込んだ。

当時、首都東京の中心部の銀座や丸ノ内界隈では、焼け残った主なビルはすべてアメリカ軍に接収されて屋上に星条旗が翻り、横文字の道路標識や看板が巷に溢れ、足の長い大男のＧＩたちがチューインガムを噛みながら派手な女性と手を組んで辺りを闊歩したり、颯爽とジープを乗り回したりして、一見いかにも明るくハイカラな雰囲気が漂っていた。しかし一歩裏通りに入れば、いまだに強制疎開の空き地や空爆の焼け跡におびただしい瓦礫の山が積まれ、無残に赤茶けた剥き出しの鉄骨や壊れたコンクリート建物の残骸の傍らに貧相な焼けトタン屋根の掘っ立て小屋やひしゃげた壕舎がうずくまり、露店や屋台が雑然と軒を接し、その明暗のコントラストは覆いようもなかった。

加えて新宿、池袋、渋谷、新橋、上野など各ターミナルやそのガード下、地下道の一帯には、広大な闇市と飲食店街が出現し、浮浪児がうろつき、街娼が屯し、特攻隊くずれの与太者が肩で風を切り、輪タクがやたらに走り周り、妖しげな見世物や風俗営業が氾濫、ゴミゴミした中にも一種異様な熱気が溢れ、不思議な活況が醸し出されていた。折も折、「命売ります」のプラカードを掲げた男が銀座に現れて人々の度肝を抜いて話題になったりもした。

とりあえずその夜、日本橋蛎殻町の旅館に一泊した水戸は、翌十二日朝から昼過ぎまで掛かって都内本郷の知人宅訪問の用をすませた後、日本橋白木屋デパート七階の出版社「鎌倉文庫」へ向かった。太宰治の著書『猿面冠者』の奥付から知ったその出版社で尋ねれば、多分、著者の自宅住所がわかるだろうと思ったからだった。

太宰治宅の所・番地を教えられた彼は、早速、東京駅に引き返し、中央線の省線電車で三鷹へ急いだ。下車した頃には、駅の時計はもうとっくに午後の四時を過ぎていた。日が陰り、夕時の寒さが身にこたえた。メモしてもらった大まかな地図を頼りに、駅前通りを真っ直ぐ辿り、やがて小川にかかる橋のたもとを左折し、不案内な小道をあちこち探して歩いた。駅前の商店街を離れた辺りからは、急に家が疎らになり殆ど畑や雑木林ばかりで、首都東京の近郊とは言え全く淋しい田舎町だった。戦争中に海軍の町として栄えた大竹の方が、まだ余程賑やかだったように思われた。

途中、通りすがりの人に二、三度道や方角を尋ねたりしながら約一時間余り黄昏時の見知らぬ町をうろうろしたあげく、やっと目指す下連雀百十三番地の太宰宅を見つけ出すことが出来た。表通りからちょっと引っ込んだ袋小路の左側に並んだ三軒の平屋建ての一番奥、薄暗がりを透かして表札に筆書きされた「津島修治（太宰治）」の文字を確かめて直ぐにも玄関のガラス格子戸を叩こうとしたが、さすがに怖じ気が出て彼は一瞬ためらった。

もじもじしているうちに、フト宿の朝めしを食べて以後、昼も抜きで今まで何も摂っていないことに気付きたちまち空腹感が襲ってきた。ともかく夕食をすまそうと思い、またもや引き返して、まず駅前の外食券食堂に寄って腹ごしらえをし、続いて店の亭主が教えてくれた近くの安宿に入って宿泊を依頼した。甚だ粗末な部屋だったが、考えてみれば、何の深慮遠謀もなく只憧れの作家を訪ねて、急遽、闇雲に上京して来た彼にとって、とりあえずその夜のねぐらが決まったことは幸いだった。持っていた大量の米が、宿の主人の心証をよくしたことだけは確かだったろう。

一息つく間もなく、リュックから取り出して風呂敷に包み直した原稿を大事に小脇に抱えて宿を出た水戸は、夜七時半過ぎ意を決して太宰宅を訪れた。夫人美知子が現れたので、主人の太宰治にお会いして持参した原稿を読んでほしい旨を申し出たが、夫人は断った。生憎、太宰は留守。一面識もなく、何処の誰ともわからぬ若僧が一片の紹介状さえ持たず、いきなり予約もなく訪ねたのだから無理もない。その時期、無頼派の文名隆盛を極め、作家活動に多忙であった天下の太宰治に、すぐさま会える方が不思議と言うものだろう。

もともと太宰治は、決して自宅で執筆しない作家だった。昼間、外に設けた仕事部屋へ通って執筆、夕方から駅前の屋台や馴染みの飲み屋を数軒、梯子酒した後に帰宅するのが習慣だった。しかるに前年夏ころからは小料理屋「千草」の一室、次いで秋頃よりは愛人山崎富栄の下宿先を主な仕事部屋にし、彼女のもとに外泊する機会も増え、夜もしばしば自宅へは帰らず、不在のことが次第に多くなってきていた。

例えば、当の山崎の死後に遺された日記、昭和二十三年一月二十八日の頁にも、

伊豆から御便りある。（中略）

伊豆のひとも可哀想です。わたしも可哀想なきがします。奥様のことも……。二十五まで生きて

ればと思っていたのに、三十まで長生きしたですもの。もういつ死んでもいいわ。わたしに両親がなければ（いけない考えですけど）どれほど、と考えたりしています。（中略）二十三日、二十四日、二十五日、二十六日、二十七日とお泊りになる。

二十三日、野原さんがおみえになった時から、やっぱり御体が思わしくない様子で憩われる。足を叩いたり、注射をしたり、お尿水もだんだん薄色になってきて、大分お体の調子もよくなられた御様子。お声も、しっかりして来られた。それでもわたしは不安、不安、不安。（後略）

とあり、その後へ更に前年末、京都から手紙で呼び寄せ来てもらった愛弟子・堤重久への次のような礼状の写しが記してある。

皆様おそろいで佳き年をお迎えのことと存じます。

太宰さんの「お便りをとても愉快に読みました。ありがとう」という言葉に添えて、この老骨よりお便りいたします光栄を感謝いたします。シラミ荘では、いつもゆきとどかぬことばかりで、大変失礼いたしました。これに懲りずに、どうぞ御上京のみぎりはお立ち寄り下さい

（中略）東京には、また怪しい人間の出現とか。

太宰さん、あちこち大忙し。まずはご挨拶まで。

〈伊豆のひと〉とは前年に著した小説『斜陽』のヒロインのモデルかつ太宰のもう一人の愛人だっ

た太田静子であり、彼女への生活費送金手続きは太宰に代わってすべて山崎が受持っていたのであった。

この日記文面からは、女性と仕事、そして胸の病いとの間であちこち大忙しの太宰の傍らに寄り添いながらも止め処のない不安に駆られて希望を失い、老残の身の行く末にそろそろ死をも覚悟しつつあった山崎のせつなさ、悲しさが読み取れる。

なお、堤宛便り中の〈東京に出現した怪しい人間〉とは、本稿冒頭でもちょっと触れた二日前の一月二十六日午後に起こった都内豊島区帝国銀行椎名町支店の強盗殺人事件犯人を指している。些か寄り道になるが、この犯人に関しては事件当初、使われた毒薬の特異さなどから旧日本陸軍七三一部隊との関連が噂に上っていたものの七カ月後になぜか、突如、北海道に住むテンペラ画家平沢貞通が逮捕された。彼は旧刑事訴訟法下最後の捜査で、強要による自白が唯一の証拠となって死刑判決を受けたが後に冤罪説が噴出し、第十八次にも及ぶ再審を重ねた三十七年の拘留期間中、九十七歳で獄死し果てた。

太宰治が死んで五年後の昭和二十八年、『或る「小倉日記」伝』で第二十八回（昭和二十七年度下半期）芥川賞を受けた松本清張は太宰と同年齢だった。彼は昭和三十四年になって、この事件を題材とした「小説帝銀事件」を雑誌『文芸春秋』（五〜七月号）に発表した。それを読んだ死刑囚平沢は、翌昭和三十五年八月松本へ宛て、事件と裁判に対する己の無念な心境を縷々綴った手紙を届けている。

裁判経過に深い疑惑をずっと抱き続けていた松本は、折しも同誌に連載中だった「日本の黒い霧」シリーズの一作として八月号に、再び「画家と毒薬と硝煙―再説・帝銀事件」（後に『帝銀事件の謎』

と改題）を追加発表した。彼は占領下日本におけるGHQと旧七三一部隊の密接な関係、並びにその周辺に見え隠れする真犯人の影を執拗に追求推理し、閉ざされた戦後昭和史の一端を曝露して一大センセーションを巻き起こしたのであった。しかし事件にまつわる謎の実態と真相は、今もって完全には解明されていない。

本筋へ戻ろう。

二月九日、太宰は彼の作品『パンドラの匣』を映画化した「看護婦の日記」で《マア坊》役に扮した大映女優関千恵子が、雑誌『大映ファン』の取材のためにカメラマンを同道して自宅へ訪れたので、約一時間半にわたって対談し、その後更に新潮社編集部の野原一夫とも会っている。続いて十日には、久留米絣に仙台平の袴という出で立ちで、料亭「鼓」での作家織田作之助一周忌追悼会に出席し、終了後はその近くの木挽町に住んでいた先妻小山初代の叔父に当たる吉沢祐五郎宅への招待を辞退した上で、林芙美子、坂口安吾らと銀座の二次会へ顔を出している。

十一日から十二、十三日辺りの行動は不明だが、恐らく山崎方へも立ち寄っていただろうことは大概察しがつく。と言うのは、これらの間のいずれかの日、早稲田大学文学部仏文科に在籍中ながらも俳優座の文芸演出部員だった矢代静一が、友人の出英利を伴って「千草」を訪ね、山崎方の太宰治に会っているからである。彼の戯曲『春の枯葉』が千田是也演出で、四日から七日まで有楽町の毎日ホールで上演されたので、その報告がてら二人が舞台写真とパンフレットを持参したのであった。

水戸は諦めなかった。いや諦めるわけにはいかなかったのである。ここでおめおめと引き下がっては、遙々一千キロメートルの彼方からまる一昼夜以上もかけてわざわざやって来た甲斐がない、とにかく太宰治の帰宅まで待って直接に原稿を手渡すしか方法はないと決心したあげく、玄関入り口の柱に背をもたれるようにして寄りかかり立ち続けた。

約一時間も経ったろうか、突如、背後の窓が開いて夫人の声がした。

「私が原稿を太宰に渡してあげましょう。」

彼女が片手を差し出した。だが十九歳の文学青年の驕慢としか言いようのない偏屈な片意地は、彼女の折角の好意をもかたくなに拒んでひたすら立ち尽くし待ち続けた。両手で骨箱でも捧げ持つようにして原稿をしかと抱えて立つ彼の影は、窓ガラス一枚を隔てた屋内の夫人には丸見えだったのだろう。しかし彼はここで原稿を渡してしまってはおしまいだと思った。太宰治に原稿を見てもらいたい文学青年は世に五万といる筈、留守中にいきなりやって来て、女房に預けてお願いします、はい、さようならと帰って行った男の原稿など、絶対に太宰は読んでくれる道理がないと感じたからであった。

見上げると正面の夜空に高くひときわはっきりとオリオン星座が燦めき輝いていた。

オリオンとはギリシャ神話に登場する勇士で狩人の名前。星座の一角に位置する赤い一等星ペテルギウスの名は巨人を意味し、全天中十一番目に位する明るい星、その対角点に当たる青白い一等星リゲルや、オリオンの帯を表わす斜め一列に並んだ三つ星などの二等星とともに形作るその壮大優美な姿は、まことに勇者の名にふさわしい天空の王者にして、代表的な冬の星座である。

アメリカの詩人ヘンリー・W・ロングフェローはいみじくも謡っている。

輝く多くの星を帯にまいて
偉大な巨人アルジェバルが立つ
オリオン、狩人よ！
吊った剣はかたわらに輝き
腕には獅子の毛皮
真夜中の空を横切って散らばる
その髪は金色に輝く……

水戸は想い出していた。かつて釜山中学時代、詩の好きだった親友の一人と共に、釜山刑務所正門脇の塀沿いに腰を降ろして毎冬いつも仰ぎ見ていた………、あの赤い星ペテルギウスが、今宵やはり中天に輝いていた。

ところで先の松本清張が作家を志して、時には井伏鱒二や太宰の文学にも親しみ未だ文章修業に励みつつ勤めていた小倉の印刷所での石版工時代や朝日新聞九州支社入社後、そして朝鮮での兵役従事中などに、やっぱりこのオリオン星座を、ある感慨をもって眺めていたらしい。彼はその著書『半生の記』に、この星座に関して、……どこから眺めるにしても、この星を見上げる私は、絶望、悲哀、孤独といった感情に陥っているときのほうが多い。

と述べている。

だが水戸はなぜか松本とは逆に、このオリオンの星の燦めきを吉兆だと直感したらしい。それから数年後に、太宰がかつてあれほど欲しがって得られなかった芥川賞を松本清張が受賞し、流行作家への道を突き進んでいったことを考えれば、オリオン星座へ寄せた水戸の直感も、案外、捨てたものではなかった？　とも思えて来そうである。

太宰治は必ず帰ってくる、太宰にはきっと会えるとの確信が沸き上がってきていた。厳冬二月の森閑とした夜の武蔵野の一角、佇むこと約二時間半〜三時間、十九歳の若い体力に寒気は全く感じなかった。只微かに眠気を覚え、うとうとし掛けたその途端、突然、何かが鋭く彼の肩を突っ突いた。文芸誌の写真で見覚えのあるまさしくあの太宰治の横顔が直ぐ目の前にあった。

「原稿を持っているだろう？　出しなさい。」

水戸が差し出した原稿を受け取って小脇へ抱えたマント姿の太宰はしばらく思案し、

「二月十五日午後三時、いいね、十五日の三時にもう一度来なさい。」

只それだけ言い残して、そそくさと家の中に消えて行った。ほんの束の間の出来事であった。

案ずるよりも生むが易し、彼は余りの予期せぬ呆気無さにいくばくかの戸惑いを覚えつつも、差し当たっては目的への第一歩を成功裏に踏み出した満足感に溢れながら宿へ帰り着いた。その夜は嬉しさで一杯、明け方までとうとう一睡もすること能わなかった。

三

二月十五日定刻の午後三時きっかり、水戸は太宰宅を訪問した。が、どうしたことか本人はもとより夫人も不在らしく、玄関には鍵がかかったまま、屋内はひっそりとして何の音沙汰もなかった。

実は彼に指示約束した面会日の三日前の二月十二日付で、太宰治は次のような文面のはがきを、当時、早稲田大学文学部に在籍していた知人の村松定孝に宛てて出していた。

　拝啓、お元気ですか、いつも不在で
失礼してゐます、けふは一つお願ひがあるのですが、私の郷里の者で、こんど、わせだの商科専門部に是非とも入学したいといふ少年がありまして、それに就いて、貴兄から学校の模様など、一ぱいやりながら教へていただきたいのです。
　十五日（日）
午後三時頃、拙宅でお待ちしてゐます、どうか、よろしくお願ひします、敬具

太宰のすぐ上の兄・英治から故郷金木町長角田唯五郎子息の早大商学部入学の件、詳細を知りたい

旨依頼があったので、太宰は妻と同郷の甲府市出身で市川大門町に生家があり、昭和十二年頃以来の顔見知りだった村松に面会協力方を申し入れていたのだった。水戸への面会を指定した同日同時刻であった。

なぜだろう？　と考えながら、開かない玄関前で待つことしばし、そこへ古いオーバーを着込んだ一見学生風身なりの男が現れて、実は自分も今日、太宰治に会う約束で伺ったのだと話してくれた。それが村松だった。

やがて買い物にでも出ていたらしい夫人が、四歳の長男と生まれてまだ一年にも満たぬ次女とを乗せた乳母車を押し、七歳になる長女の手をひきながら帰って来た。予め伝えるように指示依頼されていたかと思われる小料理屋「千草」を教えられて、二人はその場から品川用水縁の道を十分ほど辿って、再び三鷹駅近くの仕事部屋へ急行した。

そもそもこの「千草」と太宰治とのかかわりは遠く戦前に遡る。昭和十五年、この店は三鷹駅前のやや西に寄った辺りでおでん屋を開いていた。たまたま太宰は行き付けの小料理店・喜久屋のお手伝いトキちゃんの紹介で暖簾をくぐったのだが、その後も友人や弟子たちを連れてよく飲みに立ち寄っていた。そろそろ戦争が激しくなりこの種の商売も難しくなってきた昭和十七年頃、経営者の鶴巻幸之助、増田静江夫妻は一時店を畳み、本町通りに移って横河電機の下請けの小さな電気部品工場を営むが、間もなく山梨県甲府の石和へ疎開する。戦後になって昭和二十二年初め、三鷹に帰りその工場跡地で小料理屋の営業を始めて程なく、女将が駅近くで太宰とばったり再会する。彼は相変わらず駅前の露店や闇市のような所を飲み歩いていたらしいが、思いもかけぬ懐かしい旧知に巡り会って、たちまち元の古巣へ舞い戻って来たのである。

津軽から帰った太宰は、その頃絶えず自宅へ押し寄せる雑誌記者や友人たちから逃れて、静かで落ち着いた規則正しい執筆時間を確保するため、しばしば雲隠れしながら仕事部屋をあちこちに転々と移し変えていた。三鷹郵便局の筋向いの中鉢運作方、用水通り駅付近の田邊精肉店敷地内にあった離れのアパートの一室、あるいは上連雀の西山（太宰の遺品、株式会社鎌倉文庫発行「昭和22年度文庫手帖」の住所録欄には藤田利三郎と記されているが、真偽？は不明）方などである。

前述のごとく、そんな時に彼は朝の九〜十時頃から弁当を持って出掛け、午後の三時までに執筆を切り上げ、その後は行き付けの屋台店の鰻屋「若松屋」などに寄って、一杯やってから帰宅するというのが常だった。


太宰が「千草」へ通い始めてしばらくして、女将が何気なく「二階が空いており、静かですよ」と伝えたのが機になって、以後執筆のみならず客との面談応接、飲食にも便利なため、自宅よりこちらで過ごす時間が多くなり、昭和二十二年の七月頃からは殆ど定宿の仕事部屋になってしまっていた。

さて「千草」に到着して一階四畳半くらいの部屋に通されて、間もなく先日の原稿を持った太宰が現れ、無言で水戸の前にそれを置いた。早速、太宰と村松との間で角田の件につき約十分ほど打ち合わせがあった後、運ばれてきた酒と肴で二人は盃を酌み交わし始めた。ふと水戸の方を向いた太宰はぶっ切ら棒に言った。「その原稿ね、半分ほど読んだよ。」

いつの間にかテーブルの向かい側、太宰の左後ろ、部屋の片隅に度の強い眼鏡の女性が現れてひっそり控えていた。後に太宰治と死を共にする愛人の山崎富栄その人だった。まるで能面のように凍りついた表情を少しも崩さず、只黙ってじっと座っているだけのその異様な姿が醸し出す妖しさは、まさに巫女の漂わす神秘さそのものだったとか。彼女は前年三月末、用水縁に並んだ屋台のうどん屋で知り合って以来、太宰に身も心も捧げ尽くし、今では片時も傍を離れず、秘書兼家政婦兼看護婦を自認する美容師の戦争未亡人で、通り一つ隔てた筋向かいの家の二階に下宿していた。

昭和初め頃から在ったその建物の一階は南半分に永塚葬儀社、北半分に黒柳パン店があり、二階は通りに面して南側の八畳間に家主の野川やえの、娘のキヨ子の二人が住み、その北側の襖戸で仕切った六畳間に山崎が昭和二十一年十一月以来寄宿して、駅前通りの三鷹美粧院（お茶の水美容学校の先輩・塚本さき経営）へ、暫くしてからは下連雀九丁目にあった駐留軍専用キャバレー「ニュー・キャッスル」内に新設された美容室主任としても勤めていた。なお、二階の通りに反した裏の東側には廊下を隔てて更に四畳半がもう一と間あって、家主の遠戚に当たる男性が住んで首相官邸へ通勤していた。

その頃は太宰の仕事もどうやら山崎の部屋でなされる時間がだんだん増えてきて、ともすれば飲食にのみ「千草」を利用の感なきにしもあらずの様相すら呈していた。

稀代の大作家の面前で緊張に全身をこわばらせて正座したままの水戸は、語られる片言隻句も聞き漏らすまいと耳をそば立てていた。

実は、先程から村松との間でずっと進められてきていた文学論は、気がつくと他でもない彼の膝の前に置かれた原稿用紙四百枚に綴られた、小説『瞳』の読後批評に関連があった。まさかと思ったが、耳を澄ませば誇張ではなく太宰の語る一切が『瞳』の内容に繋がっていた。それは紛れもなく水戸の作品に現れた人物、情景、思想を巻き込んだ文学・芸術論そのものであり、彼は太宰の興味対象がいつ如何なる時でも、その書き手の誰彼には全く拘泥せず、ただひたすら作品の中身にのみ集中していることに、今更のごとく感じ入るばかりだった。まさに異様だが、同じ小説を書く身の業として、水戸は受け取った。このことを知る由もない目の前の村松のことを思うと、些か気の毒な感じさえも否定できなかった。やがて水戸は太宰の論評が『瞳』の後半部にも及んでいることに気が付いた。「全部読んでいる！」と感激したその矢先だった。太宰はふと彼の方を見て、「僕はね、半分ではないんだよ、大体全部読んだんだ。」と呟いた。膝の前の原稿を見つめ、うなだれたまま一言も話さず卓上の盃にも手を触れようとさえしない青年の姿が太宰の感傷を誘ったのかも知れない。

水戸の小説は、まさに太宰治の前期、つまり昭和の初め時代に書かれた作品を、表面的な形だけは、一応、真似た極めて難解で、自意識過剰、意想奔逸留まる所を知らない、言わばパッションの一大凝塊みたいな代物だった。

小さな田舎町を舞台にして、混沌たる戦後の社会における青年男女群像が目まぐるしく織り成す精神と肉体、理性と本能、霊と肉、神と悪魔、夢と現実の角逐、葛藤に彩られたエロスとタナトス、パトスとロゴスの饗宴、そして大宇宙の様々な偶然に操られ、必然に絡めとられたかのように見える、複雑な人間ドラマを巡る人生哲学と倫理道徳論の数々が、丹念に埋め尽くされた原稿用紙十六万齣の青インク文字に溢れほとばしっていた。題名の《瞳》は、つまりはこの小説の登場人物たちが、みなそれぞれ互いに激しく燃やし合う心と身体にあっての、青春の激情の炎と光の交錯する窓口の意でもあろうか？

太宰治はわざわざ彼を名指してはるばる訪ねてきた水戸の作品原稿四百枚を、ともかくひと通りは読み終えたと語ったが、果たして彼がこの勇敢な若者の言動に対して正直言ってどんな印象を抱いていたか、今となってはその委細を知る術はない。

只、太宰の先妻小山初代に関する知識を全く持ち合わせていなかった水戸が、小説の女主人公を《小山春海》と名付けたことなど、単なる偶然にしてもちょっと興味をひく。加えてこの作品中には、後に太宰治が『人間失格』で使った悲劇名詞・喜劇名詞遊びそっくりの反対語羅列描写の場面があったり、はたまた筋書きの一部に世相の影響はあるにしろ、絶筆『グッド・バイ』に現れるような逞しい女かつぎ屋（水戸は母親をモデルにしたらしい）が登場してきたりする。

その頃の水戸が抱いていた文学的発想には、やはり太宰治へもなにがしか合い通じるものがあり、ともすれば知らず知らずの中に互いの心の琴線が微妙に共鳴し合っていた？　と言えるのかも知れない。

水戸の記憶では、「千草」の間での山崎富栄は、終始、一語も口をきかずただじっと座ったまま、太宰の盃には村松がほんの数回銚子を注いだだけ、あとは殆ど太宰が独酌で呑んでいた。

そろそろ酔いも回ってきた頃、彼は、突然、先程から傍らに彫像のように控え、水戸と全く同じ無言劇の役者だったくだんの女性、山崎富栄に命じて美濃紙と筆と硯を取り寄せ、「記念に何か書こう」と言って、先ず村松のために「万葉集・巻十八」の中から選んだ歌一首に筆を振るった。

常人の恋ふといふよりはあまりにて

我は死ぬべくなりにたらずや
万葉歌　太宰治

越中守大伴宿彌家持に宛て、姑の大伴坂上郎女が贈ったものである。因みにこの歌は太宰が昭和十六年十二月一日発行の雑誌『新潮』第三十八巻第十二号に掲載されたアンケート「万葉集の好きな歌」に答えた一首でもあった。続いて彼は水戸青年の顔をちらっと見た後、

池水は濁りににごり藤波の
影もうつらず雨降りしきる

と短歌をしたためた。太宰治と署名した次の行には、録伊藤左千夫と記してあった。四カ月後の入水に際して、先輩の伊馬春部に遺したあの有名な辞世の色紙に書かれたものと同じであった。

ただし太宰治から贈られたこの揮毫紙は、すでに水戸の手元にはない。昭和二十五年頃、作家今官一方に寄宿していた熊本女子専門学校（現・熊本県立大学）出身の太宰ファン小山しづが、大竹町を訪れた際、好意を抱いていた水戸が彼女にそれを譲ってしまったからである。その後、これは、再度、彼女から師の横田俊一教授の手に渡った。昭和二十七、八年頃になって、突然、横田は水戸宛にこの揮毫を返却したい旨のはがきを送って来るが、彼は、一旦、他人へ差し上げたものは返してもらうつもりはないと断った由である。

ところでこの横田はまだ熊本へ転任前の奈良女子高等師範学校に在職中だった頃、太宰治の「創作年表」作りを心掛け、たびたび彼へ便りを出して詳細を問い合わせていた。しかも昭和二十二年十二月二十日、先述したように京都から呼び出された太宰の愛弟子・堤重久と連れ立って上京し、野川方山崎富栄の部屋に同宿していた太宰を訪問し、数日間起居を共にしている。その節、生真面目な横田は何かと太宰を困らせるような質問をしたり、堤より一足先に離京する際、太宰留守中の本宅に伺って、彼が大切にしていたウイスキーを美知子夫人から貰って帰ったことなどもあり、山崎富栄の心証を著しく害したようである。

彼女の日記中昭和二十三年一月二十日の項に、横田宛便りの写しと思われる文章が載っており、一月二十八日と二月九日の項における堤宛手紙の写し中にも、横田への非難めいた辛辣な言葉が書き連ねてある。この辺りは日夜太宰の傍らにあって懸命にその病身の体調を気遣う彼女と、かたや太宰を慕って所構わず時間も弁えずに遠慮会釈なく押し寄せる大勢の知人友人や弟子たちとの間に起こる、どうしようもない感情の乖離が如実に示されていると言ってよかろう。

午後八時頃、太宰治は退出する村松をすぐ近くの三鷹駅まで送るため、連れ立って「千草」を出た。「ちょっと外の空気が吸いたいんだ。オゾンが吸いたいんだ。」と彼は村松に言ったそうである。水戸も二人の後に従った。三人の後ろを更に山崎富栄が足音もなく付いて来ていた。彼女は相変わらず無言、水戸は最後まで遂に一言もその声を聞くことがなかったという。やがて電車に乗るために駅の改札口で別れる際、握手した太宰の掌は何か爬虫類の白い腹に触れたような不気味な冷たさだったと、後に村松は語っている。

が、水戸は村松の去った後も尚太宰の傍らに立っていた。「君は？」と彼は尋ねた。「そこの旅館に泊まっています。」太宰は水戸の指差す彼方に視線を送った。その姿は、後に発行された太宰治研究家・長篠康一郎著『山崎富栄の生涯』の口絵の一葉「山崎富栄のアルバムより（撮影・田村茂）」中の、駅踏み切りの遮断機前に立つ彼の写真にそっくりだったという。結局、水戸も旅館へ帰るためそこで別れ、二重マントに下駄履きの太宰は一歩遅れて従う山崎と共に、やがて玉川上水辺りのもと来た暗い道を「千草」の方へ右折し消えていった。

肺の病状もかなり進行し、酸素に飢えた冷たい肌、疲れ果てた肉体を無理に燃え立たせるのに毎夜流し込むアルコール、ひたすら義のために新しい文学確立へ殉ぜんとする太宰治の姿、村松をして敢えて「千万の愁無くして成らんや」（『愁無くして成らんや―追憶の太宰治（『浪漫』浪漫、昭和四八・九・一）と叫ばせたその献身ぶりは痛々しい限りであった。

ところで、村松定孝がこの二月十五日夜の件に関して記した文章は、管見によれば更に次の二つがある。

①「太宰治より編者宛のもの―日付は二十三年四月十六日」
（『近代作家書簡文鑑賞辞典』東京堂出版、平成四・十二・三十）

②「私の見た太宰治―思いだすままに」

（『太宰治研究3』和泉書院、平成八・七・十五）

すなわち当日、村松は後に入水した例の女性と太宰が二階で同棲生活をしていたという「千草」へ呼ばれて行ったのだが、その際①によれば一階の店の奥の間、②によれば二階の仕事部屋で太宰に会ったと述べられている。

更に①では二階に潜んでいた山崎を、②では太宰がさすがに私（注：村松を指す）の目をはばかって、その日だけ使いか何かに外出させたらしく、顔を見ないですんだことになっている。しかし、それら記事に遡る約二十年前の昭和四十八年に綴られた村松の追憶文には、万葉歌を書く美濃紙を買ってこさせ、硯の墨を磨らせた女の人が登場している。

だが、この三つの文章のいずれにも水戸の名前は一切出てこない。

村松の記述を水戸の回顧談と比べると、次の三つの差異、疑問点が浮かび上がってくる。

（一）太宰治と会った場所は、「千草」の一階、二階のどちらだったのだろうか？　それとも向かいの山崎の住む野川家の二階だったのだろうか？

（二）その夜の女性は、山崎富栄でないとすると、いったい誰だったのだろうか？　女将の増田静江だったのだろうか。

（三）何故、その夜終始同席していた水戸のことには一言も触れられていないのだろうか？　折角の独り占めを当て込んでいた太宰先生の前に突如として現れた若僧の邪魔者を、どうしても排除しておきたかったのだろうか？

実は昭和四十年六月に、村松は、雑誌『国文学―解釈と鑑賞』（至文堂）の「死とその認定―太宰治他殺説をめぐって」と題した論考で、その他殺説の根拠薄弱なることを吟味し、当時専ら囁かれていた山崎富栄の犯人ないし悪女説へ疑問を呈しているのである。しかるにこのたびの余りにも過去の論述に無関心、否わざと無視、否定するかのような態度に照らしてみても、やはり私はそこに何らかの意図の介在を感じざるを得ない。

水戸には嘘をついてまでも、ぜひ村松（会っていなければ、恐らく彼はこの著名な文芸評論家・村松定孝を全く知らなかっただろう）と一緒に太宰治を訪問しなければならない理由や、必然性は、一切、あり得ない。おまけに彼は、昔はたしかに熱烈なファンだったが、その後（昭和四十年頃以降）は別に太宰治専門の研究家でも何でもない故、太宰書簡集その他、関連の詳細な研究資料などは読んだこともない。およそ文学には無縁で、労働行政の最前線で多忙な勤務に精励する模範的な一公務員に過ぎなかった。にもかかわらず水戸が、前記村松の諸文章が公刊されるずっと以前から、そこに書かれている太宰訪問の件を知悉し、私にもはっきり伝えている事実が、何よりもその夜の真相のすべてを正直に物語っているような気がする。

忘却、失念なのか、あるいは故意の隠蔽、虚偽なのかは別として、きっと両者の言及、描述のいずれかに誤りがなければならない。

太宰治が山崎富栄と同棲生活していた場所は、実際は「千草」の二階ではなく、向かい側の彼女の下宿・野川家の二階だったこと、早大を受験したのは太宰の次兄・英治の子息ではなく角田町長の令息だった点などについて明らかな誤記が見受けられる前記の村松著書中の文章よりも、私はやはり若き日に鮮烈に焼き付けられて、今も尚、水戸の脳裏を毫も離れない記憶の方を信じたい、あえて水戸の回顧談の方が正しいと思いたいのである。

四

翌十六日朝、水戸は思い立って付近の写真館に出掛け、「池水は…」の揮毫紙を両手で広げ持ち、返してもらった『瞳』の原稿を膝の上に置いて、記念の写真を一枚撮った。出来上がった写真は大竹町の自宅へ郵送するように依頼して写真館を出た彼は、三鷹駅から電車で都心へ出た。

蛎殻町近くの人形町を訪れたのである。この辺りは、昔、歌舞伎、操り人形芝居の小屋や、花街があった関係で、伝統の技に生きる人形師をはじめ、押し絵、着物の図案型紙、半纏染め、和服仕立て、髪結い、櫛・簪・葛籠から三味線作りなどまで、いろいろな職人が戦前から多数住み着き、まことに江戸情緒豊かな町人文化の中心地だった。

幸いあの昭和二十年三月十日夜の東京大空襲にも辛うじて延焼を免れた唯一の区域でもあり、一部強制疎開で取り壊されたものを除けば、まだまだ古い建物がそのまま残っており、戦後も逸早く復興の兆しが現れ、土産物の人形屋などもぼつぼつ店を開いていた。

水戸の胸中には太宰宅へ何かお礼のしるしに、せめて小さな娘さんたちへプレゼントでも持参したい気持、今年は二人の可愛いお嬢さんたちと親子水入らずで人形でも飾って節句を祝っていただきたいとの願いが忽然と湧き上がっていたのである。

生活必需品以外はまるで見向きもされない心荒んだ敗戦国の世知辛い日常の現実、そんな世の中にあっても、時代は少しずつ変わり始め、微かな心のゆとりが確実に萌して来つつあった。日本古来の雛祭り、桃の節句が半月後に迫っていた。

ある店先で、一体の手頃な市松人形が目に入った。何と言っても食い気優先のその節、この種の人形は甚だ贅沢品、安いもので千五百〜二千円、高級品になると優に五千円近くもしていた。彼は直ちに、帰りの汽車賃だけ差し引いた残りの有り金すべてをはたいて、その人形を買い求めた。

揮毫紙を携えた水戸弘の記念写真
膝に原稿をおいている

午後、太宰宅を訪れたが、案の定、彼は留守で会うことは出来なかった。娘さんたちへのプレゼントの人形を美知子夫人に託して辞去した水戸は、その足でもしやと思い、再び、昨夜訪れた「千草」に行ってみた。果たして三たび太宰治に会うことが出来た。

が、突然の来訪を受けた太宰は、今度はちょっぴり不機嫌だった。意外にも彼は次のように口走ったのである。

「君、僕はね、パッションが嫌いなんだよ、パッションという奴がね……君はね、ヴァレリィを読みなさい、ヴァレリィを読んで少し頭を冷やすんだね。」

予期に反して飛び出したこの太宰治の「パッション否定」の一語こそは、突如として現れたいたずらな韜晦趣味に満ち満ちた自己陶酔、暴走驀進型エピゴーネンにさすが辟易困惑した彼の、せめてもの温情籠る餞の忠言だったのかも知れない。

そろそろ手元不如意に陥った水戸は、その日、宿を引き払い、神田の古本屋街に寄って更になけなしの懐をはたいてヴァレリィの本を二、三冊買い求めた後、晩の夜行列車で東京を離れ大竹町の自宅へ戻った。車中殆ど飲まず食わず、まる一週間ぶりの帰郷であつた。

三月三日は雛祭りの日、水戸の願いも空しく、太宰は相変わらず山崎富栄の部屋に籠りきりだった。その日、彼は、先般、伺えなかった吉沢祐五郎宛へ次のような謝りのはがきを書いた。

拝啓。過日は奥様わざわざお迎へに来て下さつたのに、相すみませんでした。昔の事、すべてなつかしく、いちど、酒を飲みに上りたく存じながら、御ぶさたしてしまひました。なかなか銀座まで足がのびないのです。でもそのうちに、ぜひ一度。奥様によろしく。

敬具

これを受け取った吉沢は、以後、彼と飲む日を楽しみにして、闇のルートを流れてくるウイスキーを押し入れの奥深く大切に貯め始めたという。

お昼頃、新潮社編集部員・野平健一が夫人の房子を伴って現れ、午後からは毎日新聞社の平岡敏男、古谷綱正両人が訪れて夜遅くまで酒になった。

夕刻近く、たまたま来ていた新潮社の野原一夫が、前年十月生まれたばかりの娘の初節句を祝ってやるために辞去しようとした。すると太宰は「そう言えば、俺の娘も今日は初節句だ。」と呟くように語って、有り合わせの紙に男雛女雛を描き、傍らの『左千夫歌集合評』の本で確かめながら、

海やまの鳥けものすら子を生みて
　みな生きの世をたのしむものを

の一首を余白にしたため、彼にプレゼントしたのであった。

歌集を拡げた途端、太宰は果たして半月前に「池水は…」の色紙を書いて渡した水戸青年、及び彼が自分の娘たちに贈ってくれた市松人形のことを、微かにでも思い出していただろうか？　尚この日は、前月二十九日に死去した太宰の妻・美知子の妹吉原愛子の葬儀が行われた当日でもあった。まことに〝父は義のために地獄の思ひで遊んでゐる〟太宰の凄惨壮絶な胸中たるや、語るべき言葉を知らない。

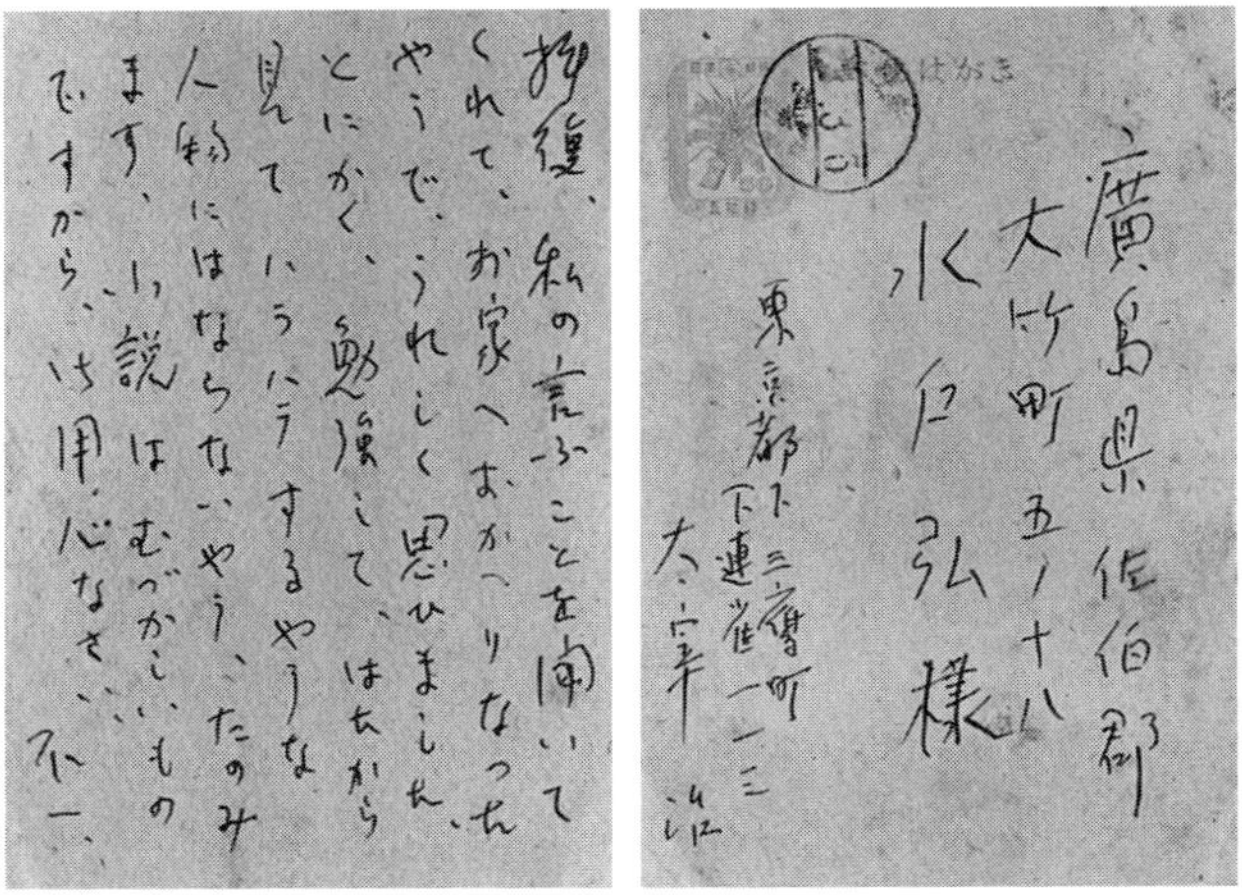

水戸弘宛太宰治葉書

大竹町へ帰郷した水戸からのお礼状に対し、三月五日、太宰治は次のような一葉のはがきを返している。

拝復、私の言ふことを聞いてくれて、お家へおかへりになつたやうで、うれしく思ひました、とにかく、勉強して、はたから見てハラハラするやうな人物にはならないやう、たのみます、小説はむづかしいものですから、御用心なさい、　不一

向こう見ず無鉄砲な地方の文学青年の行動に、さすが無頼派の本家本元太宰治でさえもまた、何か気掛かりなものを感じ、心中一抹の危なっかしさを覚えたのであったろう。

五

三月七日から太宰は、筑摩書房古田晁の計らいで、編集部員石井立や山崎富栄を伴って熱海市咲見町林ヶ久保の元桜井兵五郎別荘だった旅館起雲閣別館に滞在、『人間失格』の執筆に着手する。十九日夜、「第一の手記」脱稿後一旦帰京する。

翌二十日午前中は、訪れた編集者西大助、作家佐々木宏彰と面談、終わって津軽から名産りんごウイスキーの土産を持って上京して来た角田父子を連れて外出する。午後二時、省線飯田橋駅・神楽坂方面出口で足立区新田上町の自宅からやってくる村松定孝と待ち合わせて、文京区高田老松町の早稲田大学文学部英文科長の本間久雄宅へ伺い、商学部長を紹介してもらうためであった。その頃故郷の生家《山源》の豪壮な邸宅が売りに出され、総額二百五十万円で金木町最高所得者の角田唯五郎町長のもとに買い取られる話が決まっていた故もあって、このような入学案内の斡旋が東京在住の太宰に依頼されたものとみえる。だが体調も今ひとつすぐれず、注文原稿の執筆にてんてこ舞いの彼にとって、仕事に無関係で下世話な雑用は、ただただ煩わしく時間食いで気が進まなかったらしい。

三月十六日付き熱海からの自宅美知子宛はがきに「この用事、はなはだユウウツ」としたためている。結局、角田の令息は大学の試験に不合格、太宰は四月十六日、村松に対して丁寧な御礼状を書いている。

拝啓、先日は、本当にありがたうございました。心から御礼申し上げます。（御ついでの折、本

間先生に御鳳声のほど）
勝敗は時の運。御心配下さいますな。兄からも、「これほど迄にして下さつて落第なら思ひ残すところはない、と角田さんが言つてゐた、村松さんにも、お前からくれぐれもよろしく御礼を」と言つて来ました、本間先生と貴兄に、すでに「斜陽」と「ヴイヨンの妻」発送ずみ。奥様によろしく、また御来遊あれ、

不一、

六

昭和二十三年六月七日、この日水戸は前年九月に新発足したばかりの労働省山口労働基準局管理下にあった岩国労働基準監督署の雇い員に採用された。初任給は約二千円だった。

かくしてちょうど一週間後、新聞は流行作家太宰治の玉川上水への投身自殺を大々的に報じた。社会面トップの記事を目にした瞬間、水戸の脳裏に「僕は壁際に追い詰められたよ。僕にはもう一歩も後がないんだ、……」とあの薄暗い「千草」の一室で、熱っぽく語ってくれた太宰治の口元と真っ赤な瞳が、かつまた上水辺りを一歩下がって音もなくひっそりと彼に従って暗闇に消えた、鬼気迫る山崎富栄の悲愁のシルエットがやにわに甦ってきた。何とも形容し難い悲しさと空しさが見る見るうちに全身に広がっていった。

六月十九日、太宰治満四十歳の誕生日の早朝、相擁した二人の心中死体は発見された。

水戸は机上に取り出した、今はもう太宰の形見となった揮毫の鮮やかな墨痕をいつまでも見詰め、只一葉のはがきの文面を何度も何度も繰り返して読んだ。ちょうど傍らにあった飲みさしの配給の二級酒を、湯呑み茶碗に注いではがきの前に供えた彼は、東京の空に向かって静かに両手を合わせ、頭を垂れた。目下のところ逆さになっても上京の旅費は捻出能わなかった。

同じ頃、東京では吉沢祐五郎がやはり新聞に載った太宰の写真の切り抜きの前に、それまで大切にしまい込んで決して手をつけることのなかったウイスキーの封をようやく切って供え、太宰と初代との水上心中行の話を妻・みつにしながら、やけくそになってそのウイスキーを飲んでいたという。

七

翌昭和二十四年六月上旬、水戸は美知子未亡人へ太宰治の命日に当たって、上京墓参出来ない旨を詫びる手紙を書いた。

折り返し彼女より、筑摩書房用箋二枚にしたためられた返事の便りが届いた。それには禅林寺境内森鷗外の墓地向かい側、桜の木の下に直筆の太宰治三文字を拡大して彫り込んだお墓が建ち、昨日、無事一周忌法要を済ませた、水戸さんも上京の折には立ち寄って焼香してくれと述べられ、終わりの六月十三日の日付後にはわざわざ〝太宰治一周忌命日に〟と記入してあった。

余談だが、この書簡によって美知子未亡人もやっぱり最初から夫・太宰治の命日が、実は桜桃忌の十九日ではなく、十三日であることを正しく認識していたことがはっきりわかるのである。

たまたま故郷金木町での桜桃忌が、太宰治の生誕九十年に当たる平成十一年を期して生誕記念祭に改められた。そのきっかけになったのは前々年、斜陽館で開かれた会に出席した長女・園子の挨拶にあった主として母親・美知子の意向を示す遺族としての言葉だった。

ちょうどその四カ月余り前の平成九年二月初めに亡くなった美知子はかねてから、実際の命日でもなくましてや愛人と心中死した十九日が、太宰治の忌日、桜桃忌として広く世間に喧伝、人口に膾炙されていることに強い違和感を抱き続けていたのだった。

この件に関して、私もまた想い出すことがある。昭和五十一年六月十九日、太宰の生家である金木町の斜陽館で開かれ、私自身も参加していた第二十八回津軽桜桃忌の席上、桜桃忌の名付け親でもある同郷の友人作家・今官一が語った言葉である。

太宰が死んで、もう二十八年にもなるんですから、そろそろ何回忌と言うのはやめて何年祭とでもした方がよいのではないでしょうか。ただいたずらに故人を偲んでいても仕方がないので、これからは大いに太宰の作品を読んで、彼の言いたかったことはこれだ、というものを、後世に残るように宣伝してやった方がよいですね。彼の文学は楽しく面白いものだから、うんと笑って、そしてあんたもぜひ読みなさいと言ってやった方がよいのですよ。………百年たっても、二百年たっても、その時になって皆に楽しく喜ばれる小説を書くということが、本当の小説家の役目なんですから。

未亡人美知子のかねてからの思いを、作家の今がよく知悉斟酌した上での発言だったかどうかは定かでない。だが彼女の死去二年後、夫・太宰生誕の地だけにしろやっとその宿願が叶えられたのは、やはり以って瞑すべきことなのだろう。

今後はやはり、現在の十九日に開かれている各地の桜桃忌がすべて正しい命日の十三日へ移行変更され、十九日は太宰治と彼の輝かしい文学誕生を讃える記念祭の日として永遠に残ってゆく方が、より望ましい姿であろう。

さて昭和二十四年秋、十月になって水戸は自作の小説を携えて上京し、事件後文京区の駒込に転居していた未亡人の美知子を訪ねた。太宰の師、井伏鱒二への紹介を懇請したが容れられず、代わりに作家の今官一を薦められ、以後ずっと彼に師事することになったのである。

明くる昭和二十五年六月、三鷹上連雀山中南の今を訪ねた水戸は、禅林寺での桜桃忌に誘われて出席、作家の外村繁を紹介されて彼の自宅に伺い、二年前の暮れ心臓病で亡くなった先妻とく子に代わってその年一月に再婚したばかりだった山形県出身の夫人ていからたくさんの桜桃を馳走になったという。

尚、その時だったか、あるいはその年の冬だったかは、もう一つ定かでないが、水戸は文京区の美知子宅を訪れている。が、彼女は近所の風呂屋に出掛けて留守だったため会えなかった。

昭和三十七年、ようやく水戸の作品「河」は今官一主宰の同人誌『現代人』に登載発表されたが、彼の作風にどうしても馴染めなかった水戸は、六月上京の節に意を決してまたもや一片の予告通知状も出さないまま、急遽、杉並区清水町一丁目の井伏鱒二宅へ参上したのである。その際、玄関畳の間で水戸が初めて目にした井伏夫人節代は、かつて昭和二十四年に会った太宰未亡人の津島美知子を少し細面にした以外は、完全に同一の人と思えるくらい似通った雰囲気を持った女性だったと感じたらしい。余りの驚きで水戸はしばらく声も出なかった由。太宰が美知子と結婚した真の理由が、ここにあったのではないかと、彼は堅く信じて疑わなかったようだ。

その日、井伏家へはちょうど三浦哲郎が訪ねて来ていた。彼は水戸より二つ年下だが、二年前の昭和三十五年、作品『忍ぶ川』で芥川賞に輝いた新進気鋭の作家だった。昭和二十四年、郷里青森県の高校を卒業後上京して早稲田大学文学部仏文科に進み、昭和三十年以降井伏に師事していた。三浦もまた太宰治の『晩年』を読み文学への道を志すに至ったのである。

相変わらず無手勝流の水戸は、井伏とは初対面だったにもかかわらず何ら臆することもなく、夫人が運んできたお茶と握り飯のもてなしを受けながら、文学や小説について比較的のびのびと話したらしい。井伏も彼が小説を持参したら、一度読んでやろうと約束してくれたとか。井伏家退去後、水戸は思い立ってかの特別名勝庭園・六義園に近い文京区駕篭町二五六番地の津島邸へ向かった。久しぶりに美知子に会いたくなったからだった。ところが訪ねた彼女は些か体調を崩して、しきりに不眠を訴え睡眠剤も常用の感じ、以前とはやや異なった印象だった。残念なことに、とてもあの十三年前の懐かしい面影は伺えなかったそうである。だがその節彼女は、未だ掲載漏れだった前記の水戸宛太宰のはがき一枚を、次回発行の太宰治全集書簡集に新しく補充するための借用を申し入れている。

さて水戸はこれまでに昭和二十三年二月に三回、二十四年十月、そしてこの三十七年六月の合計五回にわたって美知子に面会している。だが何故か、昭和二十四年十月の際のことのみ強く記憶に残っているだけで、昭和二十三年における彼女の方は、姿、顔かたちの印象も余りはっきりしないと語っている。

もちろん最初は、太宰留守宅の玄関先や道ばただった上にほんの短時間、しかも初対面は夜分だったので無理もなかろう。それに引き換え翌昭和二十四年は、太宰治が亡くなってしまった後である。センセーショナルな事件がもたらした屈辱の深い傷を癒しきれぬまま、悲嘆と苦渋に打ちひしがれ、孤独と寂寥に苛まれて鬱々とした毎日をじっと耐えていた彼女の立居振る舞いは、またおのずから一種特別の鮮烈な印象を水戸の心底へ焼き付ける結果となったやにも思われる。美知子の側にしても、はるばる遠方より訪ねてくれた彼に巡り会って、やはりある種の懐かしさと親しさを覚えたらしいことは、その後の水戸へ送られた便りの文面に徴しても想像に難くない。最後の昭和三十七年は、既に触れたごとく健康上の理由からか明らかに本来と異なる別人のイメージだったらしいが、いずれにしても彼女ほど実物と写真の印象が全くと言ってよいくらい違う女性も珍しいと水戸は語り、あえてその実物は井伏夫人に似、写真は愛人太田静子に似るとも強調する。現存の多くの文学アルバムに載っているいずれの写真を見るにつけても、水戸の脳裏に深く刻み込まれている津島美知子の実像とは、およそ程遠い思いがすると彼は断言して已まないのである。

おわりに

昭和四十年、水戸は労働基準監督官試験に合格、労働事務官より労働基準監督官に転官した。東京への思い断ち難かった彼は、知己のいる本省勤務を願い出たが容れられなかった。昭和四十一年四月、彼は大阪へ転勤となり、枚方市に移住。爾来二十余年、大阪府下の各労働基準監督署を転々と勤め上げて、平成元年春、満六十歳をもって定年退官した。

時間に余裕の出来た水戸は、早速、昭和二十三年冬におけるあの三鷹訪問体験を素材にした小説を九十二枚の原稿に纏め上げて、翌平成二年春の第二十二回『新潮』新人賞に応募した。第二次予選までノミネートされたが惜しくも受賞は逸した。

かつて厳寒の武蔵野の冬空に仰いだオリオンの星座は、半世紀余りを経た今も尚少しも変わることなく同じ南の中天に冴え、輝き続けている。

男純情の愛の星の色
冴えて夜空にただ一つ
…………
思い込んだら命がけ
男のこころ
燃える希望だ憧れだ
燦めく金の星

なぜに流れくる　熱い涙やら
これが若さというものさ
…………
…………
生きる命は一筋に
男のこころ
燃える希望だ憧れだ
燦めく金の星

佐伯孝夫作詞・佐々木俊一作曲、東宝映画「秀子の応援団長」の主題歌で、昭和十五年ビクターレコードの歌手灰田勝彦が歌って、一躍、大ヒットした「燦めく星座」は、戦後太宰治の愛唱歌だった。〝思い込んだら命がけ男のこころ〟の箇所を、彼は調子高く何度も繰り返し、そのたびに酒盃を挙げ、コップをカチンと合わせたという。名作『斜陽』中の飲み屋チドリでの酒宴の場、《ギロチン、ギロチン、シュルシュルシュ》のせりふのモデルも、実はこの「燦めく星座」の歌詞だったらしい。

太宰治の胸中にもまたきっと、あの春を呼び、恋を夢み、ロマンを求めて、希望に燃えながら、冬空高く駆け巡る憧れの狩人星オリオンの星座が、いつも金色に燦めいていたのではなかろうか。

熱い思いに命をかけた孤愁の俊才太宰治は、山崎富栄と共にはやばやと逝ってしまった。

水戸青年がささやかな誼みを結び、交わりを得、教えを請うた外村繁、今官一、井伏鱒二の各作家や太宰の妻美知子、そしてかの若き日に感慨深くオリオンの星々を仰いだ松本清張も既に亡い。加えて平成十九年十月、上智大学名誉教授・村松定孝の訃報を知った。その翌二十年八月盂蘭盆会前日の十四日、水戸弘もまた八十年の生涯を終えて遂に逝ってしまった。

亡き友を偲びつつ、冬ともなればいつも私は寒空に燦めくオリオンの星を眺めては遥か半世紀を越える彼方に想いを馳せ、往時茫々の念ひとしお、感無量の心境にひたすら沈み込むのである。

【主要参照文献・資料】

（一）　水戸弘からの取材時直話。
（二）　長篠康一郎『山崎富栄の生涯』大光社、昭四二・九。
（三）　山崎富栄著・長篠康一郎編『愛は死と共に―太宰治との愛の遺稿集』虎見書房、昭四三・三。
（四）　大河内昭爾監修・三鷹市立図書館編『三鷹文学散歩』三鷹市立図書館、平二。
（五）　堤重久『太宰治との七年間』筑摩書房、昭四四・三。
（六）　津島美知子『回想の太宰治』（講談社文庫）講談社、昭五八・六。
（七）　野原一夫『回想太宰治』新潮社、昭五五・五。
（八）　矢代静一『含羞の太宰治』河出書房新社、昭六一・五。
（九）　山内祥史編『第一〇次太宰治全集』筑摩書房、平元・六～平四・四。
（一〇）　日本国有鉄道外務部編『鉄道終戦処理史』日本国有鉄道、昭三二・三。

六　長篠康一郎先生を偲んで

平成二十年六月、京都の某大学で、ＡＴＧ映画特集の公開上映会が開かれたので三日間の通し鑑賞券を入手して出掛けて行った。

ＡＴＧとはアートシアターギルドの略。純粋の芸術映画や、又それを前進させるべく目的とした実験的映画などを配給する組織として、全国に十カ所の加盟上映館をもって昭和三十六（一九六一）年十二月一日結成された。

最初は、主として興行採算面から考えて市中一般の映画館では殆ど公開されない外国映画の名品や佳作を選んで上映していたが、後には個人に近い良心的な弱小・零細プロダクションとも組んで自前で日本映画の制作にも乗り出すようになった。低予算ながらも野心的で有能な若手監督たちに世界に誇れる優秀作品発表の機会を与え、日本映画の水準向上に大いに寄与したのみならず、東京の基幹上映館「アートシアター新宿文化」は当時の映像文化や演劇表現の芸術尖端、発展拠点としても大きな役割を担うことになった。大島渚、大林宣彦、黒木和雄、実相寺昭雄、篠田正浩、寺山修司、吉田喜重、若松孝二など諸監督の素晴らしい才能が花開き、豊かに育ち、大きな実を結んでいったのである。

ところで、今回の出し物は、黒木和雄監督「とべない沈黙」（昭和四十一年）、篠田正浩監督「心中天網島」（昭和四十四年）、寺山修司監督「田園に死す」（昭和四十九年）の三作品だった。これらの作品はいずれも昭和四十年代、つまりあの国を挙げての七十年安保改定大騒動を挟んだ激烈波乱の時代に制作発表されたものである。

振り返って長篠康一郎先生の業績を挙げてみると、昭和四十一年四月には、『太宰治伝記研究―山崎富栄抄伝』が『西播文学』第三三号に発表されている。そして翌昭和四十二年九月一日、先生の処女作で、歴史に残る画期的な名著『山崎富栄の生涯』が大光社から刊行された。昭和四十四年には、昭和四十三年から始まった虎見書房刊『人間太宰治の研究』シリーズ全三巻のⅡ巻目が出され、翌昭和四十五年のⅢ巻へと続いている。昭和四十六年十月十八日には、太宰文学研究会第一回例会が東京都千代田区市ヶ谷の私学会館で発足開会、三年後の昭和四十九年十二月には、遂に研究会機関誌『太宰治の人と芸術』の創刊に漕ぎ着けられたのであった。

こうして眺めてくると、昭和三十年代の後半頃から始まったと思われる長篠先生の半世紀に及ぶ太宰治の人と文学に関わる探求業績は、毫も他に追随を許さぬその綿密な実証的技法と言い、またその斬新かつ抜本的改革を迫る研究の基本概念と言い、まさしくあの新興ＡＴＧ映画の発足と期を一にする太宰文学研究分野におけるＡＴＧ活動の理念と発想実現そのものだったと看做してよいのではなかろうか。

そして更に今度この三本の映画を鑑賞して、只々、驚いたのだが、いずれの作品にも必ずお墓のシーンが出て来たのである。何はさておき、この点に私は極めて大きな衝撃を受けた。何故なら長篠先生はいつもおっしゃっていた。〝私の研究はいつもお墓を探すことから始まるのです。〟と。

顧みれば、山崎富栄然り、小山初代然り、田部あつみ然り、皆々そのようだった。長篠康一郎先生の太宰文学の人と芸術の研究は、生涯すべてお墓から始まってお墓に終わるお墓めぐり、お墓参りの旅だったと言ってよかろう。

ところで昭和五十年の春まだ浅い三月初め頃、或る知人を介して発行早々の機関誌『太宰治の人と芸術』創刊号を入手した節、私ははからずも長篠先生直々からの墨痕鮮やかな巻き紙の丁重極まるご書簡をちょうだいした。

長篠康一郎先生

昭和四十一年六月七日付「朝日新聞」文藝〈季節風〉欄に載った記事《太宰の愛人の生涯》を読んで以来、山崎富栄の生涯を実証調査しその全貌に迫る在野の甚だ奇特な研究者・長篠康一郎先生の存在を知り、ぜひとも一度会って直接に教えを乞いたいと心密かに懇願熱望してから、既に約十年足らずの月日が経過していた。

先生のお勤め先である東京目黒の雅叙園をお訪ねしようという具体的な考えが急激に膨らみ、切なる思いに駆られて胸が高鳴った。

約一カ月後、折よく学会のため上京した私は、スケジュールの合間を利用して、四月六日の午後、先生のご著書『山崎富栄の生涯』のカバー折り返しに載っている〈著者近影〉と付記された端正な上半身写真だけを頼りにして雅叙園ホテルへ伺った。夢にまで見た憧れの師ご本人との心逸る感激対面実現の日だった。

玄関ロビーでお会いした先生の初印象は全く予想に違わぬ、とてもスマートで理知的、聡明かつご親切なすばらしい方だった。

よく晴れた暖かい日で桜が満開だった。たまたま日曜日だったので、結婚式が幾組も重なった雅叙園は随分賑わい、華やかな雰囲気が漂っていた。ご多忙な勤務の合間を縫って、先生は初対面の私に豪華絢爛たる客室やホールの他、あちこちに飾られた有名画家の筆になる日本画の名品の数々を懇切丁寧に案内説明して回られ、また「太宰治と山崎富栄」について熱っぽく語ってくださった。

爾来、私は長篠康一郎先生への押し掛け弟子を自任し、ひたすら先生の太宰治研究に懸けられる情熱と識見に惚れ、その無償の愛と努力の生き様に満腔の敬意を抱き続けてきた。

京都に住んでいる関係上、東京で毎月行われていた先生主催の研究会や講座には数える程しか出席できなかったが、いつも見事な筆捌きのお手紙に添えて貴重な文献や研究資料をお送りいただき、又鎌倉・腰越の中村善雄博士宅や船橋市の川奈部薬局などへの取材にはわざわざお供を仰せ付かったりして、個人的にも、随分、親切なご教示、ご指導を賜った。

およそ文学とは全く畠違いの無名の私を、近代文学や無頼文学関係の高名な方々に紹介してくださった大恩も決して忘れることが出来ない。

雅叙園で初めてお目にかかってから二カ月後、先生は西下されて大阪市内の阪口クリニック（院長をなさっていた精神科医の阪口起造博士は、当時太宰文学研究会の一員だったが、平成十四年二月二十一日病没された）で太宰文学講演会を開かれたので、早速、私も馳せ参じた。そこでいきなり私はまことに稀有、貴重な体験をすることになった。

三、四十名くらいの参会者中に混じっていた北山棟一郎に、偶然、会うことが出来たのである。別所直樹らと共に在りし日の太宰治の身辺に侍って直弟子を任じ、太田静子著『小説　太宰治』（ハマ書房、昭和二十三年十月刊）のゴースト・ライターとも目されたが太田本人の了解許可なしの出版で物議をかもした挙句、新聞沙汰にまで発展し、師太宰も顔負けの放蕩無頼の限りを尽くす有様。彼みずから〝風にふかれ　風にさからひ　旅人われは　如何にせむ〟と詩ってあちこち呑んだくれながら日本全国をさまよい続け、別所によれば昭和三十一年以来、杳として行方知れなかった住所不定の放浪詩人、その紛れもない張本人が約二十年を経てひょっこりと現れ、神妙に会場の中ほどに坐っていたのであった。

北山は「山崎富栄日記」の昭和二十二年八月二十二日と二十三日の頁にその名前が出てくる。下宿先の三鷹・野川家の二階へ、別所、宮崎譲の両人と一緒に訪れた際のことである。

そこには、

「先生は近ごろあまり書きすぎますね。自殺するんじゃないかと思うんだ」と北山さん。胸をつかれる。毎日が死との闘争。一字一句が死との闘い。………

と記されている。

ちょうど太宰が八月下旬から九月中旬頃まで少し体調を増悪させたその直前に一致している。北山の鋭い詩人的な直感と洞察とが、まさに迫り来る太宰の苛酷な運命を予言していたような気がしてならない。

この北山は又『太宰治の人と芸術』創刊号にも「白百合のひと」と題して、その日の模様を〝富栄さんのなごやかな人情が小さな部屋いっぱいに溢れ、暖かであり、さみしい安息の部屋だったが、さっちゃんの存在は、その寂寞をあかるくしていた〟と記している。巻末の《執筆者住所録》によれば、彼は、当時（昭和四十九年秋頃）、大阪・貝塚市の貝塚サナトリウムに入院中だったらしい。

この文章や「山崎日記」並びに別所の著書でしか知らなかった北山に、突如、直かにまみえて、一瞬、私はどぎまぎした。結局は休憩時ほんの数分の立ち話、特に実のあることも聞けずじまいだったが、今はただあの蒼白いひげ面の瘦せこけた身を薄汚れた菜っ葉服に包み、ひょうひょうと立ち去って行った彼の後姿だけが深く印象に残っている。

その頃、先生は畢生の大作『山崎富栄の生涯』を上梓されて既に八年余りが経ち、いよいよ次の重要目標たる鎌倉・腰越事件の解明に研究の主方向を定め、焦点を絞っておられる時期だった。

明くる昭和五十一年八月四日、私は、先生のお供で鎌倉へ向かった。当日朝早く京都を出、新宿駅で待ち合わせて二人は正午発の小田急電鉄に乗車、途中相模大野で乗り換えて片瀬江ノ島駅へ降り立った。真夏の暑い陽がじりじりと海辺を照りつけていたが、時折、吹き抜ける爽やかな浜風が実に心地良かった。

そこから歩いてかの腰越・外浦海岸と畳岩の事件現場、八王子山と小動神社、源義経の腰越状で知られる満福寺などを順次説明してもらいながら一時間余りかけて回った後、恵風園胃腸病院傍の中村善雄博士邸を訪問したのだった。

昭和五年十一月末、太宰治が入院収容された際の恵風園療養所はご父君の第一代中村春次郎院長の時代、善雄博士は副院長、かつ太宰の主治医だった。したがって事件当時の太宰の症状経過については極めて詳細正確に知悉されていたことは論を俟たない。それらの件に関しては既に長篠先生が幾度も研究会で語られ、著書で述べておられるので省略するが、私はその節、大先達の中村博士から昭和初期における結核病の治療や研究についての実情をもつぶさにお聞きすることが出来て大変学ぶことが多かったのは何よりの収穫であり、又幸運だった。

ところがそれから約一年後の昭和五十二年九月十三日博士は急逝された。全く思いもかけぬ痛恨事だった。あの薀蓄を物静かに語られていた温顔の先生、その後何度かお手紙もいただいていた結核病学の泰斗、そして若き日の太宰治に直接関わった生き証人、中村善雄博士のご冥福を今は只静かにお祈りするばかりである。

この中村博士の通夜・葬儀告別式参列者の中に、かつて昭和五年の事件当時入院中の太宰と知り合っていた人がおられたようだ。あにはからんや長篠先生はどうもその方からの情報で糸口を摑まれ、その後の高面順三や田部あつみ関連の詳しい資料を得られたらしい。

これもやはり亡き中村博士のお引き合わせ、お導きだったと考えてよいのではなかろうか。

さて三十年余りに及ぶ長篠先生とのお付き合いの中、先生ご西下の折、拙宅にお越しいただいたことが二度ある。昭和五十四年十二月一日と、翌昭和五十五年十一月三十日である。今回、関連記録を整理していて、甚だ迂闊だったことに初めて気付いたのだが、これらはいずれもあの鎌倉・腰越事件の起こった十一月二十八日当日から二〜三日後の時期に当たっていたのである。

すなわちこの両日は共に、長篠先生が広島市の草津にある田部家の菩提寺・教専寺へのお墓参りをされた帰りだったのである。そしてその際には恐らく広島や高面家の故郷山口県光市辺りやその墓所へも一緒に訪れて墓参や取材をされ、懸命に実証的な研究資料を蒐集し纏めておられたのだろうと推察する。

果たしてその暫く後、昭和五十六年四月二十五日には、あの特種、初公開である田部あつみの断髪の麗姿が紅色カバー絵の図柄中心を飾った名著『太宰治 七里ヶ浜心中』（広論社）が刊行されたのであった。

長篠先生が体調を崩され、いよいよ具合も思わしくないと自ら悟られて〝これが最後のお盆の墓参になるだろう〟とのお手紙をいただいた私は平成十三年の七月十五日、先生ご夫妻の教専寺へのお墓参りにお供をした。広島在住の歌人・豊田清史も一緒だった。

富士見市内のレストランで太宰文学研究会有志が、先生を囲んで最後の午餐懇親会を開いた前年のことだった。

その日、私は京都からの新幹線でお昼前に広島に着き、一足先に広島電鉄草津駅すぐ近くの教専寺へ。お墓の在り処を知らないので本堂前でしばし待機、やがて豊田清史が来られたので初対面の挨拶をすませ裏手の墓地内、田部家のお墓へ案内して貰った。東京から空路広島入りされた長篠先生夫妻も間もなく到着されて、一同墓前に花と線香を手向けて静かに合掌した。視力と歩行に障害のある先生は、終始、奥様と行動を共にされ、厳島神社と豊田宅へ寄られる一泊旅行の予定だった。

ところが墓参直後、先生は日帰りの私の都合に特別ご配慮くださったので、はからずも、急遽、豊田宅で「重松静馬日記」の原本を見せてもらう機会に恵まれた。かねがね噂に聞いていた井伏鱒二著『黒い雨』の盗作問題に関わるまさに証拠の物件、朱のチェックがふんだんに施された綿密精緻な調査考証の跡が歴然と残る研究記録を添えた現物を目の前にすると、豊田の正当な論理、主張を今なお無視し続ける既成文壇と一部評論家及び巨大出版業界が醜くつるんだどす黒い霧と闇の深さ、立ちはだかる壁の分厚さがますます身近に感じられ、只々、暗然たる思いと言いようのない怒りの念を毫も禁じること能わなかった。

その他、先生には白百合忌の際永泉寺の山崎家之墓、津軽現地研修では弘前にある清安寺の小山家の墓や太宰治の父津島源右衛門（松木永三郎）の生家がある木造町の菩提寺・西教寺境内松木家の墓

1999年白百合忌
講話する浅田と長篠氏

へも案内していただきお参りさせてもらった。また私自身は、それより少し前に先生のご著書から知り得た近江の愛知川町にある太田宗家之墓（偶然にも、私の当時の勤務先のすぐ近辺だった）の墓参をも済ませている。

そして昨年（二〇〇八年）五月の末、はからずもかの腰越事件の高面順三の墓へも又、私はお参りすることが出来たのである。

腰越で田部あつみと死別した高面は、後に広島で再婚され、二人の娘と一人の息子にも恵まれて市内天満町で幸せな生活を送っておられた。

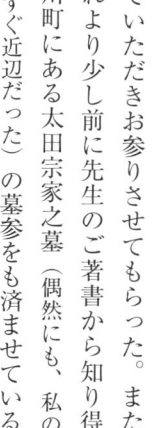

が、嗚呼、あの運命の夏昭和二十年八月六日朝午前八時十五分、広島市中心上空五百七十メートルで炸裂した恐るべき原子爆弾の惨禍は一瞬にしてこの高面家にも襲い掛かり、県内比婆郡東城町の正安寺寮へ集団学童疎開中だった次女陽子一人だけを残して、順三、妻ハルエ、長女康子、長男明記の四人はともに被爆、死去してしまった。

昭和五十二年八月、三十三回忌を期して、遺児陽子は、郷里山口県光市島田駅前の菩提寺・安養寺に立派な高面家之墓を建立された。昭和五十四年と五十五年十一月末に長篠先生がここを訪れ墓参されているだろうことは先述した通りである（お墓の写真は『太宰治文学アルバム 女性篇』に載っている）。

陽子は、現在、結婚して京都府長岡京市に住んでいる。平成十七年九月、陽子夫妻は高面家之墓を山口県から京都の自宅近く、市内粟生広谷の西山浄土宗総本山光明寺境内の墓地へ移し、遅れていた五十回忌に代わる両親、姉弟の没後ちょうど六十年に当たる六十一回忌をいとなまれた。その後もずっと夫妻は連れ立って毎日欠かさずに墓参を続けておられる由である。

生前の長篠先生は、拙宅へ見えられた節に陽子方へも立ち寄られていたが、私にはその件に関して一切何もおっしゃらなかった。彼女は太宰治とは全く無関係なる故に至極当然の措置であり、私自身もまたうすうす気付いていてはいたものの何もお尋ねしなかった。

長篠先生の一周忌も過ぎ、追悼録編集出版計画の話もちらほら出始めたので、私も先生との想い出を少し整理しようと考え、たまたまご著書『太宰治 七里ヶ浜心中』を開いたら末尾近くの頁の文章中に書かれている陽子の名前が、フト、目に留まった。長篠先生が取材されてから、すでに二十八、九年も経ってしまっている。私は思ったのである。〝彼女はその後お元気だろうか？ それならせめて長篠先生が亡くなられたことだけでも知らせてあげたい。………〟と。

私自身は実際には伺ったことはないが、彼女夫妻の自宅住所近辺には以前から仕事の関係上かなりの土地勘があり、電話番号も難なくわかった。早速、ダイアルしたら直ぐ通じたのでとりあえず長篠先生のご逝去をお伝えした。とても驚かれかつ残念がられ、ぜひ一度私ともお会いしたいとの話、さらに意外なことに高面家之墓もこちらに移したとおっしゃったのである。そんないきさつで私は遂に陽子夫妻にお会いし、高面家之墓へもお参りすることが叶ったのだった。五月に続いてご命日近くの八月上旬にもお伺いし、これまでに数度にわたってお参りさせて戴いている。

それにつけても、私の太宰治遍歴もやはり長篠先生に習ってのお墓参りの連続だったような気がする。

先生のおかげで三鷹・禅林寺の盛大な桜桃忌にも参加、太宰治への墓参をさせてもらい、直弟子桂英澄などにも拝眉を得た。

加えて橘田茂樹太宰文学研究会事務局長に引率されて初めて訪れた金木町では津島家菩提寺の南台寺、「地獄極楽絵図」と「後生車」の雲祥寺へも伺った。

その節の芦野公園記念碑や、斜陽館での津軽桜桃忌席上でお会いした長女津島園子、そして親戚の小館保、子守の越野たけ、友人の作家今官一、後輩小野正文と先輩渡辺惣助や工藤永蔵、雲祥寺の一戸哲三住職、小説『津軽』のSさんこと蟹田の下山某など今は亡き太宰ゆかりの多くの方々の想い出も又懐かしく甦ってくる。

とにかく研究会主宰者としての長篠康一郎先生には、青森、弘前、金木、五所川原をはじめ津軽の各地、甲府、御坂峠、船橋、熱海、鎌倉、水上、そして東京都内一円や吉祥寺、三鷹など、ありとあらゆる時と処で、現地、現物に即した実証調査研究の大切さと厳しさとを徹底してご指導ご教示いただいた。

先生の決して権力におもねず、毫も名利を求めず、只ひたすら真実探求の一点のみを目指してあらゆる私財を抛ち、生涯のすべてを懸けられた無私、無欲のお姿は、いみじくも墓碑面に刻まれたあの〝無償の愛〟の一語にまさしく尽きるものだった。

単に太宰治研究の第一人者たるのみに留まらず、人間味溢れる豊かな人生の大先輩として信頼、敬愛措く能わなかった長篠康一郎先生のご他界（平成十九年二月二十六日）に接して、深い悲しみと限りない淋しさを覚えて已まない。

先生の一周忌墓参には、生憎、都合悪しく参加出来なかったが、いずれ又上京の節にはきっと「ふじみ野霊園」へお伺いし、再び先生の墓前へ額付いて、高面家のお墓参りも果せたことをぜひご報告したいと念じている。

付　三鷹時代における太宰治の使用薬剤
―追跡調査に基づく一考察―（山本貴夫との共著）

太宰治の戦後の使用薬剤のうち、一時風聞された麻薬については、既に実証的研究の第一人者である長篠康一郎が、当時、太宰の周辺にいた人々に、精力的に面談調査され、「麻薬を打った」ところを見た人がいなかったと報告されている。

さて、太宰治存命中の昭和二十三年五月十四日付朝日新聞は、「ふえる麻薬患者――今後はどしどし〝強制収容〟」の見出しで、「麻薬患者の犯罪や麻薬を使う知能犯が目立ってふえてきた折柄、厚生省では麻薬統制官を総動員して麻薬の取締りを強化し、一方全国の指定医の手で中毒患者を摘発精神病院に強制収容する準備をすすめている。中毒患者の身柄収容は（中略）近く国会へ出される麻薬取締法案によるもので、（中略）患者はモルヒネ中毒が圧倒的で全体の約六割、ヘロイン、コカイン、パントポン、パビナールなどの中毒患者が残りの四割を占めている」との記事を載せている。その麻薬取締法（法律一二三号）が施行されたのは、太宰治没直後の昭和二十三年七月十日であった。

ところがほぼ時を同じうして発売された雑誌『文藝春秋』八月号に、「太宰治のこと」と題して、彼の文学上の師と目されていた作家井伏鱒二が回想を発表した。この中で彼は、昭和十〜十一年ころ太宰治のパビナール中毒について触れはしたが、さりとて戦後がそうだったと書いたわけではない。

今度は中毒症状によるものであったとは思われない。占領治下にある今日では、医者以外に魔《ママ》薬を手に入れることが出来ないからである。また魔薬《ママ》を注射してゐる人は、酒や女には見向きもしない傾きがある。（中略）中毒による衰弱ではないだろうと判断した。

と、むしろ否定的な見解を述べたのである。

にも係わらず、発表の時期が時期だったためか、取締当局がこの回想文に目をつけ、八月三十日に井伏を、翌三十一日には、文中に番頭として出てくる北芳四郎（津島家から依頼された、東京における太宰治の後見人）の出頭を求めて、事情聴取を行った。取り調べたのは、東京都麻薬司法警察官・水口恒信係長であった。

更に、それに関連してか、同二十三年秋頃、太宰の自宅付近で三鷹病院を経営されていた井上俊雄院長は、突然、東京都麻薬課の職員の来訪を受け、『文藝春秋』の記事によって調査しているが、太宰治は麻薬中毒ではなかったか？　と訊かれたとの由。井上院長は太宰治を一度も診察したことがなかったので、その旨を告げられたという。

そもそも、太宰治（家族を含めて）の三鷹時代の主治医は、戦中、戦後を通して、石橋衛博士だったと考えられる。彼は昭和十四年、東京都北多摩郡三鷹村下連雀百九番地（太宰治宅から北へ百六十メートルほどのところ）に、武蔵野養生院と称する木造二階建、個室二十程度を持つ病院を開設した。太宰治は、その二年後の初夏に初めて診察を受け、診断書を書いて貰っている。

昭和十八年か十九年頃になって、この武蔵野養生院は、日本無線株式会社に買い取られ、院長は石橋衛から井上俊雄に代わった。同時に石橋博士は下連雀六十六番地に移って石橋医院を開業、昭和三十三年に死去されるまで、そこで診療を続けられた。石橋ミヨ子未亡人の話では、太宰治自身よく来院し眠れないと訴えて、睡眠剤の処方や栄養剤の注射をしてもらっていた、彼の子供たちも熱を出した時など、しばしば受診していたとのことであった。

したがって、津島美知子未亡人が述べている、

このころ（注：昭和二十三年四月）自宅近くの内科医に寄って、ザルブロの注射を打ってから、仕事部屋に出かけるのがきまりで、

は、この石橋医院を指すものとして、まず誤りはなかろう。

太宰治と死を共にした美容師の女性山崎富栄もまた、昭和二十三年四月十六日付で、名作『斜陽』のヒロインかず子のモデルであった、もう一人の愛人太田静子に宛てて、太宰代理矢崎ハルヨの名で書簡を送っている。その中に、

その後は御経過もよろしくないのですが、限りある身のちから試さんといふやうな御様子で病院ゆきをなさりつつ、引き続き二回目のものを御執筆なさってゐらっしゃいます。

という箇所がある。二回目のものとは、太宰治最後の大作『人間失格—第三の手記』を言う。この病院も前出の美知子未亡人の言から、石橋医院と見るのが妥当だろうが、ひょっとすると、後で述べる、もう一軒の気軽に診てくれた近所の医師の方であったかも知れない。

どちらにせよ、「病院ゆき」は、同年四月二十九日以降、埼玉県大宮市大門町の小野沢清澄方に滞在しながら、近くの宇治病院に毎日注射に通うようになってからである、この時点では、当然、「医院ゆき」である。

いったい、医療法では、病床二十床以上を備えた医療施設を病院、それ以下を診療所（医院）と規定している。当節、山崎富栄が、そのような法律に基づく病院と医院との区別についての専門的な知識をきちっと理解していたとは、到底、思えないが、案外、相手の、医師の娘だった太田静子に対しては、少しでも大きい施設でより良い治療を太宰に受けさせているふうに見せたい対抗意識的な女心から、わざわざ「病院ゆき」なる字句を使った、とも考えるのは、少し穿ち過ぎた見方というものであろうか。

一方、武蔵野養生院は、井上院長に代ってから、日本無線三鷹病院と改称された。戦後は、日本無線株式会社が手放したので、井上院長が自ら経営に当っておられた。山崎富栄日記中、昭和二十二年十一月二十一日の項に「三鷹病院の横を通る」とあるのは、この病院で、この文に続いて「入院するやうになったら来てね」「こちらからお願ひします」との会話が記されているが、以後、太宰はこの病院に受診することも入院することも全くなしに死んでしまった。

三鷹病院に麻薬捜査官が来たのは、そこが太宰治の自宅に一番近かったからか、さもなくば、かつての主治医の病院なる故、経営者が交代しているのも知らずに来たのか、はたまたこの周辺では最も規模の大きい病院であったためかは判然としない。

戦後、太宰治が執筆の傍ら通院出来たと考えられる範囲内には、石橋医院を含めておおよそ六軒の内科医院があったが（昭和六十一年秋現在、その中の三軒は廃業、一軒は休業している）、石橋医院にも、そして山崎富栄の下宿先の野川あやの方からもっと近い距離にあった他の医院にも捜査官は来ていない。山本は、これらの医院の他、三鷹、吉祥寺界隈で、その頃から現在までずっと営業しているすべての薬局を訊いて廻ったが、太宰治の麻薬使用について聞き込み捜査を受けていた店は一軒もなかった。のみならず、三鷹駅前の医院でも、それら薬局のいくつかでも、「麻薬常習者が薬を自宅の近くで買うようなことは先ずあり得ない。常識的に言って、彼らは、通常、居住地から離れた所で手に入れようとする。故にそのことを十分心得た麻薬捜査官は、専ら、遠方の医師や薬局を当るはずである」と聞かされた。

ところで、以前、雑誌『新潮』編集部員で太宰治を担当していた野平健一が、太宰の年来の親友だった劇作家・伊馬春部、及び元新潮社出版部の野原一夫との鼎談会の席で、太宰治の麻薬使用につ

いて「懐疑的だ」としながらも、

可能性もあるんだ。太宰さんがかかっていた三鷹のお医者さんが後年麻薬中毒で収容されたからね。そのお医者さんにかかっていたからね、可能性あるよ。あるんだけれど、禁断症状みたいな状態というのはぼくは見たことがないんだ。アンプルがね……ビタミンのアンプルじゃないかと思うんだよ。

と発言している。

だが、この医師は石橋博士ではない。先にもちょっと触れたが、とても気軽に往診してくれた別の医師であって、その近隣で診てもらっていた人もたくさんいる。彼は、多分、山崎富栄日記中の昭和二十三年四月二日の項に、

同夜、梅林さん「ブロバリン」百錠、服毒す。夜半、二時半ごろ、太宰さん目覚めて発見。早速医者を呼びに雨の中を走る。重態。翌朝までに三度医者を呼び、朝、中村医院に入院す。この間、たいへんでした。

と記されている、その呼びに行った医師だと思われる。かかる真夜中に往診してくれる医師としては、恐らくその人しかなかったと諸般の状況から推測出来る（野川方から最も近かった他の医師は、当

夜、往診していないことが確認されている)。

文中、中村医院のみ明記しながら、呼びに行った医師の名がないのが気になる。次々と近所の医院四軒の門を叩いて廻ったためだろうか。とは言っても、太宰治や山崎富栄とこの医師との間に何か記述出来ない関係、例えば麻薬を分けてもらっていた、などと憶測するのは、些か行き過ぎだろう。たしかに石橋医院にかかりながら、尚かつこの医師にも診てもらっていたところに一抹の疑念は残るが、現在、この医師も死去、医院も廃業されて、家族の方の消息もはっきりしないので、これ以上の詳細な調査は困難、不可能と言わざるを得ない。いずれにしても、前記の東京都麻薬課がおこなった太宰治の麻薬使用有無の捜査が、どのような結末に終ったかは不明である。

越えて翌昭和二十四年の十一月六日付毎日新聞は、「覚醒剤の裏道を衝く—作家、ヨタモノが愛用—」というタイトルで記事を載せた。作家田中英光が、私淑傾倒していた太宰治の禅林寺における墓前で自殺を図り、近くの井之頭病院に収容されて死んだ三日後である。上段囲みのリード・コピーの部分は、その田中英光や、また阪口安吾に触れた末尾に、「この覚醒剤、睡眠剤乱用は、麻薬の弊害にもつながりを持つに至ったので麻薬Gメン水口係長と一問一答を試みた」と記している。

その問答中、水口係長は「死んだ太宰氏もヒロポンはずい分使用したらしい、一しょに死んだ山崎嬢が常に注射器を持っていたのでもこれがわかる、太宰氏もヒロポン中毒が相当に進んでいたが、彼は睡眠剤を使用するかわりに強烈なカストリを用いた、ヒロポンからアドルムへの道は当然の理だ、そしてそれが進むと麻薬にいく」と発言している。

このコメントは、新聞記者の要約によるものと思われるが、甚だ矛盾や不審の点が多い。先ず「ヒロポンは」と言う表現は、〝麻薬は使用していなかったが〟の前提条件が存在しての意味にも取れる。次に「使用したらしい」という推測に続いて、直ぐ「中毒が相当に進んでいた」と断定している。それに太宰は「アドルム」は確かに使用していなかったようだが、「カルモチン」や「ブロバリン」は既に戦前から使用していたし、他に「アダリン」「ジアール」も使っていたことは、捜査の対象物件に上げられた山崎富栄日記中にも記録されているのだから、気付かなかったはずはない。

因みに、捜査の段階で問題となった日記の箇所の一つは、昭和二十二年十一月二十八日の項であったと言われている。そこには、

アスピリン、健胃固腸丸、スパスモヒンをやたらに飲まされて、おふとんを被る。汗が体中にじっとりと出てくる。お熱も八度五分位はおありになったかもしれない。

と記されている。この「スパスモヒン」について太宰治の実証的研究家、長篠康一郎は、

スパスモヒンは合成鎮痛剤で当時、麻薬指定を受けたものと、指定外の二種があり、指定を受けたものも五年後には解除されている。このことは麻薬課で調査していただいたのだが、アスピリン、健胃固腸丸と一緒に服用しているところからみて、市販されているスパスモヒン（指定外）を使用していたのではないかという意見であった。これらを総合して判断してみると、二十八日に太宰が服用したのは指定外スパスモヒンであり、鎮痛剤として使用したものと推定される。

と結論している。
これを受けて浅田は、以前、その著書『太宰治の「カルテ」』中で、
なお、別の資料(57)によれば、この指定は昭和二十三年七月十日公布の麻薬取締法施行規則〔法律第一二三号〕によるものである。当然、これは太宰治死後のことになる。また、この指定に該当する薬品は、本来の麻薬ばかりではなく、厚生大臣の指示による類似の合成薬剤も含んでいた。そして、その一つに、当の「スパスモヒン」注射薬〔内服薬にあらず〕が採り上げられていたわけであった。
(57) 日本新薬株式会社学術部編『常用新薬集・第一〇版』日本新薬株式会社、昭一一・六・一
と述べた。しかるに、この注釈(57)では印刷の過程で、版名とその発行年月日のところに、更に付け加えるべき〔第一三版、昭二三・一一・一〇〕の字句が脱落してしまっていた。ここでお詫びとともに、新たに挿入訂正しておく。

ついでに、当「スパスモヒン」が、なぜ麻薬に指定され、なぜ五年後に指定から解除されたかについて、再調査した結果を記しておく。

「スパスモヒン」は、その時分、東京都京橋区銀座五丁目にあった三栄産業株式会社〔現・東京都世田谷区北烏山八―一三―二三〕の製品で、注射薬と錠剤があった。成分は準局方ブトカイン〔現在、局

方塩酸ジブカイン）と、塩酸ナルコチン（現在、局方ノスカピン）である。

このうち、塩酸ナルコチンは阿片に三〜十パーセント含まれ、モルヒネを抽出する際分離されるので、当時は麻薬取締法の第一条第二項「阿片又はコカ葉から抽出される一切のアルカロイド及びその誘導体並びにこれらの塩類」に該当し、麻薬指定を受けたものと解った。

だが、後年、ナルコチンには殆ど麻酔作用がないことがわかり、五年後の一九五三（昭和二十八）年、WHOは麻薬からこれを除いて、名称もノスカピンと変え、鎮咳剤として使用されることになった。現在は指定医薬品（薬剤師不在の薬種業では販売できない）でもなく、まして要指示薬（医師の処方がないと購入できない）でもない。

ジブカインは、現在でも劇薬、指定医薬品の麻酔剤である。

これら二つを合わせた「スパスモヒン」の薬品全体の効能は鎮痛、鎮静、鎮咳剤であった。

「私は散りかけてゐる花弁であつた。すこしの風にもふるへをののいた」（『思ひ出』）というような、研ぎ澄まされ、傷つきやすい、鋭敏な神経の持主だった太宰治は、前々から鎮静効果のある薬品を好んでいたのは明らかだし、この薬も、大方、精神安定剤として用いていたのではないかというような解釈も出来る。早い話、中学時代から飲み始めていた「カルモチン」も、もしその頃もっと習慣性の少ないトランキライザーみたいなものが存在していたら、代わりにそちらを使っていたろうというような気も、満更しないわけではない。

けれども、当時の太宰は肺結核の病状がかなり進行悪化し、肋膜炎をも併発していたことを考えれば、この「スパスモヒン」はやはり解熱、鎮痛、鎮咳剤として頻用していた可能性の方が、一層、高いであろう。

さて従来から、私らは当時の麻薬取締捜査に対してあれこれ種々の疑問を抱いていたので、この機会に「取締当局」とはどこを指し、どのような指揮系統で、どんな基準と目的を持ってそれを行ったか、について関係諸官庁に問い合わせてみた。

厚生省では、早速、麻薬課を通じて調査してくださった。その結果、昭和二十三年の「麻薬取締法」施行初期の段階では、まだ戦後の混乱期故、特別な指揮系統も存在せず、警察、自治体など、それぞれ独自の判断で取締捜査を行っていたようだ、との回答を得た。

加えて、東京都衛生局への照会に際しても、同様に麻薬課を経て非常に好意的な調査をしていただけた。やはり当時は、それまでの「麻薬取締令（規則）」においても、続く「麻薬取締法」施行後も、単に麻薬を所持、使用しただけでは犯罪行為に該当せず、罰則もなかったらしく、そのため、現在、捜査記録も残っておらず、譬えあったとしても、ごく簡単なものだったと思われ、水口係長が新聞で、何故あのようなコメントを発表したかも、彼が既に死去しているので、その根拠についてはわからないとの返事を貰うことも出来た。

覚醒剤（ヒロポン、セドリン、ネオアゴチン等）も、昭和二十三年の旧薬事法（太宰治生前は、昭和十八年施行の旧々薬事法）では、第三十七条の規定により、正しい使用目的を申告記載、署名捺印さえすれば、誰でも購入できたから、只、使用しただけでは何の法的制裁もなかったのである。

太宰治のヒロポン使用に関しては、死の直前の昭和二十三年六月四日に、殆ど徹夜で、随筆『如是我聞』第四回の口述筆記をした野平健一が「後年、太宰治もヒロポンの助けを借りて創作の注文をさばいていたような伝説をいうものがあるが、これは事実ではない」と、はっきり否定しているし、第一、隠れて注射する必要のあった薬でもない。

現在、太宰治研究家でヒロポン中毒を云々する者はいないが、巷説として「太宰治など作家や芸能人にも中毒患者が多かった」と記された文章の他、織田作之助、太宰治、阪口安吾と並べて、無頼派作家すべてがヒロポン中毒であったと述べている出版物なども多々見受けられる。実証も出来ないことは、決して事実のように言ったり書いたりすべきではない。この際はっきり否定しておきたい。

次に太宰治の戦後における使用薬剤で特徴的なものにビタミン剤の多用がある。美知子未亡人も、

その外常用するビタミン剤などの注射は夥しい数に上り、常人の何倍かの量を（以前からさうでしたが）用ひてゐました。

と語っている。

ビタミン剤その他ならば、大概、近くの薬局で購入していたものと考え、例によって以前から営業していた三鷹、吉祥寺周辺の薬局を片っ端から訪ね歩いてみた。あれだけの反響を呼んだ心中事件であったから、どの店でも太宰治や山崎富栄のことは知っていたが、彼らが薬を購入していたことを確認できたのは、三鷹駅前通りに現存する「三鷹薬局」だけだった。

当薬局主人の談話によれば、太宰治は、戦後、常に自分自身で二日か三日おきに「メタボリン」の錠剤と胃腸薬を買いに来て、それは死の少し前まで変わることがなかったという。店頭にはいっしょに「メタボリン」の注射液もあったが、彼は注射薬を求めたことは、全然、なかったらしい。胃腸薬は、薬局の主人が勧めたもので、初め、商品名は覚えておられなかったが、調査の末、極東製薬工業株式会社が製造し、中瀧商店で販売を扱っていた「ベルゲニン」で、成分は「アカメガシワ」から抽出したエキス、その粉末五十グラムくらいの缶入りだったことが、最近になってようやく判明した。

戦後の一時期、乳児用粉ミルクは配給制で、この店には美知子夫人が登録されていたため、薬局の主人は、彼を津島修治の本名で知っていたが、それが高名な流行作家の太宰治であったことは、死後始めて気付いたという。

尚また、この薬局は山崎富栄の勤めていたミタカ美粧院の直ぐ近くであるが、彼女が代わりに薬を買いに来たことは全くなかったそうである。その時分、駅前にはもう一軒、薬局があったが、昭和二十三年頃までは薬品の生産量が少なかったため、「メタボリン」は置いてなかったとのことだった。更に、この近くにあった別の薬局の店主は、当時、この三鷹近辺でビタミン剤の注射薬を大量に仕入れて持っている店はなかったので、もし沢山買ったのなら、恐らく神田駅西口の卸問屋辺りではなかったろうか、そこならいつも店先に山積みになっており、小売りもしていたから、と教えてくれた。

他方、吉祥寺付近の店では、業者同士で常に横の連絡があり、太宰治の麻薬中毒の噂も出ていたくらいだったから、どこかでビタミン剤を頻繁に買っていれば、きっと話題になった筈だが、とも言われた。念のため、一軒ずつ訊いてみたが、案の定、薬を売った店は見付からなかった、もっとも少量買ったくらいではわからぬこともあり、山崎富栄の場合は、なお更、顔も知られていなかったから、勿論、この調査が完璧とは言えない。その上、彼女の勤務先のミタカ美粧院には、彼女の腕前を見込んだ米軍の将校、軍属たちの夫人連や、彼らを相手の取引き商売関係の個人的な客も多かったので、時にはそのようなルートから栄養剤や薬品を分けて貰っていた可能性も完全には捨て切れない。

ところで、この結果は長篠康一郎が、昭和十一年、太宰の船橋在住時のパビナール・アトロピン注射液の購入先が同町の川奈部薬局であったことを長年の苦心の末に突き止められ、太宰本人自身で三日から四日おきくらいに買いに来ていたという実証事実をもとに、従来からのパビナール大量注射説に疑問を提示されたのとどこか似通っていて興味深い。

けだし、昭和十一年頃と戦後では社会情勢も太宰治の身辺状況も異なる上、一方は麻薬、一方はビタミン剤で、必ずしも比較にはならないかも知れない。が、先輩作家の豊島與志雄を始め、太宰のビタミン剤注射を実際に見ている者が大勢いることもまた紛れもない事実である。

尚、ビタミンB剤として有名な「強力オリザニン錠」（三共）は昭和二十三年七月、「強力オリザニンレッド注射液」（三共）は昭和二十四年の発売だから、太宰が使用していたものは、錠剤も注射薬もやはり「メタボリン」（武田薬品）と考えてよかろう。

昭和二十二年一月頃のある夜更け、同郷の友人で画家の阿部合成が、シベリヤから復員して、直ぐ三鷹の太宰家を訪問した。彼は後年、

飲みながらメタボリンをガリガリ。おかずみたいに。ぶったまげたな、あれには。

と語り、

ヨセ！　という間もあらばこそ、「心配すんな、どうせ俺は小者だよ」とメタボリンをガリガリ噛み、凄まじい勢いでウイスキーを喉にあけ込む彼は、最早友情だの祈りだのという生っちょろいものでは止めることもできない死の形相だった。

と回想を述べている。

まことに壮絶な情景描写という外はないが、文学的真実は、一応、さて措いて、この時の日本薬局方ビタミンB「メタボリン錠（塩酸チアミン）」は、一錠中の含有量が僅か〇・五ミリグラムだったことを考えてみる必要がある。標準の用量は一回一〜二錠、一日三回だったから、その頃としては多用、いや乱用であったことには間違いないが、昭和三十年以降、一時盛んに行われた大量療法（一回五十ミリグラム、一日三回）などから考えれば、一度に百錠使用してやっと大量療法の一回分と同じことになることも認識しておいてよいだろう。

昭和二十四年以後、ビタミン剤が豊富に市場に出廻るようになり、また現行の瓶入りドリンク栄養剤のようにビタミン剤注射が流行したことがある。その時、経験のあった人なら、豊島與志雄のビタミン剤注射に関する記述の正確さがわかると思う。昭和二十三年四月下旬、山崎富栄を伴った太宰が、本郷の豊島宅を訪問した日の追憶談の一節がそれである。

注射はさっちゃんの役目だ。勇敢にさっとやってのける。ビタミンBは、アンプル中の薬液の変質を防ぐために、酸性になされていて、それが可なり肉にしみる。さっちゃんが注射すると、痛い、と太宰は顔をしかめる。

この痛みを和らげるため、昭和二十四年六月に製造、市販された無痛性ビタミンB剤が例の「強力オリザニンレッド注射液」だったが、それでも実際はまだ相当に痛かったらしい。太宰らが豊島宅を訪問した二日後に当る日の文藝評論家臼井吉見の回想、

僕はこの淀みない口述をききながら、改めて彼のケンランたる才華を感じた。昨晩つかったらしいビタミンやら、眠りぐすりやらのアンプルのからがどっさりころがってゐるのを目にしながら――

や、長篠康一郎の調査による太宰治、山崎富栄失踪後の、野川方の富栄の部屋の状況描写、

灰皿には空になったビタミン注射薬のアンプルが山と積まれ

そして美知子未亡人の談話、

お部屋にはいつもする注射薬の新しいのが買ってあったりなどは、いずれも太宰治のビタミンB注射液の多用を如実に物語っている。

その節、市販されていたビタミン注射液は一ミリリットル中含有量が二ミリグラムと四ミリグラムの二種類で、生産量は前者が圧倒的に多かった。したがって太宰治が用いていたものも、多分、二ミリグラムの製品ではなかったかと推定される。往時としてはかなりの多量に違いないのだが、現今の大量療法から見れば、これもまた、あながち驚くほどの量でもなかったのかも知れない。

最後に一言。これらの証言、殊に心中決行直後の山崎富栄の部屋の状況を述べた長篠康一郎や太宰治未亡人の言は、間接的に太宰の麻薬使用の否定に繋がっているように思える。なぜなら、富栄は無償の愛に貫かれた思慮深い看取りを最期の瞬間まで太宰に捧げ尽くした女性だった故、もし仮にその頃、太宰が麻薬注射をしていたいきさつがあったなら、あらゆる嫌疑の目を少しでも避けたいがため、よしそれが単なるビタミン剤のアンプルの場合でさえ、恐らくすべてきれいに後片付けをして、部屋を出て行ったに違いない。さすれば、山と積まれて残っていた空のアンプルや、新しく買って置いてあったいつもの注射薬は、とりもなおさず、そういう事実が微塵もなく、如何なる工作や隠蔽をも全く必要としなかった、当夜の両人の心の気安さを示す恰好の証左と看做してよかろう。

もっとも、その際もまた彼らは麻薬のアンプルだけは慎重にどこか別の場所にこっそり処分していたのではないか？　との疑いを持つことは出来よう。しかし、後で見付かったアンプルがすべてみんなビタミン剤だけだったこと、太宰の禁断症状は一度も見かけなかったという先の野平証言、そして今度の踏査で、麻薬を売った薬局をとにかく一軒も探し出せなかったことなど、一切はそんな疑惑の成立を忽ち困難にしてしまう。やはり、晩年の太宰治は、絶対に麻薬中毒ではなかったと断言して差し支えないだろう。

その他の、山崎日記中にある、昔、結核の治療薬としてもてはやされた「セファランチン」をはじめとして、解熱、鎮痛、睡眠剤などは、その成分、薬効について既に前記の著書などで述べておいたので省略する。

太宰治に関する文献資料は汗牛充棟をなしている割には不透明な部分が多く、伝説、風聞も枚挙に暇がない。

単に作品を読んで楽しんだり、文章、文体の吟味や文学鑑賞に終始する場合は別として、作品と作家の実人生との関連に考察が及び、作家論や伝記、年譜作成ともなれば、当然、そこに出来得る限りの実証が必須となる。今までの近・現代文学研究は、古典の研究方法を踏襲したためか、とかく文献資料のみを重視し、実証を単なる調査として軽視する風潮、傾向があったと思われる。しかし多種多様な文献資料の検索考証も、綿密周到な実地見聞、面談調査も同等な価値があることは言うまでもない。

もとより、事実そのものが、そのまま作家の真実を代弁し得るかどうかは、また別の問題であろうが、その事実や真相は、やはり可能な限りの実証を基礎にして構築される方が望ましい。

本稿は、そのような目的から、従来の巷説、風評を反証あるいは確認するために、関連する諸事項に対して追跡調査を試み、考案を加えたものと理解されたい。

文中に引用した各種資料や証言の他、左記の関係諸官庁、並びに製薬会社に多大のご教示を賜った。ここにお名前を挙げて深くお礼を申し述べる。文責はすべて筆者らにあることも併記しておく。

厚生省薬務局、東京都衛生局、化研生薬株式会社、カネボウ薬品株式会社、極東製薬工業株式会社、三共株式会社、武田薬品工業株式会社、日本新薬株式会社、日本臓器製薬株式会社（アイウエオ順）。


【参照文献・資料】
（一）長篠康一郎『山崎富栄の生涯』大光社、昭四二・九・一。
（二）石橋衛『太宰治と私―主治医の回想録』「北苑」創刊号、昭三三・六・二〇。
（三）津島美知子『後記』（「太宰治全集　第十五巻」）創元社、昭二七・八。
（四）山崎富栄『愛は死とともに―山崎富栄の手記』石狩書房、昭二三・九・一〇。
（五）長篠康一郎編『わが愛は太宰治とともに―山崎富栄遺稿集より―』（「太宰治の人と芸術　第四号」）太宰文学研究会、昭五一・五・一〇。
（六）伊馬春部・野平健一・野原一夫『「斜陽」前後』（「太宰治全集　第九巻月報一」）筑摩書房、昭四二・三。
（七）浅田高明『太宰治の「カルテ」』文理閣、昭五六・一一・二五。
（八）野平健一『「斜陽」編集者の立場から』（「太陽第九九号」九月号）平凡社、昭四六・八・一二。
（九）『一億人の昭和史』（毎日グラフ別冊）毎日新聞社、昭五〇・一・一。

（一〇）阿部合成・木村彰一『太宰治とその死』（「太宰治全集　第十巻月報一〇」）筑摩書房、昭四二・一二。
（一一）阿部合成『追憶』（「定本太宰治全集　第四巻月報四」）筑摩書房、昭三七・六。
（一二）豊島與志雄『太宰治との一日』（「八雲―太宰治追悼特集」）八雲書店、昭二三・七。
（一三）臼井吉見『「人間失格」の頃』（「太宰治全集付録第十一号」）八雲書店、昭二四・一二。
（一四）長篠康一郎『太宰治武蔵野心中』広論社、昭五七・三・二三。
（一五）松田ふみ子編『求めて行った「死」―苦しんだ夫の冥福を祈る―』（「サンデー毎日」）毎日新聞社、昭二三・七・四。
（一六）浅田高明『続々・太宰治の「カルテ」抄（四―完）』（「日本医事新報」第二九八五号）日本医事新報社、昭五六・七・一一。

○太宰治研究関連業績初出一覧

一　著書

（一）『太宰治の「カルテ」』文理閣、昭五六・一一・二五。
（二）『太宰治―芸術と病理』（共著）宝文館出版、昭五七・二・二〇。
（三）『私論太宰治―上方文化へのさすらいびと』文理閣、昭六三・五・一九。
（四）『太宰治―探査と論証』文理閣、平三・五・一。
（五）『探求太宰治―『パンドラの匣』のルーツ木村庄助日誌』文理閣、平八・一二・一〇。
（六）『私の太宰治論』文理閣、平三一・一・三〇（本書）

二　論文―単行本に収録外の主な論考（但し、本書に収録した論考は本書所収と注記）

（一）「近江と太宰治」近江兄弟社文藝部機関誌《パンパス》第三巻第一号、近江兄弟社文藝部《パンパス》編集委員会、昭四三・四・一。
（二）「太宰治のカルテ（1）」《パンパス》第三巻第二号、昭四三・六・一三。
（三）「太宰治のカルテ（2）」《パンパス》第三巻第三号、昭四三・七・八。
（四）「太宰治のカルテ（3）」《パンパス》第四巻第一号、昭四四・一一・二〇。
（五）「太宰治のカルテ（4）」《パンパス》第四巻第二号、昭四四・一二・二五。

（六）「幼少時の太宰治」《太宰治の人と芸術》第三号、太宰文学研究会、昭五一・四・一〇。
（七）「太宰治のカルテ抄」《太宰治の人と芸術》第五号、昭五一・一一・二〇。
（八）「津軽の桜桃忌に参加して」橘田茂樹編《津軽路》、太宰文学研究会、昭五一・一二・一〇。
（九）「木村庄助氏と『パンドラの匣』」《太宰治の人と芸術》第七号、昭五二・八・一三。
（一〇）「幼少時の太宰治―その心身面における考察」《日本医事新報》第二八七一号、週刊日本医事新報社、昭五四・五・五。
（一一）「太宰治の〈カルテ〉抄（上）」《日本医事新報》第二八八〇号、昭五四・七・七。
（一二）「太宰治の〈カルテ〉抄（下）」《日本医事新報》第二八八一号、昭五四・七・一四。
（一三）「結核医の太宰治へのアプローチ」《医療の広場》第一九巻第九号、厚生共剤会、昭五四・九・一〇。
（一四）「『パンドラの匣』余聞」《日本医事新報》第二八九二号、昭五四・九・二九。
（一五）「続『パンドラの匣』余聞―木村庄助氏をめぐって」《日本医事新報》第二九〇〇号、昭五四・一一・二四。
（一六）「私の実証的太宰文学論―『パンドラの匣』をめぐって（1）」《医療の広場》第二〇巻第一号、昭五五・一・一〇。
（一七）「私の実証的太宰文学論―『パンドラの匣』をめぐって（2）」《医療の広場》第二〇巻第二号、昭五五・二・一〇。
（一八）「『惜別』小論（上）」《日本医事新報》第二九二七号、昭五五・五・三一。

（一九）「『惜別』小論（下）」《日本医事新報》第二九二八号、昭五五・六・七。
（二〇）「続・太宰治の〈カルテ〉抄（上）―太宰書簡とパビナール中毒」《日本医事新報》第二九六四号、昭五六・二・一四。
（二一）「続・太宰治の〈カルテ〉抄（下）―太宰書簡とパビナール中毒」《日本医事新報》第二九六五号、昭五六・二・二一。
（二二）「続々・太宰治の〈カルテ〉抄（1）―肺結核の経過を中心として」《日本医事新報》第二九八二号、昭五六・六・二〇。
（二三）「続々・太宰治の〈カルテ〉抄（2）―肺結核の経過を中心として」《日本医事新報》第二九八三号、昭五六・六・二七。
（二四）「続々・太宰治の〈カルテ〉抄（3）―肺結核の経過を中心として」《日本医事新報》第二九八四号、昭五六・七・四。
（二五）「続々・太宰治の〈カルテ〉抄（4）―肺結核の経過を中心として」《日本医事新報》第二九八五号、昭五六・七・一一。
（二六）「京都と太宰治―阿部合成との親交を視点として」《日本医事新報》第三〇三三号、昭五七・六・一二。
（二七）「二羽の鴉―太宰治と阿部合成」《京都新聞―文化欄》（朝刊）、京都新聞社、昭五七・一二・八。
（二八）「回想　御坂峠」《日本医事新報》第三〇八四号、昭五八・二・五。
（二九）「上田秋成と太宰治」《日本医事新報》第三〇八四号、昭五八・六・四。

（三〇）「〈浦島さん〉と太宰治―不老不死の青春文学」《京都新聞―文化欄》（朝刊）、昭五八・六・一九。
（三一）「墓碑銘―今官一氏と尾崎一雄氏」《医家芸術》第二七巻第八号、日本医家芸術クラブ、昭五八・八・一。
（三二）「月見草―竹久夢二と太宰治」《日本医事新報》第三〇九六号、昭五八・八・二七。
（三三）「民話・伝承と歴史の謎―太宰治の生家・津島家発祥の地名をめぐって」《医家芸術》第二七巻第一一号、昭五八・一一・一。
（三四）「津軽紀行―五能線・深浦を訪ねて」《日本医事新報》第三一二〇号、昭五九・二・一一。
（三五）「太宰治の『津軽』と橘南谿の『東遊記』（上）」《日本医事新報》第三一四八号、昭五九・八・二五。
（三六）「太宰治の『津軽』と橘南谿の『東遊記』（下）」《日本医事新報》第三一四九号、昭五九・九・一。
（三七）「日記」（新春随想）《医家芸術》第二九巻第一号、昭六〇・一・一。
（三八）「空色の人」《医家芸術》第二九巻第六号、昭六〇・六・一。
（三九）「太宰治の無常感―長明・実朝・秀吉と大庭葉蔵」《日本医事新報》第三一九八号、昭六〇・八・一〇。
（四〇）「『惜別』余談」《日本医事新報》第三二二二号、昭六一・一・二五。
（四一）「『嘘』における女心の倫理と論理」《医家芸術》第三〇巻三号、昭六一・三・一。
（四二）「伊豆・湯ケ野―川端康成と太宰治」《日本医事新報》第三二三七号、昭六一・五・一〇。
（四三）「異説太宰治年譜―『雲雀の声』焼失の時期をめぐって」《医家芸術》第三〇巻第一一号、昭六一・一一・一一。

（四四）「三鷹時代における太宰治の使用薬剤—追跡調査に基づく一考察（上）」（山本貴夫との共著）《日本医事新報》第三二六八号、昭六一・一二・一三。

（四五）「三鷹時代における太宰治の使用薬剤—追跡調査に基づく一考察（下）」（山本貴夫との共著）《日本医事新報》第三二六九号、昭六一・一二・二〇。

（四六）「続・津軽紀行—太宰治の『母』と鯵ヶ沢（上）」《日本医事新報》第三三〇五号、昭六二・八・二九。

（四七）「続・津軽紀行—太宰治の『母』と鯵ヶ沢（下）」《日本医事新報》第三三〇六号、昭六二・九・五。

（四八）「太宰治とおけら」《日本医事新報》第三三二九号、昭六三・二・五。

（四九）「太宰治の『犯人』と堀川—古典を生かすパロディの名手」《医家芸術》第三二巻第三号、昭六三・三・一。

（五〇）「書評・新刊紹介　中野嘉一著『太宰治—主治医の記録』」《医家芸術》第三二巻第八号、昭六三・九・一。

（五一）「太宰治『パンドラの匣』の背景資料—孔舎衙健康道場とその創設者」《医家芸術》第三三巻第一一号、平元・一一・一。

（五二）「近代文学、近代医学史の遺跡／注目される〈孔舎衙健康道場〉跡—東大阪と太宰治」《ふれあい東大阪》第三二巻、東大阪コミュニティニュースの会、平元・一一・五。

（五三）「利狂徒騒動と太宰治」《文学会議》第四一号、文学会議同人会、平元・一一。
（五四）「太宰治と関西―上方文化志向への源流を訪ねて（上）」《日本医事新報》第三四二一号、平元・一一・一八。
（五五）「太宰治と関西―上方文化志向への源流を訪ねて（中）」《日本医事新報》第三四二二号、平元・一一・二五。
（五六）「太宰治と関西―上方文化志向への源流を訪ねて（下）」《日本医事新報》第三四二三号、平元・一二・二。
（五七）「走らぬ名馬―私は午年（新春アンケート）」《医家芸術》第三四巻第一号、平二・一・一。
（五八）「孔舎衙健康道場―太宰治『パンドラの匣』の背景資料（1）」《日本医事新報》第三四六〇号、平二・八・一八。
（五九）「孔舎衙健康道場―太宰治『パンドラの匣』の背景資料（2）」《日本医事新報》第三四六一号、平二・八・二五。
（六〇）「孔舎衙健康道場―太宰治『パンドラの匣』の背景資料（3）」《日本医事新報》第三四六二号、平二・九・一。
（六一）「孔舎衙健康道場―太宰治『パンドラの匣』の背景資料（4）」《日本医事新報》第三四六三号、平二・九・八。
（六二）「孔舎衙健康道場―太宰治『パンドラの匣』の背景資料（5）」《日本医事新報》第三四六四号、平二・九・一五。

（六三）「孔舎衙健康道場—太宰治『パンドラの匣』の背景資料（6）」《日本医事新報》第三四六五号、平二・九・二二。
（六四）「ダザイはダサイか？」《現代文学新聞（十五周年記念紙）》、現代文学研究会、平三・五。
（六五）「虚実皮膜の文学を探し求めて」《太宰治》第七号、洋々社、平三・六・三〇。
（六六）「執筆者ホットライン」《太宰治》第七号、洋々社、平三・六・三〇。
（六七）「太宰治『パンドラの匣』のモデル〈孔舎衙健康道場〉補遺」《医家芸術》第三六巻第五号、平四・五・一。
（六八）「小説『パンドラの匣』と木村庄助日誌」《医家芸術》第三六巻第一一号（文藝特集号）、平四・一一・一。
（六九）「孔舎衙健康道場と太宰治」《河内の郷土文化》第一四号、河内の郷土文化サークルセンター、平四・一一・一〇。
（七〇）「評伝太宰治の問題点」（鼎談）《国文学　解釈と鑑賞》第五八巻第六号、至文堂、平五・六・一。
（七一）「太宰治『斜陽』の舞台〈雄山荘〉保存運動へのお願い」《医家芸術》第三七巻第八号、平五・八・一。
（七二）「太宰治の『HUMAN LOST』における臨床心理学的な一考察」《日本医事新報》第三六巻第二一五号、平五・一〇・一六。
（七三）「病気／麻薬（太宰治キーワード事典）」《別冊国文学No.47太宰治事典》、学燈社、平六・五・一〇。

（七四）「桜桃忌に思う」《医家芸術》第四〇号第七号、平八・七・一。
（七五）「亀島健康道場」《日本医事新報》第三七八四号、平八・一一・二。
（七六）「太宰治と犬」《季刊文芸誌ｐｏ》第八六号、〈ｐｏ〉の会、平九・五・一〇。**本書所収**（第一部「一『畜犬談』余録」に改題）。
（七七）「太宰治『パンドラの匣』の題名考（１）」《医家芸術》第四二巻第八号、平一〇・八・一。
（七八）「太宰治『パンドラの匣』の題名考（２）」《医家芸術》第四二巻第九号、平一〇・九・一。
（七九）「太宰治『パンドラの匣』の題名考（３）」《医家芸術》第四二巻第一〇号、平一〇・一〇・一。以上、（七七）（七八）（七九）**本書所収**（第一部三の「⑵『パンドラの匣』題名考」に改題）。
（八〇）「太宰治の『雲雀の声』と『パンドラの匣』そのネーミングに関する考察（上）」《日本医事新報》第三九二五号、平一一・七・一七。
（八一）「太宰治の『雲雀の声』と『パンドラの匣』そのネーミングに関する考察（下）」《日本医事新報》第三九二六号、平一一・七・二四。以上、（八〇）（八一）**本書所収**（第一部三の「⑶『ひばりの声』と『パンドラの匣』のタイトル再考」に改題）。
（八二）「風に藤波さわぐ時」《医家芸術》第四三巻第一一号（文藝特集号）、平一一・一一・一。**本書所収**（第一部の二）。
（八三）「【資料紹介】木村庄助日誌〈巻四〉と〈巻五〉」《太宰治研究》第七輯、和泉書院、平一二・二・二〇。**本書所収**（第一部三の⑹）

（八四）「【モデル考証】『パンドラの匣』〈つくし〉のモデル」《太宰治研究》第八輯、平一二・六・一九。**本書所収**（第一部三の(4)）

（八五）「師弟の愛憎―井伏鱒二と太宰治」《行路130》文学表現と思想の会、平一五・一一・一。**本書所収**（第一部の四）

（八六）「小説『パンドラの匣』の原資料〈木村庄助日誌〉をめぐって」《木村庄助日誌―太宰治『パンドラの匣』の底本》編集工房ノア、平一五・一二・二六。**本書所収**（第一部三の「(8)『パンドラの匣』原資料『木村庄助日誌』発刊に寄せて」に改題）。

（八七）「『パンドラの匣』論」《太宰治研究》第一三輯、和泉書院、平一七・六・一九。**本書所収**（第一部三「(1)「私の実証的『パンドラの匣』論」」に改題）。

（八八）「【資料紹介】木村庄助日誌〈巻四〉と〈巻五〉（続）―川端康成と太宰治」《太宰治研究》第一四輯、和泉書院、平一八・六・一九。**本書所収**（第一部の三の(7)）

（八九）「木村庄助」「パンドラの匣」《太宰治大事典》勉誠出版、平一七・一・一〇。

（九〇）「太宰治文学に描かれた女性像―『パンドラの匣』」《国文学　解釈と鑑賞》第七二巻第一一号、至文堂、平一九・一一・一。**本書所収**（第一部の三「(5)『パンドラの匣』に描かれた女性像」に改題）。

（九一）「長篠康一郎先生を偲んで」《『追悼長篠康一郎―太宰治に捧げた生涯』》、彩流社、平二一・六・一九。**本書所収**（第一部の六）。

（九二）「『パンドラの匣』のモデル孔舎衙健康道場」《映画「パンドラの匣」宣伝解説パンフレット》、

「パンドラの匣」製作委員会、平二一・七。本書所収（第一部の三「⑽映画「パンドラの匣」のモデル孔舎衙健康道場」に改題）。
（九三）「再生と希望の物語」《復刻版『パンドラの匣』挿入栞》、河北新報社出版センター、平二一・八・二〇。本書所収（第一部の三「⑼希望と再生の物語―復刻版『パンドラの匣』を推す」に改題）。
（九四）「太宰治研究の母胎―医家芸術と私」《医家芸術》第五四巻秋季号（通巻六〇一号）日本医家芸術クラブ、平二二・九・二八。
（九五）「オリオンの星は燦めく―太宰治・晩年における或るエピソード」《異土》第三号、文学表現と思想の会、平二三・六・三〇。本書所収（第一部の五）
（九六）「映画「パンドラの匣」にかかわって」《京都大学医学部二九会卒業六〇周年　記念誌―総集編》、京都大学医学部二九会卒業六〇周年記念誌発行委員会、平二六・五。本書所収（第一部の三「⑾「パンドラの匣」映画化にかかわって」に改題）。

三　講演

（一）「『パンドラの匣』新資料」第八四回太宰文学研究会例会、市ヶ谷私学会館（東京）、昭五六・六・一三。
（二）「太宰治と私」日好会例会、京大会館（京都）、昭五七・二・一三。
（三）「太宰治の古典志向」古典・古美術同好会例会、都ホテル（京都）、昭六二・一一・二七。
（四）「『お伽草紙』解説」現代文学研究会例会、府立文化情報センター（大阪）、昭六三・四・三〇。

（五）「『太宰治の「カルテ」』を中心に」山梨桜桃忌、御坂峠・天下茶屋（河口湖町）、昭六三・六・一九。
（六）「太宰治研究雑感」富中61会近畿同窓会、桂病院集会室（京都）、昭六三・七・二四。
（七）「太宰治と関西」現代文学研究会例会、府立文化情報センター（大阪）、昭六三・一二・一七。
（八）「東大阪と太宰治」発掘の会《近代文学者の年譜セミナー》、東大阪市立社会教育センター（東大阪）、平元・二・五。
（九）「太宰治と利狂徒騒動」第二四回白百合忌、井心亭（三鷹）、平元・六・一三。
（一〇）「『満願』解説」現代文学研究会例会、府立文化情報センター（大阪）、平元・九・一。
（一一）「『斜陽』解題」現代文学研究会例会、府立文化情報センター（大阪）、平二・六・八。
（一二）「『パンドラの匣』と孔舎衙健康道場」現代文学研究会特別例会《『太宰治―探査と論証』出版披露を兼ねて》、府立文化情報センター（大阪）、平三・六・一四。
（一三）「『ヴィヨンの妻』解説」東大阪読書友の会、大阪商科大学谷岡記念館（東大阪）、平三・六・一八。
（一四）「再説《東大阪と谷崎・太宰》」発掘の会・現代文学研究会共催特別例会、東大阪市立社会教育センター（東大阪）、平三・八・一八。
（一五）「太宰治と京都」京都橘女子大学木曜セミナー、京都橘女子大学（京都）、平三・一〇・二。
（一六）「『パンドラの匣』解説」東大阪読書友の会、大阪商科大学図書館会議室（東大阪）、平四・四・二一。

（一七）「《医学と文学》雑感」富中・富高近畿同窓会、近畿富山会館（大阪）、平四・一一・六。
（一八）「私の太宰治研究雑感―特に最近の業績について」第二一回太宰治文学講座、成増社会教育会館（東京）、平五・六・一二。
（一九）「『パンドラの匣』のモデル木村庄助氏の母堂追悼」第二八回白百合忌、井心亭（三鷹）、平五・六・一三。
（二〇）「『魚服記』について」現代文学研究会例会、府立文化情報センター（大阪）、平五・九・三〇。
（二一）「太宰治『十二月八日』」現代文学研究会例会、府立文化情報センター（大阪）、平六・一二・一〇。
（二二）「太宰治の生涯と文学の虚実」奈良読書会、パラディ学園前（奈良）、平七・一二・五。
（二三）「『HUMAN　LOST』の医学的・心理学的考察―麻薬中毒事件にからめて」現代文学研究会例会、府立文化情報センター（大阪）、平八・七・一二。
（二四）「『女生徒』解説」東大阪読書友の会、大阪商科大学谷岡記念館（東大阪）、平八・九・一七。
（二五）「私の太宰治遍歴―『探求　太宰治』出版に当って」現代文学研究会例会、府立文化情報センター（大阪）、平九・五・二三。
（二六）「月見草について、他」山梨桜桃忌、御坂峠・天下茶屋（河口湖町）、平九・六・一五。
（二七）「もう一つないし二つの太宰治伝―長部日出雄著『辻音楽師の歌』を巡って」現代文学研究会例会、府立文化情報センター（大阪）、平九・一〇・一八。
（二八）「『津軽』解説」東大阪読書友の会、大阪商科大学谷岡記念館（東大阪）、平一〇・三・一。

（二九）「太宰治と東大阪―『パンドラの匣』の舞台・孔舎衙健康道場」東大阪読書友の会創立三十周年記念講演会、東大阪市立花園図書館（東大阪）、平一〇・一〇・二〇。

（三〇）「長篠先生、そして太宰文学研究会と私の出会い」第三四回白百合忌、井心亭（三鷹）、平一一・六・一三。

（三一）「孔舎衙健康道場―太宰治『パンドラの匣』の背景」正井尚夫先生追悼記念講演会《日本心身医学協会所属「すこやかセルフの会」主催・大阪産業大学学生相談室後援》、大阪産業大学（大東市）、平一二・七・二二。

（三二）「『斜陽』解説」文学表現と思想の会第一一六回例会、大阪府立労働センター（大阪）、平一四・五・一一。

（三三）「映画『パンドラの匣』試写会と座談会」東大阪観光協会、石切剣箭神社・石切寮（東大阪）、平二一・一〇・三。

四　文学散歩

（一）「谷崎・太宰と東大阪」現代文学研究会特別企画、孔舎衙健康道場跡（東大阪）、平元・一一・一九。

（二）「高橋・太宰・秋成・谷崎」現代文学研究会特別企画《生駒を巡る文学散歩》、孔舎衙健康道場跡（東大阪）、平四・五・三一。

（三）「生駒山麓にてウソとマコトの謎解き―太宰治の『パンドラの匣』・阿刀田高『楽しい古事記』」第三九一回関西文学散歩、大阪文学振興会・関西文学散歩の会（東大阪）、平一八・五・一四。

五　ラジオ放送（出演）

「きょうこの人に—日本の文学と結核」ＮＨＫラジオ第一放送《くらしのカレンダー》、昭五八・一〇・六。

六　テレビ放映（資料提供、出演）

「太宰治連続心中の謎！—その真相に猪瀬直樹がせまる」ＢＳ朝日テレビ、デジタル・ハイビジョン放送、平一三・一一・一九、二一時～二二時四〇分。

七　映画（資料提供、協力）

「パンドラの匣」冨永昌敬監督・脚本・編集、テアトル東京、ユーロスペース共同企画・制作・配給、平二一・一〇。

第二部　私の体験的作品論

一　遠藤周作『海と毒薬』

その実相と分析の試み

一　はじめに

昭和二十三年という年は、太宰治の研究に関わっている私にとっては特に忘れ難い、大事件の極めて多かった年である。

すなわち、六月に起こった彼の玉川上水心中事件は勿論だが、その数日後の北陸・福井地方における大地震の他、テンペラ画家平沢貞通が青酸化合物を使ってやった犯行と騒がれながらも、後に冤罪説が噴き出し度重なる再審裁判経過途中で本人が獄死してしまった年初めの東京豊島区の帝国銀行椎名町支店毒殺強盗事件、アメリカ軍の飛行機、戦車までもが出動した夏から秋にかけての東宝争議、そして大阪、東京へのさきがけともなった福井県災害時公安条例制定や全日本学生自治会総連合（全学連）の結成、海外に眼を転じれば無抵抗主義を貫いたインド建国の父マハトマ・ガンジーのヒンズー教徒による暗殺、ソ連のベルリン封鎖、はたまた大韓民国並びに朝鮮民主々義人民共和国の樹立宣言等々、多くの耳目を揺るがす重大ニュースが、国内外を巡って錯綜乱舞したのがその年であった。が、わけても私にとって衝撃的だったのは、やはり十一月の極東国際軍事裁判いわゆる東京裁判においてのA級戦犯二十五被告へ下された歴史的判決の生々しさだった。うそ寒い晩秋のある午後のひと時、復興未だしの敗戦国、無残な焼け跡のみすぼらしいバラック建ての小屋から小屋へ、ラジオの電波に乗って駆け抜けた市ヶ谷法廷のウエッブ裁判長が読み上げる元首相東條英機ら七人に対する非情な極刑宣告の主文「……デス・バイ・ハンギング」、あの何とも言い難い、低く乾いて淡々と流れていた声が、今もなお鮮やかに私の耳の奥底に残っていて離れることがない。

そしてその二カ月半前、実はもう一つ別の戦犯裁判においてもやはり、このショッキングな絞首刑判決が下されていたのであった。

太平洋戦争末期の昭和二十年五月から六月にかけて九州大学医学部第一外科で行われたアメリカ軍の超空の要塞Ｂ29型重爆撃機搭乗員捕虜八名への生体解剖事件の罪を問われたＢ・Ｃ級戦犯二十五人に対しての横浜軍事裁判がそれである。三月十一日から五カ月半にわたって行われた当裁判所第一号法廷は、八月二十七日午前九時十分開廷、西部軍司令官Ｙ中将、同参謀Ｓ大佐、九州大学医学部Ｔ及びＨ助教授、同Ｍ講師の五人に対し絞首刑、他に西部軍と九州大学外科学並びに解剖学教室関係者を含めて、終身刑四人、重労働有期刑十四人、無罪二人の判決を宣したのであった。同時に起訴されていた捕虜から採った肝臓試食疑惑の五人は証拠不十分の廉で無罪となっている。

二　小説『海と毒薬』

さて昭和三十二年、この事件をモデルにして作家遠藤周作が、雑誌『文学界』の六月、八月、十月号への三回にわたって分載発表したのが小説『海と毒薬』である。

東京郊外に住む医師勝呂二郎は、戦争末期の九州F医大で行われたアメリカ軍捕虜の生体解剖事件に連座した暗い体験を持っている。

近所に引っ越してきた私（作者・遠藤がモデルと考えられる）は、偶然に彼の過去を知るが、勝呂は「仕方がないからねえ。……これからだって自信がない。これからもおなじような境遇におかれたら僕はやはり、アレをやってしまうかもしれない……アレをねえ。」と呟く。

医大外科時代の勝呂は、助かる見込みのない肺結核の学用患者おばはんを受け持ち、皆が死んでいく世の中でたった一つ死なすまいと執着しながらも、上司の強要する適応外の実験的治療方針に逆らいも出来ない。おまけに優柔不断の末、生体解剖実験のチームへ組込まれてしまう。同僚の医師戸田剛は、幼少時からいつも偽善者ぶりが板に付き、挙句の果てに居直って偽悪者ぶってはみるものの、何かしら良心の呵責や罪の意識が気になる。

看護婦の上田は、死産、離婚、渡満の夢破れて帰国し、教授夫人のドイツ人ヒルダの信じる神になじめず、自暴自棄になって誘われるままに生体実験を手伝うことになる。

やがて橋本教授、柴田助教授、浅井宏助手そして戸田、勝呂の五人の医師と大場看護婦長、上田看護婦のメンバーで手術（生体解剖実験）が、捕虜を提供した軍人たちの立会い見学のもとで決行される。麻酔を担当させられた戸田、勝呂医師の二人中、勝呂は開始早々脱落、残った戸田は記録係をも併せ務めながら、予期に反した無感動なけだるさで、術中における己自身や皆の姿を見つめていた。一方の勝呂は壁に凭れて「俺あ、何もせん、俺あ、あんたに何もせん。」と心中に叫びながら、無力とも屈辱感ともつかぬ胸苦しさに苛まれ続けていた。

手術がすべて終わった時、軍人たちは一様に空ろな大声を上げたり、ギラギラ充血した眼を光らせたり、脂と汗を顔に浮かせたりしながら、外の空気を吸いに階段をガタガタいわせながら下へ降りていった。

戸田は浅井助手に頼まれて、切り取った捕虜の肝臓を載せた手術皿を軍人たちの送別会の席へ運ぶが、二人には罪の呵責は一向に起こらない。しかし戸田はそのことに不気味さを覚えつつ考える。「俺には良心がないのだろうか。俺だけではなくほかの連中もみな、このように自分の犯した行為に無感動なのだろうか。」

彼が見付けた手術室扉の前に佇む橋本教授の姿はひどく老け込みやつれていた。その教授へ密かな思いを寄せてあたら青春の日を犠牲にしてきた大場看護婦長と、夫の悪逆非道ぶりを全く知らないで聖女面を続ける外人妻のヒルダへの勝利感を、一瞬、味わった上田看護婦もまた、アパートの冷え切った真っ暗な自室に帰った途端、言い知れぬ疲労と孤独と寂寥感に襲われる。

やがて病院屋上に現れた戸田は、白く光っている海をじっと見詰めている勝呂に気付く。だが戸田には黒い波が押し寄せては引く暗い音が砂のようにもの憂く響いているのみだった。

「俺たち、いつか罰をうけるやろ。」「俺もお前もこんな時代のこんな医学部にいたから捕虜を解剖しただけや。俺たちを罰する連中かて同じ立場におかれたら、どうなったかわからんぜ。世間の罰など、まずまず、そんなもんや。」「そやろか。俺たちはいつまでも同じことやろか。」

勝呂は闇の中に白く光った海から何かを探そうとしながら、無理矢理、詩を呟こうとしたが、できなかった。できなかった……

三　作品との出会い

私が大学付属の結核研究所・内科臨床系教室の扉を叩いたのは昭和三十年春、四月だった。

高等学校時代の親友が、昭和二十年代療養中だった郷里の病院で、いまだ黎明期にあった肺切除の術後数時間で逝ってしまった辛く悲しい思いを常に胸に秘めながら、医学部在学中からずっと結核病の専門的国手・松田道雄や宮本忍らの著書になじんでいささか社会医学的な眼をも開かれつつあった私は、己の進むべき方向を躊躇なく結核の研究と診療に定めたのであった。

無論、それまでに殊のほか親しんでいた作家太宰治の抱えた宿痾の結核病に触発されて、つい頁を開くことになった堀辰雄の『風立ちぬ』や福永武彦の『草の花』、あるいはトーマス・マンの『魔の山』やハンス・カロッサ全集、更には杉正俊の『郷愁記』等々の影響も多分にあっただろうことは否めない。

昭和三十年と言えば、太宰治、織田作之助と並んだ無頼派三羽烏中最後に一人だけ残っていた坂口安吾が亡くなり、また遠藤周作が『白い人』で第三十三回（当年上半期）芥川賞を受賞し、次の第三十四回（当年下半期）受賞作「太陽の季節」（石原慎太郎）が雑誌『文学界』に発表された年でもあった。

東京通信工業（ソニーの前身）が初のトランジスタラジオを発売し、五年前に放火で焼けた金閣寺が再建されたのもその年だった。

昭和二十六年以降、それまでずっと占めていた死因トップの座を脳卒中に譲ったとは言うものの、わが国における結核性疾患患者の数は相変わらず多かった。その年、全国平均結核死亡率は人口十万対五十二・三人、都道府県別では常に西高東低かつ近畿地区が最高、したがって近辺の病院や療養所は重症の開放性結核や膿胸、カリエス患者で溢れていた。新結核予防法の公布により、公費負担の抗結核剤すなわちストレプトマイシン・パス・ヒドラジッド併用の化学療法がようやく普及し、外科領域へ気管内挿管による閉鎖循環式吸入麻酔法が導入、ルーチン化されるとともに、胸郭成形術に代わって華々しく登場した肺切除術が急速にその適応症例を増加拡大していったが、従来からの人工気胸、気腹療法もなお引き続いて健在だった。

それから数年、私は多くの先輩医師たちに教えを乞いながら、ひたすら病室に通っては結核患者の訴えに耳を傾け、胸や背中に聴診器を当ててラッセルを聴き、レントゲン写真に写った空洞や浸潤陰影を読み、喀痰の塗抹標本を作って鏡検、はたまた培養基に塗って増菌観察し、副作用の予防に配慮しつつ抗結核薬の投与に工夫をこらした。時には人工気胸術を駆使し、しばしば手術室に入って麻酔を担当し、受け持ち患者に対しては特に手洗いをして外科医の助手を務めたりもした。

研究面では結核の細胞性免疫とアレルギー機序についてのテーマを与えられ、家兎、モルモット、ラット、マウスなどの動物飼育管理から実験全体にわたって昼夜の別なく、殆ど休みもない連日勤務に明け暮れていた。


そんな矢先に出くわしたのが、先の小説『海と毒薬』だった。

昭和三十三年四月の初め、新聞に大きく載った新刊広告の見出しには《米軍捕虜の生体解剖という異常な事件をテーマにして凄まじい迫力を示した力作》、《むごたらしい戦争が生み出した風変りな人間の動きを冷酷に、克明に捉えた野心的長篇》の文句が踊っていた。

私はすぐ病院傍の書店に駆け込み、平積みになっていたその本を手に取り暫く立ち読みした。が、奥付の定価二百五十円は、しがない無給副手で週二日の提携病院出張手当が唯一の生活の糧、しかもその大半を文献資料蒐集費用に使っていた身分には余りにも高額だった。当時はまだ複写器がなく、参考文献雑誌や本の必要頁はすべて写真撮影する他なかった。図書室から借り出した外国雑誌や分厚い医学書を何冊も抱えて大学隣の学術資料撮影専門の写真屋によく通ったものだった。現在のように自分で短時間にしかも安価にコピーが採れる時代がまさか来ようなどとは夢にも思わなかった。

幸い下宿からそう遠くない距離に府立図書館があったので訪れてみた。新刊本はまだ入っていなかったが、初出の雑誌『文学界』前年号で私はその小説『海と毒薬』をゆっくり読むことが叶った。

六、八、十月号の三冊中、八月号にはつい三カ月前に第三十八回（昭和三十二年下半期）芥川賞受賞作『裸の王様』（開高健）と覇を競いながら、惜しくも次点に留まった大江健三郎の『死者の奢り』も載っていた。

さて輸液・輸血や麻酔技術、抗生物質の全く未発達な今戦時中に敵国捕虜を用いて行われた肺切除手技に関する生体実験の異様さを扱ったこの作品に接して、最初、私は何とも言い知れぬ強いショックを覚えた。作者遠藤が専ら意図した神の存在や罪の意識などの難しい理屈には皆目無知、不案内な私にあってまず感じたのは、まさに戦争のもたらした狂気のおぞましさ、禍々しさそのものであった。

無論、その頃の我々末端医師の誰しもが身に沁み感じていた悪弊、つまり医学部、大学病院の医局講座制度に巣食う牢固として抜き難い、必要以上の絶対服従を強いる徒弟奉公組織の孕む封建的体質の影響関与は大いにあるにしても、いったい何故に此処までしなければならなかったのか？ もし仮にこれが平和な時代であったなら……？ そんな疑問がしきりに脳裏へ去来したことだけは、今でもはっきり記憶に残っている。

小説であるからにはいくばくかの虚構や創作の介在もきっとあるだろう、果たして真相はどうだったのだろうか？ 医師という職業意識、就中、日頃携わっている結核の臨床つまり人工気胸術や肺手術、あるいは血沈や喀痰の検査をはじめ、コリロスやモナルディなど懐かしい個人名の付いた歴史的な外科術式を含めてドイツ語ルビを振った医療用語がふんだんに登場する医学関連小説に対する好奇心も大いに手伝って、この作品への関心は弥が上にも高まっていった。

例えば小説の中で、研究室の勝呂医師が、おばはんの黄色い痰の塗抹標本をガベット液で染色する場面がある。フレンケル・ガベット法と称する抗酸菌染色法である。通常、結核菌は特殊な蝋様物質で被われている故、強力な染色液によって初めて染色され、しかも一度染着された後はアルコールや酸のような脱色剤によっても容易に脱色されることはない。本性状を抗酒精性、抗酸性と言い、結核菌は代表的な抗酸性菌であるが、他に癩菌や恥垢菌がこれに属する。この現象を応用すれば結核菌以外の並存混在している他種細菌及び組織成分はすべて脱色され、その後に別の色素で再染色すれば、結核菌だけが明確に他と色分けできて診断し易くなるのである。

私たちは、チール・ネルセン法という類似の染色法を頻用していた。赤い石炭酸フクシン液で加温染色し、三パーセント塩酸アルコールで脱色、濃青色のメチレンブルー液で後染色して顕微鏡下の視野に捕えた結核菌は、さながら紺青の大海原を漂う深紅のボートと形容してはばからない美しさであった。スライドグラス上の痰の焼ける嫌な臭いも、卵焼きのように茶色くくっついた縁の汚さも、一瞬、どこかへふっ飛んでしまいそうな、ある種の感動さえ覚えたものだった。研究室主任の先輩医師は終始言っていた。「秋の山に紅葉狩りに行っても、街の交差点で交通信号に出くわしても、その赤色がすべて結核菌に見えるようにならなくては、まだまだ研究は本物ではない」と。

蛇足になるが、小説を読んでいてちょっと奇異に感じる箇所が二、三あった。

まず初っ端、勝呂医院玄関に古い週刊誌といっしょにF医大の卒業名簿がおいてあったというのはいかにも不自然である。話の筋書き組み立て上、已むを得ない設定かも知れぬが、余りにも見え透いたお膳立てである。もう少し工夫があって然るべきかと思われる。次に勝呂医師の前歴を調べるために、小説中の私が九州のF医大第一外科病棟の手術室を訪ねる件である。一般の外来者が断りもなくいきなり清潔区域の手術室へ入れる筈は絶対ない。随分不思議な話である。あるいは煙草の灰を体温表や患者の蒲団の上にこぼしながらの橋本教授回診、勝呂医師が受け持ち患者のおばはんを撲るなども実際には考えられないことである。なおこれは単なる誤植？　かとも思われるが術前投与麻酔薬のパンスコがパンストに変わったり、柴田助教授が一度だけだが、突然、教授になっていたりするのもやっぱり気にかかった。

四　小説モデルへの関心

そんな実体験のくさぐさもつい考え合わせて、この小説の虚実に対する私の変なこだわりは、その後もずっと絶えることがなかった。

にもかかわらず、訪ねた図書館の資料室で閲覧した昭和二十三年夏の裁判判決当日の新聞縮刷版などからも事件そのものの詳しい状況は何一つ知ること能わず、気になりながらも仕方なく年月は過ぎ去るばかりだった。

昭和三十五年七月、『海と毒薬』の文庫版（定価六十円）が新潮社から出版されたので、私はようやくそれを買い求めて手にすることができた。単行本出版に際して、章立ての小見出しが一部変わり、第三章「夜のあけるまで」の生体解剖の場面及びそれに参加後の上田看護婦の心理と行動について、新たに大幅な加筆が行われて作品の完成度が一層高められていたが、この初版文庫本でも先の誤植と思われる〈パンスト〉と〈教授〉の二箇所は、相変わらずそのままになっていたのにはちょっとがっかりした。

その頃たまたま私は出張先病院で、宿直室隣の図書室隅に積まれていた古い月刊雑誌『文芸春秋』の中に「戦争医学の汚辱—生体解剖事件始末記」という短い手記を見付けた。

筆者は、元九大医学部解剖学主任教授・現在珠光会診療所勤務、平光《ひらこう》吾一とあった。

古傷を抉られる—という言葉がある。恰も「文学界」誌上に発表された遠藤周作氏の『海と毒薬』という小説を読んだ時、私は全く自分等の古い傷痕を抉られたような心境だった。

で始まるその文章を読んで、私は作品のモデルになった九大事件の具体的な内容を初めて知ることが出来た。

西部軍から回されて来たアメリカ軍捕虜に対しての肺、胃の切除や心、脳の切開、そして脱血と海水輸液実験が、当時、平光教授の管理下にあった解剖学実習室内で第一外科チームにより行われ、その屍体の一部からは解剖学教室員によっても標本の採取された事実がすべて実名をもって述べられ、戦時における軍学提携の場に生まれる軍側から大学側への一方的な強制圧力の不可避性や、戦勝国が戦敗者を裁く戦争裁判の在り方への疑念にも触れられていた。

この手記を読み終えて、はたと納得したことが一つあった。例の小説中の私が探索に出かけた医大外科手術室にいとも簡単に入れたというあの一件である。訪れたのは、実際には病院の手術室でなく基礎医学の解剖実習教室ではなかったのか？　それなら特別厳重な立ち入り禁止区域でもないので、ひょっとして運よく見学取材できたかも知れないと。が、実際はこの推察も必ずしも当たっていない？　と思われる節もあり、後ほどまた詳述する。

ところで昭和五十四年七月二十日に刊行された『汚名―「九大解剖事件」の真相』（文芸春秋社）の著者東野利夫は、事件当時、平光研究室に出入りしていた九州大学医学専門部第一学年在学中の学生だった。本著書は昭和四十二年五月十二日脳軟化症で死去した教授の遺族から託された裁判資料や獄中日記、並びに著者自身への取調べ書類、証人訊問記録に加えて、約十年間に及ぶ捕虜が搭乗していたB29型機の墜落現場への実地踏査資料をも使った極めて詳しい労作である。

また同じ頃、すなわち昭和五十四年七月八日から九月九日にかけての週刊誌『サンデー毎日』へ、作家上坂冬子は前記東野とは全く独立した別個の取材、つまり米国国立公文書館所蔵の「相原他二十九名の件（相原ケース）公判記録全資料」「同件全被告宣誓供述書」とそれに基づく関連調査によって、『九州大学医学部事件―生体解剖①～⑩（完）』の合計十回にわたる連載リポートを発表し、更に加筆推敲の上、年末に至って単行本『生体解剖―九州大学医学部事件』（毎日新聞社）を刊行している。

それ以前の昭和三十八年十一月十五日には、この事件で終身刑を受けた外科医員Sの父親、かつ九大第一外科同門の仙波嘉清が著した『生体解剖事件』（金剛出版）が発刊され、続いて昭和五十年六月には、昭和二十年当時西日本新聞の軍担当記者で九州防衛を指揮した第十六方面軍の報道班員だった上野文雄の『終戦秘録・九州8月15日』（白川書院）も刊行されている。こちらは昭和二十八年八月から百回にわたった「夕刊フクニチ新聞」への連載記事に補筆したものらしい。

加えてこの小説は、昭和六十一年十月に「海と毒薬」製作委員会（熊井啓脚本・監督）によって映画化され、ベルリン国際映画祭銀熊賞他、数々の受賞の栄に輝いている。

最近では、インターネット上の「捕獲搭乗員」などの項目で、この事件関係の資料を閲覧することもできる。

ただしこれらの諸資料はいずれも細部になると、場所、年月日や事実関係の描写、時に実名（主要人物の多くは関係者に対する無用の詮索や迷惑を慮って、大抵、断り書きを付けた上で仮名になっている）と思しき姓名の記述さえも微妙に食い違っている点が処々に認められるのがいささか気になる。

中で東野、上坂両著書は、一応、公判資料を主軸に置いてかなり的確、公平に記されている。が、これとてやはり例外ではない。前者は立場上、恩師平光吾一の無実を信じてのどちらかと言えば擁護的論調に傾いているのに反して、後者は平光が老齢なるが故？　にか、場当たり的な終始一貫性のない矛盾した陳述を何度も繰り返した公判事実（年齢、職務地位上から最も重罪を科せられそうな立場の彼にわざと耄碌を装わせる弁護作戦だった？　との説もある）なども隠さず紹介している。

いずれにしても、おおよそ事件の主導者と思われる西部軍S参謀、偕行社病院外科主任K見習士官、九大第一外科I教授の三人中、Kは事件後間もない福岡空襲時の受傷がもとで七月九日に死亡、Iは敗戦後の昭和二十一年七月十八日早暁、拘留中の福岡刑務所土手町支所内で縊首自殺してしまっている。残ったS参謀を取り巻く西部軍首脳と九大当局幹部たちが、死人に口なしの論法でなるべく二人の死者に事件の責任を負わせようと図った？　やも知れぬと推測するのは裁判進行上の弁護作戦技法から考えてもけだし已むを得ぬことだろう。

今となっては事件の真相は、遠く闇の奥に霞んでしまっている感を大いに抱かざるを得ない。

五　九大事件の実相

そもそも遠藤は、小説『海と毒薬』を書こうとした動機を随筆『出世作のころ』で次のように述べている。


書きたいと思っていたテーマは前からあった。その材料には目ぼしをつけていた。私はすぐに汽車にのり、九州、福岡に行き、仕事の準備をはじめた。戦争中にここの大学医学部で起った捕虜生体解剖事件を調べるためだった。私はその事件そのものを書く気持は毛頭なかった。私の内部にあるもので事件を変容させ、別の次元の世界に移しかえてみるつもりだった。（中略）私は当時の資料や話をきくことができた。

しかし、それだからといって小説が心の中で出来あがったわけではなかった。私はノートを作って、自分とこの素材との関係を長い間、考えた。

このノートが「『海と毒薬』ノート」と題する昭和三十二年三月から五月にかけての取材・創作ノートである。三、四月の関係箇所だけを抜書きすると以下のようになる。

三月一日
東京発、九州に向う。小説『海と毒薬』の材料を集めるためである。
（中略）
三月四日
午後一時、毎日新聞社福岡支局に寄る。それから西日本新聞に行き、企画部の草場氏に会う。草場氏に色々、町を案内される。草場氏は梅崎氏の親友で福岡の方。
調査部にて例の生体解剖事件の資料の要点を写す。大体の全貌はわかった。
毎日新聞社に寄りK氏に会う。

（一）事件は十一名のB29搭乗員中、八名に対して行われた。高級者は東京に送られたのだが、残ったのは下級搭乗員八名である。実験はむしろ医学部の注文によって行われ、西部軍、横山中将はこれを許可したのである。
（二）九大では何故《なぜ》この事件が起ったか。
（A）学内派閥として。
石山教授派と反石山派の争い。

石山派は軍部を背景に九大医学部にて強い権力を持っていた。(石山氏は剣道四段、黒田武士的な男か?)

(B) 当時、医学部は食塩水の血清代用、及び肝臓、肺臓を切りとって人間が何時間生きられるか、血液を何量喪《うしな》えば人間は死ぬかを戦争医学上、正確に知りたがっていた。(この点、詳しく調べる要あり)

(C) 科学至上主義。

(D) 教授たちの反対者も石山の権力のためこれに従った。直接、病院関係者は十三名、内、看護婦長一名。

(三) 事件当日

(A) 第一回手術は五月十六日、場所、
第一外科三階手術場、捕虜二名使用。肺臓。

(B) 第二回手術は五月十九日。捕虜三名。肺臓、肝臓。

(C) 第三回、六月四日。脳、一名。(脳の一部摘出)

(D) 第四回、六月十四日。血液、二名。
(この日、九大生野田君覗《のぞ》く) まず心臓、血管をヒモで結び右腕に海水注射。右の肺をとり出し、石山は軍の参謀に「この通り、肺をとっても生きられるのだ」と言った。

*石山を直接かかぬこと。暗い権力の象徴として描く方がよいのではないか。

三月五日

昨夜、雨の中をタクシーで宿にかえる。午前中、九大医学部を見に行く。問題の実験室は、毎日のK記者の話によると第一外科、三階の手術室だそうだ。

（中略）

第一外科の建物は古く、小さく、見すぼらしい。日本の大学病院につきものの、あの陰惨な暗さがこもっている。二階は入院室、三階が問題の手術室である。麻酔室の隣のドアを押すと、手術台がいくつもおかれた広いガランとした部屋だ。

屋上には硝子《ガラス》張りの温室のような病室と、洗濯物が干してあった。一人の看護婦がその壁にもたれて、何か本を読んでいた。手すりにもたれると、福岡の街のむこうに海がみえる。海の色は碧色《あおいろ》である。

（中略）

四月十七日

「三田文学」の原稿を送る。「文学界」の小説の構想を考える。この小説は次のようなものでなければならない。

（一）まず医学部の中にあるピラミッド型の構造が彼の上にのしかからねばならない。

（二）彼はその罪にたいして、全く形而下《けいじか》的なものによって犯さなければならない。それはコメディである。たとえば〈腹が痛かった〉〈家に帰るのがイヤだった〉という理由で彼は罪に参加せねばならない。（戦中派とはそういうものだ）

（三）最後において反省を加えること。

「AもBもC も……Xの理由でいつの間にか巻きこまれたのである。罪というのではない。しかし罪である。なぜならこの虚無感がある。」

(A) ここにおいて彼は一人の助手でなければならん。助手である以上、下積みなのだ。(教授にたいして、出世と兵役とについてのコンプレックス)

ここにおいて悪魔は強烈な強者としてあらわれる。彼と抗争するB教授は人間的弱味をもつ。これらの闘いは医学部長Cの病気による空席奪取から始まったのだ。

(B) 彼は植物的である。思想らしい思想を一寸《ちょっと》だけ刺激してくれるのはBである。

(後略)

昭和三十二年六月からの雑誌掲載直前における日付を配して、一応、現地取材日記風な体裁が整えられている。

だが、このノートは、果たして現地取材に即したそのままの記録なのだろうか? 私にはどうしてもそうは思えない。と言うのは、記録の内容に事実とはっきり異なる部分がいくつも見出されるからである。

例えば〈石山氏は剣道四段、……〉は柔道五段の筈だし、事件当日の日付は四回とも全部前後にずれている。そして何より不審なのは、〈問題の実験室は、毎日のK記者の話によると第一外科、三階の手術室だそうだ。……麻酔室の隣のドアを押すと、手術台がいくつもおかれた広いガランとした部屋だ。〉の一節である。

大学病院外科の手術室へ外来者がそう簡単に出入りできるわけがないし、九年前の裁判報道でも、事件現場は解剖学実習室と明確に判っている事実を毎日新聞の記者が知らぬ筈はない。

察するに、このノートは新聞社での資料調査と九大医学部外科病棟の二、三階や屋上の実地検分により、事件の大要を掴んだ遠藤が、まさしく「私はノートを作って、自分とこの素材との関係を長い間、考えた」と述べているように、その取材メモに基づいてまとめた創作構想なのだろう。それにしても実際の日時や実在の場所、人物名なども適宜記して、いかにも実録風に仕立て上げた狐狸庵先生・遠藤周作のまことに人を喰ったおとぼけ振りは、中々、堂に入ったものと感服する他はない。


事件そのものでなく、その資料から抽出、変容させた別次元の世界、すなわち日本人における「罪と罰」の問題を描こうとした彼の構想では、主人公Aは全く無意識下で、半ば偶然性に絡め取られて罪を犯してしまう。そのAを支配するかに見えるBもまた人間的弱点を抱え、Cによってもたらされた原因に左右されている。A、B、Cを結ぶ因果の関係はすべて連鎖反応的に起こり、日常茶飯事の俗世間中に埋没してしまっている。A（勝呂・戸田医師）B（橋本教授）C（大杉医学部長）の関係は全く形而下的条件のみによって規制、束縛されている。この際、AやBにおける罪とはどのように解釈されるのであろうか。

戦時中の九大生体解剖事件という極めて異常な場を創作のモデルに設定することによって、遠藤は西欧人と日本人における宗教観の違い、魂の在りようの差という宿年の大命題に迫ろうとする。神の発見と絶対者への信仰、はたまた良心の呵責は、一体、いかなる契機によって生まれるのだろうか？

日本人には果たして罪の意識があるのだろうか？ と問いかけるのである。

創作構想ノート中にある肺臓、肝臓、脳、心臓の手術と血液の実験以外に、実際は胃の切除も行われたが、ここではやはり小説には登場しなかった「心臓、血管をヒモで結び右腕に海水注射。」と記された項目について、特に触れてみたい。

戦争が激しくなって来た昭和十九年以降、輸血を要する傷病者が激増をたどる一方において、献血者は国民の食糧不足、栄養摂取の低下も伴って減少の一途、代用血液研究は緊急の課題だった。当時、文部省管轄下にあった国家学術会議科学研究会第九十一班は、軍の委嘱による代用血液の研究を九州大学法医学教室の北條春光教授へ要請した。陸軍省が認め文部省を経て交付される研究費で賄われるこの科学研究「第九一号」を直接まかせられた第一外科Ｉ教授は研究会のメンバーかつ陸軍省嘱託で、教室内では主にＳ医員がこの実験に携わっていた。約四倍に稀釈滅菌した海水に少量の可溶性澱粉液を混ぜて摂氏三十七度に加温、血漿補助剤として当時すでに若干例に臨床応用し、ある程度の効果を上げていたらしい。したがって捕虜の場合も彼は教授の命令に従って海水注射を行い、終身刑の重罪に処せられる運命に陥ってしまった。なお同じ頃、友田正信教授が主宰する第二外科でも軍の援助とは無関係に、この海水に代えて血圧上昇と増血作用のある海藻中のアルギン酸を用いる代用血液の研究が別途着手されており、両外科はかねてから互いに対抗意識を燃やしながら研究成果を競い合っていたのだった。

ところで戦時中、この国家学術会議々長だったH東大名誉教授は、かつて九大医学部薬理学教授として四年間在職していた。戦後の横浜法廷に証人として立った彼は、被告らの行動について陳述している。

たとえ軍が命令したものだとしても医師として当然ことわるべきであり、そのことで罰せられようともあくまで不正を訴えるべきだ。（中略）これらの生体解剖実験は明らかに違法である。本実験手術のごときは犬猫とかになされるもので、人間に行われる手術ではない。科学的根拠に立脚して動物で実験した上で、それが患者のためになるなら実験手術は可能であるが、患者のためにならない実験手術はすべて罪になる。（中略）病院では俘虜というものはなく、ただ患者があるのみだ。医とは治療するということで殺すことではない。従って教授がやるべきでないことを助教授に手伝わせようと命じた場合、私が助教授の立場にあったら、従わない。私はノーと答える。

と。

けれどもまた次のようにも述べている。

外科手術は第一線の戦場と同じで、一旦ことが始まったら不本意であろうと術者の命に従わねばならぬ。（中略）九州は日本の中でも封建制の強い土地柄であり、上司に抗することなどその意味でも無理であったろう。裁判官はこの点を情状酌量してほしい。もし自分がその場にいたとして、一回目に生体解剖の事実を知ったなら、恐らく二回目からは参加すまい。しかし自分でさえ自信をもっては断言できない。

まさに正論である。しかしあの戦時中、軍の要請でがんじ絡めにされて只の予算配分機関に堕し切った文部省管轄下の学術会議々長という国家的要職をも兼ねていた彼が、譬えどれ程良心的な人間であり、かつ又正義感に溢れた学者だったとしても、思想信条言論の厳しい制限抑圧統制下において、果たしてこのような戦後と全く同じ趣旨を堂々と陳述公言し得たであろうか？　疑問に思わざるを得ないのである。

つまりこの一点こそが裁判において考慮されるべき最大重要な前提条件であり、これを全く無視し触れずに行われた際は如何に法的形式を整えた裁判と言えども、後世の歴史的観点からすればやはり明らかに公平妥当性を欠くものと見做すべきだろう。

更に今次の裁判記録から垣間見る限り、軍、九大関係幹部らいずれの被告や参考人たちも皆御多分にもれず、我が身に降りかかる火の粉を少しでも他方へ追いやろうと必死にあがき回っているその無責任な姿に本軍事裁判への大いなる疑念と不信感を抱かざるを得ない。

明治維新この方、西欧近代主義文明国家の後をひたすら追い求め続けて来た日本が、目指した方向の一つが軍備の拡充であり、かつまた教育制度の確立でもあったことは疑いを入れないだろうが、たまたまこれら二大官僚機構のいびつな野合がかくのごとき非人道的な殺戮の悲劇を招くに至った戦争の現実に、我々は深く心を致さねばならない。

が、本事件発生後半世紀余りを経て軍なき後の今日なお、政官界、学界、あるいは一部経済界の上層部などで、日常、頻発する各種不祥事を見聞するに及んでは、まさしくそこに長年築かれ波及してきた日本官僚主義の牙城に巣食う百年河清を俟つ感しきりの一大無責任体制の甚だ醜悪なる鵺的怪物の姿をまざまざと見せつけられ、無力遣る方のない念に苛まれるのもまた確かである。

六　事件と戦争

思うに、この小説のモデルとなった九大生体解剖事件を語る時、絶対に避けて通れないのが戦争の影響である。

遠藤は戦争について直接には触れていないが、宗教や神を論じる際に、やはり究極的には人間のエゴのぶつかり合いの果ての武力発動と考えられる戦争は、ぜひとも視野に入れなければならないだろう。

事件の発生は昭和二十年五月、時あたかも沖縄決戦の真最中、物量を誇るアメリカ軍の前に死力を尽くしての守備隊も敗退に次ぐ敗退、続く本土への敵上陸の危機ももはや目前に迫り、ここ九州の迎撃防衛、最前線基地化は焦眉の急を告げていた。欧洲では五月二日にベルリン陥落、総統ヒットラーは官邸地下壕で自殺した。次いで七日には、前々年九月のイタリアに続き枢軸同盟国ドイツが遂に連合軍に無条件降伏し、日本の孤立無援化は急激に進み戦局はまさに絶望的状況下にあった。

すでに日本近海の制海・空権を完全に奪っていたアメリカ空軍は、昭和十九年十一月下旬から、本格的な日本本土の戦略爆撃に着手。まず中島飛行機（武蔵野・太田）、三菱重工業航空機（名古屋）、川崎航空機（明石）の各製作所や発動機工場など、主として軍需施設を、高々度からの昼間精密爆撃で破壊、操業不能に陥らせ（第一期）、昭和二十年三月以降は、専ら東京、大阪、名古屋の三大都市圏と京浜・阪神地帯を連日連夜の焼夷弾無差別低空攻撃で焦土化する傍ら、沖縄攻略戦を支援、呼応して九州・四国地区の飛行場を徹底的に爆砕壊滅し終え（第二期）、解剖事件後の六月半ば頃に入ると、そろそろ空襲の矛先を第三期の目標たる五十七の地方中小都市の夜間攻撃へと向けてきていた。


九州地区だけを取り上げてみると、まず鹿児島、大牟田が十七〜十八日に、続く十九〜二十日には福岡が空襲を受け、その後も二十九日に佐世保、門司、延岡、七月一〜二日に熊本、十七日に大分、二十七日には、再度、大牟田がそれぞれ夜間にやられている。八月の五〜六日の深夜、つまり広島への原爆投下の直前には佐賀へも来襲しているが、唯一の例外として被害は全くなかった。そして八月八日には八幡が珍しく昼間に被災している。翌九日、長崎に第二の原爆が投下される。

都合、九州地区では二カ月足らずの間に十都市が述べ十一回の焼夷弾による無差別絨毯爆撃を被っている。そして八月九日には長崎へ再度の核攻撃、すなわちとどめの一撃として広島のウラン型より更に強力なプルトニウム型原子爆弾ファットマンが投下されたのであった。

アメリカ軍の夜間空襲は一夜に四航空団による四都市が普通だったが、福岡は地方都市として人口や面積も最大部類に属していたので特に二航空団が割り当てられ、六月十九日から二十日にかけては三都市だけが攻撃されている。

この福岡空襲の模様をアメリカ側資料（第二〇航空軍「日本本土爆撃詳報」）から抜粋してみよう。

マリアナ基地から発進、来襲した超空の要塞B29型重爆撃機二百二十一機は約一時間四十分の間に、同市街地目標面積六・五六平方マイルに油脂（ナパーム油―膠化ガソリン）焼夷弾一五二五トン（約二十万発）を投下、その一・三七平方マイル（二一・五パーセント）を焼失させた。一平方マイル当たりの投下弾量は二三二・四トン（約三万発）である。

比較参考のため、同年三月十日深夜の東京下町一帯の大空襲、及び私が被災体験した戦争末期八月二日未明の富山の資料をも併記してみる。

すなわち東京では、二百七十九機が二時間半で目標面積一一・〇八平方マイルに油脂焼夷弾一六六七トン（約三十二万発）投下、一五・八平方マイル（一四二・六パーセント）を焼き払い、一平方マイル当たりの投下弾量は一五〇・四トン（約二・九万発）であった。富山では百七十三機が二時間で目標面積一・八八平方マイルに対し、油脂、エレクトロン（マグネシウム・テルミット）、黄燐の各焼夷弾、総計一四六五・五トン（約五十二万発）を混合投下して一・八七平方マイル（九九・五パーセント）を焼失させ、その一平方マイル当たりの投下弾量は、実に七七九・五トン（約二十七・七万発）に達していた。

ただし以上三都市の空襲においては、都市や家屋の種類、形態、分布、地理・気象の状態、焼夷弾の種類と性能、爆撃条件、あるいは被災者側の防空・防火体制や避難への心理状況などが各々異なるので、挙げられた数値のみでその大きさや激しさを一概に比較することは出来ない。ただ確実に言えるのは、戦争が終わりに近付くにつれて空襲の規模が加速度的に増大、激化していったことだけである。

だが、先にもちょっと触れた捕虜解剖事件発案・主導者の一人とほぼ看做された偕行社病院外科のK見習士官はやっぱり福岡空襲当夜、焼夷弾の直撃を受け九大第一外科へ運び込まれてI教授による右脚切断の大手術を受け一命は取り止めたものの、その後破傷風を併発して七月九日に死亡している。

被災した福岡では西部軍（西部軍管区、第十六方面軍）司令部本館のみは辛うじて残ったものの西部第一四六部隊建物は全焼し、市街中央から西方へかけて見渡す限り惨憺たる廃墟となり、罹災戸数一万二千七百戸、罹災人口約六万人、死者九百人、重軽傷者一千人を数えて人畜の被害甚大、軍の威信は丸潰れだった。憤怒に燃え復讐の念に猛り狂った陸軍将校たちは、翌日の白昼、収容中だった別の捕獲飛行士を引きずり出して斬首虐殺したが、この関係者もやはり戦後軍事裁判で重罪に処せられている。

幸い市街東部にあった九大医学部付属病院は戦災を免れている。当時、九大総長は海軍大将・百武源吾、病院内科屋上には高射砲が据え付けられ、医学部報国隊は九大特設防護団に編成、学生の戦闘隊も組織され学内在郷軍人会も成立していた。おまけに医学部各科の主たる教授は陸軍の嘱託医となって西部軍や陸軍省の首脳と密接に連絡会合を重ね、先述の代用血液実験のみならず各種の急務を要する戦陣医学の研究に携わって軍学一体の協力体制を強いられていた。医学臨床実験に際しての捕虜利用の案件も、あるいはその緊迫した軍学共同路線上にあった人間の異常心理の隙間を衝いてすっと忍び込んできた悪魔の蠱惑的な囁きだったのかも知れない。いずれにしても事件の素地、底流は夙に存在し、事は起こるべくして起こったと言うべきだろう。

小説の中で、解剖手術が終わった時戸田医師は考える。

「変わったことはないんや。どや、俺の心はこんなに平気やし、ながい間、求めてきたあの良心の痛みも罪の呵責も一向に起ってこやへん。一つの命を奪ったという恐怖さえ感じられん。なぜや。なぜ俺の心はこんなに無感動なんや」

と。

熊井啓監督の映画「海と毒薬」では、渡辺謙演じる戸田が拘置所の鉄格子内シーンで岡田真澄扮する米軍の二世調査官から、押収された手記を突き付けられながら「あなたは何故こんなものを書いたのですか?」と訊問されて、自分の心が不気味だから、いや不思議と言った方がまだピッタリとすると答えた後、

「ではお聞きしますが、あなたも戦場で大勢の兵隊たちが死んでゆくのを見たでしょう。その

時あなたもやはり僕と同じように、そうした死や苦しみに無感動ではなかったですか。そしてある日そんな自分が不思議やと感じたことはありませんか？

いや兵隊に限りません。女、子供といった非戦闘員の死についても。早い話が広島や長崎に原爆が投下されて大量の人間が一瞬にして死にました。そうした他人の死に対してもあなたもやはり僕と同じように…………。」

と食ってかかっている。

かたや小説の末尾近くで、彼は勝呂医師に向かって、

「あの捕虜のおかげで何千人の結核患者の治療法がわかるとすれば、あれは殺したんやないぜ。生かしたんや。人間の良心なんて、考えよう一つで、どうにも変るもんやわ。」（中略）

「俺もお前もこんな時代のこんな医学部にいたから捕虜を解剖しただけや。俺たちを罰する連中かて同じ立場におかれたら、どうなったかわからんぜ。世間の罰など、まずまず、そんなもんや。」

とも言っている。

半世紀後の今日、世界各地に頻発するテロ騒動、イスラエル・パレスチナの宗教やコソボらの民族紛争、アフガン、イラク戦争の残虐悲惨さと心ない捕虜虐待のニュースに接するにつけても、昔も今

も、日本人、欧米人を問わず我々人間の心を蝕む戦争の罪過の如何ばかり大きいかに暗然たる思いを禁じ得ない。

七　軍事裁判

そして更にぜひとも問わなければならないのは、勝者が敗者を裁くという軍事裁判の性格とその意味である。いったい争いごとの関与当事者の一方だけが、その正否の最終判定者を務めるなどということの理不尽さは明白であろう。いかに理屈を並べ、どう体裁を整えようとも片手落ちの誹りは免れない。仮にも神の名を掲げ、正義を唱え、人道、平和、文明を口にしてさえも、そこには必ずや憎悪と怨嗟、報復と懲罰の念の少なからず入りこむ余地のあることを誰が否定し得ようか。

一例を挙げよう。他でもない、本事件名の「生体解剖」なる語句使用についてはいささかの吟味検討が必要と考える。

「生体解剖」とは、元来、「生体」へ行う「手術」と、「屍体」へ施す「解剖」を厳密に区別せず、それらを連記し、かつそれぞれの「手術」と「屍体」の二語を削除して恣意的にこしらえた合成語である。

解剖学の専門家である平光も、先に触れた雑誌の手記中で「イギリス人、ウィリアム・ハーヴェーも家畜の生体解剖から始めて、矢張り敵側の捕虜負傷者を戦争中に生体解剖したらしいのである。」

と述べている。手元にあるハァヴェイ著・暉峻義等訳『血液循環の原理』（岩波文庫）を開くと、たしかに「生体解剖の結果から見た動脈の運動」「生体解剖の結果から見た心臓並に心耳の運動」の項目が並んでいる。が、内容はすべて魚類、両棲類、爬虫類、鳥類や哺乳類に属する小脊椎動物を用いた実験や甲殻、棘皮、軟体動物の観察による血液及び体液循環の流体力学理論である。たまさか人体における実験も非侵襲的、非瀉血的な処置のみである。仮令、彼が実際に敵捕虜を生体解剖したとしてもそれをあからさまに記録する筈はないし、平光の語る真偽の程は不明である。

だが平光は、今まで他所ごと、学説理論上のことのみと見過ごし深く考えてみもしなかった「生体解剖」を、公判廷に臨み起訴状の罪状項目中で初めてじかに耳にし、にわかに己の利害得失、下手をすれば生命の危機にまで直結する重大な一語と自覚させられたのである。常識に従えば、生体を解剖することなど絶対あり得ぬ、解剖するのは屍体に決まっている筈だと固く信じていたのに、である。

たしかに公判の過程では、訊問や証言に際してこの「生体解剖」の語は殆ど使われず、すべて「研究手術」「実験手術」など他の用語に置き換えられている。けれども最終弁論、最終論告、判決文に至って、この「生体解剖」なる用語はやっぱり正式罪状項目として再び登場し、冷徹、厳然と明記されている。つまりはこの裁判過程に、最初からある種の意図の存在を強く感じざるを得ないのである。

なお強いて付け加えるならば、占領軍の厳しい検閲（プレスコード）下にあったとは言え、当時の新聞、雑誌やラジオなどマスコミ、ジャーナリズムがこぞって、この「生体解剖」なる言葉をただ鵜呑みにして厳密な考察も施さぬまま喧伝してしまったことにも責任の一半は存在するのではなかろうか。

なお当時の軍事裁判の特徴とも言うべきか判決後の刑執行に際して、死刑は連合国軍総司令官マッカーサー元帥、それ以外の終身刑と有期刑は第八軍司令官ウォーカー中将の確認許可を必要としていた。判決直後、第八軍司令官はそのまま確認を終えたので刑が確定したが、総司令官の方は確認が遅れ、死刑執行は一年半以上も延期されていた。米ソ冷戦状態が徐々に進行し日本の再軍備案が検討され始めて、世はそろそろ占領政策の平和、民主主義化とは逆コースの道へ踏み出し始めたちょうどその頃、即ち昭和二十五年六月二十五日、突如、朝鮮動乱が勃発、マッカーサー元帥は慌てて前判決に対して再審を命じ、九月十二日、尽く減刑の処置を採った。絞首刑五名の中、Y、Sの軍人二名は無罪、九大外科関係者三名はそれぞれH四十五年、M二十五年そしてTは十年の有期刑となった。朝鮮動乱がいかに元帥の心境に深い影響を与えたかをしかと見極めると同時に、その量刑がおよそ罪と罰の本質とは全く無関係に、政治的、社会的な諸事情によって大きく左右されるという現実をもまた、決して見逃してはならないのである。だが、この再審に関しては朝鮮戦争だけではない或る特別な事情があったことが後に判ってきている。それについては最後に注記しておこう。

昭和二十六年九月八日、日米講和条約締結調印、翌二十七年四月二十八日発効と同時に巣鴨拘置所は日本側へ移管された。その後、講和恩赦や翌二十八年八月三日の戦犯赦免決議もあって、すべての受刑者（Y中将のみ獄中病死）は昭和三十三年四月までに順次刑期を満了、翌月三十日までに出獄できたのは、罪刑量の如何は別にして喜ばしい限りである。ただしTのみは自らの強い罪の思いを貫き通し満期の昭和二十九年一月十二日まで出所延期を願い出て巣鴨に留まった。まことに見上げた行為と言わねばなるまい。

戦犯刑務所としての巣鴨拘置所が完全に閉鎖されたのは、昭和三十七年三月二十九日だった。

八　神の存在、そして戦争

「神というものはあるのかなあ。」「なんや、まあヘンな話やけど、こう、人間は自分を押しながすものから—運命というんやろうが、どうしても脱れられんやろ。そういうものから自由にしてくれるものを神とよぶならばや。」

戸田医師は呟く。医科大学の絶対服従を強いられた封建制度下、それも戦時中における軍の至上命令という二重の桎梏に絡め取られた下級医局員の彼は、良心の呵責を求めて一応は激しく苦悩するものの、やがては居直り諦らめの袋小路へ逃げ込む。

かたや勝呂医師は、

「神?」「さあ、俺にはわからん。」「俺にはもう神があっても、なくてもどうでもいいんや。」


と答えて、ただ為す術もなく、考える意欲も持たない。

遠藤はかつての著作『アデンまで』から『黄色い人』の主人公までを経てきた一人の男を、この

『海と毒薬』において生体解剖事件に参加させられた二人の医師へ分けて登場させ（『わが小説』）、汎神論的風土に育った日本人の罪の意識に関する思考パターンを斟酌しようと試みたのである。
なお、この際は遠藤が例の日記風に仕立てた「創作ノート」の五月十五日の項に「悪の意思にひきこまれる（エバ）としての女」と記した上田看護婦へも、やはり大きなウェートが与えられるべきであろう。彼女は、

「わたしはなにも国のために承知するんじゃなくってよ。先生たちの研究のためでもなくってよ。」

とうそぶく。転落し絶望に喘いでいた一介の女には、日本が勝とうが、負けようが、医学が進歩しようがしまいが、どうでもいいことだった。しかし、自然気胸の呼吸困難に苦しむ瀕死の患者へ指示通りの鎮痛麻酔剤を注射しようとした際、橋本教授夫人のドイツ人ヒルダにひどく咎められる。

「なぜ、注射しようとしました。」（中略）「死なそうとしたのですね。わかってますよ。」「死ぬことがきまっても、殺す権利はだれもありませんよ。神様がこわくないのですか。あなたは神さまの罰を信じないのですか。」

我々にはとても手に入らぬいい香りの石鹸で大部屋患者の頼まれもしない下着を洗って回るその押し付けがましい親切行為、老い先短い重症患者を「安楽死させてやった方がどれだけ、人助けか、わ

かりゃしない」（重症慢性疾患医療に必須たるべきターミナル・ケアや尊厳死問題への関心の兆が五十年も前のこの時点ですでに仄見えている）のに、それに口出しする正義面、日本の貧しく弱い立場にある年寄りたちの恥ずかしさや気詰まりには、殆ど無理解、無頓着で有難迷惑な慈善行為は、どれ一つ取ってみても本人が意気込むその何分の一さえも歓迎される筈はないのである。確固たる信仰を持ち、立派なクリスチャンであるヒルダが、こともあろうに自分の夫が手を下そうとしている残虐行為を全く知らないという余りに出来過ぎた皮肉を知って、上田は勝利の快感に浸りニヒルな笑いを噛み殺しながら非人道行為の手伝いへ堕ちる決心を固める。とことんまで堕ち切ろうとする上田には、毛唐の高尚な神も信仰もまるで口先だけの奇麗事にしか映らないのである。

汎神論的風土に育った三人の日本人中、神の問題についてとりあえず戸田は能動的、勝呂は受動的、そして上田は世俗的に関わってゆく。ヒルダのような一神論的風土に育まれて確信に満ち溢れた思考や行動のパターンは、どうも日本人の背丈に合わないだぶだぶの洋服であり、これをちゃんと身の丈に合った和服に仕立て直すのが、そもそも遠藤の意図するところだった。

この事件を取材した上坂冬子は、裁判では採り上げられなかった一つの事実を明らかにしている。週刊誌連載を終えた後に面会したTから得た直話である。

第一回目で尋常の手術でないことを覚った彼が、二回目には参加を躊躇し終了間際にやっと手術室に顔を見せたが、三回目、四回目には全く姿を現わさなかったことは、すでに公判記録で確かめられている。そしてその記録では、第一回目が終わった直後に二人の助教授が揃って教授室へ赴き、手術をやめるよう、軍に捕虜を送らぬように進言してほしいと頼んだとなっているが、それは実際にはT単独の行動だったという。弁護の作戦上、あくまで抜け駆けの功名的な印象を避ける必要から、二人が示し合わせて伺ったように仕組んだのが本当だったらしい。

Tは後に、七年半に及ぶ獄中日記をまとめた自著『まよひの足跡』に、

……囚われの身は悲しい。眼に入るもの、耳に聞こえる音さえが、どれもこれも悲しい想いをそそりたててやまない。……鉄の窓よりも、重たい石の壁よりも、もっともっと我が身を痛ましめるものは、これまでの自分のあり方なのである。私が、如何に思慮浅い……ぎこちない人間であったか……得体も知れぬままの力に押し流されて、ただ、追従的であり……

と、ひたすら後悔と自責の念を綴っている。

もう一人のH助教授が別の機会に似たような行動を採ったか否かはつまびらかでない。

しかし、この助教授は拘留訊問中真っ先に生体実験だった事実を認め、彼と対決させられたI教授は間もなく自白、その直後に責任を取って自殺した。発見された遺書で、速やかな釈放を願って書き連ねた部下の名前中にHの苗字はなかった。

つまりこのかつて絞首刑を宣告されたT、H、二人の助教授の言動を顧みる時、奇しくも小説中に描かれた勝呂、戸田両医師の面影をまざまざと見出す思いに私は駆られるのである。

病院屋上の西に広がる海、黒い波が押し寄せては引く暗い音、砂のようにもの憂く響く、太鼓の音のような暗い海鳴り、時に碧く光り、時に陰鬱に黝み、時に白く輝く海は、勝呂や戸田や上田が常に見聞きする海。毒薬は人間の施す毒にも薬にもなる医療行為を意味する。

遠藤は『出世作のころ』で、

二度目に福岡に出かけ、考えあぐねながら街をさまよった。翌日、帰京せねばならぬ日は霧雨だった。私はこの素材の舞台となった九大医学部の建物のなかにもぐりこみ屋上の手すりにもたれて雨にけぶる町と海とを見つめていた。その時、「海と毒薬」という題がうかんだ。

と述べている。

心ならずも事件に巻き込まれた勝呂と戸田はともに、屋上に出て海を眺める。二人の胸中には海の白と黒、光と影とが目まぐるしく交錯する。裁く神、律法（父性原理）の神におののきながらも、赦す神、恩寵（母性原理）の神を求めて已まない罪深くか弱い人間の姿を、遠藤は薬を毒にそしてその毒をも再び薬に変え得る医学と医師の現実を通して描こうとし、ヒルダの信じる、より西欧的な義の神に対して、本能的に上田が感じた、より東洋的な愛の神を示そうとしたのであろう。

すなわち、彼が後の大作『沈黙』で到達したかに思える〈沈黙し続ける〉父なるキリスト像を透かしたその奥底の〈踏むがいい〉と囁いた母なるキリスト像、つまりは日本的な神の救いと祈りに繋がる信仰の問題解決への糸口を、この辺りにこそ模索、発見し得るような気がするのである。

さて、もしあの時が戦争中でなかったらアメリカ軍機の空襲はなかったし、もちろん捕虜も生まれなかった。したがってこの残虐事件も起こり得なかったのである。更に本事件の犠牲者は、厳密に言えば捕虜ではなく捕獲搭乗員である。

昭和二十年五月五日早朝、久留米市北方の陸軍太刀洗《たちあらい》飛行場を襲って、阿蘇・九重山から大分県竹田町上空を経て豊後水道方向へ帰投中だったアメリカ空軍十機編隊最後尾の一機が、わが海軍一等兵曹・粕谷欣三《かすやきんぞう》飛行士操縦の戦闘機「紫電改《しでんかい》」の体当たり攻撃によって撃墜され、落下傘降下搭乗員十二名中、墜落死、着地後自殺並びに射殺死の三名を除いた九名が捕らえられたが、機長のみは情報価値ありとされて東京に送られた。結局、福岡に残された八名は軍律会議も受けないまま仮収容されていたのである。そもそも墜落機から捕縛した搭乗員は軍律会議へ送致され、当時の陸軍省令通牒に照らして軍需施設以外の民間住宅地域や非軍事地帯を爆撃した場合、例えば戦争末期における日本各都市の市街地無差別絨毯爆撃などは、戦時重罪犯として処刑されるが、審判の結果違反のない場合は正式に捕虜と認められ、以後は国際法規に則った人権や処遇が得られたのである。しかし西部軍は、当時、沖縄陥落後に予想されるアメリカ軍の南九州上陸邀撃作戦を控えてまさにてんやわんやの状態、必要証拠固めに手間ひまかかる審判など悠長に開いている余裕は何処にもなかった。加えてまさしく巧妙な責任回避の典型かと目される一片の大本営通達電文〈適当に処置されたし〉もまた、組織末端独自の適宜解釈のもとに、これら未決囚を処断し、果ては生体解剖に導くという重大結果に至ったと考えられる。

先にも述べたように、戦争は人間が抱える欲望衝突の究極がもたらす実力の行使であり、武力の発動である。お互いが加害者であり、またお互いが被害者でもある。

本事件のような場合は、日本の軍や医師たちが直接の加害者、アメリカ軍捕虜が直接の被害者であり、それぞれの立場はかなりはっきりしている。が、彼ら捕虜もまたかつて日本本土の空爆に参加したという点では加害者である。その空爆下にあって、死傷した多数の日本人被害者がいたことを毫も忘れてはいけない。ましてや夜間無差別絨毯爆撃のごときは、遥か三千〜四千メートル上空の機上爆撃手に、地上の火の海、煙の渦の中を逃げ惑い、苦しみもがきながら焼け死んでゆく被災者一人々々の、阿鼻叫喚の姿や声は決して見えもせず、聞こえもしまい。私は今次戦争最末期、焼夷弾爆撃下の硝煙弾雨、焦熱地獄の坩堝中で、まさに九死に一生を得た。しかし、当時、その私自身が通年学徒勤労動員で日夜軍需工場に狩り出され、特攻機のエンジン用ベアリング〈発動機用軸受と呼んでいた〉や機関砲部品の底板を作っていた。考えてみればその特攻機がアメリカ軍の飛行機や艦船に突っ込み、機関砲の弾丸がアメリカ軍の将兵を殺傷する立派な兵器だった点においては、私もまた紛れもなく明らかな加害者だったわけである。何の加害者意識もなく、ただひたすらに被害者意識だけに凝り固まって〈打倒鬼畜米英〉を叫びつつ、豆かすを食み、芋の蔓の浮かんだ雑炊を啜りながら〈欲しがりません、勝つまでは〉〈ああ紅の血は燃ゆる〉と、〈月月火水木金金〉はもちろんだが十一〜十二時間労働に〈我等はみな力の限り、勝利の日まで勝利の日まで〉と汗水垂らして働いていたあの戦争の日々の狂気、思うだに慄然とせざるを得ない。しかるにここ数年来のアフガンやイラク戦争において、ピンポイント爆撃の成果をまるでゲーム感覚で得々と語るアメリカ軍情報将校の姿をテレビ画面に見るにつけても、過去一世紀間におけるゲルニカ、重慶、ロンドン、コベントリー、ケルン、ドルトムント、ハンブルグ、ドレスデンから前記日本本土各都市、そして朝鮮半島、北ベトナム、中東湾岸領域等への度重なる非人道的無差別爆撃の歴史に決して学ぼうとしない徒輩が常に主流を占める人間の愚かさ、醜さにますます絶望へ打ちひしがれる思いひとしおである。

いわんや両陣営が、各々、キリスト、イスラムの神の名を戴き正義の仮面を被って（かつてわが国もまた神風の吹く神国日本を自任していた）、個人の意思を無視抹殺し、歪曲し、麻痺させながら、大量殺戮への集団的、組織的、国家的、大規模な暴力行為を発動する、その手段たる戦争の二重、三重の意味における罪障性になぜ気付かないのだろうか？

昨今、世界に誇るべき戦争放棄を高らかに謳った第九条を擁する、わが国平和憲法の改変論議が声高に叫ばれている。国際間の紛争が止まないから戦争放棄は非現実的だと言うが、自然と文明を破壊し人間を殺傷する戦争の現実の方こそが誤りであることは、古今東西の歴史が明白に示している。国の内外、進みつつある方向はまるで逆である。まさしく戦争は時代、場所、人種、国籍の如何を問わず、人間の心を乱し、荒らし、迷わせ、狂わせる極悪非道の大犯罪であることを、我々はもっとしっかり肝に銘じるべきであろう。

思うに果てしない欲望に固まり、片時も争いを止められず、罪過に汚れ切った人間はやはり、神を求めながらも、決して神には近付き得ない悲しい宿命を永遠に背負って、何処までも、何処までもさまよい続けなければならぬ惨めな存在なのであろうか？

九　おわりに

このたび、久々に小説『海と毒薬』を読んで、医学を志して生命の尊厳と人智の限界に挑戦、懊悩した青春の日々を懐かしく想い起こし、ひときわ感慨深いものがあった。そこでモデルだった事件関連の諸著書を再び開き、更に広く新資料を集めて読み比べ、感ずるところをまとめてみた。

時あたかも敗戦後満六十年、戦争の記憶も日増しに風化が危ぶまれる今日、今なお私の心の奥深くに刻み込まれている鮮烈な空襲被災など戦時体験をいささか加味した所以である。

神や宗教の問題については全く無知、不明でありながらこの作品を論じるのは、正直なところ気が引け、些か荷が重い。

一人よがりで的外れな論調に走り過ぎた嫌いもなしとしないが、あえて恥は承知の上、大方の厳しいご批判ご叱正を仰ぎたい。

主要参照文献・資料

(一)　遠藤周作『遠藤周作文学全集 全十五巻』新潮社、平一一・四〜平一二・七。
(二)　笠井秋生、玉置邦雄編『作品論 遠藤周作』双文社出版、平一二・一。
(三)　川島秀一『遠藤周作〈和解〉の物語』和泉書院、平一二・九。
(四)　上総英郎『遠藤周作論』春秋社、昭六二・一一。

（五）佐藤泰正編『遠藤周作を読む―梅光学院大学公開講座論集 第52集』笠間書院、平一六・五。
（六）中村真一郎他『遠藤周作の世界』朝日出版社、平九・九。
（七）上坂冬子『私の人生 私の昭和史』集英社、平一六・七。
（八）上坂冬子『新版「生体解剖」事件―B29飛行士、医学実験の真相』PHP研究所、平一七・八。
（九）猪木武徳『文芸にあらわれた日本の近代―社会科学と文学のあいだ』有斐閣、平一七・一〇。
（一〇）日本結核病学会編『結核研究五十年 日本結核病学会50周年記念号』（「結核」第50巻11号）日本結核病学会、昭五〇・一二。
（一一）『特集・結核病学最近の問題とその解明』（「最新医学」第10巻第12号）最新医学社、昭三〇・一二。
（一二）奥住喜重『中小都市空襲』（三省堂選書149）三省堂、昭六三・七。
（一三）西日本新聞社編『福岡大空襲』西日本新聞社、昭五三・六。
（一四）アメリカ戦略爆撃調査団聴取書を読む会編『福岡空襲とアメリカ軍調査』海鳥社、平一〇・六。
（一五）小林弘忠『逃亡「油山事件」戦犯告白録』毎日新聞社、平一八・三。
（一六）東京空襲を記録する会編『東京大空襲戦災誌 全五巻』講談社、昭四五・三。
（一七）奥住喜重、早乙女勝元『東京を爆撃せよ』（三省堂選書157）三省堂、平二・六。
（一八）北日本新聞社編『富山大空襲』北日本新聞社、昭四七・三。
（一九）第一復員省資料課編『日本都市戦災地図』原書房、昭五八・七。
（二〇）ドイツNDR製作『無差別爆撃の歴史 前後篇』NHK衛星第一テレビ放送、平一七・二・一四、二・一五。
（二一）『東京を爆撃した兵士たち―東京を爆撃したアメリカ軍パイロット・60年後の証言』NHK衛星第一

テレビ放送、平一七・三・五。

（二二）『NHKスペシャル そして日本は焦土となった―都市爆撃の真実』NHKテレビ放送、平一七・八・一一。

（二三）毎日新聞社編『一億人の昭和史1～15』毎日新聞社、昭五〇・一～五二・九。

（二四）昭和史研究会編『昭和史事典』講談社、昭五九・三・一五。

註：論考初出の九年後、主要参照文献資料の最末尾に（二五）として掲げるべき新しい関連資料「熊野以素『九州大学生体解剖事件―七〇年目の真実』岩波書店、平二七・四・一五」が発表された。初出論考の中で裁判の果てに死刑判決を受け苦悩の末受容する覚悟を決めていた、匿名のT助教授の姪に当たる方の貴重な記録である。

助教授の妻蕗子《ふき》さんがその実名鳥巣《とりす》太郎を挙げて、部下への配慮の故に自ら進んで犠牲になるべく考えた夫を終始諫め励まし続けつつ、あらゆる妨害を跳ね除け再審請求に奔走して遂に減刑を勝ち取ったいきさつを親族の証言などに基づいて綴り、今迄知られなかった真実を明らかにした極めて感動的なルポルタージュであることを特記しておく。

二　「あの夏―60年目の恋文」をめぐる追想の前・後日譚

恋文と言っても別に私のものではない。以前、つまり平成十六年九月十六日㈯夜九時から十時十分までＮＨＫテレビ番組で放映されたドキュメンタリー・ドラマの中で、かつてＮ女子高等師範学校の教生だった恩師の女性に宛てて、その付属国民学校の児童だった一男性が書いた懐旧、敬慕の手紙のことである。多分、このドラマは見られた方もかなりおられ、ああ、あれかとお気付きの向きもきっと多いのではないか？とは思うが、一応、そのあらすじを述べておこう。

平成十五年八月二十二日深夜、昔、岩波映画に属して文化・産業映画などを制作していたＨ・Ｉは、そのちょうど一週間前の十五日にＮＨＫ終戦記念特集として再放映された番組「私の太平洋戦争―昭和万葉集から」の録画ＤＶＤを再生、視聴していた。

本番組は昭和五十四年八月に放映された「戦争を伝える」シリーズ、ＮＨＫアーカイブ・フィルムの一つである。

番組の半ば過ぎ、女性ナレーター・奈良岡朋子が詠み挙げる一首の短歌とともにその詠み手の名前と姿が映し出された瞬間、彼の目は思わずテレビ画面に釘付けになり、心臓が高鳴った。

君が機影ひたとわが上に
さしたれば息もつまりて
たちつくしたり　　　S・K

この女性歌人S・Kこそ、遥か五十九年前の夏すなわち昭和十九年六月末から戦時下による半年繰上げ卒業の九月まで、H・Iの通った国民学校四年男子組（略称・ヨンダン）に教育実習生として配属され、卒業後間もなく航空隊勤務のK海軍士官と結婚された女性S・Yだったのである。

遠い少年の日、その輝く知性と美貌に憧れて、幼い胸をときめかせたあのY教生、テレビ画像とは言えはからずもその紛れもない彼女の姿にまみえたIは、字幕にあったH市を頼りに今は歌人であり児童文学作家、かつエッセイストとして名を成しているS・Kの住所を突き止める。そして彼女がS・Y本人であることを確信して、六十年ぶりの手紙をしたためたのであった。それをしおにS・K、H・I両人との間に文通が始まり、おおよそ一年を経た晩秋の一日、二人は遂に懐かしい念願の再会を果たすことになる。そして彼らはその足で実家である京都・松ヶ崎のY家を訪ねる。ややあって疎水辺り閑静な住宅街の一角、小さな表札を掲げた木造の門構えの家の前で、今は年老いて好々婆と爺となった古の師弟が仲むつまじく寄り添って、たまたまその近くで遊んでいた少年にカメラのシャッターを押してもらう場面が映し出された。

その途端、劇外劇？ ならぬ私もまた思わずハッとして身を乗り出し、テレビ画面に食い入ったのであった。

一瞬、何かが脳裏をよぎった。が、もうひとつはっきりしない。苛立つ気持と、同時にもっと落ち着きよく考えて想い出さねばという気持が、しばし目まぐるしく交錯した。

わかった、やっぱりあそこだ、あの家に間違いない。番組の最初から、何か心の隅にわだかまっていたあの感じ、Yと言う通常はそんなに存在しないむしろどちらかと言えば数少なく珍しい部類に属するものの、私には決して初耳ではない、確かに一度はどこかで聞きはたまた目にした覚えのあるその苗字、おぼろげだった記憶がその時急にまざまざと甦ってきたのである。

話は半世紀以上も前に遡る。昭和三十年春、私は大学付属の結核研究所臨床部門の内科へ同郷の親友Uを誘って入局した。彼は高等学校時代の同級生だが大阪大学医学部出身だった。したがって大阪から引っ越してきた彼は、学生時代からずっと京都暮らしだった私と違って、まず下宿探しから始めねばならなかった。そのころ私は左京区下鴨の高野橋たもとを川沿いにやや南に下がった辺りの玄人下宿屋に寄宿していた。そこで二人は最初ひと月ほど同室生活をしながら、市内をあちこち下宿探しに歩き回っていた。

折しも私たちのT主任教授の内科外来へ通院中の女性患者にYという方がおられた。時たま彼女は自宅の空き間を貸すための適当な下宿人を探しておられたが、受診の際に主治医のT教授にもその依頼を持ち出されたのはまことに幸運だった。教授から紹介されて、新入局医師Uの下宿はたちどころに決まった。新米とは言え、主治医の弟子で結核病学専攻の医師とあれば、Y患者にとっても何かと好都合で心丈夫だったと思われる。

　更に幸いだったのは、Y家が私の下宿からそう遠くない、歩いてほんの十四、五分くらいの場所にあったことである。その辺の地理を勝手知った私は、早速、彼を案内してY家を訪問したのは言うまでもない。

　実は今、話題に挙げているS・Kの兄上がその家の主、通院なさっていたのはつまり義姉に当たる方だったのだが、当時はもちろんそんなことは知る筈もなかった。その後何度かY家の友の部屋を訪ね、ご夫人に会う機会もあったとは思うが、なにしろ五十何年も前の出来事ゆえくわしい経過は尽く忘れてしまっていた。かくして只ひとつ覚えていたのは、かのYという姓のみの表札を掲げた木造の門構えだけだったのである。

　突如、テレビ画面に現れたY家の門、以前何度か実際にくぐったことのあるその門を目の当たりにして私は感無量であった。青雲の志を抱いて勉学の道にいそしんでいた若き日々が、走馬灯の絵のように目まぐるしく瞼の裏に行き交ったのであった。

Y家の門口

さて、そもそもY家の祖先は、奇しくも私の故郷・北陸富山出身なのである。

この事実を私は十数年ほど前、図書館で偶然に見付けた『越中百家　上・下巻』（富山新聞社、昭和四十九年刊）を読んで初めて知った。この本は、富山県の生んだ優れた人材とその母胎になった有名家系を選んで二年間連載した新聞の特集記事をまとめたものであり、その下巻中の五十家の一つにY家が「学者の系譜・Y家（宇奈月）──一族を支える〝空華〟の精神」として六頁にわたって採り上げられていたのである。

以下少し関連資料を併せながら、その記事内容を紹介してみよう。

Y家は遠く十五世紀末、霊峰北アルプス連山の麓、清流黒部川沿いに位置する富山県下新川郡宇奈月町浦山の浄土真宗西本願寺派白雪山善功寺《ぜんぎょうじ》の開基である慶祐法師を第一世とする由緒ある学僧の家柄である。

ＪＲ北陸本線「富山」駅に隣設した「電鉄富山」駅と秘境黒部峡谷の玄関口にある「宇奈月温泉」駅を結ぶ富山地方鉄道本線の「浦山」駅、その鄙びた山里の小さなトタン屋根平屋建て無人駅舎から歩いてほんの数分、県道十四号・黒部宇奈月線沿いにある当善巧寺境内を入って正面の本堂伽藍に向かってすぐ左側、壮大な石組の上に「明教院釋僧鎔慶叟」と刻まれた石碑が建っている。かつて全国に門弟三千人を擁した「空華廬」創設者である名僧、第十一世僧鎔の碑である。彼は享保八年、越中国水橋（現・富山市）に生まれ、本名は渡辺与三吉・慶叟。二十一歳で善巧寺へ入寺、やがて上洛、先輩の師僧撲へ入門して僧鎔と名乗り、学林（後の龍谷大学）での講義により一段と評価された。宝暦八年ころ自坊に学塾「空華廬」を設立、多くの学僧を育てその生涯に百冊余の書物を著した。安永三年、飛騨の古川で起こった教学上の紛争の説得に努め騒動を不発に導いたが、天明三年、再度の騒動発生に際して本山からの命による派遣の途上で病に倒れ、間もなく入寂した。享年六十一。没後、明教院と贈り名された。

静かに瞑想、思考することを意味する仏教用語〝空華〟の精神をバックボーンとする学僧の系譜、Y家の第十九世はちょうどS・Kの父君に当たる方で明治十三年生れ。私の母校・県立富山中学校卒業後、一高、東京帝大へ進んだ俊才、その後四高、六高教授を経て京都帝大文学部講師となった。また彼はドイツのライプチッヒ大学に留学したわが国におけるドイツ中世文学研究の先駆的存在。ゲーテ著『詩と真実』の翻訳者、かつ日本ゲーテ協会創立者の一人でもあり、『ニーベルンゲンの歌　基礎の研究』刊行の評価によりドイツ政府から日本人初のフンボルト賞を授与されている。

昭和十九年、京都帝大退官後帰郷して善功寺住職に就いたが二年後に亡くなった。

ところで、S・Kには三人の兄と一人の姉ならびに一人の妹があり、ご本人は第五子に当たり父親が六高在任中の大正十三年、岡山市で生れている。

先に述べた、つまり私たちが訪ねた折の昭和三十年に京都・松ヶ崎のY家に住まいしておられたのが一番下の三男、その上の次男は高校時代の学生運動や太平洋戦争敗戦直前の治安維持法違反で、それぞれ京都や東京の警察署に逮捕留置された体験を持つマルクス経済学者、戦時中は厚生省人口問題研究所に在職、戦後は黒人問題研究専門家の元専修大学教授でずっと東京暮らしだった。父の後を第二十世として継がれたのは長男である。彼は明治四十四年の生まれ、京大田辺元教授門下のヘーゲル哲学研究者である傍ら、保田與重郎や亀井勝一郎らの文芸雑誌『日本浪漫派』の論客としても知られている。特に福岡高等学校時代以来、檀一雄とは親友でその後の文学活動をともにし、私的交流も続けた。

檀一雄は明治四十五年二月三日、山梨県南都留郡谷村町（現・都留市）生まれ。大正六年父の転任に従って福岡市へ、次いで大正八年栃木県足利市へ移住する。そのころ母トミが子どもらを残して家出離別、大正十三年になって福岡市に住む貿易商の高岩勘次郎と再婚する。昭和三年春、檀は足利中学校四年終了をもって母親が居る地の福岡高等学校文科乙類に入学する。

時あたかも大正十四年三月治安維持法公布施行以来、政府当局の言論思想弾圧は日増しにその度を加速しつつあった。とりあえず檀の高等学校在学時に的をしぼって、少しその節の状況を記してみよう。

昭和三年三月十五日、日本共産党員の全国的な大検挙（三・一五事件）が起こる。四月、文部省は学生、生徒の思想匡正を訓令。東大新人会、及び京大、九大、東北大の各社会科学研究会に解散命令を出し、河上肇、大森義太郎、向坂逸郎らの進歩的学者が大学を追われる。六月、治安維持法改悪、死刑・無期刑が追加される。七月、全国警察部に特別高等課新設。司法省に思想係検事設置。十月末、文部省は思想問題対処のため学生課を設置、全国の大学・高等専門学校に学生（生徒）主事を配置する。十一月末、小林多喜二が『一九二八年三月十五日』をナップ（全日本無産者芸術連盟）機関誌「戦旗」に掲載発表。そして翌昭和四年三月には労農党代議士・山本宣治が右翼団体の男に刺殺され、四月十六日には再び共産党員の大規模検束（四・一六事件）が起こり、翌昭和五年二月から七月まで続いた全国的な大量検挙逮捕により、遂に日本共産党は壊滅的な打撃を被るに至った。その年五月には東大の山田盛太郎、平野義太郎、法大の三木清らが共産党シンパ事件で検挙される。八月、新興教育研究所設立、プロレタリア教育運動を推進。昭和六年七月、文部省内に学生思想問題調査委員会設置。十一月にはナップ解散、コップ（日本プロレタリア文化連盟）が創立結成される。この間、全国殆どの大学・高専では革新・自由思想、言論弾圧への反対抵抗、自治擁護のための学生運動や同盟休校が澎湃として湧き上がり波及していったのである。

昭和四年十一月末、共済部設置にからむ檀らの福岡高等学校同盟休校事件に相前後して、浦和、松江、姫路、高知、第六、翌昭和五年に入ってからは富山、松山、第三、台北の各高等学校や早大、日本女子大などでやはり次々と同盟休校が発生し、それに伴い多くの学生処分が行われていた。

御多分に洩れず、檀もまた学校当局より社会主義運動の首謀者と看做されて昭和四年に一週間、同五年に一年間の停学処分を食らっている。この第二回目の処分を彼とともに受けたのが同級の親友Yだったのである。後にYは、二人の処分が放校になった他の学生に較べるとずいぶん軽かった理由を、自分の父が当時京都帝大の講師、おまけに檀の父親や叔父もやっぱり教育者だったためではないかと述べていたとか。昭和七年檀は東京帝大経済学部へ入学するが、本心は親友Yとともに京都へ行き、彼の父が在任中だった京都帝大文学部独文科へ進学、ドイツへの交換学生留学を希望していたらしい。

東京帝大在学中の昭和九年、檀は古屋綱武・綱正兄弟及びYとの四人で、生母高岩トミからも援助を仰ぎながら季刊文芸同人誌『鷭』を創刊したが、たちまち資金繰りに困り第二集をもって廃刊となる。だがその際、古屋を通じて生涯の友となった太宰治を知り、たちまちその文才に惚れ込んで彼の作品「葉」を第一集・春号に、「猿面冠者」を第二集・夏号に収載することになる。Yは創刊号に評論「作家精神の一つの面」と文学時評「志賀氏の『日曜日』評」を投稿している。その年末、檀はまたもやYや太宰治、山岸外史、中原中也、今官一、森敦らと一緒に文芸誌『青い花』を発刊、太宰治の「ロマネスク」やYの「ナポレオンとラスコリニコフ」などを載せた創刊号のみで休刊。間もなく廃刊に追い込まれて、太宰、山岸や檀、Yたち同人の一部は、昭和十年五月からの『日本浪漫派』第一巻、第三号へと合流することになる。Yは合流直後の五月号に「なまけものの感想」を、翌十一年一月発行の第二巻、第一号へは「浪漫的精神」を寄稿している。

なおYと太宰治の最初の出会いは、昭和十年京都帝大文学部哲学科卒業後、檀と連れ立って東京世田谷の経堂病院へ虫垂切除術後に併発した腹膜炎と肺結核で入院加療中だった彼を見舞った時だったという。

その後Yは立命館大学教授に就任、哲学を講じながら京都暮らしが続いたが、戦後の昭和二十一年父の死去で帰郷して善功寺を継ぐことになった。傍ら富山県教育委員長を務め、はたまた富山大学講師としてドイツ語の教鞭を執り、富山女子短期大学で哲学を講じたりもした。

檀との交流はその後も続いた。昭和二十三年に善功寺を訪れた彼は二カ月間滞在して「佐久の夕映」を執筆し、あるいは近くの富山県朝日町で発生した事件に取材、ヒントを得た短篇「尼僧殺し」を発表、更に昭和三十五年に再訪した折には、檀流クッキングの腕前を披露しながらの料理講習会を開いたりもしている。

さて無頼派作家檀一雄と言えば、絶筆となった小説『火宅の人』がすぐ頭に浮んでくる。彼の没後十年に当たる昭和六十一年、この作品は東映映画会社の高岩淡企画、深作欣二監督によって映画化され、檀の長女ふみも、平成二十年秋に亡くなった名優・緒方拳扮する桂一雄（檀一雄がモデル）の母親役として好演している。

檀ふみが女優となったきっかけには、この映画の企画者である高岩淡（現・東映会長）が大きく影響している。

昭和四十五年、大阪・千里で開催された日本万国博覧会を見物しての帰途、彼女は祖母トミの息子である高岩淡（父一雄の異父弟）が、当時、所長をしていた京都太秦の東映京都撮影所を訪れた。その際、ふみの容姿が某プロデューサーの目にとまり、女優としてのスカウト懇望がその二年後正式に、所長を通して父親の檀一雄へもたらされたのだった。昭和四十七年、彼女は高倉健主演「昭和残侠伝―破れ傘」でデビュー、以後映画スターへの道を華々しく驀進し、テレビや芸能マスコミの世界で一躍売れっ子になってゆくのである。

この高岩淡は京都撮影所時代、嵐山の近くに住んでいた。京都市右京区嵯峨北堀町にあった日本住宅公団・京都嵯峨住宅の一角である。もともと此処は、日本のハリウッドと呼ばれた映画製作のメッカ・太秦に近かったので、若手のシナリオ・ライターやカメラマンから助監督クラスの映画人たちが多数住んでいた。

たまたま私も空き家抽選に運良く当たった結果、昭和三十六年から同四十三年まで当団地に入居していたのである。

思えばあの頃はまだ電話の普及率が極めて乏しく、各戸に一台などはまさに夢のような話、とてもそんな贅沢は考えられない貧しい時代だった。もちろん我が家にも電話はなく、その節団地の世話役で事務連絡所を兼ねておられた高岩家の電話を緊急呼び出し用にお願いしていた。昭和三十七年暮れ、うすら寒い小雪の舞う夕方に故郷から突然の長距離電話で、父親が死の病いに斃れたという悲しい知らせを聞いたのも高岩家の玄関先だった。その黒く硬い冷たかった受話器の手触りだけは未だに忘れることが出来ない。

高岩の企画、制作あるいは総指揮になる東映映画には「野菊の墓」（伊藤左千夫原作、昭和五十六年）や「わが愛の譜―瀧廉太郎物語」（郷原宏原作、平成五年）「鉄道員」（浅田次郎原作、平成十一年）「長崎ぶらぶら節」（なかにし礼原作、平成十二年）などの文芸もの、殊に敗戦時、熊本幼年学校一年生だった彼の鎮魂の思いと非戦の願いが籠められた「きけわだつみの声」（再映画化版）（平成七年）「ホタル」（平成十三年）、そして最新作「男たちの大和」（平成十七年）の戦争三部作、他数々の大作がある。

ここではその中の一つ、やはり日本アカデミー賞助演女優賞に見事輝いた檀ふみが出演している「わが愛の譜―瀧廉太郎物語」（澤井信一郎監督）についてちょっと触れてみたい。

風間トオル演じる瀧廉太郎の学ぶ東京音楽学校教授で第一回欧洲音楽留学生の幸田延（文豪幸田露伴の妹）役に檀ふみが登場、彼女の妹・幸（映画では姪の中野ユキになっている）が第二回留学生、第三回留学生の廉太郎は宿痾の肺結核再燃により志半ばで帰国、恋人の幸に捧げる曲「憾《うらみ》」を遺したまま二十三歳で夭折するという内容の音楽映画である。

チャイコフスキーやショパンの各ピアノ協奏曲第一番、ベートーヴェンの交響曲第五番〈運命〉、ピアノ奏鳴曲第二十三番〈熱情―アパッショナータ〉やシューマン、リスト他のピアノの名曲がふんだんに挿入され、ドイツロケの美しい風景と相俟って香り豊かな佳品に仕上がっている。

ところが、この瀧廉太郎、若き日の一時期を富山で暮らしている。彼の父・瀧吉弘が明治十九年八月、富山県書記官として赴任、一家は富山市千石町の官舎に移住する。七歳の廉太郎は同年九月、旧富山城内にあった富山県尋常師範学校付属小学校第一学年へ二学期から転入。明治二十一年四月に父の退職で上京、四月に東京市麹町尋常高等小学校第二学年へ転入学、五月に第三学年へ進級するまでの一年八カ月を富山で過ごしている。

後に彼が作曲した組曲「四季」中の〈花〉〈月〉や〈雪〉、「雪やこんこん」「お正月」「雁」などの詩情あふれるモチーフには、かつて廉太郎少年の目に焼き付き、心に深く刻み込まれていた富山の鄙びた自然の風物詩も大いに関与していたのでは？ と思われ、また東くめ作詞になる〈納涼〉の〈ありそ海〉なる詞も万葉歌に歌われ越中の歌枕でもある「荒磯」に何か関連しているのかも知れない。

加えて土井晩翠作詞・瀧廉太郎作曲「荒城の月」の城郭のイメージに、土井は仙台の青葉城や会津若松の鶴ケ城を観たらしいが、瀧は更にそれへ父の転任先であった富山城、大分の府内城、竹田の岡城や東京の江戸城などを重ね合わせ、特に幼き日に通った小学校がその敷地内に建ち、かつ生まれて初めて見る城郭であった富山城（江戸期、外様大名の雄・加賀百万石前田家の支藩、十万石富山藩主居城）がとりわけ強い印象を与えたのではなかろうか？ とも思えてならないのである。

話が大分横道にそれてしまったが、ここでドラマ中に語られる先の平成十五年夏再放映のＮＨＫテレビ番組「私の太平洋戦争―昭和万葉集から」の由来本筋へ戻り、その要点を述べることにする。

昭和五十四年二月、講談社創業七十周年記念事業出版『昭和万葉集 全二十巻・別巻一』の刊行が、第一回配本「巻六―太平洋戦争の記録」（昭和十六年～二十年）をもって開始された。直後から、NHKはこの歌集に寄せられた多くの短歌の作者や親族を訪ね歩いて、それぞれの歌に秘められた三十余年来の思いを掘り起こし、改めて激動の時代を生き死にした人々の嘆き、悲しみ、痛み、怒り、叫びを画像に表現、集録したのである。

H・IがDVD録画していた同日同時刻、私もまたこの番組をビデオテープに撮りながら視聴していた。

約一時間近く続く画面に次々現れる短歌の詠み手・作者には、土岐善麿、湯川秀樹、徳川無声、野間宏や杉本苑子など少数の有名人もいるものの、殆ど多くは名もない一般庶民の方たちばかりである。戦地へ赴いた親兄弟あるいは夫の身の上を思う子や妻の歌、戦場における下級兵士が故郷に残した肉親や負傷した戦友を案ずる歌、女、子供や年寄りたちが銃後の耐乏生活の苦境を乗り越え、励まし合う歌、そして被爆被災の残虐悲惨さを只じっと見つめ、耐え忍ぶ無念慟哭の歌等々が、時に「愛国行進曲」や童謡唱歌「お山の杉の子」、そして戦時中のラジオ番組〈前線へ送る夕〉の主題前奏曲であった「ハイケンスのセレナーデ」などをバック・ミュージックにしながら紹介されるのである。

S・Kの短歌が出てくるのは、番組が始まって約四十分過ぎの辺りである。奈良岡と組んだ男性ナレーター・宇野重吉の問いかけに、彼女はややはにかみながら「上空を飛び過ぎて行く夫の飛行機の影の中に包まれたその瞬間、ほんの一瞬だったけどとても嬉しかった」と語り、次いですぐさまその一式陸上攻撃機の型と大きさをすらすら答えている。

「巻六」の百六頁《Ⅲ 戦場への思い 夫を思う》には、先の短歌に加えて、

全長25全幅20高さ5と
　わがそらんじし君が機の型

眼路のかぎり生きの命のかぎりかと
　爪立ちあふぐきみが機影を

君が機の海と空とにまぎれ入り
　われはうつけて砂の上にあり

の三首が挙げられている。

ところで、続くそのすぐ後の画面に現れる被爆者・豊田清史もまた、私が夙に知遇を得、一時親しい交わりを交わしたことのある広島の反戦歌人である。

アー水ヲクレマセンカア咽ノド
　痛イイ夜ガ明ケンノウー

「巻七」の《I 敗戦前夜 広島》に採録された彼の絶叫が、テロップ文字で画面上を横に流れるとともに、原爆の悲惨さを訴え核廃絶を願う豊田の真摯な顔がクローズアップされる。

昭和二十年八月六日朝、広島師範学校付属国民学校教師だった二十四歳の彼は広島駅東方、爆心より一・七キロメートルの地点で被爆する。幸いにも足の負傷のみで生命は助かったものの、以後三カ月間骨と皮だけになって生死の境をさ迷う。

彼は、その画面で「仮名で書く方がより事実に近い」と語っているが、作家原民喜もまた仮名で『原爆被災時のノート』を綴り、作品『夏の花』中に廃墟と化した市内の様相を「この辺の印象は、どうも片仮名で描きなぐる方が応しいようだ」とて、

ギラギラノ破片ヤ　灰白色ノ燃エガラガ
ヒロビロトシタ　パノラマノヨウニ　アカクヤケタダレタ　ニンゲンノ死体ノ　キミョウナリズム　スベテアッタコトカ　アリエタコトナノカ　パット剥ギトッテシマッタアトノセカイ　テンプクシタ電車ノワキノ　馬ノ胴ナンカノフクラミカタハ　ブスブストケムル電線ノニオイ

のような一節を挿入しているのが想い出される。

なお吉田満の痛恨の著書『戦艦大和ノ最期』も、やはり全文片仮名書きである。

いったい人は生死の関頭に立ち、ぎりぎりの切迫緊張した状況に至ると自然本能的に、よりリズミ

カルで簡潔直截的な片仮名表現を用いるようになるのだろうか。

豊田は、その後も原爆症に悩み苦しみ、何度も入退院を繰り返し大手術を受けながら反核、反戦平和運動の旗手として活躍する。市立幟町中学校在職時の昭和三十年、教え子の佐々木禎子が原爆症の白血病で死去すると直ちに〈広島平和をきづく児童・生徒の会〉結成世話人となって、三年後に平和記念公園内に「原爆の子の像」を建立した。その運動は現在も「原爆の子の像と折鶴の会」へ引き継がれている。かたや彼は陶磁器の研究家であり、書家でもある。昭和四十七年には広島市から委嘱され原爆慰霊碑の過去帳を筆書している。

一時、梶山季之らと『広島文学』を編集し、同人事務局長にも収まった。その後、短歌と評論誌『火幻』を主宰、多くの歌集や文学評論・学術書を著している。

この『昭和万葉集』には、他にも彼の短歌が多数採録されているが、とりあえず「巻十」の《I死の灰の恐怖「広島」より》の二首、

仰向けに陽に並べられたる少年の
　眼つむり絶えて陰みな黒き

「過ちは繰返しませぬ」と誰にいふ
　屍の上を軍靴踏みゆくに

と「巻十五」《Ⅲ 戦争の傷痕 原爆の傷痕》の、

わが内耳溶かさん夜々の響きをも
　　こころしずめ聴く冬弥撒の鐘

の一首の計三首を掲げておく。

そして更にぜひとも記しておかねばならぬことは、井伏鱒二著『黒い雨』の種本となった「重松静馬日記」に関わる一件である。井伏の作品は、豊田が浄書させ送らせた親友重松静馬の日記他を基にして出来上がったものである。

殆ど七割強の日記原文をそのまま無断で流用、剽窃、盗作したという事実を告発して、執拗に文壇の大家や取り巻きの売れっ子評論家たちと出版企業界に澱むどす黒い霧に立ち向かい、孤軍奮闘し続けているのもまた他ならぬ彼自身なのである。まことに反権力の熱血正義漢、豊田の面目躍如たるものを感じざるを得ない。平成二十二年死去したが、全生涯を激烈な義憤と強硬な反骨に徹し反戦と平和の孤塁を死守した裂帛の古武士的存在だった。

私の連想の余波はまだまだ続く。

卒業後のＳ・Ｙは、やがて結婚されるまでの二カ月間を母校の京都府立第一女学校に在職された。わが国で最初に創立された自由主義の気風と伝統にあふれる女学校である。

なお、太宰治夫人津島美知子の母・石原（旧姓岡本）くらもまたこの学校の卒業生である。

戦後、学制改革で男女共学のO高等学校へ生まれ変わったこの学校に勤めておられたH教諭は、偶然にも私の中学校時代のクラス担任の恩師だった。

同志社大学を出られた彼は、暫時、京都府下の某女学校で勤めた後に、遥々、北陸富山の中学校へ赴任された。悪餓鬼どもだった我々にせがまれて、よく「同志社カレッジ・ソング」を英語で歌ってくださったことが懐かしく想い出される。ただ戦時下、英語教師だったがために大層肩身の狭い思いをされ、配属将校等からも白い眼で見られていたらしい噂もたびたび耳にした。敗戦直前に帰洛され、やはりY家のある松ヶ崎の地内に住んでおられた。

五年後京都に学ぶことになった私は、はしなくもH教諭と再会の機会を得た。遊びに行くといつも北の雪国時代の話に楽しい花が咲く一方また、教職員組合の副委員長としても活躍されていた先生からは何かと社会主義的思想の常識を教えられて、しばしば已れの政治音痴を思い知らされたものだった。


やはり当時、府議会のE革新議員とすこぶる昵懇だった私の大学付属研究所時代のA助教授の住まいもすぐ側だった。動物実験や論文作成に際しては直接指導を戴いたが、敬虔なクリスチャンだった彼は正月元日はおろかクリスマスの日も必ず研究室へ出勤、仕事を休まれるのを殆んど見たことがなかった。

いつかクリスマス・イブの夜遅く、相変らず研究室の灯が点いていたので、ちょっと覗いて「先生、今夜はお帰りにならなくてもいいんですか?」と言ったら、「私は、今朝もう礼拝をすましてきましたよ。イブだからと言って、何も町をうろついてお酒など飲まなくてもね……、まだ仕事が一杯たまっているしね……」と答えながら、悠然と研究書を読んでおられた姿が、今もって鮮やかに瞼に焼きついている。

更に懐かしい想い出が甦ってくる。

小、中、高等学校、そして学部こそ違うものの大学もまた一緒だった畏友Fがいた京都市電⑥系統・東山線高木町電停傍ら、松ヶ崎近辺の下宿二階へもよく遊びに行った。政治、経済、社会、思想、文学・芸術、学生運動等々、夜を徹してのかまびすしい論争で、私はいつも彼の理路整然たる鋭い舌鋒の軍門に降らざるを得なかった。法学部を終え、やがて青年法律家協会所属の判事となった彼は、札幌地方裁判所在任時の昭和四十八年九月「自衛隊のナイキ・ハーキュリーズ基地建設は憲法違反」と言うあの長沼訴訟判決で、一躍勇名を轟かせて時の人となり私たちを驚かせたものだった。

そう言えば、岩波映画時代の昭和三十九年、先年亡くなった反戦と自由の士・黒木和雄監督の名篇ドキュメンタリー・モノクロ映画「とべない沈黙」(百分、日映新社制作、ATG公開、昭和四十一年)に参画して、松川八洲雄と組んで脚本を担当し、助監督を務めたのも他ならぬ彼と同じ「青の会」メンバーだったH・Iである。

北海道には決して棲息しないナガサキアゲハ蝶を必死になって捕らえ学校へ持参した少年は、先生たちから実はどこかで買ったかあるいは盗んできたものではないか？　と怪しまれて煩悶する。一転した画面で、ザボンの葉に止まったナガサキアゲハの幼虫が、長崎から汽車に乗って運ばれ萩、広島、京都、大阪、そして、突如、長駆して香港へ、再び横浜・東京へ戻って、空路遂に千歳へ到着する。その列島縦断の旅路にあって、加賀まり子扮する美しいアゲハ蝶の妖精化身は、敗戦後日本の政治経済状況における幾多の繁栄と低迷、度重なる革新運動の昂揚と挫折を遍歴体験し、堕落俗塵に押し流される頽廃風潮や泰平ムードに遭遇する。

世のいわゆる正論と称するものと日ごろ関わっている現実との角逐葛藤の数々、知性と心情の交錯と離反や齟齬軋轢、孤独な魂の沈黙の漂泊を描いたこの現代文明と社会世相批判のオムニバス的ストーリーは、（突如、国会議事堂内衆議院での強行採決時の議長席を取り囲む与野党掴み合い模様のニュース画像や、東京湾内を進む原子力潜水艦、都内における自衛隊の戦車隊列行進の映像なども挿入されていて）かなり観念的で難解である。

だが戦後の一時期、日本が掲げた民主主義と文化平和国家への強烈鮮明な希求、願望が、ともすれば単なるノスタルジアと幻想の彼方へと遡及、かつ没落してゆく心象風景だけは、（例えば、冒頭、北海道の明るく輝く広々とした原野に舞い飛ぶ綺麗なアゲハ蝶を懸命に追い掛け続け、次いでその蝶の生態に関する真偽と夢想・希望の狭間に苦悩する少年の大写しの顔と姿を持ち前の記録映画独特の手法を存分に駆使して描く見事な詩的シーンなどのカメラワークに照らしても）、結構、映し出すことに成功しているのではなかろうか。

この映画を作ったモチベーションには、当時の政治状況にたいする私なりの危機感がありました。（中略）憲法九条で「戦争放棄」したにもかかわらず、国民の知らないところで有事立法の策定が検討されていたことに、私はふたたび、「いつか来た道」を歩むのではないか、戦後民主主義が否定されることへの不安がありました。自衛隊の戦車が出動して東京が戒厳令下に置かれている状況を描いたのも、こうした「明日」への強い危機感があったからで、モチーフに重ね合わせて描いたのです。

と、後に黒木もまた時代逆行への無気味な予感を語っているのである。

加えてH・Iには、反戦自衛官小西誠三等陸曹の裁判闘争に資料を得た意欲作映画「叛軍NO・4」（九十八分、十六ミリフィルム、昭和四十七年）があることも記憶に留めておきたい。

平成十七年五月、冒頭に記したNHKテレビドラマのいきさつが、その後彼女の手元に保存されていた「教生期」ノートからの一部抜粋をも併載してS・K、H・I両人の共著『あの夏、少年はいた』（れんが書房新社）として一冊に編まれ刊行された。

二人の間に交わされた往復書簡や日記の文面からは、昭和十九年初夏、戦争の雲行きもようやく急を告げサイパン島が陥落し東條内閣は総辞職した頃にもかかわらず、そんな時代の暗さを一気に吹き飛ばすごとき師弟間に萌え立ち輝く青春の息吹が感じられ、半世紀以上に及ぶ互いの波乱に富んだ人生の年月を超えてなお、鮮烈に響き合う想いのたけがまざまざと読み取れて痛く胸を打つ。

本ドラマを観賞し著書を紐解いた私もまた、同じ激動の昭和年代を生き抜いてきた者の一人として、深い感慨を覚えざるを得ない。Y家を発端として故郷富山、結核研究、戦争、そしてライフワークの作家太宰や檀など、いささか連想ゲーム的な発想をもってわが越し方の心に浮かぶ由なしごとを綴ってみた次第である。

S・K、H・I、お二人の幸せなご邂逅を心よりお慶びし、末長いご健勝を祈って已まない。

〔付記〕

実は本稿に関して、最初、かなり似通った私自身のまさしく六十年の星霜を閲し、北陸隣県K市のA川畔にまつわる或る貴重な音沙汰から奇しくも甦った旧い高等学校時代の体験事実をも又書き添えるつもりだったが、結局、割愛し別の機会に譲ることにした。かつて若き青春の日における、今尚瞼の裏に揺曳する緋色の日傘の君、懐かしくもほろ苦い想い出は、やはりただ独りわが心の奥底深く遙かモラトリアムの彼方へ、いついつまでも美しくかぐわしい夢のままにそっと閉まって置きたいような気もするので……。

本文中に引用した著書以外に次の諸文献・資料をも参照した。

(一)『檀一雄全集』沖積舎、昭六一・一。
(二) 野原一夫『人間 檀一雄』新潮社、昭六一・一。

（三）　旧制富山高等学校思想文化運動史編纂委員会編『旧制富山高等学校思想文化運動史』新興出版社、昭五八・一〇。
（四）　『第十次太宰治全集全十二巻・別巻一巻』筑摩書房、平元・六～平四・四。
（五）　海老沢敏『瀧廉太郎―夭折の響き』岩波書店、平一六・一一。
（六）　山田野理夫『荒城の月』恒文社、昭六二・五。
（七）　雑誌「丸」編集部編『銀河／一式陸攻』光人社、平一二・一一。
（八）　福島重雄他『長沼事件平賀書簡―35年目の証言』日本評論社、平二一・四。
（九）　佐藤忠男『黒木和雄とその時代』現代書館、平一八・八。
（一〇）　ATG　Film　Exhibition　NO・3『とべない沈黙』京都芸術劇場・春秋座（京都造形芸術大学内）、平二〇・六。

三　川端康成『山の音』の背景としての昭和の戦争と戦後史

一　はじめに

私は戦争からあまり影響も被害も受けなかつた方の日本人である。私の作物は戦前戦中戦後にいちじるしい変動はないし、目立つ断層もない。作家生活にも私生活にも戦争による不自由はさほど感じなかつた。

とは、川端康成が昭和二十三年五月三十日から刊行開始された新潮社版全集十六巻本の第一巻「あとがき」（後に昭和四十五年十月二十五日刊全集十九巻本の第十四巻『獨影自命』）へ記した言葉である。

しかし彼は、原爆の被災地広島への二度の視察訪問の末、雑誌『文学界』昭和二十五年二月号へ発表した小説『天授の子』中で、広島で私は強いショックを受けた。私は広島で起死回生の思ひをしたと言つても、ひそかな自分一人には誇張ではなかつたかもしれない。（中略）私は広島のショックを表に出すのがためらはれた。人類の惨禍が私を鼓舞したのだ。二十万人の死が私の生の思ひを新にしたのだ。（中略）
広島の原子爆弾からは四年過ぎて私は言はば戦跡を見てゐるに過ぎないし、私は根が悲劇も喜劇も知らぬ人間に過ぎないけれども、最初の原子爆弾による広島の悲劇は、私に平和を希ふ心をかためた。私は太平洋戦争の日本に最も消極的に協力し、また最も消極的に抵抗したといふ風で、今後の戦争と平和とについてもまたおそらくはそんな風なことになるのかもしれないが、私は広島で平和のために生きようと新に思つたのであつた。

と述べている。

そもそも川端康成の文学、その実人生と昭和の戦争との関連については、遠く昭和初年代の言論・思想弾圧にかかわる諸事象から戦中そして敗戦直前、直後の時代を扱った精緻な論考が数多く見受けられる。

今それらを総括してあえて暴論を厭わずに言うならば、川端は概して非政治的、非社会的な作家であり、決して積極的な戦争賛成論者でも反対論者でもなかっただろう。

川端の意中に存するものは常に人間の自由平等、平和性への真摯な希求、並びに美意識への飽くなき志向と愛好讃美以外の何ものでもなかった。それが戦時非常の際にあっては良きにつけ悪しきにつけても、時に諦念傍観者的立場、時に冷徹非情な論理を採らざるを得なかった? と見做してよいのではなかろうか。

思うに川端が自ら「戦争からあまり影響も被害も受けなかつた」と言うのは、どう考えてもやはり妥当ではなかろう。あの大戦争、しかも厳しい敗戦の現実のさ中にあって、人は何らの関係も被らずに生きて暮らせる筈がない。多かれ少なかれ戦禍の痛手が人の心を蝕み、傷痕が身に残るのは必定、彼の作品のあちこちにそれらの一端を読み取ろうと企てるのもそんなに難しいことではない。

差し当たって今回は、川端の戦後の名作『山の音』を主たる題材に選び、かつその前後に書かれたいくつかの作品、随想や手記等の類いをも含めて、その中に見え隠れする昭和の戦争と戦後史の影響を些か考察してみたい。

二　小説『山の音』の時代状況

さてこの作品は、昭和二十四年九月の『改造文芸』に載せられた「山の音」に始まって昭和二十九年四月の『オール読物』への「鳩の音」(後に「秋の魚」と改題)までの四年八カ月、あちこちの文芸あるいは総合雑誌へ断続的に計十七回にわたって発表された小説である。扱われているのはある年の八月の十日前から明くる年の十月までのおよそ十五カ月間である。

ただし厳密に言うと、この作品の時間設定描写にはいくつかの弱点ないし齟齬のあることも予め述べておかねばなるまい。

例えば冒頭「山の音」第二節にある〝八月の十日前〟と言うのは、八月十日の前つまり八月上旬の意味なのか、あるいは八月に入る十日前すなわち七月下旬の意味なのか、両用に解釈できてどうも判然としない。

「冬の桜」第一節にある《今年から満で数へることに改まつたので、…》の今年は昭和二十五年である。加えて昭和二十四年十月号『新潮』掲載の「雲の炎」第一節初めの《…二百十日の前夜、颱風が来た。》の描写は、ちょうどその年八月三十一日関東地方に上陸、各地に豪雨をもたらしたキティ台風がモデルだろう。ここに注目すれば小説の時間的推移は昭和二十四年夏から二十五年秋までとなる。

しかし「夜の声」第二節に出てくる夕刊記事《少女が双児を産む　青森にゆがんだ（春のめざめ）》（実際の毎日新聞では「少女が双生児を産む　青森に歪んだ〝春のめざめ〟」となっている）や、「春の鐘」第一節に現れる日本漕艇協会副会長夫妻の家出心中事件、そして「鳥の家」第三節、「蛇の卵」第三節の《なにがしといふ蓮博士》の記事はそれぞれ昭和二十七年の一月、四月、七月の新聞記事に則った描述である。

加えて昭和二十八年十月の『文芸春秋』別冊号に登場する「蛇の卵」第一節の横須賀線鶴見駅での電車事故は、実は昭和二十六年四月二十四日に発生した根岸線の横浜・桜木町駅事故が恐らくそのヒントになっているのではなかろうか？　横須賀線での小さなトラブルの可能性は必ずしも否定し得ないが、あのよく知られた鶴見駅大事故は昭和三十八年十一月九日夜の発生なる故、小説執筆の時点では全く問題外である。さすれば前記の時間的な経過推移は更に一〜二年遅れの昭和二十六年から二十七年までへずらさなければならないことになる。

いずれにしても、この作品中に設定された一年余りの、かつ雑誌に掲載発表され続けた五年足らずの時間的経過、及び執筆に先立つ作者が構想に要した幾ばくかの年月を含んだ、あのまさしく波乱と激動に満ち満ちた敗戦直後のアメリカ軍占領下から講和条約締結、発効後までに至る昭和二十年代の時代背景と社会状況を振り返り探ってみることは、本論考の目的意図から言っても、先ずは着手されるべき必須の要目であろう。

以下、敗戦直前の昭和十九年頃から始まって昭和二十年代を通しての戦後史に現れた政治・経済・思想や文化・社会状況などについての概略を、川端康成自身の行動や業績を絡めながら、年表風に辿ってみたい。

・昭和十九年

開戦後三年、連合軍の反攻はますます熾烈化、七月にマリアナ群島のサイパン、テニアン両島が陥落するや、同島を発進基地化したB29型重爆撃機は十一月下旬より東京近郊を手始めとしていよいよ日本本土への本格的戦略爆撃を開始した。

戦局の進展に伴い、川端も自宅裏庭に防空壕を掘り、近隣の防空群長となって夜警に飛び回る一方、灯火管制下の寝床や横須賀線電車の往復中で、『湖月抄本源氏物語』や『大日本仏教全書』などの古典的な文書を読み耽った。

・昭和二十年

三月十日は東京江東・下町一帯への大空襲、以後も東京都内各地、川崎、横浜、名古屋、大阪、神戸など京浜、中京、阪神地区大都会とその周辺、次いで六月半ばより全国諸処の中小都市への焼夷弾による無差別絨毯爆撃が続いた。

川端は四月二十四日から五月二十四日までの一カ月間、報道班員として鹿児島県鹿屋の海軍航空隊特攻基地を視察する。五月、鎌倉在住の文士たちと「鎌倉文庫」を開設。

八月六日広島へ、九日長崎へ原子爆弾が投下される。同日、ソ連対日参戦。八月十五日遂にポツダム宣言受諾に基づく敗戦、川端は自宅で家族と共に天皇のいわゆる玉音放送を聞く。二日後の十七日、島木健作死去。九月二日、東京湾内のアメリカ戦艦ミズーリ号上で正式降伏文書調印。

戦後「鎌倉文庫」を出版社とし、東京・丸ビル、後、日本橋・白木屋デパートに事務所を設け川端は重役となり横須賀線で通勤した。

九月十日、連合国総司令部（GHQ）により政治、思想、信教、民権の自由に対する制限撤廃。九月十九日、連合国軍最高指揮官（SCAP）による書籍・新聞などに対する事前検閲（プレスコード）に関する覚書。十一月六日、財閥解体覚書。十二月九日、農地改革実施指令。十一月中旬〜十二月上旬、戦犯指名逮捕開始。

・昭和二十一年

元旦に天皇の人間宣言。二月十九日の神奈川県を皮切りに、昭和二十九年八月の北海道までの八年半にわたる沖縄を除く全国各地への断続的巡幸を開始。二月十七日、「金融緊急措置令」公布（モラトリアム）、旧円預貯金封鎖、新円発行。五月三日、極東国際軍事裁判（東京裁判）開廷。十一月三日、日本国新憲法公布。

三月三十一日、武田麟太郎死去、川端は翌四月三日の葬儀で弔辞を読む。十月二日、鎌倉市二階堂の旧蒲原有明邸より長谷二六四番地へ転居。

・昭和二十二年

二月一日、全官公庁共同闘争委員会が決行予定していたゼネスト、GHQマッカーサー命令によって中止となる。四月一日、六・三・三・四新学制実施。五月三日、新憲法実施。十月十三日、秩父、高松、三笠の三直宮家を除く十一宮家五十一人の皇籍離脱決定。二十六日、「改正刑法」公布、「不敬罪」「姦通罪」廃止。

五月末より六月十日まで川端は「鎌倉文庫」北海道支社へ出張。この頃より古美術への関心高まり美術展を観賞したり、美術商と付き合う機会が増え「十便十宜図」（池大雅・与謝蕪村筆、後国宝に指定）を入手する。十二月三十日横光利一と死別する。

・昭和二十三年

一月三日、横光利一告別式で弔辞を読む。一月二十六日、帝銀事件発生。三月六日，菊池寛死去。六月二十三日、ペン・クラブ評議委員会で第四代会長（昭和四十年十月まで在任）に選出される。十一月十二日、東京裁判判決、「読売新聞」の委嘱で傍聴。十二月、完結版『雪国』（創元社）刊行。

・昭和二十四年

一月二十六日、法隆寺金堂出火、国宝壁画焼失。七月六日、下山事件。七月十五日、三鷹事件。七月～十二月、民間情報教育局（CIE）顧問イールズ、全国各地の大学で共産主義教授追放の講演（イールズ旋風）。八月十七日、松川事件起こる。

川端は九月の国際ペン・クラブ第二十一回大会へ日本会長としてのメッセージを寄せる。

十月四日、プレスコード撤廃、検閲廃止。十一月、広島市の招請で小松清、豊島與志雄らとペン・クラブを代表して原爆被災地視察。帰途、京都へ寄る。この年五月から「千羽鶴」、九月から「山の音」の雑誌分載を開始する。

十一月三日、湯川秀樹、ノーベル物理学賞受賞。

・昭和二十五年

四月、ペン・クラブ会員らと広島、長崎を訪問、十五日には「世界平和と文芸講演会」（日本ペン・クラブ広島の会）で平和宣言「武器は戦争を招く」を読んだ。

しかし皮肉にもその直後の六月末に朝鮮戦争勃発。戦後の平和・民主主義体制は急激に逆コース右傾化の方向を辿ることになる。日本共産党への弾圧が厳しくなり、幹部らは追放と同時に地下へ潜行、レッド・パージの嵐は教育、文化、芸術、報道方面などを主とするあらゆる公共機関や民間企業体に吹き荒れる。八月十日、遂にGHQ指令に基づき国内治安と海上警備の強化拡充を目的とした警察予備隊が設立される。

この年「鎌倉文庫」経営悪化、倒産。（正式解散は翌年四月）

・昭和二十六年

四月十六日、朝鮮戦争で戦略的に対立したトルーマン大統領から解任された国連軍総司令官マッカーサー元帥が離日帰国。九月八日、サンフランシスコで「対日（単独）講和条約」並びに「日米安全保障条約」締結調印。十一月十二日、京大天皇行幸事件起こる。

六月二十八日、林芙美子死去し、七月一日、その葬儀で川端が葬儀委員長をつとめる。

・昭和二十七年

二月二十八日、日本の主権をかなり侵害する内容を盛った「日米行政協定」調印。四月二十八日、「対日講和条約」、「日米安全保障条約」発効。GHQ廃止。五月一日、皇居前広場で血のメーデー事件発生。以後、東京都内各地や大阪、名古屋などの反戦、平和集会で火炎ビン闘争による騒乱事件頻発、一部に騒擾罪が適用された。七月二十一日、「破壊活動防止法」可決公布。十月十五日、警察予備隊を再編強化し海上警備隊を統合して保安隊が発足。GHQ参謀第二部配下にあった在日諜報部門「キャノン機関」の関与が取り沙汰されていた鹿地亘誘拐監禁事件が話題になったのもこの頃であった。

この年二月、川端の『千羽鶴』(『山の音』の既発表分と併せて)筑摩書房より刊行され、二十六年度の芸術院賞を受賞。十月、『文芸春秋』三十周年記念講演会で彼は関西へ、次いで九州、九重高原を旅行する。

・昭和二十八年

七月二十七日朝鮮戦争の休戦協定調印。特需景気終わり経済不況の兆し深刻となる。

五月二十八日、堀辰雄死去、翌月三日の告別式で川端は葬儀委員長をつとめる。六月、角川書店講演旅行で再度九州へ、夏は戦後初の軽井沢へ行く。東宝で「山の音」(成瀬巳喜男監督・水木洋子脚色、山村聡、上原謙、原節子主演)映画化決定、撮影始まる。成瀬にとっては、「乙女ごころ三人姉妹(浅草の姉妹)」(昭和二十五年)「舞姫」(昭和二十六年)に次ぐ川端原作の三本目である。十一月三日、川端は芸術院会員に選ばれた。
・昭和二十九年
三月一日、ビキニ環礁でアメリカ水爆実験、第五福竜丸被爆。八日、「日米相互防衛援助協定」（MSA協定）調印。同協定によって日本に義務付けされた軍事力増強方針に沿って六月九日、陸、海の自衛隊に加えて航空自衛隊を新設、ここに駐留アメリカ軍協力補充を目的とする三軍方式による戦後日本の再軍備化が一応完結した。一方、「原水爆禁止署名運動全国協議会」が結成、以後同運動の発端となる。

二月十日、映画「山の音」封切、一般公開上映される。

四月、完結した小説『山の音』が筑摩書房より刊行、十二月に第七回「野間文芸賞」を受賞。昭和二十三年より始めた新潮社版十六巻本全集完結。この頃より川端の睡眠剤常用始まる。
・昭和三十年
八月六日、広島で第一回原水爆禁止世界大会開催。北富士、砂川など各地でアメリカ軍演習場、基地反対闘争激化。

二月十七日、坂口安吾、六月十八日、豊島與志雄死去。川端はそれぞれ弔辞を発表する。

ざっと眺めて、この戦後十年間、前半昭和二十年〜二十三年頃までは日本軍閥と財閥解体によるすこぶる急激な平和、民主主義化政策の推進、後半昭和二十四年〜三十年は左翼化行き過ぎの反動としての逆コース右傾化方針への転換が見て取れる。

大戦終了後の世界情勢の流動変化、アメリカ・ソ連邦対立の東西冷戦進展下にあって、ソ連の極東進出への防波堤としての日本再軍備促進強化、アメリカ占領・駐留軍とそれに直結する日本の保守派政府並びに独占資本体制との一体化構造の確立、見せ掛けの独立、傀儡政権国家の建設を目的とするアメリカ及び西側陣営に組み込まれた被占領国日本、その短期間に全く相反する正逆二方向へ踊り走らされ、振り回されて矛盾と欺瞞に満ち溢れ股裂き状態に陥った敗戦国社会の激動の様相がありありと感じられる。

そして今、このような特殊な時代下に書かれ、いまだ戦争の翳りを色濃く留めている小説『山の音』の作品構造、その節における作家川端康成の心底に潜む文学的信条の真実をこそ、しかと読み解くべきことを痛感するのである。

三　作品に表れた戦争の傷痕

ところでこの『山の音』は、鎌倉のある中流家庭の家長・尾形信吾を主人公にし、敗戦後の社会における彼の妻、息子と嫁、出戻りの娘と孫たちなどに関連する家庭の内外における夫婦、親子、姉弟、嫁舅関係の複雑多岐な状況が、四季折々を彩る自然の鮮やかな風物誌の中で夢や暗示の象徴的技法をふんだんに駆使しつつ、人間の老いと性と愛の在り様を中心のテーマに掲げて語られてゆく小説である。

作品中に登場する、今次の戦争と戦後の社会世相や風俗習慣に何らかの形で関係あると思われる事項を幾つか採り出し、アット・ランダムに列挙してみよう。

○戦争と女性、すなわち娼婦、未亡人、仮妻・妾など、そして庶出（私生）児の問題。鎌倉のさかな屋の店先であじを買ったり（「山の音」第三節）、公園で白人兵と戯れる主として外人を相手にする私娼（「都の苑」第三節）、あるいは電車中の髪を赤く染めた男娼（「蛇の卵」第一節）。池田と絹子（「朝の水」第三節、「蚊の群」第一、第二、第三節、「秋の魚」第三節）や、菊子の友人の茶師匠（「春の鐘」第四節）たちの戦争未亡人。谷崎英子のような恋人が戦死した半未亡人。（「夜の声」第三節）

○精神の麻痺と頽廃、背徳、絶望を抱えた心の負傷兵たる復員後の息子修一。（「冬の桜」第三節、「朝の水」第三節、「夜の声」第一節、「都の苑」第四節、「雨の中」第三節、「秋の魚」第四節）

○娘房子の亭主・相原の麻薬密売・常習、心中未遂事件と離婚問題。（「都の苑」第一節、「雨の中」第一節）

○日本漕艇協会副会長夫妻家出心中事件と遺書の新聞記事に見られる男女同権思想。（「春の鐘」第一節）

○少年少女の妊娠・出産、中絶堕胎の夕刊記事と「優生保護法」の制定。（「夜の声」第二節、「春の鐘」第一節）

○北本のように息子を戦死させたり、戦中・戦後に失職したりする者が多い六十過ぎになる信吾の学友たち。（「朝の水」第一節）

○戦争中、山裾に横穴の防空壕を掘った余り土の盛り山で親犬の乳房に吸い付き戯れながら日なたぼっこする子犬たち。（「島の夢」第四節）
○孫の里子の質問《イチ万円とヒャク万円と、どっちが多いの》を話す出戻り娘房子へ、《戦前の一万円と戦後の百万円だとね。》と苦笑いしながら答える信吾。（「朝の水」第四節）
○電気剃刀、電気掃除機、電気洗濯機、電気パン焼き器など、戦後、一気にもたらされた家庭の電化や折りたたみ蝙蝠傘、アメリカ製櫛の話題。（「傷の後」第二、三節）
○若い男女のデート・スポットやアメリカ人夫婦、外人兵と娼婦の散策路となり果てた新宿御苑。（「都の苑」第三節）
○低空飛行するアメリカの軍用機に撃たれて惨死する赤んぼの幻覚、幻想。（「鳥の家」第三節）
○戦争中における殺人についての親子問答。（「傷の後」第四節）
○新しい戦争の勃発や前の戦争の亡霊に追い掛けられたり、田舎への疎開を予感させるような脅迫観念。（「秋の魚」第三節）

以下、これらの事項を適宜採り上げながら拙論を進めていきたい。

四　娼婦、未亡人そして生活の困窮

先ず、冒頭の章第三節に登場する娼婦について述べよう。

帰宅の途次立ち寄ったさかな屋の店先にいた二人の娼婦について、《あんなのが鎌倉にもふえましたね。》と吐き出すように言う店の亭主の口調を、主人公の信吾はひどく意外がって《だつてしゆしようじやないか。感心だよ。》と打ち消し、彼女が伊勢海老をどう料理して外人に食わせるのだろうかと心配する。

信吾は、背をまる出しにして布のサンダルをはき、いい体をした野生的な娼婦へ好意を持ったのは確かだが、その後で自分がうらさびしいように感じられてならなかったとも書いている。

そして作者は、娼婦には些か不似合いな娘という呼称を彼女らに使っている。

小あじ一匹を買いながら《あの海老、土曜日まであるかしら。私の人が好きなのよ。》とつぶやく彼女は、その頃、通称オンリーと呼ぶ独りの特定外人だけを相手に同棲生活を営んでいた娼婦である。敗戦直後の日本社会では、一般に街頭に現れた私娼をパンパンガールと言い、不特定多数を相手とする方をバタフライ（あちこち飛び回る夜の蝶という意）、特定の個人を相手にする方をオンリー（ワン）と呼んだのである。

そもそもパンパンの語源については、インドネシア語のブロンパン（女）の訛りだろうとか、米卑語の売春婦を意味するポンポン（pom・pom）からだとか、英戦艦搭載の対空ポンポン砲に由来するとか、はたまた上陸兵が夜の慰安街の戸を叩く音だとか、戦争中に南方の原住民女性が日本兵にパンパンとパン（麺麭）を哀願したことによる等々……諸説あり、今ひとつ詳細は不明だが、いずれにしろその出所は軍隊用語であることだけは確からしい。

川端自身も、後年、つまり昭和四十年九月～四十一年三月まで雑誌『小説新潮』に連載した『たまゆら』（未完）の「ハルヒコ」の章（昭和四十年十一月発表）で、《パンパンといふ新しい名の娼婦たち》として、

これらの女たちには、手足も荒れよごれ、をかしいちぐはぐないでたちの、にはかじたてが多くて、これまでの遊女の観念とはおよそかけはなれたものであつたが、その土臭さ、あるひは素人臭さ、あるひは不作法さ、恥ぢのなさは、敗戦の虚脱、占領軍への卑屈のなかにあつて、顔をそむけたい、無知のみつともなさながら、むしろ、野性、野草の力を思はせるものがないでもなかつた。女の生のたくましさ、人間の生のしぶとさが、ぬかるみの泥にまみれて立ち動くと見えぬでもなかつた。いつの時代、どこの国でも、ひどい戦争のなか、みじめな戦敗のあとに、ありがちの風俗である。

初期肉筆浮世絵風俗畫の「湯女図」、むかし、これほど女の図太さを出して野卑なのはめづらしい名畫を、直木は思ひ出して、

「なるほど、あれは戦国時代の後の（パンパン）を、真に迫つて描いたのかな。今のパンパンと似たものだな。」と、ほんとにうなづいた。その絵の六人の湯女は、きものの柄だけは、まあきれいに描いてあるが、まるで街娼のやうに立ちならんだ、そのだらしない着つけの姿、ことにふてぶてしい面構へは、長い戦争の底から這ひあがつた、土民の野性を現はしてゐるかのやうだ。長い戦乱の後の頽廃にはちがひなくとも、「頽廃の活気」かと見えた。勃興と反逆と蛮力をふく

めてゐる。同じ初期肉筆浮世絵風俗畫の名作にしても、「松浦屏風」、「伝本多平八郎絵姿」、殊に「彦根屏風」になると、優麗になつてゐるが、繊弱に堕してゐる。さう思つてみると、パンパンの土臭、野性に、その頃の闇市に似た原始じみた活力を、直木は汲み取るべきかとも見直した。

と記述している。

〔余談になるが、作品『たまゆら』は初め書き下ろし新稿として、笠智衆、加藤道子、亀井光代たちが出演するNHK朝の連続ドラマ（昭和四十年四月五日〜四十一年四月二日）となり放映され、川端自身も通行人や執筆者の配役として出演登場した。このテレビ用構想を基にして改めて創作執筆されたのが本小説だったが、遂に完成を見なかった。〕

ところで敗戦直後の昭和二十年八月十八日、東久邇宮稔彦内閣は内務省警保局長名で全国警察署長宛に「外国軍駐屯地における慰安施設等整備に関する通達」を指令している。

続いてその事務所を銀座「幸楽」に置く「特殊慰安施設協会」（Recreation and Amusement Association）が設立されるが、その設立趣意書前文には次のように記されていた。

畏くも聖断を拝し、茲に連合軍の進駐を見るに至りました。（中略）一億の純血を護り以て国体の護持の大精神に則り、（中略）彼我両国民の意思の疎通を図り併せて国民外交の円滑なる発展に寄与致しますと共に平和世界建設の一助ともなれば本協会の本懐とするところであります。

（後略）

二十八日、関係者は皇居前広場で「君が代」斉唱、天皇陛下万歳を三唱すると同時に設立宣誓文を読み上げ、新日本再建の発足と全日本女性の純潔を守るための礎石たることを自覚、滅私奉公の決意を披露したとも言われる。「ポツダム宣言」受諾に当たって、日本側が求めた最低条件の国体護持（天皇制維持）が、早速、この敗戦直後の外人専用「特殊慰安施設協会」設立の目的事由に持ち出され、その天皇の住む皇居前広場で設立の大会が開かれたことこそは、まさに昭和の日本被占領史上に残る一大皮肉だったと言わねばなるまい。

当日、連合軍先遣部隊の神奈川県厚木到着に合わせ東京大森海岸に開業したのが、この国家総力を挙げての占領軍向け性的慰安施設第一号店「小町園」だった。かかる外人兵慰安施設の特殊女性は六大都市においては当時推定四万人、全国各地の主要基地周辺ではおおよそ十五万人にも達したという。占領軍当局は、最初このような施設の女性たちを一般の街娼とは一応区別して対応したらしいが、如何せん瞬く間に性病蔓延、翌昭和二十一年三月になってGHQはアメリカ兵の施設へのオフ・リミットを通達、その月末にはさすがこの国辱ものの施設R・A・Aはわずか半年余りをもって廃止された。

以後、施設から溢れ出たこの特殊女性たちの群は、たちまち夜ごと街角に春をひさぐパンパンガールになり果てた。既に一月二十一日付でGHQからの廃娼令覚書で公的には禁止されていた筈の売春行為も、まさに抜け穴だらけの有名無実のザル法的処置だったが故、形だけは自由意志の名前だけ変えて相変わらず営業を続けていた旧遊郭（赤線地帯）や、もぐりの特殊飲食店街（青線地帯）などの集娼地域に鞍替えしたり、あるいはアメリカ軍が個人の自由意志、自発的行為までへは言及しなかったため、個人的な愛人関係にもつれ込んだりする場合も時にはあった。その他、外人専用の白線地帯や黒線、黄線……、又は好事家の遊戯対象となるような無法、淫乱の風俗地域も敗戦後の道徳頽廃、風紀紊乱、公的秩序低下や社会不安、インフレに伴う生活苦難と相俟ってますます氾濫の一途を辿り、私娼、売笑婦の数は更に増大していったのである。

昭和二十一年八月二十九日付「毎日新聞」の投書欄《建設》に〝顚落するまで〟と題して、満洲奉天で看護婦をしていた二十一歳の引き揚げ女性が、

東京に着いたものの、誰を訪ねてゆけばよいか、行先がありませんでした。本籍は福島ですが、両親はなく、遠い親戚があるとのことですが、どうなつてゐるのかわかりません。だから東京で働くより外に方法がありませんでした。（中略）けれども、勤口はありません。乏しい金もなくなつたので、旅館を追はれ、上野駅の地下道に来ました。ここを寝所にして、勤口を探しましたが、みつからず、何にも食べない日が二日も続きました。（中略）知らない男が握り飯を二つくれました。私はそれを貪り食べました。その方は翌日の夜もまたおにぎりを二つ持つて来てくれました。そして話があるから公園まで来てくれといひました。私はついてゆきました。その日はたしか六月十二日だつたと思ひます。それ以来私は「闇の女」と人からさげすまれるやうな商売に落ちてゆきました。

と悲痛な淪落の顛末を告白している。

翌八月三十日付「朝日新聞」《天声人語》欄は、早速、それに触れて、

（前略）一口に道徳の頽廃といへばそれまでだが、この女の場合、本人の意思薄弱よりも、社会的原因の方が大半の責を負ふべきものと思はれる。（中略）男子大量戦死の結果、女が男より三百数十万人も多いといふ人口性別の大失調が、女性に結婚の希望を希薄ならしめてゐることも、大きく背景をなしてゐるかも知れぬ。（中略）闇の女は狩つても狩つても出る。それは闇の女を発生させる母胎である社会の病軀がちつとも治療されぬからである。

と述べた。この両記事を読んだ清水みのるが戦争への怒りを込めてすぐさま徹夜で作詞し、利根一郎が上野の地下道や公園を見て回って作曲したのが歌謡曲「星の流れに」である。

星の流れに　身を占って
何処をねぐらの　今日の宿
荒む心で　いるのじゃないが
泣けて涙も　涸れ果てた
こんな女に　誰がした

（中略）
飢えて今頃　妹は何処に
ひと目逢いたい　お母さん
ルージュ哀しや　唇かめば
闇の夜風も　泣いて吹く
こんな女に誰がした

昭和二十二年、切々たる哀調を帯びたブルースのメロディに乗って、菊池章子（テイチクレコード）が歌うその曲が焼け跡の巷を風靡し、私たちの心を抉った。

先述のごとく後の『たまゆら』で、かなりマイナスイメージのパンパンを描いたとは言え、『山の音』冒頭の章に出てくる娼婦（オンリー）に対して川端が示した一般世間常識からはやや隔たった好意も、やはり敗戦直後当節の社会実情を充分に鑑み、思い遣る心情から出たものだったと考えてよかろう。

このように夜の巷に佇む闇の女には元公娼妓や芸妓、酌婦、女給たち接客職業婦の他、家族、子供を抱えた外地引揚者や空襲被災者、戦争で親兄弟を亡くした若い娘や夫を喪った未亡人等々中で、特別の技能、技術や資格を持たず荒廃した戦後の経済的困窮、生活苦に喘いでいた一般の素人女性も数多く含まれていた。

「朝の水」第三節「蚊の夢」（後に「蚊の群」と改題）第二節に出てくる修一の愛人絹子や彼女と同居している池田もまたそのような戦争未亡人である。絹子は夫が戦死後、子供はないので婚家を出て、ゆくゆくは自分自身の店を持とうと心掛けながら洋裁店で働いている。池田の方は男児一人を婚家に残して、六、七軒の家庭教師掛け持ちのアルバイトをしながら生計を立てている。菊子の友人にも武者小路流のお茶師匠をしている戦争未亡人がいる。信吾の会社の事務員谷崎英子もやっぱり忘れられない好きな人が戦死した、半未亡人である。

昭和二十二年五月、厚生省児童局施行の調査には、

戦没者未亡人	三七万一四〇六名
戦災未亡人	一一万二一〇五名
外地引揚げ未亡人	八万二八九四名
戦争未亡人　小計	五六万六四〇五名
一般未亡人	一三一万七四八九名
合計	一八八万三八九四名

と記録されている。もちろん敗戦直後の故、確固たる統計数字の把握も難しく、はたまた敗戦直前

の戦没、戦死や生死・行方不明者、そして未入籍、転入出、疎開転居者などの戸籍簿整理もままならなかった時代的状況をも加味勘案すれば、実数はこの数値を遙かに上回ることだけは間違いないだろう。

厳密に定義すれば、戦争未亡人とは戦争中に軍人（職業召集）・軍属である夫が戦死または戦病没し、その死亡が国から公務中と認定され、「恩給法」の規定による旧軍人等の遺族に対する遺族年金・扶助料を受ける権利を持った未亡人を指す。しかし戦時中から敗戦後も継続して遺族に支払われていたこの扶助料も占領下の昭和二十一年二月、ＧＨＱによって「恩給法」が停止されると同時に支給廃止となってしまった。

この小説に登場する前記の戦争未亡人たちはまさしくこの非情な恩給扶助料廃止措置の影響をもろに蒙った部類に属するが、幸い身を持ち崩すまでに至らず、それぞれの職を得て何とか無事に日常生活を過ごしている。因みにこの扶助料は講和条約発効直後の昭和二十七年四月三十日、戦死戦病死軍人遺族に対しての「戦傷者戦没者遺族等援護法」成立、翌昭和二十八年八月一日、「恩給法」復活によって再支給が開始され、昭和三十三年五月一日より「国家公務員共済組合法」へ移行、数度の改定を経て現在に至っている。

たまたま昭和二十四年秋、中央公論社の発行雑誌『婦人公論』は、戦後の厳しい社会に生きる全国の未亡人たちから短歌と手記を募集し、当選した作品を纏めて翌昭和二十五年に単行本『この果てに君ある如く』として出版した。

短歌の選者は斉藤茂吉他三名、手記の選者は川端康成、谷川徹三、林芙美子、宮本百合子の四名だった。手記十七篇中十四篇が戦争未亡人の綴ったものだが、全篇これ夫亡き後の母子家庭の悲惨な経済状況や限りない夫への思慕、また一方において満たされぬ性への渇き、貧困故の売春への絶えざる誘惑と苦渋の選択など切々たる思いが書き連ねてある。
川端は『婦人公論』昭和二十五年四月号誌上の短歌・手記応募作品選評中で、

未亡人といふ言葉はいやな言葉だ。未亡人とか、私生児とかいふ言葉は改めるか、なくするといい。（中略）未亡人といふ言葉には悪意はなささうで、むしろ日本の女の貞操の美徳を言つてゐるのだらうが、やはり暗い言葉だ。

と語り、亡夫への愛情や子供の問題を抱える未亡人解決策の難しさに触れながらも、あえて、

未亡人も自分の境遇ばかりにとらはれずに、広く深く人間や人生を考へてみるのが、未亡人からのがれる道であらう。（中略）手記を読んでみると、みな自分一個に執してものを見てゐる。その自分が真の自己ではなく、世間の常識の反映の自己のやうである。もつとおのれに徹して、しかもおのれから放たれるのでないと、未亡人であらうとなんであらうと、救ひはないとも言へる。

と述べて、世間的に造型された未亡人像からの脱却と自己の確立解放を提示している。だが先の「朝日新聞」紙上の《天声人語》欄に記された闇の女の場合と同様、未亡人の問題もまた戦争がもたらした社会の病態に胚胎したもの、個人の努力や思案だけでは、決して解決できる筈のものではなかったのである。

かたや彼は、やはり同誌三月号の手記選評で、

（前略）これらの未亡人は誰も次の戦争については言つてゐない。私は次の世界戦争は急には起らないだらうと考へてゐるが、決して起らないとは言ひきれぬ。現に国内戦争はアジアにある。次の戦争はどんなに多くの未亡人をつくるか、これらの手記の未亡人と共に私たちも考へるべきであらう。前の戦争の未亡人たちにとつても、平和は痛切なねがひであるはずだ。

と記している。

当時、川端は戦争未亡人の手記作品を読みながらも、常に日本の敗戦に相前後して起こっていた中国大陸の国共内戦や第一次インドシナ戦争の現実を直視し、平和への切実な希求を続け、その三カ月後に勃発する朝鮮戦争をさえ既に予見していたのである。

多くの戦争未亡人や引揚者、空襲被災者たちが遭遇した敗戦後の急激な社会変動、インフレなどの経済不安と生活困窮を考える時、「春の鐘」第一節に引用されている日本漕艇協会副会長夫妻の家出

心中事件の新聞記事にも大いに注目する必要がある。

　これは昭和二十七年四月十九日付「朝日新聞」朝刊、「毎日新聞」夕刊などが資料として使ってある。

　三月末に家出した東京世田谷の日本漕艇協会副会長宮木昌常、同夫人もとの服毒心中遺体が四月十九日午前九時頃、花見客で賑わう吉野山林中で死後約十日目に発見され、養子夫婦と孫に宛てた遺書が残してあったという記事である。

　小説で、信吾に妻の保子が読み聞かせる新聞記事中の遺書に関する文章は多少変更脚色されて、

「ただ生きてゐるだけで、世間から忘れられ去つた、みじめな姿を想像すると、そんなになるまで生きてゐたくないと思ひます。高木子爵の心境もよくわかります。人間はみなに愛されてゐるうちに消えるのが一番よいと思ひます。（後略）——これが養子夫婦あてで、孫には——、日本の独立の日は近くなつたが、前途は暗澹たるものだ。戦争の惨禍におびへた若い学生が、平和を望むなら、ガンジイのやうな無抵抗主義に徹底しなければだめだ。（中略）余りに年を取り過ぎ、力が足りなくなつた。（中略）どこへ行くかわからない。安んじて眠るだけだ。」


となっている。

　高木子爵とは三笠宮崇仁親王妃殿下百合子姫の父君・高木正得子爵を指す。昭和二十二年、新日本国憲法の公布施行や、それにやや先立っての「華族世襲財産法」の廃止によって無一文になり果てた

彼は、混乱した戦後の社会で生きる望みを失い、翌昭和二十三年家出した後、東京郊外西多摩郡氷川町の七つ石山中で自殺した。喜寿を目前に控えた宮木夫妻もまた彼にならって、惨めな老後に見切りをつけて死出の道へと旅立ったのであった。

遺体の発見から約十日足らず後「日米（サンフランシスコ）講和条約」が発効するが、同時に締結された「日米安全保障条約」によりアメリカ軍の駐留は相変わらず続き、多くの基地は尚も存在、真の独立平和国家の姿とはおよそかけ離れた現実、日本の前途は遺書にあるごとくまさしく暗澹たるものだった。

五　京大天皇事件

《戦争の惨禍におびへた若い学生が、平和を望むなら、ガンジイのやうな無抵抗主義に徹底しなければだめだ》とあるのを読んで、今、私の脳裏に忽然と一つの情景、いや強烈な光景が甦ってくる。昭和二十六年十一月十二日午後、当時ちょうど二回生に在学中だった私自身が体験した京都大学本館時計台前広場で起こったいわゆる京大天皇事件の一幕である。

京都地方巡幸中だった先代の天皇（後の昭和天皇）が京都大学を訪問するのを控えて、全学自治会組織である京大同学会名で予め提出されていた再軍備問題その他に関する天皇宛「公開質問状」を服部峻治郎学長が受理を拒否した。質問内容は、反戦と自由を標榜し天皇の神格化に反対する当時の我々学生たちにとっては至極当然なものだった。

行幸当日は小雨模様だったにもかかわらず、滅多にお目にかかれぬ天皇の顔をちょっとでも見たい気持も手伝って私もわざわざ生理学の実習講義をサボって出掛けて行った。やがて到着予定の時刻になったが、万歳の声など一切聞かれず、全くひっそりと冷ややかに佇む学生の列の間を縫って鹵簿《ろぼ》の車はあっと言う間に通過し、玄関に下り立った天皇は学長の先導でたちまち大学構内へ消えてしまった。一瞬の出来事だった。それに気付いた学生たちは一斉に玄関前の御料車に押し寄せそれを取り囲んだ。と同時、正門前で警戒待機していた京都府川端警察署機動隊が時計台前広場へなだれ込ん来たのが契機となって、平素から警察アレルギーの塊だった学生たちからは、期せずして国歌「君が代」に代わる「平和の歌」が全く自然発生的に湧き上がったのである。この歌声の轟きこそが、まさにその三年余り前テロの銃弾に斃れたインドのマハトマ・ガンジーの無抵抗主義にも匹敵する唯一、我々学生たちが採り得る平和擁護行動だったと看做していったい何の不思議があろう。にもかかわらず次第に動員数の増える警官隊、スクラムを組み「帰れ！帰れ！」のシュプレヒコールを繰り返し、〝平和を守れ〟や「インターナショナル」を大合唱する学生たちの間のあちこちで小競り合いが始まり、騒ぎは一挙に広がった。

結局、約五十分後、押し合いへし合いするそんな騒動の渦の中を、無邪気に手を振る天皇を乗せた車は急速度で走り去り帰って行ってしまった。

実を言えば、私が天皇を見たのは初めてではなかったのである。

敗戦直後の全国巡幸で、天皇が北陸・富山県入りしたのは昭和二十二年十月三十日だった。当時、私が在校していた高等学校では学生有志が天皇奉迎反対運動を起こし、「奉迎強制参加反対」を声明した。学校当局は学生を奉迎に駆り出す苦肉の策か？ その日午後を休講処置にした。結局、学校側の陰謀に乗せられる恰好になってしまったわけだが、私は数名の級友と一緒に富山市内の奉迎会場に出かけて行った。万歳を叫び日の丸の旗を振って狂喜狂奔、乱舞する大群衆に十重二十重に囲まれて揉みくちゃにされ、しばしば立ち往生する天皇の姿らしいものが遙か彼方に微かに見られただけだった。

かつては国民大衆に愛され、直に接して揉みくちゃにされながらも一切お咎めがない人間天皇だったのに、それから丸四年余りたってこのような警備態勢の激変ぶり、ここにもまた着々と進む天皇制を利用するアメリカの日本占領政策の一端がはしなくも露呈していたのである。

天皇を迎えて起こった京都大学の騒動は、当日の夕刊を皮切りに各社の新聞報道やラジオのニュースを通してたちまち全国に拡がり伝わった。「朝日」「毎日」「読売」などの全国紙では比較的小さな囲み欄程度の扱いだったが、「京都新聞」はさすがに地元だけあって全紙面を割いてこの事件を、連日、大々的な記事に仕立てた。

予想どおり学生並びに大学当局へは、各方面からの鋭い批判や非難叱責、猛省や厳罰処分を促す声が続々と上がった。反面、少数ではあったが、学生たちが取った態度への支持、同情の投書が寄せられた事実も確かにあった点を特に記しておきたい。

三日後の十一月十五日、大学当局は京大同学会の解散を命じ、執行委員八名辞任の一次処分を発表したが、結局、不特定多数の学生参加による自然発生的事件なる故の実質責任者不在、不明、曖昧の廉をもって、追加処分は見送られ、事件は一応の収拾決着をみた。

ところで、あにはからんや川端康成が昭和二十七年一月から同二十八年五月まで雑誌『婦人公論』に連載した作品「日も月も」の第二章「母のはなし」（後に「秋の吹寄せ」と改題）第一節（昭和二十七年二月号に発表）でこの京大天皇事件を採り上げ、しかも学生たちの示した行動にはかなり好意的な文章を書いているのである。少し長いがそれを以下に引用しよう。

朝井は京都駅で、売れ残りの新聞を、二三買つて、特急のはとに乗つた。

ひる過ぎだから、朝刊は宿で見て来たが、宿になかつた新聞も、駅の売店にはあつた。

京都大学に天皇がおいでなつた時、学生たちが騒いだ。それは十一月十二日のことだつた。朝井が娘をつれて京都に着いた、前の日のことだつた。十三日、朝井たちは光悦会から宿に帰つて、夕刊を見るまで、そんな騒ぎが京都にあつたとは知らなかつた。

「昨日は、号外まで出ました。」と、宿の女中は言つた。

「さう？　号外が出やはつたんか。」

朝井はわざと妙な言ひ方をした。（中略）

しかし、「未曾有の不祥事」といふ見出しで、新聞も報じてゐる「天皇奉迎騒擾」に、朝井もシヨツクを受けて、その驚きを紛らはすために妙な言ひ方をしたのでもあつた。〈「一千年の平安の都として、皇室につながつてゐた、美しい市民感情を汚した、無教養、無礼な学生」と、一新

聞は書いてゐた。明治育ちの朝井にはやはり「皇室につながる」心の習はしがあつた。〉
　天皇のお車を迎へて、正門のなかに列をつくつてゐた大学生たちは、万歳もとなへないし、「君が代」も歌はなかつた。お通りのすぐ後で、「平和の歌」が歌ひ出された。やがて、天皇の空車を取りかこむ形になつて、「平和の歌」はつづいた。警官隊が大学構内に入りこんだ。学生と警官とがもみ合ふうちに、「インタアナシヨナル」の合唱がおこつた。天皇のお帰りの車は、警官隊の人垣のなかを、急速力に通り過ぎた。〈―このやうなことは、朝井の心の習はしに合はなかつた。〉
　また、全学生の自治組織、京都大学同学会は、「天皇への公開質問状」を、天皇へお渡ししようとして、ゆるされなかつた。「公開質問状」といふのも、「天皇裕仁殿」といふ宛名も、やはり朝井はなじめぬ感じだが、終戦の詔書や戦後の憲法に宣言されてゐるやうに、天皇が、「平和な世界のために、意見を持つた個人として、努力されることに希望をつなぐものです。一国の象徴が、民衆の幸福について、世界の平和について、何らの意見ももたない方であるとすれば、それは日本の悲劇であると言はねばなりません。」と学生たちの平和への願ひを、訴へたもののやうだつた。「太平洋戦争のために、軍国主義の支柱となられ」、天皇の御名の下に、「多くの若者達がわだつみの叫びをあげ、うらみをのんで死んでゐる……。」質問状のこの言葉は、朝井にも、二人の息子の戦死を思ひ出させた。息子が二人とも戦死したので、娘の松子一人になつた。下の息子は、やはり学生の身で戦争に出た。
　今また天皇が、再び「戦争イデオロギイの一つの支柱」として、「同じあやまちをくり返され」

さうなのを、学生たちが恐れるのは、二人の息子があつた朝井にも、人ごととは思へない。そして京都大学の事件と光悦寺の茶会とが、同じ日に、同じ京都にあつて、その翌日、茶会に来て事件を知つた。

「なあに、いつの世だつて、こんなものだ。」朝井は自分につぶやいてみても、異様な気がするのだつた。（中略）

朝井は汽車に乗つてからも、新聞でその事件の後報だけを拾ひ読みしながら、松子がもし男で学生だつたらとも考へてみた。しかし松子には黙つてゐた。（後略）

〔〈　〉内の部分は初刊本において初出発表誌にあった原文から削除されている。〕

川端が新聞記事の資料をもとに書いたと思われる奉迎騒擾の有様はほぼ正確、私の記憶ともよく合致する。しかも「天皇への公開質問状」として「」付きで挙げている各文章に至っては、現在、私が手元に保存している質問状を印刷したビラの実物と照らし合わせても全く同一で、間違っていない。

平和な美しい京都には些か不似合いで異常な学生行動には何か違和感を抱きながらも、二人の息子を戦死させた朝井にとっては公開質問状の趣旨は大いに頷けるものであり、畢竟、賛同好意的な立場を取らざるを得ない。まさにこの朝井は『山の音』中「朝の水」第一節の信吾の学友で同じく息子を戦死させた北本の姿に通じ、かつこのエピソードは川端康成、その人自身における戦争反対、平和希求の偽らざる心境を表すものだったとみてよかろう。

加えて同作品の第三章「暖かなるやうに」第一節（『婦人公論』三月号に発表）で、朝井は自宅で使っているガス・ストオヴに触れ、娘の松子へ、

「税金のことを思ふと、安いもんだ。ガス代は税金の十分の一にもならないが、国家はガス・ストオヴほど、われわれを暖めてくれてゐるか、疑問だね。ガスは確実に暖めてくれる。」（中略）「国家とガス・ストオヴの話は、たしかに疑問だね。ガス・ストオヴの温いのは分りいいが、国家が温いか冷たいかは、なかなか分りにくいね。少くともガス・ストオヴは、二人の息子を召し上げて、殺してしまふやうなことはしないだらう。ガスの栓をしめ忘れると、寝てる間に死んでしまふが。」

と語り掛ける。この最後のフレーズからは、彼がそれから二十年後の昭和四十七年春、厨子のマンション仕事部屋で自らガス管をくわえて果てた事件をつい想い出してしまうのだが、それはともかく作者はあくまで二人の息子を戦死させてしまった冷酷非情な国家権力へのこだわりだけは決して捨てていない。

なお初刊本で、原文にあった新聞記事からの引用箇所、「皇室につながる」朝井の心の習はしの文句を削除している点にも、川端の極めて慎重な配慮の跡、ないしはある種の秘めたる意図の存在までさえ仄見えて甚だ興味深い。

六　富山高校における田中耕太郎事件

この京大天皇事件を、当時、学生として現場体験した者には作家の小松左京や和久峻三、今は亡き作家高橋和巳、映画監督大島渚、そして札幌地方裁判所在任中の長沼ナイキ・ハーキュリーズ訴訟で、平賀健太所長から出された裁判の独立性をおびやかす圧力書簡にも何ら左右されず、却ってこれを公開、断固違憲判決を下した裁判長の青年法律家協会所属判事福島重雄らがおり、皆私と同一世代である。

中でも福島は富山市出身、私と小学校から中学校、高等学校を経て大学まで、常に旧学制制度のしんがりコースを共に学んで来た親友である。少年時代からすこぶる俊才だった彼は、法学部在学中はいつも学生運動の先頭に立って戦争反対、平和愛好、学問の自由を叫び続けていた。彼はまた同じく文学部で東洋史を専攻していた同郷の堀田伊八郎と連れ立って、レッド・パージで母校を追われ、大阪・茨木市へ帰っていた恩師の鷲尾順義を訪ねていた。苦学力行の好漢堀田は高等学校時代以来の熱心な学生運動家だった。

今また私の胸に、高等学校時代の或る想い出が鮮やかに浮かび上がってくる。確か昭和二十三年頃だったかと思うが、以前、東京帝国大学法学部教授（商法学専攻）を務め、戦後は第一次吉田内閣の文部大臣（昭和二十一年五月〜二十二年一月）を経験し、後に第二代目の最高裁判所長官や国際司法裁判所判事にも就任したことのある参議院議員現職在任中の法哲学者田中耕太郎が来校し、学生たちを一堂に集めて講演会を開いたことがあった。

その節、彼は〝大学の教職に在る者が共産党などへ入党するのは極めて不穏当……云々〟のような意味の発言をした。明らかにかつて名著『哲学以前』を物し、その時分入党したばかりの東大教授・出隆（西洋哲学史専攻）を意識し、非難したものだった。

講演が一段落し質疑応答の時間に入った途端、直ちに聴衆中の一学生が挙手して反論に立ち上がった。堀田らと共に当時の学生運動を率い支えていた、自治会幹部で青年共産同盟員の八十島幹二だった。毫も興奮することなく諄々と諭すがごとき論旨明快、理路整然たる彼の口調に、もともと思想・言論と学問の自由に対し政治意図的な批判をくだし、理不尽極まる論説を開陳したばかりの田中は一言の弁明も出来ず壇上に立ち往生、満場しーんと静まり返った異様な雰囲気が、一瞬、辺りを制した。ややあって校長・清水虎雄が救いの助け舟にしゃしゃり出て仲裁し、講演会は何とも締まらない形で終了した。元来、名うての反共主義者だったが、今や完全にオポチュニスティックな御用学者と成り果てた挙句にその化けの皮を引っ剥がされてしまった田中は、満場の学生たちの冷ややかな視線に射すくめられながら、早々に、すごすごと逃げ帰って行った。翌昭和二十四年夏頃から吹き荒れ始めたイールズ旋風の言わば提灯持ち、露払い的な事件だった。

先述の鷲尾も、共産党員だったが故にこの旋風に煽られ巻き込まれて辞職を迫られ、新制大学教授への昇任を拒否されたのだった。

因に清水虎雄は、日本国新憲法の公布施行後、天皇制と国体の危機を憂え、将来を案じて前年秋に熱海・錦ヶ浦海岸から投身自殺した憲法学者で最後の枢密院議長だった清水澄の長男である。

七　広島からの回生

さて戦後、川端を師と仰いで親交のあった作家三島由紀夫と、前述の出隆、いや彼の息子たちとの因縁話にちょっと触れておこう。

出の長男は出哲史と言い、東大東洋史学科出身の秀才だったが、昭和十八年十二月学徒出陣、敗戦直前ソ満国境で戦死した。元筑摩書房の編集者で、「太宰治全集」出版の担当者だった野原一夫とは旧制浦和高等学校時代同窓の親友。戦後の昭和二十一年春、野原へ兄貴の戦死の報をもたらしたのが、次男の出英利だった。それをしおに二人の交際が始まり、出の文学仲間たち（主として旧制東京府立第五中学校出身者）と太宰治の面会を野原は斡旋仲介することになった。その年暮十四日の当日、練馬区豊玉にあった仲間の一人高原紀一の下宿先の会合場所へなぜか三島由紀夫が同席していたのである。どうもその夜の出席者の一人で、後に俳優座、次いで文学座所属の脚本担当、劇作家となった矢代静一（元宝塚歌劇団雪組スター毬谷友子の父君）が三島と親交を結んでいたことによるものらしい。〝ぼくは、太宰さんの文学はきらいなんです〟と言う三島に、〝きらいなら、来なけりゃいいじゃねえか。〟と太宰は吐き捨てるように答え、隣席の亀井勝一郎に向かって〝そんなことを言ったって、こうして来ているんだから、やっぱり好きなんだよな。なあ、やっぱり好きなんだ。〟とも付け加えたという有名な一つ話が今も語り伝えられている。

この出英利は、昭和二十七年一月、国鉄中央線荻窪付近で飛び込み自殺して果てた。原爆作家で詩人の原民喜が前年三月に自殺した同じ地点、箇所だった。

出が何故に原民喜と同じ死に場所を選んで夭折したのか？ はつまびらかでないが、彼に対して些かの親近の情と、戦後社会への暗い絶望感を抱えていたことだけは決して否めないだろう。

広島の原爆による大量虐殺を書いて執拗に告発、憤死した原とは好対照に、川端は広島の「むごたらしさ」によって生き返り、敗戦後の絶望の淵から甦った。

「哀愁」（『社会』昭和二十二年十月号）の中で、

敗戦後の私は日本古来の悲しみのなかに帰つてゆくばかりである。私は戦後の世相なるもの、風俗なるものを信じない。現実なるものもあるひは信じない。

と記し、《僕は日本の山河を魂として君の後を生きてゆく》（「横光利一への弔辞」昭和二十三年一月）と哭き、ただ「鎌倉文庫」の経営事務にのみその憂いを紛らわしていた彼は、その翌年秋、原爆被災地広島の惨禍に触れるや否やたちまち輪廻転生の想いに駆られ、起死回生（『天授の子』）したのだった。

川端の非核、反戦、平和論は極めて積極的、かつ現在の平和中に既に未来の戦争を予感する鋭い洞察炯眼が存在する点に特徴が在る。

昭和二十四年九月、イタリヤ・ベニスにおける「国際ペン・クラブ第二十一回大会」へ寄せたメッ

セージに、彼は、

今日の戦争のおそれは、国と国とのあひだ、民族と民族とのあひだにのみあるのではない。一国家のうちにもあり、一個人のうちにもある。政治の対立は平和をも対立させるかと憂へられる。日本ペン・クラブは政治にも自由を基盤とし、クラブとしては政党の運動に参加しないが、すべての会員が反動政治と暴力戦争とを憎悪し、国内暴力を否定してゐる。またわれわれは極めて特殊な事情の下にある。すなはち降伏後の日本新憲法の条文にもあるやうに、国権の発動たる戦争と、武力による威嚇または武力の行使とを放棄して、日本は戦争を防ぐ軍備も国境を守る軍備も持たない。さうしてマッカアサア司令部も日本の永久中立を望んでゐる。つまりわれわれは戦争に対しては、現実の力のない理想に、あるひは幸福な不安に生きてゐると言ふべきであらうか。このやうな国は世界平和の一つの貴重な課題であり、実験であらう。この国の平和は世界の理性と正義とに委ねられたと言ふべきであらうか。戦争に対してほとんど無力の力の国、ほとんど無抵抗の抵抗の国、宗教的とも喜劇的とも見えるかもしれない国、その国の内にゐるわれわれの平和の声は、とりわけ清浄でなければならない。平和の実験の犠牲となることも避けてはなるまい。

と語り、続く昭和二十五年四月の「日本ペン・クラブ広島の会」でも、

僅か四五ケ月のことでありますが、この間にも世界の情勢は随分変つてをります。当時ドイツ

あたりが次の戦争の原因になりさうな氣配であつたのに、現在ではそれがアジアに移り、而も広島と長崎の悲劇を招いた日本も、その発火点になるのではないか、といふやうな噂さへ聞くに及んでをります。

私は戦争は急にはないものとは信じてをりますけれども、皆さんがあの傷ましい犠牲になられた原子爆弾が出来て以来、今日ではそれに数十、数百倍するといはれる水素爆弾が、出来るとか出来ないとかいはれてをります。考へまするに、戦争は武器を欲するものでありますが、武器はまた戦争を欲する危険があるのであります。この因果関係を思ふ時、世界で最初の原子爆弾の洗礼をうけられた広島、長崎の方々の平和への祈りは、世界に痛切なひびきを与へるものと信じます。

と述べている。既に後（昭和三十七年十月から）の世界平和アピール七人委員会への参画活動を彷彿させるものがある。

不幸にしてそのわずか二カ月余り後、朝鮮戦争が勃発したことは先にも挙げた通りである。

八　反戦、平和への希求

作品終章「秋の魚」第三節、帰宅時の横須賀線車中で、息子修一が父親の信吾に、

「今も新しい戦争が僕らを追つかけて来てゐるのかもしれないし、僕らのなかの前の戦争が、亡霊のやうに僕らを追つかけてゐるかもしれないんです。」

と話しかけ、次いで信吾が故郷信州のもみじ見に一家で帰ろうと誘った後、親子は、

「さうですね、僕はもみじなんか興味はないが。」

「故郷の山を見たいね。保子の家も、保子の夢ではぼろぼろに荒れてゐるといふし。」

「荒れてますね。」

「手入れ出来るうちにしておかないと、立ちぐされてしまふだらう。」

「骨組みがごついから、ぼろぼろじやないが、手入れとなると……。しかし、なおしてみてどうなさるんです。」

「さあ、わたしたちが隠居するか、いつかまたお前たちが疎開することになるかもしれん。」

「今度は僕は留守番をしてますよ。菊子はまだお父さんたちの田舎を見たことがないから、行つた方がいいですね。」

と問答を続けている。

まさに今次の戦争をそれぞれ間接、直接に体験した親子の、現在なお心の奥底に沈澱停滞して已まない次の戦争へのどうしようもない不安、危機感、かつ世代間相違とも言うべきか微妙にずれた両者

の心境がまざまざと見て取れるのである。

また「傷の後」第四節、朝の出勤途上での会話、

信吾は不意に言つた。「お前戦争で人を殺したかね。」

「さあ？ 僕の機関銃の玉にあたつたら、死んだでせう。しかし、機関銃は僕が射つてゐたものぢやないと言へるな。」

修一はいやな顔をして、そつぽを向いた。


の箇所中に、野寄勉は、村松定孝が復員軍人修一の精神における頽廃と麻痺を指摘したことに触れた後、更に、修一がもし単発式の小銃ではなく膨大量の銃弾を瞬時に撒き散らす機関銃を用いていたとしたら確かに敵兵を倒したという実感には極めて乏しいことを、さすが不快感を顕わにしながら語っている点に注目している。

あに機関銃のみに留まらず、大砲、戦車、飛行機、軍艦からロケット砲、ミサイル、核爆弾に至るまで、近、現代の無差別広範囲に亘る大量殺戮戦争の非人間性、非人道性をやんわり皮肉り、揶揄非難告発しているとも考えられるが、どうもその不徹底、不明瞭性はやはり否み切れず、消し難い感がある。


アメリカの軍用機が低く飛んで来た。音にびつくりして、赤んぼは山を見上げた。飛行機は見

えないが、その大きい影が裏山の斜面にうつつて、通り過ぎた。影は赤んぼも見ただらう。

赤んぼの無心な驚きの目の輝きに、信吾はふと心打たれた。

「この子は空襲を知らないんだね。戦争を知らない子供が、もういつぱい生まれてるんだね。」

信吾は国子の目をのぞきこんだ。輝きはもうなごんでゐた。

「今の国子の目つきを、写真にうつしておくとよかつたね。山の飛行機の影も入れてね。さうして次の写真では……。」

赤んぼが飛行機に撃たれて、惨死してゐる。

信吾はさう言ひかかつたのだが、菊子が昨日、人工流産したのを思つてやめた。

しかし、この空想の二枚の写真のやうな赤んぼは、現実に数知れずあつたにちがひない。


とは、「鳥の家」第三節の文章の一部である。

かつてGHQに在ったマッカーサーは、解任帰国後の上院外交軍事合同委員会席上で《日本人は十二歳の子供、……。》と宣うた。

しかし平成の今や、戦争も空襲も全く体験していない国子と同じような戦後生まれの世代も皆還暦前後の初老年代に達しつつある。

見えない米軍機の影に驚き、次の瞬間、無心に輝きなごむ目の赤んぼはもう撃たれて惨死してしまう信吾の空想は、すこぶる暗示的である。自主独立と言う偽名の下にうまくカモフラージュされたアメリカ軍の占領・統治機構の持続に毫も気付かず、完全に植民地化されてしまった日本列島の現実を物の見事に揶揄、描写した箇所と見てもよかろう。

六十数年前、昭和十九年の末頃より日本本土は、連日連夜、アメリカ軍機B29大編隊による爆弾・焼夷弾の無差別絨毯猛爆撃やら、沿岸近海に遊弋中の機動部隊から飛び立つ艦載戦闘機の機銃掃射や、軍艦の艦砲射撃に曝されて、東京を始めとする大都市はおろか、多くの目ぼしい地方の中小都市から港湾、飛行場、交通・通信施設、あるいは片田舎に疎開操業していた軍需工場並びにその周辺までが一面の廃墟、焼け野原と化し、多数の被災死傷者が続出していた。

昭和二十年春四月に至って、遂にアメリカ軍は沖縄諸島へ上陸進攻、これを邀撃するわが陸軍師団と海軍陸戦隊、一般民間人守備隊との間で熾烈な死闘が繰り返され、九州各地の航空基地からは、連日、陸海両軍挙げて決死の特攻作戦が敢行され続けていた。

ちょうどそんな際の四月二十四日から約一カ月間、川端は鹿児島県大隈半島鹿屋にある海軍航空隊の特攻基地へ報道班員（海軍少佐待遇）として、神奈川県厚木から往復とも海軍の特別機で出掛けている。

十年後の夏、彼は当時を振り返って、雑誌『新潮』（昭和三十年八月号）の文人・作家や評論家たちによる特集「昭和二十年の自畫像」へ「敗戦のころ」と題する短文を寄せ、

（前略）今急になにも書かなくてもいいから、後々のために特攻隊をとにかく見ておいてほしい、といふ依頼だつた。新田潤氏、山岡荘八氏と同行した。

特攻隊の攻撃で、沖縄戦は一週間か十日で、日本の戦利に終るからと、私は出発を急がせられたが、九州についてみると、むしろ日々に形勢の悪化が、偵察写真などによつても察しがついた。艦隊はすでになく、飛行機の不足も明らかだつた。私は水交社に滞在して、将校服に飛行靴をはき、特攻隊の出撃の度に見送つた。

私は特攻隊員を忘れることが出来ない。

あなたはこんなところへ来てはいけないといふ隊員も、早く帰つた方がいいといふ隊員もあつた。出撃の直前まで武者小路氏を読んでゐたり、出撃の直前に安倍先生（能成氏、当時一高校長）によろしくとことづけたりする隊員もあつた。

飛行場は連日爆撃されて、ほとんど無抵抗だつたが、防空壕にゐれば安全だつた。沖縄戦も見こみがなく、日本の敗戦も見えるやうで、私は憂鬱で帰つた。特攻隊についても、一行も報道は書かなかつた。

と記している。

一カ月に及ぶ鹿屋滞在中の見聞体験記を一切書かなかった川端ではあったが、翌昭和二十一年七月になって、自ら携わっていた「鎌倉文庫」からの刊行誌『婦人文庫』へ、小説「生命の樹」を発表している。

この際、文章中の、

それは特攻隊員の死といふ、特別の死であつた。一里四方ほどの土地、一万か二万の人々が、その死を中心に動いてゐた、死であつた。その時は、国の運命もその死にかかつてゐたかのやうな、死であつた。

の箇所がGHQ／SCAPによる検閲（プレスコード）に抵触、削除を受けている。

作品は航空隊基地での特攻隊員と水交社に勤務する一女性とを巡る愛の物語である。京都の女学校を卒業してすぐ、姉夫婦が経営を任されている九州南端の海軍基地の水交社へ徴用逃れのアルバイトにやって来た啓子は、仲の良い三人の学徒出身士官中の一人、植木を深く思慕敬愛するが、彼は逸速く沖縄へ特攻突入して還らぬ人となった。

敗戦の翌春、近江へ帰郷していた未だ傷心去り已まぬ啓子を、只一人生き残った植木の友人寺村が訪ね、植木の墓参に東京行きを誘い、かつ結婚を申し込む。同行上京の途次、彼女は東海道線の車窓に走り流れる風景に亡き植木とかつて星空を眺め過ごした慕わしい想い出を重ね、植木の後を追って死ねるような心情をも抱きながら、末期の眼に映る自然の美しさを感じる。

しかし植木の家を訪ねた後、山手線の中から見た瓦礫の焦土に立つ無残な焼け木の幹から若葉が盛んに芽吹いているのに出会い、失いかけていた生への意欲を取り戻し、亡き植木の親友だった寺村と共に生きて行こうと決意する。

作品の題名は、引用された聖書の「ヨハネ黙示録第二十二章第一～二節」、御使また水晶のごとく透徹れる生命の水の河を我に見せたり。この河は神と羔羊との御座より出でて都の大路の真中を流る。河の左右に生命の樹ありて十二種の実を結び、その実は月ごとに生じ、その樹の葉は諸国の民を医すなり。

から採られている。

この作品「生命の樹」はまた、私に映画「紙屋悦子の青春」（紙屋は鹿屋をもじったものか？）を想い出させる。平成十八四月に急逝した反戦・平和の士、黒木和雄監督が最後のメガホンを取った秀作である。

恋人悦子を整備担当の親友永与少尉に託して沖縄特攻作戦に自ら志願出撃していく明石海軍少尉、彼の戦死後、その遺書を携え訪ねて来た永与少尉に〝ずっと待っちょいますから……日本がどげなことになっても、ここで待っちょいますから、きっと迎えに来て……〟と、悦子は答え、散る桜の花びらの下で残された者同士の哀しみを乗り越え、明石の愛情に真に応えるべく永与と結婚し、二人で生きてゆくことを誓い合う、と言うのがストーリーの概要である。

最近、私は以前の鹿屋基地跡で、今は海上自衛隊鹿屋航空基地となっている百十八万坪の広大な敷地内の一角に建つ鹿屋航空基地史料館を訪れた。敷地出入り口両脇には、過ぎし戦いの日々、南溟の空へ鹿島立つ多くの友軍機を常に黙って見送り続けて来たコンクリート製門柱が今も当時そのままの姿で残っている。館の二階には、鹿児島湾と吹上浜から引き上げられた二機をそれぞれ補完集約し一機に復元した、旧海軍の主力戦闘機で世界に誇る栄光の名機と謳われた零式艦上戦闘機「零戦五二型」をはじめ、沖縄菊水作戦に敢然として出撃、散華した特攻隊員たちの遺影や遺書並びに遺品の数々を蒐集保存、展示したコーナーが設けられている。

付近、北西方の小塚公園には当基地から出撃戦死した九百八柱の魂を祀る「特攻隊戦没者慰霊碑」があり、人間爆弾として知られたロケット特攻機「桜花」の神雷部隊宿泊地だった旧野里小学校跡地にも慰霊碑が建っている。「神雷特別攻撃隊員別盃之地　桜花」の碑文字は隊員たちと親交のあった旧山岡壮八の筆になるものである。周囲の野原や畑地、林間の処々には、空襲から飛行機を保護した旧掩体壕の残骸が今なお垣間見られる。更に鹿屋に次ぐ県下第二の海軍特攻基地だった串良基地跡に出来た平和公園内には「串良海軍航空隊出撃戦没者慰霊塔」が聳えている。

なお近くの鹿屋体育大学で初代学長職に在った江橋慎四郎こそは、昭和十八年十月二十一日、あの雨の明治神宮外苑競技場で行われた出陣学徒壮行会当日に出陣学徒総代として、〝生等もとより生還を期せず……〟の答辞を読み上げた東京帝国大学文学部教育学科第三学年在学中の学生（大正九年生まれ、当時二十三歳）、その人だった。

これらの各所を歴訪して私は、かつて川端が後々のために見ておいてほしいと頼まれ、その際は一行すら書かず、しかし決して忘れることが出来ないと言っていた、かの沖縄決戦へ飛び立って逝った海軍特別攻撃隊、忠烈若鷲諸勇士の悲劇、沈痛、慟哭の真実に触れ、涙《なだ》そうそう、切々と胸迫る思いを毫も禁じること能わなかった。

九　新時代の風景

さて方向を少し変えて、ちょっと明るい話題を一つ採り上げてみよう。「島の夢」第四節、五匹の子犬が親犬の乳房に吸い付きながらじゃれ合っている、山裾の横穴防空壕を掘った土の盛り山の箇所だが、川端が雑誌『新潮』昭和二十一年十二月号に発表した掌篇「さざん花」には、ちょうどこの防空壕が、

私の隣組は鎌倉でも山寄りの小さい谷だが、空襲の時私はいちはやく待避する方だつた。裏山の横穴の入口まで登ると大体隣組を見渡すことも出来た。

と言うような形で登場している。

実はこの作品、戦争直後の多産ブームをスケッチした好短篇なのである。

戦争が終つてから一年余りの今年の秋は、十戸ほどの私の隣組にもお産が続いて四組もあつた。四人の産婦のうち最先輩であり最多産である細君は二子を生んだ。（中略）隣家は上に男の子が二人あつて今度初めて女の子である。この子の名は私が頼まれて和子とつけた。（中略）平和にちなんで名づけたのだつた。

二子が両方とも女であつたばかりでなく隣組に五人生れた子供のうち四人までが女の子だつた。新憲法の産物だらうと笑話にもなつて、これにも平和の感じがあつた。（中略）今年の秋は全国的に出産がおびただしいことを私の隣組も証拠立ててゐるのにはちがひなかつた。言ふまでもなく平和のたまものである。戦争中低下してゐた出産率が一挙に上昇した。無数の若い男が妻にかへされたのだから当然である。しかし出産は復員者の家庭にばかり多いのではない。夫が出てゆかなかつた家にも多い。中年者に思ひがけない子供も出来た。戦争の終つた安堵が妊娠を誘つたのである。（中略）

戦争中の子は不慮の流産がずゐぶんあつた。懐妊も少かつた。女の生理の異常が多かつた。それがこの秋は十戸の隣組にも四組のお産があつた。（中略）生垣にさざん花が咲き始めてゐた。私の好きな花である。咲く季節のせゐかもしれない。

戦争のためにこの世の光を見ないで失はれた子供達のことを私はふとあはれむ一方、戦争のあひだにも流れ去つた私の生をまた悲しみながら、私のそれがなにかに生れ変つて来ることはあるだらうかと思つた。

『山の音』の方では、いつの間にか尾形家に居付いてしまっていたのら犬のテルが女中部屋の床下でお産をし、《こんどテルがお宅へ来て産んだから、お宅でも産まれますよ。テルが奥さんに催促したんですよ。》と言う近所の奥さんの話を伝えて菊子の顔を赤らめさせる妻の保子へ、信吾は《犬と人間といつしよにするやつがあるか。》とたしなめる。

たしかに、犬と人間とをいっしょにするのはちょっと具合が悪いかも知れないが、とにかく平和の世の中で犬であれ人であれ、子沢山はおめでたい話であり、大いに喜ぶべきことではあろう。いみじくも「さざん花」では、

平和をこれほど現実に示したものはあるまい。日本の敗戦も今日の生活苦も将来の人口難も頓着なく、もつと個人のもつと本能の動きである。塞がれてゐた泉が噴き出したやうだ。枯れてゐた草が萌え立つやうだ。これも生の復活とし生の解放として平和が祝福出来れば幸ひである。動物的なことであるかもしれないが、人間をあはれむ思ひも知るだらう。

とさえ述べられているのである。

あるいは「傷の後」第二節などもそうだろう。実家《さと》より戻った菊子の土産の折りたたみ蝙蝠傘や電気剃刀から発展した「ばあさんの家庭電化説」に基づき、尾形家では先ず電気掃除機を買い入れた。朝飯前に、菊子が使う掃除機の音と信吾が使う剃刀のモウタアの音とが鳴り合う、なんだか滑稽な、家庭が一新されたような音の情景も、きっと戦後の洋式合理化生活、電化ブームの走りと目される明るく和やかなホームドラマの一齣であったのだろう。

その節、電気掃除機、電気洗濯機、電気冷蔵庫の三つをマスコミは三種の神器ともてはやし、売れ行きの増加と相俟って時代の先端を走る流行語ともなっていた。やがてテレビの本放送がＮＨＫや民

間放送局によって開始されるや、白黒テレビ受像機が電気掃除機と入れ替わった新三種の神器が普及し始め、家庭電化の波は一挙に広がり、新たな段階へ入って行ったのである。

かたや外人兵や若い男女逢引きの楽園と成り果ててしまった「緑の苑」（後に「都の苑」と改題）第二〜三節の新宿御苑は、旧信州高遠藩内藤家下屋敷だったが、明治十二年に皇室の新宿植物御苑となる。同三十九年五月敷地拡張と庭園への改造工事完成、明治天皇行幸のもと、日露戦争戦捷祝賀会を兼ねた開苑式挙行、宮内省管理下の御苑となったが、戦後の昭和二十四年五月二十一日、国民公園として一般へ開放され、翌二十五年より厚生省の管轄となった。余りの変貌の有様に、かつて日露戦争凱旋将軍歓迎会体験しかなかった信吾は、只々、驚き、場違いを感じざるを得なかったのだが、それもまたまさに享楽的で開けっ広げ、アメリカ式民主主義化された太平洋戦争敗北後の日本を象徴する典型的な風景画だったと看做してよいのではなかろうか。

更に、映画「山の音」の最終シーンが、新宿御苑を舞台にした「都の苑」第三節であることにもちょっと触れておきたい。

この映画は、おそらくまだ「蛇の卵」と「鳩の音」の二つの章が雑誌に掲載発表される前、小説の完結を待たない段階での制作開始だったがため、川端原作とは些か違った味付けの水木脚本に基づく成瀬監督作品に仕上がっている。

御苑にやって来た信吾は《広いねえ。》《ほう、のびのびする。日本離れがしてゐて、東京のなかにこんなところがあるとは、想像がつかないね。》と盛んに感心し、菊子から「ヴイスタ（見通し線）」という造園様式を教えられて納得する。

新宿御苑で待ち合はせるといふ菊子の電話を、信吾はあまり気にかけなかつたが、来てみると異様なことに思へた。

芝生のなかにひときは高い木があつて、信吾はその木にひかれて行った。

その大樹を見上げて近づくうちに、聳え立つ緑の品格と量感とが信吾に大きく伝はつて来て、自分と菊子との鬱悶を自然が洗つてくれる。「お父さまもせいせいなさいます。」でいいのだと考へた。


信吾の《菊子は自由だよ。誰にも遠慮したり束縛されたりする必要はないんだよ。》の言葉に、夫への別れと舅への慕情を断ち切る覚悟を決め、尾形家の複雑暗鬱な家族関係の重苦しい雰囲気から離脱、解放されて、明るい光の空間への第一歩を踏み出そうとする菊子、その彼女の幸せを優しい眼差しで暖かく見守って行こうとする信吾。かくして長年の難問宿題をやっと乗り越えた二人が肩を並べて、広々とした公園の彼方へ次第に遠ざかり小さくなって行く後ろ姿へ「終」マークが重なるのである。新しい時代思潮に沿った、さすが水木洋子ならではの異彩を放った女性像の描出とドラマの解釈であろう。

「国民公園新宿御苑」は昭和四十六年七月より環境庁、平成十三年一月より環境省所管となって現在に至っている。

一〇　書かれなかった幻の章

以上述べてきた他、本作品には戦後の法律改定や政治・経済・社会状況の変革に関与する数々のエピソードが挿入されている。

先の第三章に挙げた諸々の社会世相、風俗習慣の一部、例えば娘房子の夫・相原の麻薬常習中毒と密売（「麻薬取締法」）、相原と房子の離婚問題、息子修一の愛人や戦争孤児問題（「改正民法」、「戸籍法」や「相続法」の改定、「児童福祉法」「児童憲章」の制定）、少年少女の妊娠出産堕胎や菊子の妊娠中絶（「優生保護法」）、家出心中夫婦の妻の遺書有無と男女同権思想（「憲法」第三章第二十四条）、孫・里子のイチ万円とヒャク万円の質問（インフレーションと「金融緊急措置令」）など皆そうだし、はたまた社交ダンスの流行など迄へも詳述すれば切りがない。今はとりあえず問題箇所の指摘だけに留めて先に進みたい。

ところで川端は昭和二十九年、『山の音』の「野間文藝賞」受賞の感想で、

賞を受けたから、「山の音」のやうな作品を書きつづけていいといふわけではなく、賞を受けたから「山の音」のやうな作品の向うにでなければと思ふ。（中略）作中に書き入れたかつたもの、書かねばならなかつたものも、多く省かれてゐる。そのためにかへつて賞を受けるやうなことに

なつたのかもしれない。

と述べている。賞の選考基準が如何なるものだったのか、かつ川端が書き入れたかったもの、書かねばならなかったものが何であるのかはさだかではない。が、いずれにしてもご本人は、この作品にまだまだ多くの事柄を書き込みたかったことだけは十二分に察せられる。

あの敗戦直後における未曾有の激動時代、戦争は彼にとって「怒り」ではなく、むしろ「悲しみ」であり「あはれ」であった。敗戦の「みじめさ」「むごたらしさ」は、彼に生きる意思と平和への祈りと願いをもたらした。さすれば作家・川端康成の胸底には、その頃『川のある下町の話』（昭和二十八年）や『東京の人』（昭和二十九〜三十年）で点綴、素描したに過ぎない原爆医療や医制問題、アンティ・アメリカニズム、あるいはインスタント・カルチャーブームへの軽侮揶揄などをも含めて、いまだ書き続け、記し残すべき如何に多くの思案、目論見が山積していたかは容易に想像され得よう。

鹿屋特攻基地体験による鎮魂の祈りを『生命の樹』に捧げ、広島の原爆惨禍に目覚めて『天授の子』に復活再生を誓った川端は、ようやく『山の音』に到達して、一応、敗戦日本の娼婦、未亡人、復員兵を書き、社会の混乱や生活の苦境、道徳の頽廃を描きながらも、単独講和の欺瞞とまやかしの独立の現実をじっと凝視し、いつも次なる戦争勃発を予感し、ひたすら人類の安寧と世界の平和を願っていたに違いない。

そもそも小説『山の音』では、信吾が思慕する故郷信州の妻保子の亡き姉の面影が常に通奏低音として鳴り響いているのを決して見逃すわけにはいかない。

終章「秋の魚」第三節や第五節で、尾形信吾は一家で信州の田舎へもみじを見に行こうと提案する。彼岸にある保子の亡き美しい姉の幻と、その現世此岸における投影である菊子の姿を深まる秋、錦繍の中で一致合体させようとする信吾の、生涯を通じて抱いてきて果てることのなかった永遠の理想、信念、希望を示唆、暗示しながら、この小説の頁は閉じられている。

私は今ここで、この「信州」の一語にちょっとこだわってみたい。

昭和十二年六月〜翌十三年十二月まで雑誌『婦人公論』に川端が連載した作品「牧歌」は、かつて長野県に起こった教員赤化事件を資料題材とした小説である。

昭和八年二月四日、長野県下の小学校で「治安維持法」違反容疑の一斉検挙が始まり、四月までに六十五校の教員百三十八名が逮捕され、起訴、有罪となって教壇から追放された。その旬日後の二月二十日には左翼作家・小林多喜二が築地警察署に逮捕され、即日、拷問の末虐殺されたちょうど同じ時期に当たる。

昭和十一年十月中旬、川端は長野師範学校や信濃教育界関連施設を訪ねてその模様をつぶさに取材し、国家権力には決して冒されなかった県下教育界の自由確立の気風が事件以来、ともすれば体制側へ迎合、転向はおろか反動へとさえ変ってゆく様を深く憂慮している。

日支事変開戦直前の翌十二年六月から開始された「牧歌」を、彼自身、一時は《「牧歌」は「軍歌」と改題すべきであらうか。》とも迷ったらしいが、その序章「信州教育」第三節へ、信州教育の伝統を護れとか再建せよとかの声は、近頃も事ある度に聞くけれども、それは滔々たる時勢の流れに消える、はかない呟きでしかないと、作者は思ふ。（中略）

信州教育の黄金時代を振り返つてみると、最早遠い、ユウトピアのことであつたかのやうに、寧ろ不思議な気がするくらゐだ。（中略）

信州教育が、実際危機に立つてゐることは、旅人の作者の眼にも、明らかに写るのである。「危機」などといふ言葉を云ふさへ、もう文学的な感傷かもしれぬ。信濃教育界そのもののうちにも、今日の知識人の縮図のやうな、矛盾や相剋を含みながら、転向してゆくさまは、過去の自由主義や、人道主義や、社会主義にも、あれほど大きく波立つた信州の教育界のことであるから、小説家としても注目に価すると思ふが、「教権の自由」を生命として来た信州教育の伝統は……

云々。

と述べている。

かつ第二章「戸隠の巫女」第七節で、事件に連座し教職を追われ転向し、今は召集されて北支戦線に在る兄を持つ神官の娘知子が、北安曇郡の戸隠講で講中の人々が出征兵士の武運長久を祈って捧げるお神楽を案内した際、作者へ、

「（前略）あの講中の方々は、肉親を国の犠牲にして、あんなに黙つて、古い神の前に坐つてらつしやるんですわ。知らずに、疑はずに……。」

と迄さえ告げている。まさに知子の口を借りての川端自身の国家や戦争へ対する暗黙の批判そのものでなくて何であろう。あえて当時の時局に逆らうようなこの勇気ある川端の発言には、驚嘆，賞讃措く能わざるものを感じて已まない。

大久保喬樹もまさしく、

『山の音』は、戦後日本の社会現実に正面から向き合うことをめざし物語枠組みを設定して出発しながら、やはり実質においては、そうした現実を超えた彼岸世界へ向かう物語の道をたどることになったといえるのである。（中略）川端は身をもって正面からこの社会現実と彼岸的理想の統合に立ち向かうことを引き受けた。文学様式面からいうなら、明治以来西欧からとりこんできた近代小説という器に、近代以前の日本文化伝統の様々な発想、技法を総動員するように盛り込み、見事に調和させて、比類ない物語世界を達成したといえる。それは、未曾有の戦争と敗戦という悲劇、不幸を代償として生み出された奇跡のような果実であり、川端個人にとっては無論のこと、近代日本文学全体にとっても頂点をなすような作品と位置づけることができるのである。

と揚言している。

川嶋至の川端が「政治社会から隔絶した《非現実》のみの美を追求しつづける」態度は、「日本の近代小説が、明治初期の小説以来政治や社会の問題に触れることをやめて、ひたすら個の内部を凝視しつづけてきた伝統を踏襲している」とする評言には、やや肯んじ難い違和の念を感じつつも、私はやはり『山の音』で川端が目指した究極のテーマは、殺伐、雑然とした敗戦後の社会的現実の彼方に揺曳する信州山里の風物誌に代表される日本古来の自然の美しさ、優しさ、哀しさの追求、大いなる天の恵みへの感謝、そしてその中にあっての人間の自由と平等、いな生きとし生ける物すべての共存共栄、平和と安らぎへの（余りにも素朴なまでの）絶えざる祈りではなかったか、との思いに駆られる結論へ落ち着かざるを得ない。

重ねて、書かれなかった諸事象に付いて言及しておこう。

実例を一つだけ挙げてみるが、「蚊の群」第一節に触れられた本郷通の大学の向う側商店街から入る横丁の絹子と池田の下宿先辺りの雰囲気に関する描写は至極閑静、平穏そのものである。だがあの頃、東大構内や周辺は、熾烈な学生運動の真只中、しょっちゅうストやデモ騒ぎで本郷本富士署の警官や機動隊と学生たちが揉み合っていた。東大学生劇団ポポロ座主催の小林多喜二祭へ不法潜入していた警官を学生たちが発見し、彼らの警察手帳（仏文学の渡辺一夫や森有正、東洋文化研究所の飯塚浩二等有名教授の身元調査他、各種スパイ活動状況メモが記載されていた）を押収した「ポポロ事件」が発生したのも昭和二十七年二月のことだった。同年五月のメーデー騒擾事件、それ以前からも単独講和の反対、全面講和への賛成推進運動や「日米安全保障条約」反対、レッド・パージ、「東京都公安条例」「警察予備隊設置法」「破壊活動防止法」の制定や「警察官職務執行法」の改定、あるいはアメリカ軍基地設置拡張への阻止反対など、ありとあらゆる闘争で本郷界隈の町並みは、連日連夜、大きな騒動の渦中にあった。川端の眼はその辺の事情には一顧だにしていない。小説の時代状況設定における見逃してはいけない瑕疵の一つと思いたい。現在、あの辺り、東大正門と赤門のちょうど中間の向かい側、通りより少し奥まったマンションの一隅に「わだつみのこえ記念館」が開設され、戦没学生の遺稿や手記、遺品が多数保存、展示されている。

その他、戦後ずっと鎌倉から国電横須賀線で約一時間かけて東京へ通勤していた身であれば、川端は昭和二十四年夏、朝鮮戦争開始直前の国鉄労働組合への大量馘首弾圧と同時に起こった下山国鉄総裁礫断死やそれに続く三鷹、松川の列車脱線転覆など、いわゆる戦後の国鉄三大事件にも決して無関心だった筈はなかったであろう。

その辺りに考えが及ぶ時、この『山の音』における時代考証の補助線として私の頭に直ぐ浮かび上がってくるのが、やや唐突の嫌いはあるにせよいまだ作品『山の音』が雑誌に連載中だった昭和二十八年一月、『或る「小倉日記」伝』をもって第二十八回「芥川賞」を受賞（選考委員の一人だった川端康成は「私は終始これを推した」と選評に記している）、文壇登竜門へ現れて来た松本清張の小説である。

その後の彼は、あの東京駅十三番線ホームの横須賀線下り電車と十五番線ホームの博多行夜間寝台特急「あさかぜ」号とを巡る四分間の時刻表トリックを使った社会派推理小説『点と線』（昭和三十二〜三十三年）で、一躍文壇の寵児となり、流行作家の道へ躍り出た。ただし新しい十三番線ホームが増改設、完成したのは昭和二十八年九月、それ以前の川端が通勤していた頃の横須賀線は主に七番線、時に五あるいは六番線ホームを長距離運行の列車や電車と併用していたらしい。この政官界汚職を扱った小説の殺人犯である中央官庁出入りの機械工具商・安田辰郎の病妻亮子の療養地、かつ最後の夫妻服毒自殺の場所も鎌倉極楽寺の邸宅であり、戦後の川端住居があった長谷の近くである。一方、今は地方有数の会社々長夫人に収まり、地域文化や、マスコミ、社交界でも華々しく活躍中の名流女性室田佐知子が、敗戦直後に立川基地のアメリカ軍娼婦だった閲歴を隠すため次々と殺人を犯さざるを得なかった悲劇を扱った『ゼロの焦点』（昭和三十三～三十五年）も、戦後社会の底流に淀む病理病根、被占領時代が抱え込んだ恥辱の負債に正面から立ち向かい切り結んだ力作と言えるだろう。

加えて『小説帝銀事件』（昭和三十四年）とその裁判資料に基づいて更に真相に迫った『帝銀事件の謎』、或いは下山、松川、鹿地亘事件などを扱った『日本の黒い霧』シリーズ（昭和三十五年）もやはり又、時代の制約と文学理念の違いから川端がどうしても書き得なかった、被占領下日本に多発した謎の事件へ、《史眼》と称する残存資料から原因を遡及推理する彼独特の作家的手法を駆使して果敢に挑み、戦後昭和史の闇へ斜光の一閃を放った反骨の奇才松本清張の華々しい文学業績だったかも知れない。

川端の名作『伊豆の踊子』を意識して書いたと言われる清張の『天城越え』（昭和三十五年十一月）との比較論議は、巷間、純文学論争にまで発展しているが、今はその点には触れず、要は川端の作品『山の音』の内実を戦後期における政治、社会的な分析眼で補足する意味での松本の文学的発想を些か期待、想起してみようとしただけである。妄言を許されたい。

一一　おわりに

最後に、あえてもう一言だけ付け足しておきたい。

川端が昭和十六年四月～五月に碁清源、村松梢風と共に満洲日々新聞社の、そして九月～十一月には関東軍の招きで山本實彦、高田保、大宅壮一、火野葦平らと満洲国（現中国東北部）や北支那（現中国）方面を視察旅行し、その後敗戦に至るまでの期間、方々の新聞や雑誌へ書いた国策順応型随想と創作など、例えば『満洲の本』（『文学界』昭和十七年三月号）や『続美しい旅』（昭和十六年九月号～昭和十七年十月号）、そして『「日本の母」を訪ねて』（『婦人画報』昭和十七年十二月号）のような文章の類いについてである。

羽鳥徹哉は当時の川端の動静に触れて「日中戦争時代は、戦争というものを一つの運命のように受け入れる時代、太平洋戦争時代は、しかしその戦争というものを、出来るだけ自分の理想とする方向へ向けかえてとらえようと、努力し、願った時代」と評しているが、私はやはりあわよくば直接川端自身からの戦後における、より具体的な回顧自省の弁を耳にし、記述を目にしたかったとしきりに思えてならないのである。

参考までに、ほぼ同時期に書かれた太宰治のエッセイ「三月三十日」を挙げておく。

『物資と配給』第二巻第四号（満洲生活必需品会社、康徳七年〈昭和十五年〉四月一日発行）の「随筆」

欄に発表された後、単行本『信天翁―太宰治文藻集』（昭南書房、昭和十七年十一月十五日発行、五千部限定版）へ再収録準備中だったが果たされず、戦後の昭和二十七年七月一日になって「もの思ふ葦―太宰治全集第十六巻（近代文庫23）」（創芸社発行）に初登載された文章である。

私の名前は、きつとご存じ無い事と思ひます。私は、日本の、東京市外に住んでゐるあまり有名でない貧乏な作家であります。（中略）けふは、三月三十日です。南京に、新政府の成立する日であります。私は、政治の事は、あまり存じません。けれども、「和平建国」といふロマンチシズムには、やつぱり胸が躍ります。（中略）

私は、満洲の春を、いちど見たいと思つてゐます。けれども、たぶん、私は満洲に行かないでせう。（中略）日本から、ずいぶん作家が出掛けて行きますけれど、きつと皆、邪魔がられて帰つて来るのではないかと思ひます。ひとの大いそがしの有様を、お役人の案内で「視察」するなどは、考へ様に依つては、失礼な事とも思はれます。私の知人が、いま三人ほど満洲に住んで大いそがしで働いて居ります。私は、その知人たちに逢ひ、一夜しみじみ酒を酌み合ひたく、（中略）私のやうな、頗る「国策型」で無い、無力の作家でも、満洲の現在の努力には、こつそり声援を送りたい気持なのです。（中略）日本から、たくさんの作家が満洲に出掛けて、お役人の御案内で「視察」をして、一体どんな「生活感情」を見つけて帰るのでせう。帰つて来てからの報告文を読んでも、甚だ心細い気が致します。日本でニュウス映画を見てゐても、ちやんとわかる程度のものを発見して、のほほん顔でゐるやうであります。此の上は、五年十年と、満洲に、「一生活人」として平凡に住み、さうして何か深いものを体得した人の言葉に、期待する他は、ありません。私の三人の知人は、心から満洲を愛し、素知らぬ振りをして満州に住み、全人類を貫く「愛と信実」の表現に苦闘してゐる様子であります。

政治のことは余り知らず、「国策型」で無いにもかかわらず、満州の現在の努力にこっそり声援を送りたい太宰もまたその後は、結局、川端と同様、日本文学報国会・小説部会の一会員となり、磯田光一が「倫理的なストイシズムを強制され、結果として美しい存在に転化して」しまい、「愛と信義とに渇望をいだき、……美的代替物を見いだした」と論じたように、戦時における文学者たちの限界を示してしまった証左の一文には違いないのだが、はてさてこの文面よくよく紙背に徹して読むならば、やはりどこか彼の良心の範囲内の一端に辛うじて踏み止まっている？感はどうしても捨て切れない。ともすれば〝お、、天晴れ！よくぞ言ってくれたじゃないか〟のひと声をひそかに投げ掛けてやりたいような気持にさえ襲われるのも、果たして一太宰ファンに過ぎない私の単なる欲目だけなのだろうか。

かつて「子供より親が大事」と太宰が言い、今また、フランス文学者で書評家の鹿島茂は「子供より古書が大事と思いたい」と述べている。そして現在、私は「何よりも平和が大事と思い、戦争の悲惨さと残虐さとを思い、決して忘れず大事に書き残し、子孫の世代へ伝えておきたい」と切に切に乞い願っている。

ライフワークたる太宰治の人と文学の実証的研究も一段落した。出来得れば後は、適宜、他の近代文学作家を選び、命の続く限り時間の尽きるまで、私なりの独自スタイルで昭和の戦時並びに戦後史体験がらみの拙い作品論的文章を綴っていってみたい。とりあえずは先の遠藤周作『海と毒薬』(「行路160」)に次ぐ第二弾として、川端康成『山の音』に挑んでみた次第である。

引用した主な参照文献・資料を挙げておく。

(一)『川端康成全集全三十五巻・補巻二巻』新潮社、昭五五・二〜昭五九・五。
(二)兵頭正之助『川端康成論』春秋社、昭六三・四。
(三)川俣従道『哀愁を旅行く人—川端文学の諸相』ホロンテ、平一八・二。
(四)橘正典『異域からの旅人—川端康成論』河出書房新社、昭五六・一一。
(五)大久保喬樹『美しい日本の私—川端康成』ミネルヴァ書房、平一六・四。
(六)進藤純孝『伝記川端康成』六興出版、昭五一・八。
(七)川嶋至『川端康成の世界』講談社、昭四四・一〇。
(八)川端文学研究会編『川端康成の人間と芸術』教育出版センター、昭四六・四。
(九)田村充正・馬場重行・原善編『川端文学の世界5その思想』勉誠出版、平一一・五。
(一〇)川端文学研究会編集委員会編『川端康成研究叢書3実存の仮象、6風韻の相克』教育出版センター、昭五二・一二、昭五四・九。
(一一)十重田裕一『NHKカルチャーラジオ文学の世界「名作」はつくられる—川端康成とその作品』N

HK出版、平二一・七。
（一二）『太宰治全集第十巻』筑摩書房、平二一・一二。
（一三）三好行雄編『別冊国文学No.7 太宰治必携』学燈社、昭五九・九。
（一四）佐藤隆之『太宰治の強さ』和泉書院、平一九・八。
（一五）野原一夫『回想太宰治』新潮社、昭五五・五。
（一六）長田暁二『映像で綴る昭和の流行歌』㈱ユーキャン、平一八・一一。
（一七）川口美恵子『戦争未亡人―被害と加害のはざまで』ドメス出版、平一五・四。
（一八）福島重雄・大出良知・水島朝穂編『長沼事件　平賀書簡―35年目の証言・自衛隊違憲判決と司法の危機』日本評論社、平二一・四。
（一九）毎日新聞富山支局編『旧制富山高校物語―あゝ若き日の』巧玄出版、昭五三・八。
（二〇）旧制富山高等学校思想文化運動史編纂委員会編『旧制富山高等学校思想文化運動史』新興出版社、昭五八・一〇。
（二一）桜本富雄『探書遍歴―封印された戦時下文学の発掘』新評論、平六・一。
（二二）黒古一夫『21世紀の若者たちへ3　戦争は文学にどう描かれてきたか』八朔社、平一七・七。
（二三）太平洋戦争研究会『戦争遺跡が語る太平洋戦争』日本文芸社、平一八・四。
（二四）日本戦没学生祈念会（わだつみ会）編『わだつみのこえ記念館』わだつみ記念館基金、平一八・一二。
（二五）岡安喜三郎編『「きけわだつみの声」日本戦没学生の手記―映画の手引き』全国大学生活協同組合連合会、平七・八。
（二六）内藤初穂『極限の特攻機―桜花』中央公論新社、平一一・三。

（二七）百田尚樹『永遠の0《ゼロ》』太田出版、平一八・八。
（二八）郷原宏『松本清張事典決定版』角川学芸出版、平一七・四。
（二九）藤井忠俊『「黒い霧」は晴れたか』窓社、平一八・二。
（三〇）佐藤一『新版 下山事件全研究』インパクト出版会、平二一・八。
（三一）保阪正康『松本清張と昭和史』平凡社、平一八・五。
（三二）藤井淑禎『清張―闘う作家』ミネルヴァ書房、平一九・六。
（三三）長谷川章『東京駅歴史探見』JTB、平一五・一二。
（三四）交通博物館編『図説駅の歴史』河出書房新社、平一八・二。
（三五）東京焼け跡ヤミ市を記録する会・猪野健治編『東京闇市興亡史』草風社、昭五三・八。
（三六）昭和史研究会編『昭和史事典』講談社、昭五九・三・一五。
（三七）毎日新聞社編『一億人の昭和史』毎日新聞社、昭五〇・五～平九・九。
（三八）半藤一利『昭和史　戦後篇』平凡社、平二一・三。
（三九）ドウス昌代『敗者の贈物』講談社、平七・八。
（四〇）『日本俗語大辞典』東京堂出版、平一五・一一。
（四一）「朝日新聞」「毎日新聞」「読売新聞」「京都新聞」「学園新聞」（京都大学新聞社）の各当該事件記事。

四　焼夷弾と模擬原爆

空襲被災体験—その検証と考察

序章　堀田善衛の『方丈記私記』

「空襲文学」というジャンルが確立されているかどうかは知らない。が、『東京大空襲・戦災誌　第四巻』には、「第九章　空襲・戦災を記録した文学作品《空襲文学の展開》」と題して、些かの近現代文学中の該当作品を採り上げて解説を加えた後に、「空襲文学・作品リスト」として百五十足らずの作品名を挙げている。いずれもこれらは皆、その作品の主題材として空襲や戦災を扱ったり、もしくは一部にその模様を述べたりしたものである。

恥ずかしながら、私はその中で坂口安吾『白痴』、太宰治『お伽草紙』『薄明』、吉村昭『彩られた日々』、吉行淳之介『焔の中』、堀田善衛『方丈記私記』、他に高木敏子『ガラスのうさぎ』、野坂昭如

『火垂るの墓』くらいしか読んでいない。

今この中で、作品『方丈記私記』について、ちょっと触れてみたい。

一九四五（昭和二十）年三月十日の東京大空襲に遭遇した堀田は、その最中に敵機を見上げながら、卒然として鴨長明『方丈記』の全文を思い浮かべ、《それが都市に起る大火災についての、……意外に精確にして徹底的な観察に基づいた、事実認識においてもプラグマティクなまでに卓抜な文章、ルポルタージュとしてもきわめて傑出したものであることに、思いあたった》と記している。

そしてまた、長明を《なんにしろ何かが起ると、その現場へ出掛けて行って自分でたしかめたいという、いわば一種の実証精神によって、あるいは内なる実証への、自分でも、徹底的には不可解、しかもたとえ現場へ行ってみたところでどういうこともなく、全的に把握出来るわけでもないものを、とにもかくにも身を起して出掛けて行く、彼をして出掛けさせてしまうところの、そういう内的な衝迫をひめた人》とも言っている。


……遠き家は煙にむせび、近きあたりはひたすら焔を地に吹きつけたり。空には、灰をふき立てたれば、火の光に映じて、あまねく紅なる中に、風に堪へず、吹き切られたる焔、飛ぶが如くして一二町を越えつつ移りゆく。その中の人、うつし心あらんや。或は煙にむせびて、倒れ伏し、或は焔にまぐれて、たちまちに死ぬ。或は身ひとつからうじて逃るるも、資材を取り出づるに及ばず。七珍万宝さながら灰燼となりにき。そのつひえ、いくそばくぞ。……人のいとなみ、皆愚かなる中に、さしもあやふき京中の家をつくるとて、宝を費し、心を悩ます事は、すぐれてあぢきなくぞ侍る。……

かつて戦争最末期における大空襲の戦火をかいくぐって逃げ延び、焼け跡の無一文暮らしに一種の突き抜けた明るい解放感をさえ味わった私は、堀田が指すこの『方丈記』の名文章に、至極、共感を禁じ得ない。

彼は一週間後の三月十八日、江東深川へ出掛け富岡八幡宮境内付近で、偶然にも天皇の焼け跡視察にかち合う。そしてその焼け跡とは全くなじまない、大勢の警官や憲兵に周りを囲まれた小豆色の「鹵簿」車や、陸軍服に大きな勲章まで付け、ぴかぴかに磨き立てた長靴の天皇の姿を見て、生理的に不愉快なほどにも不調和な光景を感じ、現実とはとても信じ難かったと述べている。加えて、その天皇に土下座して涙を流しながら《陛下、私たちの努力が足りませんでしたので、むざむざと焼いてしまいました、まことに申し訳ない次第でございます。》と頭を下げひたすら謝る周辺下町住民の態度に驚き、呆れ果てる一方で、またそういう臣民としての限りない優情の否定は決して許されるものではないし、彼自身においても確かに実在しているとの矛盾の心理にひどく苛まれる。堀田は《一九四五年のあの空襲と飢餓にみちて、死体がそこらにごろごろしていた頃ほどにも、神州不滅だとか、皇国ナントヤラとかいう、真剣であると同時に莫迦莫迦しい話ばかりが印刷されていた時期は、他になかった。戦時中ほどにも、生者の現実は無視され、日本文化のみやびやかな伝統ばかりが本歌取り式に、ヒステリックに憧憬されていた時期は、他に類例がなかった。……天皇制というものの存続の根源は、おそらく本歌取り思想、生者の現実を無視し、政治のもたらした災殃を人民は眼をパチクリさせられながら無理矢理に呑み下さされ、しかもなお伝統憧憬に吸い込まれたいという、われわれの文化の根本にあるものに根づいているのである。》とさえ揚言する。

が、やはり彼はこの藤原定家、九条兼実らの本歌取り短歌の芸術思想や有職故実の貴族・宮廷美学に対して《私は、彼らの宮廷の美を認める者だ、認めざるをえない、そうして、しかもなお私は、認めた上で長明とともにかかる〝世〟を出て行く。無常の方へ行く。それが逃避であると見える人は、この国の業の深さを知らない人なのだ。》と述べ、長明の、

世にしたがへば、身、くるし。したがはねば、狂せるに似たり。いづれの所を占めて、いかなる業をしてか、しばしもこの身を宿し、たまゆらも心を休むべき。

の言葉を何度か念仏のように唱え、俗っぽい無常観に浸蝕されて、諦めの境地に追い込まれたとも語るが、究極的にはかかる無常諦観の心境こそが、かつての戦時中では心ならずも自己救済の方法たる運命愛であり、歴史の捨象に他ならないと見做したのであった。

以下、実証かつ無常の人・鴨長明の卓抜、秀逸な文学『方丈記』や、わが郷土富山出身の作家・堀田善衛の諸作品には、とても及ぶべくもないが、とりあえずは今回、その驥尾に付いて出来得る限りの実地検証に基づいた富山空襲被災の調査、考察の記録を綴り、歴史の一瞬を振り返るよすがとしてみたい。

第一章　焼夷弾による空襲

一　戦略爆撃の開始

戦争末期の空爆に関連して、これまでさほど世間に広く知られず、つまびらかにもなっていないような事柄を特に選び、私の体験をもとにして些か述べていく。

一九四四（昭和十九）年七～八月、開戦後三年を待たずしてマリアナ諸島のサイパン、テニアン、グアム島を奪還占領したアメリカ軍は、直ちに飛行場の建設工事に着手し十月までに完了、その年十一月下旬からいよいよ日本本土への戦略的爆撃を開始した。

サイパン島・東京間の直線距離二二五〇キロメートルと言う数値は、その頃のアメリカ空軍・超空の要塞ボーイングB29型重爆撃機（全長三〇メートル、翼長四三メートル、高さ八・五メートル、重量五四トン、二二〇〇馬力エンジン四基装備、総燃料積載量五四〇〇ガロン、爆弾搭載量七二五〇～九〇〇〇キログラム、巡航時速三八〇キロメートル、最高時速五七六キロメートル、実用上昇限度九六〇〇～一万一六〇〇メートル、航続距離五二〇〇～六六〇〇キロメートル）をもってすれば、往復約十五時間完全無着陸で、悠々、飛行し、北海道や本州北部を除く日本の各目標都市を爆撃し得る距離空間であることを意味した。

さて、この本土各都市への戦略爆撃を担当したのは、グアムに司令部を構え、サイパン・イスレー、テニアン・北、同西、グアム・北、同北西の各飛行場を基地とするアメリカ陸軍第二〇航空軍所属の第二一爆撃機集団（司令官カーチス・E・ルメイ）だったが、一九四五（昭和二十）年七月組織替え、以降は主として陸軍戦略航空軍（司令官N・トワイニング）所属第二〇航空軍の計五航空団によって実施された。またここには、テニアン・北飛行場を根拠地とする原子爆弾投下のみを目的とする専門の秘密航空部隊、P・ティベッツ率いる第五〇九混成群団も含まれていた。

マリアナ諸島からの日本本土爆撃は概略次の三期に区分することが出来る。

第一期

一九四四（昭和十九）年十一月二十四日～一九四五（昭和二十）年三月九日。

昼間の明るい時間帯を選んで約九千～一万メートルの高々度からの高性能爆弾による各地の主要軍需工場を目標とする精密爆撃。

第二期

一九四五（昭和二十）年三月十日～六月十五日。

夜間、二千～三千メートル前後の低い高度から大都市市街住宅地、民家密集地への焼夷弾大量無差別絨毯爆撃。

第三期

一九四五（昭和二十）年六月十六日～敗戦の八月十五日直前。

大都市を完全に焼き払った後に残された地方の中小都市への同じく夜間の更に徹底した焼夷弾の大量無差別絨毯爆撃による一斉焼尽作戦。

この第二、三期の焼夷弾による、日本の主に木と紙からなる庶民住宅が密集する市街地への無差別絨毯爆撃による一斉焼尽作戦こそがジェノサイド（genocide）と呼ばれた大量虐殺・皆殺しの戦法である。

一九四五（昭和二十）年一月二十日、かの悪名高きカーチス・E・ルメイが欧洲から印度・中国戦線を経てグアム島へ転着任する。以後、軍需施設への精密爆撃と併せて彼が試行した名古屋、神戸や東京市街地への焼夷弾攻撃実験の結果、三月七日の戦術会議で本戦法への変更が決定され、精密爆撃に固執してきたH・ハンセルが遂に更迭される破目になった。

第一期の中島飛行機武蔵製作所初攻撃以来の、軍需目標を主とする高々度からの精密爆撃が、生憎、冬季の天候不良時期に合致し、日本本土上空を覆う厚い雲と吹き抜ける強い風に妨げられ、アメリカ空軍が思うような戦果を挙げ得られなかったことも、この戦術転換への大きな要因になったのは否定できまい。

かくして三月十日の首都東京への夜間低空大空襲をもって、第二期の無差別絨毯爆撃作戦が、その火蓋を切って落とされた。以来、名古屋、大阪、神戸、横浜、そして川崎、尼崎などの京浜、中京、阪神地区を含む大都市とそれら近郊の住宅及び周辺の工業地帯を次々と焼き尽くし、この間新たに奪還占領した硫黄島に建設した飛行場をも併用して、三月末からは夜間の本土周辺海域への機雷投下作戦が開始され、更に四月十六日～五月十一日には沖縄攻略呼応作戦としての四国、九州地区の特攻基地攻撃を完了させた。

続いて六月中旬、いよいよ絨毯爆撃の矛先は中小の地方都市へ向けられた第三期に突入することになったのである。


ここでちょっと横道へそれる。

事もあろうに戦後の一九六四（昭和三十九）年十二月、佐藤栄作内閣の時、この残虐極まるジェノサイド戦法発案計画・実行責任者の張本人であるカーチス・E・ルメイに対し、日本の航空自衛隊育成へ協力があったとの理由で勲一等旭日大綬章の授与が決定された。が、さすがに天皇（後の昭和天皇）は親授を拒否したため、入間基地で浦茂航空幕僚長が代わってこれを授与している。翌年、その浦はアメリカ空軍よりレジョン・オブ・メリット勲章を受けている。

「軍人は小児にちかいものである。……殺戮を何ともおもはぬなどは一層小児と選ぶところはない。……この故に軍人の誇りとするものは必ず小児の玩具に似てゐる。……勲章も―わたしには実際不思議である。なぜ軍人は酒にも酔はずに、勲章を下げて歩かれるのであらう？」、「あらゆる社交はおのづから虚偽を必要とするものである。……我我は皆多少にもせよ、我我の親密なる友人知己を憎悪し或は軽蔑してゐる。……我我の友人知己と最も親密に交る為めには、互に利害と軽蔑とを完全に具へなければならぬ。…さもなければ我我はとうの昔に禮譲に富んだ紳士になり、世界も亦とうの昔に黄金時代の平和を現出したであらう。」とは、共に芥川龍之介著す『侏儒の言葉』中の一節であり、彼我の上級軍人同士間の勲章遣り取りを聞き知るに及んで、つい思い出してしまう名箴言である。

本題に戻って、「作戦任務報告書」（Tactical Mission Report）について触れよう。日本本土空襲に当たったアメリカ第二一爆撃機集団（改組後は第二〇航空軍）のグアム司令部が作成、本国の直上司令部に送付提出した技術報告書である。この文書は二十五年の機密文書公開猶予期間を経た後の一九七〇年、ワシントンの国立公文書館から公開され、一九八一（昭和五十六）年春には日本の国会図書館にもその全巻マイクロフィルムが届いている。

B4判に近い縦長用紙の表紙には、その上部に大きな翼を伸ばして右向きに飛ぶB29機が一機、中央部に本州、四国、九州の地図が描かれ、新潟、富山、金沢、東京、横浜、横須賀、名古屋、京都、大阪、神戸、明石、岡山、呉、広島、高知、八幡、佐世保、長崎、大牟田、熊本、鹿児島の計二十一都市がそれぞれの位置にローマ字で特記、表示されている。

この飛行機と地図のちょうど中間に、それに被さるような形で横長の黒い長方形中に Tactical Mission（筆記体）、下に REPORT（活字体）とした二段構成様式の白抜きタイトルが記されている。一番下には、活字体で HEADQUARTERS.XXIBOMBER.COMMAND（改組後は TWENTIETH AIR FORCE）と同じく横長、黒長方形中に白抜きの報告者名が記されている。そして更に、地図右下方の囲み欄中に作戦任務番号と実行年月日、並びにその報告書のコピー番号が認められている。以下、この報告書の記録内容、すなわち空襲を加えたアメリカ空軍側の情報を基にして、第三期の地方中小都市被災状況、つまりはわが富山空襲被災体験の概要を分析考察してみたい。

もともとアメリカ軍は、日本の都市爆撃目標として、一九四〇（昭和十五）年時点の人口の多い順に〔一〕東京（六七八万人）から〔一八〇〕熱海（二・四万人）まで百八十の都市（富山は三十六番目）をリストアップし、就中、中小都市としては福岡（三二・三万人）から八王子（六・二万人）に至る二十五を選び挙げていた。

しかし戦略的な優先順位の基準として①建物の密集度と燃えやすさ。②軍需工場の有無。③輸送施設の有無。④レーダー爆撃の難易度。⑤都市の大きさと人口数。の五点を勘案した結果、差し当たってはマリアナ基地からの戦略爆撃目標として、六十六都市の市街地しか数え上げなかった。

このうち第二期の六月中旬までで完全に壊滅廃墟と化した東京、川崎、横浜、名古屋、大阪、尼崎、神戸、そして原子爆弾投下予定地として一般爆撃を禁止されていた広島、長崎の計九都市を除いた後の五十七都市、これこそが敗戦前の二カ月間、徹底的な焼夷弾のみの絨毯爆撃による一斉焼尽作戦、いわゆるジェノサイドの好餌食となった地方中小都市なのであった。本州の青森、仙台、日立、水戸、宇都宮、伊勢崎、前橋、熊谷、銚子、千葉、八王子、平塚、沼津、清水、静岡、甲府、浜松、岡崎、豊橋、一ノ宮、岐阜、大垣、桑名、四日市、津、宇治山田、西宮、堺、和歌山、明石、姫路、岡山、福山、呉、徳山、宇部、下関、そして裏日本側北陸の長岡、富山、福井、敦賀、四国では高松、徳島、今治、松山、宇和島、高知、九州の門司、八幡、福岡、佐賀、佐世保、大牟田、大分、熊本、延岡、鹿児島の合計五十七市街である。なぜか山陰地方は全くこのリストには入っていない。表紙にある地図中の都市との比較では、新潟と京都は一時原爆の投下目標に予定されていたために除外されたのは一応うなずけるとしても、呉が入っているのに同じ海軍鎮守府の在った横須賀が外されていることと、金沢が抜けている理由はちょっとわからない。

それにしてもわが郷土であるちっぽけな田舎町の富山が、早くから大都市並みにいつも爆撃目標としてマークされていたとは、その当時全く知る由もなかった。作戦任務報告書を更にひも解いていけばいくほど、当市に対するまさに想像を絶する残虐な爆撃結果の詳細が解ってくるのであるが、反面において被災者側からの戦慄すべき現場体験状況をも照らし合わせて考えることが、真相の正確な解明にとっては、より欠かすことが出来ない要諦だろう。そこで遥か六十七年前の一九四五（昭和二十）年八月一～二日当日深夜にさかのぼって、リアルタイムの二つの目で見、耳で聞き、鼻で嗅ぎ、全身の肌で感じた、当時まだ十五歳の中学三年生だった私の罹災体験を、ひとまずここで紹介しておくことにしたい。

二　富山市への空襲

そもそも被災地の富山市は人口約十六万人の県庁所在地。北アルプス山系からの水脈に恵まれた多大の水力発電所が供給する豊富な電力は基幹軍需産業の主力電源となり、戦時下における裏日本側有数の後方兵站部の中心的役割を担わされた都市で、市内にはその本社たる北陸配電㈱を筆頭として、日本興業銀行、日本勧業銀行の各富山支店や、富山連隊区（東部第四十八部隊）司令部及び兵舎があり、市街の中心部には市役所、商工会議所、商工奨励館、郵便局、電報電話局、市立図書館、東・西両本願寺別院などの主要建物が並び、市内随一の賑わいを誇る総曲輪商店街もすぐ隣接し、傍らには県立図書館がある旧富山城址公園も拡がり、少し離れて県庁、警察署、放送局、新聞社などがあった。市内唯一のデパート大和百貨店前から西の護国神社鳥居前を経て神通川方向への市内電車が、大手前通り交差点の停留場をやや過ぎた辺り、線路に沿って南北両側へ並んだ約五十軒ばかりの住宅と商店が混在する町内会、その東の端近くにわが家はあった。

一九四四（昭和十九）年秋以後、私の通っていた中学校も学徒勤労動員令に従い、二年生以上の生徒は全員、市の東郊外にある軍需会社・不二越鋼材工業㈱本社工場へ通年動員勤務、軸受部品製造を担当していたが、一九四五（昭和二十）年春頃からは、表日本側愛知県より疎開移動して来た豊川海軍工廠高射機関砲部門の入る本社東隣りの同社山室工場へ転属、連日出勤して砲身部底板の製作加工に従事していた。昼夜隔週二交代、午前（後）七〜午後（前）五時の一日十時間勤務、時に一時間の追加残業勤務が続いていた。空襲当夜の八月一日（水）〜二日（木）を含む第一週目は昼勤番の週だったので、夜間ちょうど在宅中の罹災だった。

前々日の夜から前日早暁にかけて、富山市を含む若干の都市への空襲予告宣伝ビラが撒かれたらしいが、軍や警察が即刻回収、厳重に取り締まったので僅かの市民しか知らないし、私も見なかった。それでもその噂は忽ちにしてかなりの範囲に拡がり、あちこちの知人友人から一両日中の空襲到来必至の知らせを、密かにかつ繰り返し耳打ちされていたことも記憶に残っている。

さて遥か昔の少年に戻った私の語る空襲被災当夜の模様を、とにかく聞いて貰うことにしよう。

二日午前零時過ぎ、ラジオが東部軍官区司令部発表の防空情報「敵B29機大編隊、熊野灘方面より続々北上し、只今、金沢上空を通過中」と告げるや否や、当夜二回目（一回目は、午後十時ちょっと前に発令されたのが、一時間くらいで解除されとりました。）の空襲警報が夜空を突ん裂いて不気味に響き渡ったがです。厭な予感が走りました。が、奇妙なことにその夜に限ってすぐさまそれが市民たちへの「いよいよ……」の確信と覚悟を促す、戦闘開始の進軍ラッパのヒステリックな雄叫びにも似た感じになり変わっていくように思われたがです。

八秒間隔で四秒持続吹鳴のサイレン十回が終わると殆ど同時、自宅裏庭から斜め左に当たる市の西北方向に数発の照明弾が輝き、それを合図にダダ、ダダッ、ドーン、ドーンという物凄い地響きを伴った大きな爆発音、驚いて玄関から外へ急ぎ飛び出したら、もう既に焼夷弾が次々と周りに落下、強烈な閃光が辺りを照らし、灼熱の火花が四方八方へ飛び散り、付近の家の軒端や窓からめらめらと大きな炎が渦を巻いて燃え出し始め、それから逃れようとする大勢の人たちが、道路に溢れかえり、ひしめき合っておりました。

七月中頃からの近県、岐阜や福井の空襲被害の尋常じゃない激しさを聞き知った以後は、焼夷弾による火災を消すことなど全く不可能、空襲が始まったら、何はさておき先ずは逃げ出すことが肝心で最優先の行動、これが当時の富山市民殆どの暗黙の了解事項だったがではないかと思っとります。

上空からの焼夷弾の群れはザザ、ザザアッーとまるで大雨がトタン屋根を一擧に叩きつけて降り注ぐような凄まじい振動衝撃音を唸り立てていたかと思うと、いきなり目の前にシュシュシュー、バシッー、ドドドッー、ビューン、ピューンと銀白色の火を噴いた長い六角棒状の金属筒がいくつも落下、次いで一斉に煌々と輝く火の粉を辺り一面に撒き散らして飛び跳ね回る有様には、全身の肌が一度に総毛起ち、腸《はらわた》が根こそぎ抉り出されるような感じ、恐怖と戦慄の修羅場のど真ん中を必死の覚悟で逃げ走り、やっとの思いで辿り着いたのが市内西寄りの神通川原でした。

火炎と熱と煙からだけは何とか避難はしたものの、今度は全く遮蔽物のない広っ原、ひっきりなしに降り注ぐエレクトロン焼夷弾の破砕した弾端からの、灼熱化した金属粉末の飛散と閃光はますます激しくなる一方、この火花を掻い潜って只滅茶苦茶に右往左往するだけの避難民たちは殆ど生きた心地がなかったです。

本来なら灯火管制で真っ暗闇の夜中なのに、まるで真っ昼間のように明るく照らし出され、瞬く間に全市街がひと塊になって燃え上がり、火炎の渦が猛り狂い、熱気流によって起こった凄まじい大風が轟轟と鳴り響いとりました。空を仰ぐと次々に規則正しい三機編隊のB29型機の二～三組が四、五分おき（?）に西から東へ向かって、下界の劫火の炎に映えてややピンクがかった銀白色に輝いた機体を見せながら悠々と飛び続けていたがです。さながら小さな白魚が列をなしてすいすい泳いでいるような、とっても素敵で美しい眺めでした。

けれどもその機体から数分おきに投下される沢山の親子爆弾が空中で炸裂すると、即座に火の付いた布の尾ひれをなびかせた数十発の油脂焼夷弾筒が一斉に飛び出して上空いっぱい簾状に拡がって明滅、あたかも速射連発式の打ち上げ花火と大きな仕掛け花火を一度に何発も併せてぶち上げたような感じでした。

私にはよく解らんのですが、ひょっとするとこのまさに恐怖の果てに陥った極限状況下の人間に現れた美と快感と愉悦の倒錯の心理こそは、いわゆる臨死状態から甦った患者がしばしば語って聞かせてくれるあの三途の川原に咲き乱れるお花畑の美しさにも匹敵、相当するものではないがでしょうか？

周りには直撃を受けて即死したり、あるいは死に切れず絶叫に近い悲鳴を上げたりしながらのた打ち回る人たちの数が次第に増え続けていきました。空襲が始まりやっとの思いで川原まで逃げ延びた時点では、自分自身も空襲が終わる頃までは恐らく命はないだろう、絶対に死ぬに違いないと観念しとりました。だが二十分過ぎても死なない、更に三十分、四十分経っても弾は当たらず生きておる、やがて一時間、ひょっとするとこのまま生き延びられるがでは？　微かな望みが出てきました。時間が経つにつれて捨ててしまっていた筈の煩悩が、欲望が、再びむくむくと頭をもたげてきたがです。途端に、一刻も早く空襲が終わってほしい、という祈りにも似た思いが忽然と胸に湧いてき、早く敵機が去って、空が白むのがどんなに待ち遠しかったか、その節の心境は今振り返ってみてもちょっと簡単には言葉に表し難いものがあります。

アメリカ空軍機撮影による大空襲下の富山市街中心部
「富山大空襲を語り継ぐ会」会報より転載

後で聞いたところによると、敵機はまず市街周辺部の西、北方面、次いで南、東方面へ焼夷弾投下、市民の逃げ道を完全に絶って袋の鼠状にした挙句に、市の中心部への徹底的爆撃を敢行した由、かつ機上からは大きな河川ははっきり目視され（当夜はほぼ下弦の半月に近い晴天でした）、当時の在住市民のおおよそ半数が避難したと言われる神通川原は全くの青天井の無防備地帯、群がる避難民はまさに逃げ場のない最適好個の攻撃目標、焼夷弾の直撃による死者の割合が最も高かった場所でした。かたや市内の防空壕もまた、とてつもない危険な代物だったがです。全市が一挙に火の海となった中では、忽ち酸素の欠乏、一酸化炭素と炭酸ガスの増大蓄積、煙と熱と火、これだけ揃えば死に至る条件は完璧、富山市ではこの防空壕内での死者の数もやはり極めて多かったです。

敵機が去った明け方、燻ぶる硝煙と渦巻く熱気の焦土の上に、東の方立山連峰の山の端から天空を金色に染めて朝日が昇って来た瞬間、もはやこの世も終わりかと思われた過ぎし夜半の阿鼻叫喚、焦熱地獄の灰燼を超えて、今朝もまた昨日と些かも変わることのない燦々とした光が指し、降り注いで来ました。そこには強欲愚昧な人間どもの殺戮、争奪の罪業をもすっかり包み込んで許してしまう、限りない平和な大自然の恵み、否、何かしら不思議な神々の恩寵（？）みたいなものすら思われて、静かな感動がひたひたと胸に押し寄せ拡がって来るのを毫も禁じること能いませんでした。

けれども明るくなってからの川原のあちこちで目にした余りにも無残な光景は、後に市内へ入って見た惨状に勝るとも劣らぬものでした。直撃弾筒で顔の半分が柘榴のように割れていたり、どす黒い血と油にまみれた胴体が滅茶苦茶につぶれて、手足が辺りに吹き飛んでいたり、腹が大きく裂けて内臓の殆どが外にはみ出していたり、そうかと思うと、一見、どこにも全く傷のない、穏やかに眠っているような、美しくて可愛いい、只、異様なまでの白い顔で水中の浅瀬に仰向いて浮かんでいる幼児の屍体等々……、予想より遥かに悲惨な姿で息絶えている何十、何百の人たちの凄惨な地獄絵図には全く声も出んかったことが、今も尚はっきり脳裏に甦ってきて離れませんです。

大小の焼夷弾の六角筒の燃え殻が無数に地面に突き刺さり、また空中で炸裂し焼夷弾筒をばら撒いた後の抜け殻になった弾倉本体（いわゆる「モロトフのパン籠」〈最初に欧州で使ったのがソ連空軍だったので、当時のソ連外相名が付けられていた〉と称した籠の部分）の大きな金属の破砕片や断端がいくつも無造作に転がっておりました。焼夷弾の六角筒の先端に付いた錘の鉄塊は子供の握り拳大、コンクリートの屋根や道路表面さえも簡単に突き破り、命中すれば忽ち即死、ないしは重症の裂傷、火傷は、到底、避け得なかったでしょう。焦土化した市内は熱気と煤煙でむせ返り、道路表面のアスファルトはどろどろに溶けて、ともすれば足が沈み込みそうになりました。電線や電話ケーブル、市電の架線などが全部切れて一緒くたに絡まり合い、大きな魚網を拡げたように道全体に覆い被さり、はたまた道の両側に並んで立っていた木の電信柱は、地中に埋まっていた根元の部分までが完全に焼け尽くされてしまって、その跡にはきれいな真ん丸の黒くて深い穴がぽっかり空いておりました。そんな道のいたる処に、昔よく「有田ドラッグ商会」という薬屋の店先にあった〈猿の黒焼き〉にそっくりな男女の区別も全く付かない真っ黒焦げの焼死体がいくつも転がっており、傍らを通るたびに心の中で手を合わせ念仏を唱えました。

住んでいた町内近くの丁字路突き当りに、軍の厩舎から逃げ出して来たのか、大きな馬の屍体がひっくり返っておったがです。一瞬、〝あれっ、こんなところに何で木馬が、……〟が、咄嗟に思い直しました、〝いや、木馬が焼けずに残っとる筈がない、銅像か？　よくもまあ、こんなでっかいもんが金属供出にも引っ掛からずに、……〟それ程までに硬直がきつかったがです。四肢を真っ直ぐ上に伸ばし、皮膚全体がきんきんに突っ張り、かちかちに硬まったその図体からはとても有機的な生き物の屍骸を想像できず、つい人工的な無機物として見誤ってしまった、あの瞬間の心理の異常さには自分ながら慄然たる思いでした。

被災後数日間は、焼け跡の処々に身許不明の死体を二十体くらいずつ集めて、探して回る家族や親類縁者、知人が来るまで、焼けトタンを被せて並べてあったがです。皆一様に、まるでキューピー人形を仰向けに転がしたような恰好、両手両脚を空中に拡げて斜め上に上げ、両眼をかっと見開いて苦悶、苦痛にゆがんだ、あたかも般若と仁王を一緒にしたような、それはそれは怖ろしい形相、「阿鼻叫喚」「虚空を掴む」などという表現はまさにこのことかと思われるような姿態でした。

そう言えばわが家のすぐ東隣りの奥さんと、上の娘さんが…お母さんに似てとても優しくきれいな方、確か県立高女の四年生だった筈、…やはり逃げ遅れて亡くなられました。向かいの家は、防空壕に入っておられた奥さんと三人の子供さんたちが全部……、一家全滅でした。召集で支那へ行っておられたご主人が、戦後、無事に復員して来られたがです、一人だけになってしまわれました。……気の毒なことです。戦地へ行っていた者が死なず、うちにおった者がみんな死んでしまうなんて、……ほんとにむごいことです。町内全部では、十五、六人ほど亡くなっておられます。

幸いにも、わが家の五人家族、ばらばらに逃げ出したものの明け方になって何とか無事な姿で再会出来、嬉し泣きに抱き合ったことは一生忘れられません。この時ばかりは臆面もなく、平素全くご無沙汰のありとあらゆる神様、仏様、……様々方たちへの感謝、感激、多謝の念、雨あられ、恥も外聞もなく、只々、その僥倖に噎びました。

その年八月から九月にかけては、一カ月以上経っても一度として雨は降らず、真夏の炎天下ですぐ腐り始めた屍体は二〜三倍にも膨れ上がって、やがて融けて崩れ出し、無数に蛆が湧き、蝿がたかり、そこら一帯、酸っぱい腐臭が鼻を突き、「酸鼻の極み」という言葉もまたぴったり当て嵌まりました。暑い夏の盛り、雨の降らないのをこれ幸いと、暫らくは自宅焼け跡に残っていた防空壕内で暮らし、着のみ着たまま、着たきり雀、風呂などは丸二カ月くらいも入ることはなかったです。

戦争はまだ続いており、その後も何度か空襲警報のサイレンは鳴りましたが、もうやられる確率は完全に零、どこへ逃げる必要もなく実にさっぱりした気持、戦争など勝とうが負けようがどうにでもなれよとの変な居直り気分、全く被害の無かった郊外の軍需工場へ出勤することなどは完全に思案の外、つい数日前までの〝米英撃滅、撃ちてし已まん〟の雄々しい軍国少年の姿はどこへやら、只々、その日一日だけをどうにか食うて生きることだけ考えて過ごすような限界状況へ早変わりの無様さでした。

このような焼け跡暮らしでは、新聞も無ければラジオも無い、したがって数日後の広島や長崎への新型爆弾（?）投下もほんの噂話に聞くだけで、本当かデマかを含めて詳しいことは一切知らず、あのいわゆる玉音放送なるものも全く聞いとりませんです。たまたまその日の午後、焼け跡に住む被災者たちに配られる主食代用のかぼちゃときゅうりを貰いに近くの仮設救護所へ立ち寄った際、傍らの板囲いに貼り出されておった新聞社の号外記事で、日本の無条件降伏による突如の敗戦を知らされたがでした。傍らで或る一人の中年男が〝今日昼間の放送で天皇さまが米国に負けろ、日本は神国だからちょっとも負ける必要がないのだからとおっしゃった、……〟とまるで真剣そのものの顔で叫び立ていました。〝ええっ！　今更そんな都合のいいこと言ったって、そもそも敵さん聞く筈あるがかい？　いや、やっぱりいよいよ神風でも吹くがだろうか？〟思わず愚かにもハッとし、ほんの束の間〝若しや……〟と思ったのも確かでした。だが後は何の感慨も湧かぬ、空しさだけが無性に込み上げて来た瞬間でした。頭上には相変わらず雲一つない夏の青空がどこどこまでも続き、実に高く、広く、大きく澄み渡っていました。その日は、防空壕の中で地べたへ直かにねまって（座って）、只、黙って、じいっとしているうちに夜になっていました。気が付くと壕の傍の焼けひしゃげた金盥へ昼間貰ってきて溜めておいた水に、半分だけのお月さん（上弦の月）がきれいに映っておりました。その時もやっぱりあの空襲の夜と同じ、半分だけだったことを今でも妙にはっきり覚えとるがですチャ……。

尚、この想い出話は、空襲の実態を被災者側から補足する意味での、なるべく客観的な視点に従った私、本人自身の体験事実のみに限る描述で、行動を共にしていた家族らの意見などは、一切、省略割愛してある。正直言って、半世紀を疾うに越した彼方への追憶ともなれば、時に失念、あるいは錯覚、誤認の恐れを伴う部分もなしとしない。が、年経るごとに加速度的に減りつつある被災者の実体験回想談の一つとして、あえて想起してみた次第である。

そしてあろうことか、皮肉にも富山空襲被災の四日後に広島へ、一週間後には長崎へ原子爆弾が投下され、二週間を経て遂に戦争は終わりを告げた。いや、神風は吹かず、大日本帝国はとうとう滅亡、敗退してしまったのである。言わば今次戦争の最終末期、大空襲の余燼いまだ冷めやらぬ焦土の一角で、祖国崩壊へ至る最も苦渋悲惨な運命、峻烈苛酷な現実をもろに体感する破目に陥ったのだった。

三　被災結果の分析検証

ところで前述のアメリカ空軍「作戦任務報告書」の資料によれば、第三期における五十七の地方中小都市への夜間空襲の中では、富山市へ与えた損害が最大だったと記されている。

したがって以後は、この攻撃加害者側のデジタル的な数値資料と被災者側たる私らのアナログ的な体感事実を照らし併せ、その疑義、不審、不詳の諸点にも触れつつ、本富山市と他の戦災都市の被害状況をも比較しながら、更に吟味考察を進めてゆくことにしたい。

日本本土への夜間焼夷弾無差別絨毯爆撃が本格的になった時期、先に述べた第二〜三期、すなわち昭和二十年三月十日から八月十五日の敗戦直前に至る約五カ月余を、再度、初、中、末の三期に区分してそれぞれ代表的な都市（東京、福岡、富山）三つを選び、かの「作戦任務報告書」からの数値に基づいて空襲被災の実状を表示比較してみよう。但し、表中の一米トン（ヤード・ポンド法）は約〇・九トン（メートル法）に相当する。

高々度からの軍需目標精密爆撃を、中低高度からの焼夷弾による都市無差別攻撃へ戦術転換後、初の目標とされた東京・江東下町区域一帯に対するいわゆる東京大空襲は、広島、長崎の原子爆弾被害

【付表 1】アメリカ空軍による夜間都市空襲状況の比較概要

都市名	東京下町区域	福岡	富山
時期	初期	中期	末期
年月日	昭 20・3・10	昭 20・6・19 ～ 20	昭 20・8・2
爆撃機数（機）	279	221	173
編成航空団数（個）	3	2	1
爆撃所要時間（分）	173	102	111
投下弾量（米トン）	1665.0	1525.0	1465.5
投下弾筒数（発）	約 40 万？	約 18 万？	約 52 万
投下弾種類	油脂焼夷弾	油脂焼夷弾	エレクトロン、油脂、黄燐焼夷弾
目標市街地面積（平方マイル）	11.08	6.56	1.88
焼失面積（平方マイル）	15.8	1.37	1.87
焼失面積（パーセント）	142.6	21.5	99.5
投下弾量（米トン／目標 1 平方マイル）	150.4	232.4	779.5
投下弾筒数（発／目標 1 平方マイル）	約 3.6 万	約 2.7 万	約 27.7 万
死者数（人）	約 10 万	約 900	2275（昭 21・8 現在） 2739（平 15・4 現在） 約 3000（平 30・2 現在）

〈註：1 米トン（ヤード・ポンド法）≒ 0.9 トン（メートル法）〉

を除けば、その後のいかなる都市空襲に比べても激甚、かつ犠牲者の数においては桁違いに大規模なものであった。

当空襲の攻撃側アメリカ空軍「作戦任務報告書」（野戦命令43号・作戦任務40番）には、《まえがき》として、初めに、

東京に対しては一九四五年三月十日に行われた夜間焼夷空襲について以下に報告するが、これは第XXI爆撃集団の戦術の完全な変更具体化した記録である。

この空襲以前には、全ての攻撃は高高度からの精密爆撃として計画されてきた。ところが、たいていの場合に、不利な気象条件が目視による爆撃を妨げたために、望ましい結果は得られなかった。そこで根本的に違った戦術が研究されて、低高度からする焼夷空襲という計画を編み出した。それによって次のような利点があるものと信じられた。

と記した後へ①気象上の条件がよくなる。②レーダー装置が使い易くなる。③爆弾搭載量が増加する。④整備が一層簡単になり改善される。⑤爆撃精度がよくなる。の五項目を挙げ、各々の理由を付言している。

すなわち低高度の編隊を組まない各機単独飛行により、高空でのジェット気流を避け得、消費燃料を減らした分だけ爆弾搭載量を増やし、発動機にかかる負担も少なく、かつレーダー映像や、時に目視に基づく爆撃目標の把握もより有利になる新作戦を案出した上、その後の日本側にこの新作戦対策

【付表２】アメリカ空軍による第１３回夜間都市空襲状況の比較概要（富山を除く）

都市名	長岡	水戸	八王子
年月日	昭 20・8・1	昭 20・8・2	昭 20・8・2
爆撃機趨（数）	125	160	169
編成航空団数（個）	1	1	1
爆撃所要時間（分）	83	105	104
投下弾量（米トン）	924.3	1144.8	1593.3
投下弾筒数（発）	約 20 万？	約 15.2 万？	約 67 万
投下弾種類	油脂、黄燐焼夷弾	油脂、黄燐焼夷弾	エレクトロン、油脂焼夷弾
目標市街地面積（平方マイル）	2.03	2.60	1.40
焼失面積（平方マイル）	1.33	1.70	1.12
焼失面積（パーセント）	65.5	65.0	80.0
投下弾量（米トン／目標１平方マイル）	455.3	440.3	1138.0
投下弾筒数（発／目標１平方マイル）	約 10 万	約 6 万	約 48 万
死者数（人）	1143	243	450

への時間的余裕を全く与えぬ素早さで、残りの名古屋、大阪、神戸などの大都市への「焼夷弾電撃作戦」と称する夜間攻撃を次々と敢行したのだった。

東京が投下弾数量の割に焼失面積が広く被害が激しく死者が多いのは、専ら木と紙とから成る日本の町家に対する恐るべき一斉焼尽作戦の初の本格的攻撃目標地で、恰好の民家、人口の密集地域だったことと、敵アメリカ側作戦の戦術変更を見抜けなかった、譬え見抜けたとしても日本側防空避難体制の致命的脆弱さ、ないし軍、官、公情報の操作制限と遅延によるものだったと思われる。

福岡は、すでに大都市とその周辺を焼き尽くし沖縄戦呼応の本土飛行場や特攻基地などの爆破作戦もほぼ終わり、五月初めにはドイツが降伏して欧州にあった連合軍の勢力がもろに日本へ向かいつつあった時期、地方、中小都市への夜間空襲が開始されてからの第二回目の攻撃目標の一つに当たっている。

そして第十三回目の富山は、七月二十六日に出されたアメリカ・イギリス・中華民国の三カ国による無条件降伏勧告のポツダム宣言を、二日後の二十八日に日本が黙殺無視すると発表した直後、おまけに八月一日はアメリカ陸軍航空部隊の創立三十八周年記念日、かつ本土爆撃の直接指揮官だったカーチス・E・ルメイが所属の第二〇航空軍からその上部機構の戦略航空軍司令部参謀長へ昇進栄転の日であり、それを祝うための餞別、最大規模の戦捷祝賀爆撃だったと言われている。

今、この最大規模だった第十三回目とその他の回の爆撃を少し比較してみよう。

一夜に第五八、七三、三一三、三一四の四つの航空団が参加した標準的な全十二回の夜間空襲の平均総攻撃機数四百八十機に対して、第十三回は六百二十七機、その差は百四十七機にも達する。この機数は、全中小都市への平均攻撃機数の約百二十機を遥かにに上回る数値である。つまり更に一都市をも追加焼尽し得るに十分な機数を示していることに他ならない。

尚、一航空団による一回限りの被災中小都市で、その攻撃機数が百四十機を超えたのは次の六つである。

目標都市	機数	回次	攻撃程度
富山	一七三	第一三回	最大努力
八王子	一六九	々	々
水戸	一六〇	々	々
熊本	一五四	第四回	々
呉	一五二	々	々
佐世保	一四一	第三回	

また、前記全十二回の夜間都市空襲での平均総投下弾量三五〇四（米トン）に対し第十三回目のそれは五一二八（米トン）である。その差一六二四（米トン）は三月十日の東京への投下弾量にほぼ匹敵する。

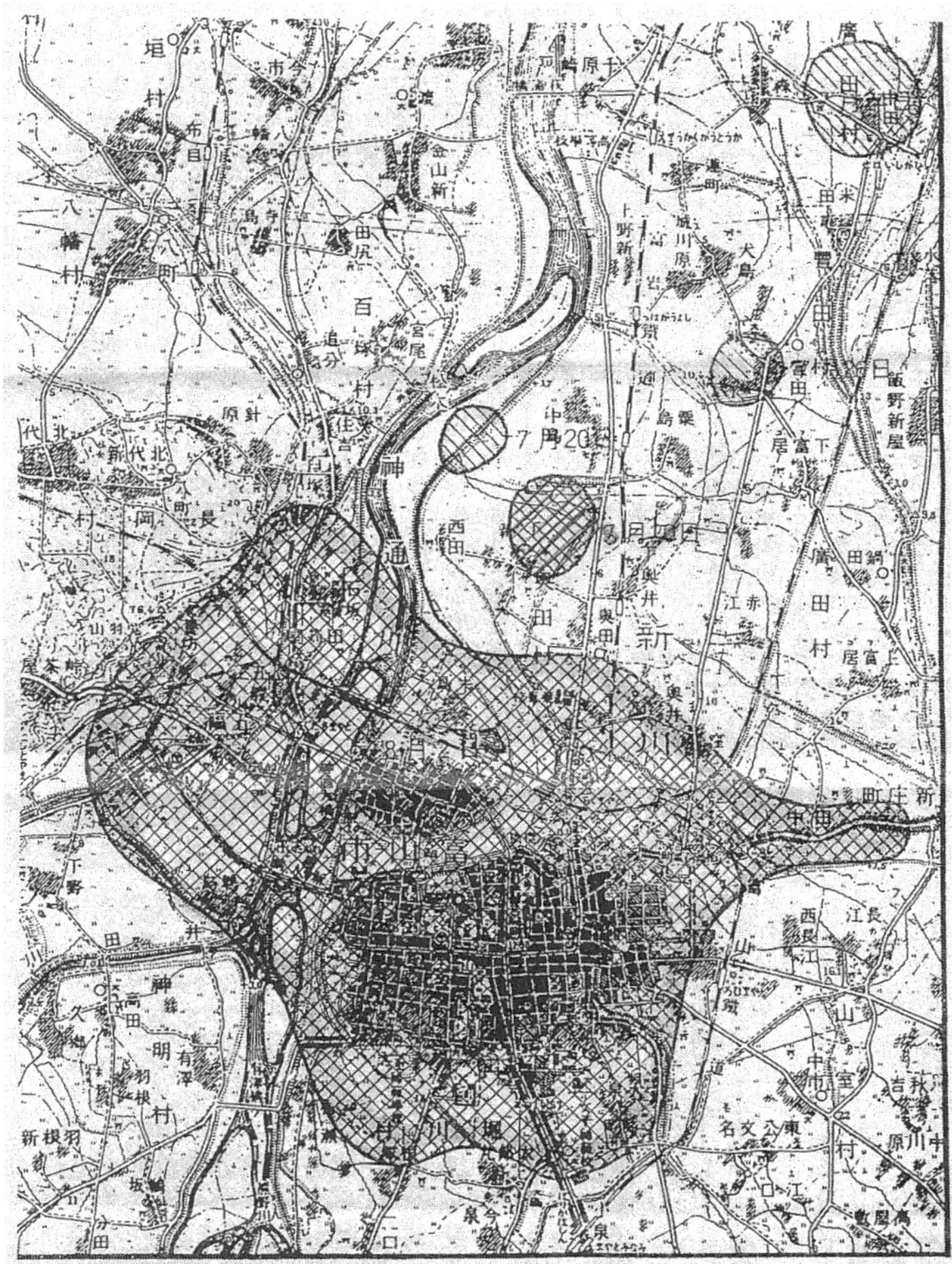

全国主要都市戦災概況図　富山市（第一復員省作成　原書房版より）
編み目部分が８月２日の富山大空襲の焼け跡。その他３箇所（斜線）はパンプキンの着弾地（７月 20 日—中田運河付近　７月 26 日—豊田）

同じく一夜に一航空団、一回限りの被災中小都市中、一一〇〇（米トン）以上の投下弾量を受けたのは、次の五つである。

目標都市	投下弾量（米トン）	回次	攻撃程度
八王子	一五九三・三	第十三回	最大努力
富山	一四六五・五	々	々
平塚	一一六二・五	第九回	
水戸	一一四四・八	第十三回	最大努力
熊本	一一一三・二	第四回	々

これら資料が示す数値は、戦争最末期の八月一〜二日夜半の第十三回目、かのいわゆる創立記念日祝賀爆撃が、全機出撃予定、最大努力度に設定敢行された、まさに想像を絶する大規模攻撃だったことを容易に物語るものである。表示されている単位面積当たり焼夷弾の投下弾量や弾筒数は、地方の中小都市といえども、東京大空襲なみ、否それ以上の大惨害を被っていたことを如実に表しているのである。

富山市は一航空団による一回限りの被災中小都市中、最大の百七十三機（同夜の長岡が百二十五機、六月の福岡は百三十一機と九十機の二航空団、三月の東京は百三十七機、九十三機と四十九機の三航空団）が来襲、投下弾量は八王子に次ぐ第二位、焼失面積率に至っては実に九十九・五パーセントで紛れもなく第一位、「アメリカ陸軍航空軍史」はこれを〝夢のような数字になった〟と述べている由。ただし「作戦任務報告書」に記されている面積焼失率は、目標市街地面積（一・八八平方マイル）に対する焼失面積（一・八七平方マイル）である。被害者側・富山市の厳密な調査によれば、実際の焼失被害区域面積（五・三二平方マイル）は目標市街地面積を遥かに通り超えた約二・八倍余の広範囲にまで波及拡大しており、焼失率は優に二百八十パーセントにも到達することが、現在すでに判明している。とても東京下町区域の百四十二・六パーセントどころの騒ぎではない。単位面積当たりの投下弾量、弾筒数の異常な多さから考えても、至極、当然の結果だっただろう。

大型の焼夷爆弾の他、六角筒の子爆弾はクラスター型親爆弾から地上千五百メートルの空中ではじき出され、油脂弾では四十八発、エレクトロン（マグネシウム・テルミット）弾では百十発に分かれてばら撒かれた。前者は直径約八×長さ約五十センチメートル、重さ二・七キログラム、後者は直径約五×長さ約三十五センチメートル、重さ一・八キログラムだったが、弾筒の大小を、一応、無視して単純計算すれば、エレクトロン弾の比率の多かった富山空襲では驚くべきことに約十平方メートル（約三坪）、つまり六畳間に平均一～二発ずつ、まさに東京の七倍半以上もの焼夷弾筒が落下した勘定になる。

更に特記すべきは、第十三回目の富山、長岡、水戸に対して、その他の都市では余り使用されていなかった、人員殺傷、消火活動妨害用として極めて効果的な黄（又は白）燐焼夷弾をも混合投下した事実である。これは当日の空襲がいかに不謹慎なお祭り騒ぎ気分に終始したかを示すばかりではなく、人道上からも甚だ許し難い攻撃だったことを物語っている所以でもある。死者数二千七百三十九人（千人当たり十六人）〈実際はそれ以上と推定される〉は、第十三回被災四都市の全死者数四千五百八十人の実に約六割、かつ東京、大阪、名古屋、横浜、神戸の五大都市と広島、長崎を除く地方全戦災都市の千人当たり平均八・七人を大きく上回る全国最高値である。

戦争最終末期、ちっぽけな一田舎町に加えられたアメリカ空軍の爆撃がいかに激烈、残虐を極めた未曾有の大空襲だったかが、大概、想像できるだろう。

毎年、暑い夏八月が訪れると、必ず想い出すあのおぞましい空襲の夜、そう言えばあの暑い夏の真っ盛りだった筈なのに、みんなは決してシャツ一枚や半ズボン姿などの軽装ではなかった。男は必ず上着を着、長ズボンにゲートルを巻き、女は筒袖にもんぺ姿だった。頭には綿の入った防空頭巾さえ被っていた。空襲火災時の火炎や怪我から肌を保護するためと、避難に際してたくさんの携帯・所持品を収納するポケットや懐、袖袂などがある衣類がどうしても必要だったからである。

暑いと感じたことはさらさらなかった。今では、とても奇異に感じられるかも知れないが、昔の夏は、昼はともかく（せいぜい二十七〜二十八度程度、高くても三十度まで？）夕方から夜ともなれば、気温はぐっと涼しくなって大抵二十度台前半、時にはそれ以下へまでも下っていたものだった。現在と比べて優に十度くらいは低かったのである。

次頁に示したのは、富山空襲当夜の貴重な気象資料である。火災焼失区域の範囲内にはあったが、その周縁近い（焼失区域中心からは約二キロメートル離れていた）神通川西岸に位置し、周りに空き地が多く建物がそんなに混んでいなかったため、ほんのすぐ傍まで火炎が及んでいたものの辛うじて類焼を免れた富山気象台の記録した観測データー数値である。

日時（天候快晴）	気温	湿度
八月一日　二十二時	二十四度	九十一パーセント
（二日　〇時三十六分初弾投下）		
八月二日　〇時五十一分	二十一・二度	
々　二時二十五分	三十三・八度	三十六パーセント
（二日　二時二十七分最終弾投下）		
々　六時	二十六・二度	

あれほどの全市を挙げて一斉に燃え盛った大火事の周辺温度が、六十七年後の現在における真夏の昼の気温三十五〜三十六度に比べてさえも、より低かったという事実には、ちょっと予想外の驚きの念を抱かざるを得ない。

尚、風速については、

ていたことを証明するものである。

日時	速度（秒速）
八月一日　二十二時	〇・五メートル
二日　二時	十八・二メートル（最大）
々　二時十六分	二十・五メートル（最大瞬間）

の記録が残されている。当夜は大火事による空気の熱対流に原因する暴風が全市を覆って荒れ狂っ

また、東京天文台の観測では、当夜の月の出は零時十四分、月齢は二十三・六だった由。富山では月の出はもう数分遅く零時十八分くらいだったと思われる。ちょうど月が昇ってしばらく経った後に空襲が始まったことになる。月齢二十三・六というのは下弦（半月）よりもう少し欠けた状態である。

（内田百閒著『東京焼盡』には「八月一日水曜日二十三夜。」と記されている。）

最後に来襲のＢ29機が編隊を組んでいたか、あるいは単独飛行の連続だったか（？）という点についてちょっと考えてみたい。

第二期以後の大都市から第三期に及ぶ中小都市への焼夷弾空襲に際してのＢ29型重爆撃機は専ら低高度爆撃、かつ搭載弾量を増やすために爆弾倉内には補助燃料タンクを積み込まなかった。したがって燃料の可及的節約と航行時の安全保持上、旋回しながら僚機を待合せ集合して行う編隊飛行は原則

として採用しなかった。

確かに初っ端の東京大空襲は、高度二千メートル内外からの連続した単独機突入による攻撃投弾だった。ただし、この戦術、戦法がそれ以後すべての都市攻撃の現場で、厳密に実行されたか否かについては資料上定かではない。

目標都市の防空迎撃態勢や、攻撃日時における気象状態など予想外の個別条件に遭遇して臨機即応せざるを得ない場合や、現場指揮官の臨時命令による多少の予定変更もあり得たかも知れない。

他方、このB29型重爆撃機の飛行状況に関する空襲被災者側における軍や、官公庁、各自治体の公式発表、あるいは一般被災者の個人的体験談などは多数見受けられるものの、その客観性、正確さの点になると、甚だ資料的価値が低く信用性も乏しいと言わなければならない。

これらの膨大な数に達する記録には、「多くの」「大編隊の」等々の表現を冠した敵B29型重爆撃機の襲来が報じられ、語られている部分が沢山ある。必死に避難する被災市民にとっては、上空にある敵機の飛行状況を詳細に観察する余裕など全くなかったのは当然のこと、それら手記類の殆どが地上での焼夷弾炸裂による火災の激しさと、逃げ惑う人々の恐怖と混雑さの状況描写で埋め尽くされている感がある。

今ここに、例外的な一体験記を挙げる。

『疎開先の富山で大空襲を体験』のタイトルで述べられた手記は、当時京都の同志社中学よりの疎開転校生だった同級生のものである。彼は富山市内中心部から南方向の、やや郊外寄りに下宿していた。

以下、四千五百字余りの文章中の必要部分のみを抜粋引用する。

……私はそれからもしばらく電車どおりにつっ立ったまま、市中心部の上空を通過するＢ２９と空襲の様子を眺めていた。Ｂ２９は電車通り左手四五度くらいの角度で市内上空に入り、右手四五度前方の空へ数機ずつの何組かが編隊を組んで侵攻して、焼夷弾を落として行った。一つの編隊が過ぎるとまた次、また次というようにＢ２９の編隊がやって来て、継続的に爆撃を行っていった。「こわいもの見たさ」ということであったかも知れない。高空を通過するＢ２９は、白く銀色に輝いて見えたことを覚えている。数えきれない程多数のＢ２９であった。………Ｂ２９から多数の照明弾が落とされ、パァーと夜空を明るくしながらゆらりゆらりと落ちていった。そうした中で、Ｂ２９が投下した多くの「親子爆弾」が花火のように半開きの傘状に散りながら落下していった。その夜空の様子は、この世のものとは思えぬほど幻想的で、かつ大変異様なおそろしい光景であった。………

市内のどのあたりから最初の火の手があがり始めたかはよく判らないが、やがて総曲輪あたりか、富山駅付近か判明しないが、市内の中心部あたりのあちこちから火の手があがり始め広がり、炎はさらに大きく広くなっていった。「すごい、大変だ」と思いながら、まだしばらく立って、空襲と市内中心部の炎上する様子を見ているうちに、気がつくと、私の下宿の周辺にも焼夷弾が落下し始めた。私は蒲団をかぶって焼夷弾の火花の下をくぐって、下宿と「不二越」と大泉の中間あたりの田圃へ向って、数百米かけ逃げて助かった。………

彼は下宿先の人たちがとっくに避難してしまった後も尚、大胆に外に出て電車通りに立ち、まさしく空襲開始直後の、侵入するB29型重爆撃機の大編隊による照明弾投下に続く市中心部の炎上から始まって落ちてくる焼夷弾が自分の足元に及ぶまでを、つぶさに観察している。

市中心部の南方へ延びている電車通りから、中心部の方を眺めているのだから、彼は必然的に北向きに立っていることになる。したがって《左手四十五度くらいの角度から》とは西北方向からであり、《右手四十五度前方の空へ》とは東南方向の空へ進むことを意味する。《数機ずつ何組かの編隊が次々と銀翼を輝かせて、高空を通過する数えきれぬほど多数のＢ２９機》という表現記述は、筆者の記憶とも見事に合致する。

この一同級生のまことに落ち着いた冷静そのもの、ともすればやや無謀（恐らくは彼の〃自分は富山市民ではない故、失うものも心配することも余りない〃という、言わば何のしがらみもない、些か居直った「よそ者意識」に由来したのではなかったろうか？）とすら思われる観察態度から得られた当夜の敵機の飛來状況は、私の見たそれ（編隊飛行か？）ともかなり一致する点はさしおいてさえ、やっぱり貴重な価値を持つ数少ない資料だと考えざるを得ない。特に東京大空襲を控えた冬寒期や中小都市攻撃が始まった頃の梅雨期など日本上空における幾多の気象上の悪条件を慮って計画された無編隊戦法が、その隘路もことごとく払拭され、絶佳な理想的天候に恵まれた真夏の八月迄へもそのまま変更もせず続けられていた可能性は、必ずしも高くないと思われるからである。

さし当たってはこの際、当夜の攻撃が編隊だったか否かの結論は、両論併記のまま未決留保としておきたい。

尚、空襲前日に撒かれた予告の宣伝ビラについても述べておく。

ビラの大きさは縦約十四センチメートル×横約二十一センチメートル、およそA5判大、表の面には中央に大きいのが一機、その上方に小さいのが四機、合計五機のB29型機が一斉に弾倉を開いて焼夷弾をばら撒いている（五月二十九日の横浜大空襲中の）写真を入れ、左右両辺と中央で二分した下辺沿いに並べた十二個の小円内にそれぞれ攻撃予定の目標都市名が記されている。右側は上から水戸、八王子、郡山、前橋、西宮、大津、左側は上から長野、高岡、久留米、福山、富山、舞鶴となっている。

裏の面は、「日本国民に告ぐ」と題した警告勧告文で、段落ごとの一字下げ改行はあるが、句読点は一切なしのべた書き、旧漢字体、旧仮名遣いの文章。縦書きなのに縦の行間が狭く横の行間が広いので、まるで横書き文章のように見え、甚だ読み辛い。本文は左記のようなものである。

あなたは自分や親兄弟友達の／命を助けようとは思ひませんか／助けたければこのビラをよく讀／んで下さい
數日の内に裏面の都市の内全／部若くは若干の都市にある軍事／施設を米空軍は爆撃します
この都市には軍事施設や軍需／部品を製造する工場があります軍／部がこの勝目のない戦争を長引／かせる為に使ふ兵器を米空軍は／全部破壊しますけれども爆弾に／は眼がありませんからどこに落／ちるか分りません御承知の様に／人道主義のアメリカは罪のない／人達を傷つけたく

はありません／ですから裏に書いてある都市か／ら避難して下さい
アメリカの敵はあなた方では／ありませんあなた方を戦争に引／つ張り込んでゐる軍部こそ敵で／すアメリカの考へてゐる平和と／いふのはたゞ軍部の壓迫からあ／なた方を解放する事ですさうす／ればもつとよい新日本が出来上／るんです
戦争を止める様な新指導者を／樹てて平和を恢復したらどうで／すか
この裏に書いてある都市でな／くても爆撃されるかも知れませ／んが少なくともこの裏に書いてあ／る都市の内必ず全部若くは若干／は爆撃します
豫め注意しておきますから裏／に書いてある都市から避難して／下さい

このビラ一万枚ずつ詰めた爆弾は富山市へは七月三十一日夜八時半頃から八月一日早暁までに三発と二発の二回に分けて、計五発（五万枚分）投下撒布された。

ビラ内容に記された軍事施設や工場は、私たちが動員勤務中だった「不二越鋼材工業㈱本社工場」等を指すが、実際は「作戦任務報告書」の〈計画された爆撃目標〉には全く入っていない。初めから工場地帯を除く建物密集区域の一般市街地だけを意図的に狙ったことになる。よくもまあ抜け抜けと人道主義者を名乗り、罪のない人達を傷つけたくないと豪語したものである。

このアメリカの〝えせ人道主義者〟ぶりを、次の「模擬原爆の投下」の章で、更に補足提示し確認してみたい。

第二章　模擬原爆の投下

一　原子爆弾の開発

一九四二（昭和十七）年、イギリスのモード委員会報告を受けたアメリカは、Ｆ・ルーズベルト大統領の命令により陸軍技術部門のＬ・グローブスを責任者とする原子爆弾開発へのいわゆる「マンハッタン」計画を、ニューメキシコ州のロスアラモス研究所で開始した。

翌年夏に至って、その当時すでに核開発技術では一歩先行していた敵枢軸国側のドイツに追い付き、やがて一九四五（昭和二十）年初めころにはもう原子爆弾製造に着手出来る見通しが立つところまで進展する。只、その間、開発研究に関与した軍や政府関係者及び科学者の大多数は、地球上の全人類をも滅亡させかねない核爆発の強大な破壊力に驚愕し、その恐怖と戦慄は想像を絶するものであることを自覚した結果、以後の核爆弾製造開発計画は、すべての情報を公開、抜け駆け的な開発競争を禁止して、個々の主権国家を超越した国際的な機関の管理に任せるべきであろうと考えるようになる。

ところが一九四五（昭和二十）年四月十二日、ルーズベルトが急死する。後を襲った副大統領Ｈ・トルーマンはそれまで殆ど内政畑を歩んで来ていたのだが、ここで先輩のベテラン政治家Ｊ・バーンズを国務長官に抜擢した挙句、原爆製造、使用管理に関する従来までの多くの慎重派からの提言よりは、むしろ専らバーンズ一人の意見を重用し、五月初めのドイツ降伏後の世界情勢、特にソ連に対する外交カードとしての使用、更には日本の無条件降伏への切り札としての原子爆弾投下決定に踏み出したのだった。

その年七月十六日早朝、ニューメキシコ州アラモゴード砂漠で世界最初の核爆発実験が成功、第一報はすでにベルリン郊外・ポツダムに滞在していたトルーマンとバーンズへ伝えられた。翌十七日から八月二日までイギリス首相チャーチル、ソ連首相スターリンとトルーマンの三者会談、すなわちポツダム会談が開かれ、対日戦終了、占領後の諸問題が話し合われる。

すでにソ連はその年四月七日、日ソ中立条約の延長中止を決定、ドイツ敗北の三カ月後つまり八月中旬を期しての対日参戦をトルーマンへ予告通知していたが、スターリンの内心は一刻も早く日本への進攻を、トルーマンの胸の中は一刻も速やかに、それもソ連の参戦以前に日本を降伏に導く、その手段としての原子爆弾を出来るだけ効果的に使用するということだった。

七月二十五日、マンハッタン計画の総括責任者グローブスの起草になる八月三日以後の日本への原子爆弾投下命令書がトルーマンのもとに届けられて承認を得、陸軍参謀総長代理トーマス・ハンディから投下作戦担当の第五〇九混成群団を指揮する戦略航空軍司令官宛に発せられる。そして翌二十六日にポツダム宣言発表、日本への無条件降伏が勧告される。

まさに順序があべこべ、あくまで原子爆弾使用第一絶対優先の、相手国には有無を言わせぬどころか、自国の開発計画関連者たちへも全く秘密裡のトルーマン・バーンズ牛耳る独善的、非民主政治体制下で、今次戦争最終末期における恐るべきアメリカの策謀が強行決定されることになった。

二日後の二十八日における日本のポツダム宣言黙殺無視の発表は、結局、アメリカに対して、その悪魔的陰謀の正体をうまくカモフラージュする投下の口実を与えることになってしまったのである。

一方、原子爆弾開発の現場では、七月十六日の爆発実験成功以前から実戦使用計画準備が着々と進められて来ていた。

一九四五（昭和二十）年五月初旬、科学者と軍人の十数名からなる投下の目標選定委員会が開かれ、

①ドイツ降伏後は必然的に日本へ、
②軍需施設と一般家屋の二重目標へ、
③事前警告なしの投下。

の基本原則が定められ、更に具体的条件として、

①直径三マイル（約四・八キロメートル）の円が描ける程の市街地面積を持つ都市であること。
②爆風によって、より効果的に破壊し得ること。
③八月まで攻撃されないまま残りそうなこと。

の三項目が挙げられた。

以上の選定基準条件に基づき、五月十～十一日の選定会議では、次の四都市と一施設を選出、議事録へ採録された。

（一）京都―人口一〇〇万を有する都市工業地域。かつての首都、他の地域が破壊されていくにつれ、現在では多くの人々や産業がそこへ移転しつつある。心理的観点からは日本にとっての知的中心地ゆえ、住民はこの特殊装置のような兵器（原爆）の意義を正しく認識する可能性が比較的大きい利点あり。〔AA級〕

（二）広島―陸軍の重要補給基地、都市工業地域の中心に位置する物資積み出し港。レーダーの恰好目標で広範囲に亘って損害を与え得る程度の都市。隣接した丘陵地は爆風被害をかなり大きくする集束作用を生むだろう。川があるので、焼夷弾の目標としては不適当である。〔AA級〕

（三）横浜―これまでまだ手がつけられていない重要工業都市。航空機、工作機械、電気設備の製造活動とドック製油所あり。東京の被害が増すにつれ、新たな工業がここへ転入してきたが、最重要目標地域が広い水域によって分離され、対空火器が日本で最も密に集中している不利点あり。ここは検討中の他目標からかなり離れているので、（他目標が）悪天候の場合に代わりとして使用の利点あり。〔A級〕

（四）小倉造兵廠──日本最大の造兵廠の一つ。都市産業区域に囲まれたこの施設は、軽量兵器、高射砲、上陸防衛機材の製造にとって重要。縦四一〇〇フィート（約一二五〇メートル）横二〇〇〇フィート（約六一〇メートル）の大きさの故に爆弾が正しく投下されると、爆心地では高圧によって堅固な建造物を破壊させるのに十分な効果を上げ得るし、同時に離れた比較的脆弱な建物にもかなり大きな爆風被害を与えられるだろう。〔A級〕

（五）新潟──本州の西北岸の物資積み出し港。他の港湾が破壊されるにつれて、重要性が増しつつある。工作機械産業があり、工場疎開の潜在的な受け皿地で、製油所や倉庫がある。〔B級〕

この五目標中で、理想的な投下目標はやはり京都であった。

（一）人口百万の大都市。（二）日本人にとって宗教的意義を持つ重要な町でその破壊が最大の心理的ショックを与え、抗戦意欲を挫折させるのに役立つ。（三）知識人が多いので、原爆の何たるかを認識し、政府に早期の降伏を働きかける期待が大きい。（四）東西二・五マイル（約四キロメートル）、南北四マイル（約六・四キロメートル）の三方を山に囲まれた 盆地で、爆風が最大効果を発揮し得る地形を持つ。等々の諸点が他の目標都市に比べて、爆撃効果を圧倒的に高めると評価され、特に現場責任者のグローブス（武官）がその意見具申に固執したのであった。だがその上役に立つ陸軍長官H・スチムソン（文官）は、戦後の国際政治情勢や占領行政遂行面、特にソ連国との関係を冷徹に慮っての、これまた〝えせ人道主義者〟ぶりを発揮して、京都を目標から外すことを強く主張して対立した。京都が駄目で広島や長崎ならよいというのは、一体どういう理屈なのだろうか。京都の国際的知名度を考えただけ（?）の何とも変てこなご都合主義がはしなくもここに露呈している感がある。

結局、爆撃の一時禁止、目標としては続行温存の線で妥協が成立、代わりに急遽、長崎が浮上選定、追加されたのであった。

つまり先述の第五〇九混成群団宛の原子爆弾投下命令書が発せられた七月二十五日より四日前の二十一日の時点で、投下目標都市は広島、小倉、長崎、新潟の四つに変更されていた。

（横浜は五月二十八日、既に除外されていたが、その途端の翌二十九日焼夷弾による大空襲で壊滅した。その際のB29型重爆撃機群の写真が、先述の富山などを含む第十三回と、その前後の第十二、第十四回の計三回にわたる中小都市空襲への予告ビラ作戦に使用されていたのである。）

二　模擬原爆による予行演習

一九四五（昭和二十）年六月以降、米国本土ユタ州の秘密基地からテニアン島へ進出して来ていた原子爆弾の投下だけを目的とする空軍第五〇九混成群団の指揮官ティベッツ大佐（広島への投下機エノラ・ゲイ機長）は、それまでに実際の投下に先立つ戦闘予行演習訓練として、実際のプルトニューム型原子爆弾・ファットマンと形、大きさが全く同じで、中身だけが普通火薬を詰めたかぼちゃ型の大型爆弾を使用した日本本土での爆撃予行演習飛行を要請し、許可されていた。

四つの各目標都市を想定した近辺地域の投下演習第一目標として選ばれていたのは、次の三十三施設であった。七月二十一日になって、急遽、目標に追加された長崎に対しては、演習目標は定められなかった。

小倉地域

1　下関操車場　山口県
2　門司操車場　福岡県
3　渡辺航空機工場　々
4　福岡水上機製作所　々

広島地域

1　宇部窒素肥料会社　山口県
2　宇部曹達会社　々
3　日本発動機油会社　々
4　住友化学　愛媛県
5　住友アルミ　々
6　魚雷艇基地・機雷貯蔵庫　広島県呉
7　呉潜水艦基地　々
8　広工廠　広島県
9　徳山曹達会社（化学）　山口県
10　徳山操車場　々

京都地域
1　鷹取工機部　兵庫県神戸
2　川崎車輌会社　〃
3　三菱重工　〃
4　神戸製鋼工場　〃
5　新光毛織工場　兵庫県尼崎
6　古河電工会社　〃
7　四日市重工業地区　三重県
8　「転換」織物工場　〃
9　内部川製油所　〃
新潟地域
1　日本製錬会社（燐）　福島県
2　郡山操車場　〃
3　郡山軽工業地区　〃
4　福島軽工業地区　〃
5　品川製作所　〃
6　長岡軽工業地区　新潟県
7　津上安宅製作所　〃

8　不二越製鋼東岩瀬工場　　富山県
9　日満アルミ　　　　　　　々
10　日本曹達会社富山製鋼工場　々

これ以外に、八月十四日になって、新たに京都地域用の第一目標として愛知県の二施設（名古屋造兵廠、豊田自動車工場）が追加され、更に天候上の都合による第二、第三の目標として、合計二十三の他施設への投下が実施されている。が、後に小倉地域用の四施設はいずれも本目標に「近過ぎる」理由で抹消されたらしく、演習訓練は全く行われなかった。

通常大型爆弾の四倍以上もある巨大な模擬原子爆弾パンプキンは、七月二十日から八月十四日まで、都合六回にわたって前記の目標を含む各地の諸施設へ合計四十九発（他に一発の海上投棄がある）投下され、約四百人が死亡、約千二百人が負傷した。以下、主として富山市の目標への投下関連事項について述べることにする。

七月二十日午前八時過ぎ、予行演習訓練の初日、一機に一発ずつのパンプキンを搭載したB29型重爆撃三機が飛来し、第一目標の富山市北部郊外の三つの軍需工場へそれぞれ投下した。しかし当日は天候が悪くいずれも目標をはずれて他所に落ちてしまった。不二越を狙った第一発目は工場西側の富山市中田の田圃に落下、付近の集落の家屋多数が損傷を受けた。第二発目も日満アルミニューム工場

（前年に吸収合併され、昭和電工富山工場と改称）を大きくそれて、その東側、富山市森の朝鮮人労働者の飯場を直撃し死者四十七人、負傷者四十余人を出した他、夜勤明けで帰宅途中の同工場従業員一人が路上で即死した。おまけに付近の家屋数戸が火災で焼失した。最後の第三発目もやはり下新西町の日本曹達会社から外れて工場のすぐ東側を流れる富岩運河の西岸に落下し、付近の家屋に爆風による被害を及ぼしただけだった。

不二越製鋼（不二越鋼材工業㈱）の本社山室工場に動員出勤中だった私は、たまたまその日、空襲警報により工場外に避難する途中、突然、遥か四～五キロメートルの彼方にとてつもない大きな土煙の柱が、低く垂れ込めた雨雲に届くほどまで高く立ち上ると共に、頭上の雲の間から雷鳴にも似た物凄い轟音の響きが耳をつんざく場面に遭遇した。

昔、軍艦同士が戦う海戦の絵や写真でよく見たあの水柱にそっくり、しかもその土柱は、それまでに一度も見たこともない異様に太くて大きいものだった。今から思えば、その時間や距離、方角から考えて、恐らくあの第三発目のパンプキン落下目撃の瞬間だったに違いない。

富山以外の七機は福島県に三機、新潟県、茨城県、東京都、そして海上に一機、それぞれ一発ずつのパンプキンを投下、いずれも所期の目的を達しないまま帰投した記録（「第五〇九混成群団作戦任務報告書」）が残っている。

初日に期待した成果を得られなかったアメリカ空軍は、二十六日早朝、再び十機中の六機をもって第一目標の富山市の軍需工場上空へ飛来する。が、前回にもましての天候不良、そのうちの一機のみが何とか富山市へ一発投下するも、またもや目標の日満アルミ（昭和電工）工場を大きくはずれ、約二・五キロメートル余りも東南方向の豊田本町二丁目の住宅密集地へ落下し、数軒の住宅が破壊され十六人の死者と四十人以上の負傷者が出た。残りの五機は第二目標（新潟、京都、広島、小倉、長崎の投下予定目標を除く任意の市街地の中心部と指示命令されていた）へ向い、結局、焼津、島田、浜松、名古屋、大阪へ各一発ずつ投下し、それぞれ甚大な被害を与えた。一方新潟県長岡市へ向かった四機中の二機もやはり悪天候に阻まれ、茨城県と福島県へ方向転換したことが記録されている。

この二十日、二十六日の二日間以外に、二十四日、二十九日、八月に入って八日、十四日に予行演習訓練が実施され、その間の八月六日に広島、九日には小倉（目視爆撃不能だった）の代わりに長崎で本番の原子爆弾投下の惨劇が起こったことは言うまでもない。

尚、広島、長崎への投下後、敗戦前日である八月十四日までへも及んだ演習訓練は、本来の目的から外れて、将来は原子爆弾が通常兵器として有効か否かのテストであったとか。究極的には費用対効果の面から否との結論に達し、戦争終了時テニアン島に残っていたパンプキン六十六発も秘密保持のため、全部海中へ投棄されたとも言う。が、一説にはやはり第三発目（八月十七日～二十四日）投下予定のための訓練続行だったとも言われているらしい。ではその目標都市は、一体、どこだったのだろうか？

広島、長崎を除いた後に残った二つの中、すでに八月一日には、新潟が投下部隊前線パイロットたちの〝余りに遠くかつ小さ過ぎる〟との進言によって除外決定済み、小倉は前述のごとく一度失敗の上、投下訓練も全く試みられていない。しかるにパンプキン全五十回の中、実にその二十三回が必ず目標都市京都上空を飛行、目視を絶対に果たした後、（京都駅の西一・五キロメートルにある梅小路機関車車庫が爆弾投下の照準点。扇形に並ぶ車庫や放射状の転車台は九千メートル以上の上空からも一目で識別可能。原子爆弾関連の秘蜜文書には、ここを中心にして直径三マイルの円が描かれた地図が含まれていた）既定の模擬目標施設へ投下するよう指令されていた。スチムソン陸軍長官の決定を半ば無視し、グローブス一派が固執する京都への投下準備が着々と進められていたのである。京都が温存中だったにもかかわらず、依然として本命に勝るとも劣らぬ投下目標の最大有力候補だったことを如実に物語る証拠事実である。戦争が十五日以降へ長引いた場合に如何なる展開になったかは今更知る由もないが、巷間、噂に上がっているウォーナー伝説を始めとするアメリカ側の〝京都は文化財保護の理由から爆撃しない〟などの〝えせ人道主義者〟ぶりだけは、ここでもまた強く強く心に留めておくべきだろう。

三　落下跡地の探訪

さて最近、私は墓参帰郷の機会を利用して、富山における模擬原子爆弾落下跡の四カ所をやっと訪ねて実地確認することが出来た。

第一発目落下地跡は、富山市北方の岩瀬地区中田、不二越㈱東岩瀬工場の西に隣る中田三丁目の公民館傍ら八幡宮境内の一隅にある。

そこには、高さ約九十センチメートル足らずの単なる細い木の杭が一本ぽつんと建っているだけである。

正面に「爆心地」、右側面に「昭和二十年七月二十日」と爆弾が落ちた日、左側面には「平成七

模擬原爆（原爆予行演習）落下跡地に立つ爆心地標識（中田町）

年七月二十日　中田町内会」と建立日、建立者があるだけで詳しいことは一切記されていない。これではあの残虐な原子爆弾に連なる模擬訓練投下の場所だったことなど何もわからないではないか。

見た瞬間、余りの簡素さに呆気に取られてしまった、と言うのが偽らざる心境だった。

公民館の一室には、戦後アメリカの爆撃効果調査隊によって撮影された、投下地付近の航空写真のパネルが、今も保存展示されている。近くの国道一四五号線を挟む形で、この中田、更に約一キロメートル北西の田圃らしいところの二カ所に黒い小円形の爆心跡がはっきり写し出されている。

第二発目は、このもう一つの黒丸の場所、同じく岩瀬地区の森に落下したものである。

残念なことに、同付近は今や住宅が建て込み、落下の跡を示す何らかのしるしを探し出すことも、その噂を聞くことも全く叶わなかった。

二〇〇五（平成十七）年七月、この中田公民館で、落下地点近くに住んでおられた、共に八十歳代の二人の老婦人を囲んでの被爆体験談を聞く会が開かれている。二人とも記憶が鮮明で爆弾の形や色、そして爆風により粉々に割れ飛んだ窓ガラス被害、家の倒壊や肉親の怪我火傷、直径二十メートルにも達する巨大な穴のあちこちに小さな肉片となって散らばった多くの無残な遺体を見たことなど、当時の悲惨だった被災の状況を涙ながらに訴えておられる。この二人を交えての近辺在住者たちの討論では第一発目と第二発目の時間的な関係にも話が及び、果たしてどちらが先だったか、あるいは逆ではなかったかの意見さえ飛び出し、今となってはもう一つ確言は、中々、難しいというような雰囲気もちょっとは見受けられ、「去るものは日々に疎し」の感無きにしもあらずだったが、終始、熱心な参加者たちの模様がひしひしと伝わってくる会合の貴重な録画が残されている。

第三発目の落下地点はそれより南西へ約四・五キロメートル離れた、富岩運河に架かる下新橋袂西岸付近。一九九五（平成七）年三月、アメリカアラバマ州のマックスウェル空軍基地を訪ねた「空襲・戦災を記録する会全国連絡会議」の工藤洋三事務局長がティベッツ大佐（当時）の個人ファイルから見付けた投下着弾現場の航空写真に関する記事の載った北日本新聞（一九九七（平成七）年七月二十一日付）を頼りに現地を訪ねた。現在、この富岩運河を含めた両岸一帯は富山県が管理する「環水公園」としてきれいに整備されている。写真によれば、落下跡はどうやら橋の西端から西北、今の富山製紙㈱付近にも及ぶらしいが、風景は一変して河川敷に昔の面影は毫もなく、辺りには美しいお花畑に草花が咲き乱れ、散策道路も出来上がっていた。所々に野外彫刻のオブジェが設けられていたが、その一つを目にした途端、あっと思った。

直径約四メートルの巨大な真っ黒な球体が地面に半分ほどめり込み埋まって、その周りには避けた

富岩運河ほとりの「還水公園」のオブジェ

地表面の断端片がいくつも反り返りめくれ上がって、ちょうど花びらに似た恰好で真ん中の球体を囲むような形をした、全体の幅が東西八メートル、南北二十メートルに及ぶまことに壮大な、石とコンクリートから成る現代芸術作品オブジェが現出、鎮座ましましていたのである。

フランス語のオブジェ（Objet）は、「前方へ投げ出されたもの」を意味するラテン語の Objectum を語源とし、日常的に認められる通念を剥ぎ取り別の存在意味を付加された物体を表し、シュールレアリストたちの定義によれば、潜在的意識に働きかける象徴的な機能を持つ物体とか、日常忘れていて再発見されたものや漂流物をも指すとされている。

この定義に従えば、橋の袂にある本オブジェはまさしく模擬爆弾が地表に着弾して炸裂する瞬間直前の歴史的時空間を見事に切り採った作品、と直感し得た。原子爆弾に関する予備知識の無い者にとっては、只単に、前衛的な一彫刻芸術作品としか映らないかも知れないが。

だが、傍らにはその作品の製作者や製作日、製作の動機やいきさつなどを示す標識、看板の類はどこを探しても、一切、見付からなかった。〝知る人ぞ知る、どうぞご自由に見て、考え、かつご自由に判断して!!〟と言うことなのだろうか?

後日、この件に関して「富山大空襲を語り継ぐ会」の会長にメールを送って質してみた。

返ってきた答えが、また意外だった。〝あの作品には、私を含めて当会の連中はどちらかと言えば否定的な意見を持っている。何故ならあのオブジェは、模擬爆弾投下の問題が殆ど知られていない頃に作られ、ずっとあそこにある。意図して作ったという説明の標識もない。今のところ詳しいいきさつは承知していないが、近々、調べてみたい。〟

一九九四（平成六）年十一月に会を立ち上げて以来十八年、富山の空襲に関してはどんな些細なことをも決して疎かにしないで検証を重ね、記録を継続、努力して来ている「語り継ぐ会」幹部の言葉とは、どうしても思えぬ返事にちょっと驚いた。否定的な考えを持つのは一向に構わないが、それならそれで、殊に空襲の検証、記録責任者の立場にある者として、製作者の作品製作の意図やその経過くらいは、すでにもっと明確に掌握しておくべき筈なのではなかろうか?　タイトルが「中間報告」の返信だったので、折り返して調査続行の依頼を再送信しておいたが、爾後の情報は全く得ていない。

二十六日の第四発目の跡地は、国道八号線のやや北寄り住宅地、鈴木邸敷地の一角に、遺族であるご子息が退職金をはたいて個人的に設けられた石造の慰霊碑が、その時亡くなった近隣の犠牲者十六名の氏名を連記した碑と共にひっそり建っている。

正面に「平和祈願之碑　土岐幸隆書」と彫り込まれたその石碑の裏面には、

大東亜戦争被爆地の記
一九四五年（昭二十年）七月二十六日朝八時頃アメリカ軍の爆撃機B29が飛来し豊田のこの地に爆弾を投下しました
そのために鈴木善作（当時四十九才）ほか十五名の者が被爆犠牲者として尊き生命を断ちました
人類にとつて戦争ほど醜く嘆き悲しまずにいられないものはありません再びとこのようなことの起ることはなく未来永遠に人類が平和でありますことを請い願つてこの碑を建立します
一九八八年（昭六十三年）七月二十六日

と刻まれた碑文が読み取れ、右側面には「昭和六十三年七月建之」と記されている。まだ投下弾が模擬原子爆弾だったことが解らなかった二十四年前に建てられたものである。

以上訪ねた四カ所いずれも、ささやかで決して大々的には公表されていない、どちらかと言えば故意に隠蔽され、半ば強制的に隔離され続けてきた棄民、日陰者たちの悲哀をかこつ秘密の隠れ家的場所、ひいては怨念、迷妄浮遊の結界的空間の感堪え難く、戦後六十七年を経て尚この有様、無性に怒りが込み上げて来る一方、また何とも遣る方のない無力の念に襲われることしきりであった。

終章　「方丈庵」跡を訪ねて

晩年、鴨長明が庵を結んで住んだ日野の里は、私の住まいから東南、約二キロメートルばかりの近くにある。かつて秋たけなわの頃、その方丈の庵跡に残る「長明方丈石」を訪ねたことがあった。当日の日記をひも解いてみる。

午後より日野法界寺、親鸞上人誕生の地などと併せて、炭山の麓にある鴨長明「方丈庵」の跡地を訪ねる。

思ったよりも山の中、途中、すすきやセイタカアワダチソウが背丈まで生い茂っており、一気に駆け上がったら、少々、息が切れた。それでも一本道のどん詰まりで分り易い場所、大きな自然の平たい岩石が谷川のせせらぎ傍らにあり、石の笠を被った「長明方丈石」標碑と京都市の名勝説明を記した木の立札が並んで建っていた。

鬱蒼とした木々の薄暗い下、冬などはかなり寒かったと思われるが、やや高台であり、昔は京の町も一望のもとに収められただろう。今は木の枝が邪魔をし、その場所からは何も伺えないが、百メートルばかり下りた処からは醍醐の町並みがよく見え、向こうには桃山の峰々が霞んで見えた。……

鴨長明は一二〇八（承元二）年頃にこの地に移り住んで、四〜五年後の一二一二（建暦二）年三月末頃に『方丈記』を書き終えた。

ゆく河の流れに、常ならぬ人の世を思いつつ、

知らず、生れ死ぬる人、何方より来たりて、何方へか去る。……

予、ものの心を知れりしより、四十あまりの春秋をおくれる間に、世の不思議を見る事、ややたびたびになりぬ。

と説いて、もろもろの戦乱、火事、旱魃、風水害、地震、悪疫や飢饉に翻弄され、漂流し続ける人間の有様を鋭く鮮やかに描き出した、まさに秀抜、白眉の圧巻である。

たまたま本年（二〇一二年）は、『方丈記』が完成されてから、ちょうど八百年の節目に当たる。それを記念して今、ゆかりの京都下鴨神社では、「鴨長明方丈と賀茂御祖神社式年遷宮資料展」が開かれている。

かたや八十年に及ぶわが人生をつらつら顧みるに、今次大戦最終末期における地方中小都市・富山へのジェノサイド的大空襲から、命からがら逃げ延びて、よりも選って原子爆弾の最優先目標だったにも拘らず、敗戦のため運良く投下を免れた（？）京都へ移り、縁あってか『方丈記』を物した鴨長明かつての寓居「方丈庵」跡地の近くに終の住処（栖）を得て、はや三十有余年になる。「方丈庵」

跡の名勝説明板も、最近は石の碑に変わってしまった。

ともすれば、

そもそも、一期の月影傾きて、余算の山の端に近し。たちまちに三途の闇に向はんとす。何の業をかかこたんとする。仏の教へ給ふおもむきは、事に触れて、執心なかれとなり。……いかが、要なき楽しみを述べて、あたら時を過ぐさん。……ただ、かたはらに舌根をやとひて、不請の阿弥陀仏、両三遍申して、やみぬ。

の『方丈記』終章の一節が、妙に心に染み入ること切なるこの頃である。

主要参照文献・資料

（一）　堀田善衛『方丈記私記』（ちくま文庫）筑摩書房、昭六三・九。

（二）　簗瀬一雄訳注『方丈記』（角川文庫24版）角川書店、昭五七・一。

（三）　東京空襲を記録する会編『東京大空襲・戦災誌（全五巻）』講談社、昭五〇・三。

（四）　奥住喜重『中小都市空襲』（三省堂選書149）三省堂、昭六三・七。

（五）　北日本新聞社編『富山大空襲』北日本新聞社、昭四七・三。

（六）　富山大空襲を語り継ぐ会編『語り継ぐ富山大空襲　会誌・第一～八集』富山大空襲を語り継ぐ会、平八・五～平一三・七。

（七）　NHKテレビ『模擬原爆パンプキン―秘められた原爆訓練』（「その時歴史は動いた」第三三三回）

NHKテレビ、平二〇・八。

（八）吉田守男『京都に原爆を投下せよ―ウォーナー伝説の真実』角川書店、平七・七。

（九）立命館大学産業社会学部鈴木ゼミナール編『資料集　原爆投下と京都の文化財』文理閣、昭六三・五。

（一〇）秋吉美也子『横から見た原爆投下作戦』元就出版社、平一八・一〇。

五　補遺　神谷美恵子抄

一　らいと言うスティグマ（Stigma）

人間の歴史において、らい（癩・レプラ）と言う表現に出くわすのは相当に古くからである。

例えば古代ギリシャでは、アリストテレスの「サテュリア」「獅子顔症」やストラトンの「カコキミア」と呼ばれた症状が、ヒポクラテスによって「フェニキア病」（フェニキァ人が運んできた症状）と名付けられていたらい（癩）病や「象皮病」だったのではないかと言われている。

古代ローマ以降のキリスト教社会になると、象皮病を六分類しその類結核型が、一応、医師ガレノスによって「レプラ」とみなされていたらしい。加えて異様な病人たちが、穢れた者・忌むべき者・避けるべき者として扱われ、その範疇は個人の境遇や性格の異常、例えば私生児・片輪者・白痴などへも波及し、奴隷・犯罪者・謀反人どもをも含めて、一般化されたスティグマ Stigma（謂れなき烙印）を烙される対象者となっていた。元来、ギリシャ語の「傷」に由来するラテン語 Stigma の語源は「焼印」であり《汚辱》を意味するが、一方でイエスが磔刑となった際の傷痕をも表し、カソリック教会では奇蹟の顕現を示すStigmata（聖痕）の意味にも使われている。

旧訳聖書（一九五五年改訳版）の『出エジプト記』第四章六節には、神がモーセに見せた奇蹟の箇所がある。《主はまた彼に言われた、「あなたの手をふところに入れなさい。」彼が手をふところに入れ、それを出すと、手はらい病にかかって、雪のように白くなっていた。主は言われた、「手をふところにもどしなさい。」彼は手をふところにもどし、それをふところから出して見ると回復して、もとの肉のようになっていた。》というくだりはらい病をめぐる始原の解釈とされている。続く『レビ記』『民数記』『サムエル記下』……『ヨブ記』『伝道の書』……などに出てくるらい病に侵された者たちも皆汚れた者とみなされ、神の罰、試練を受けた者として仲間から遠ざけられた存在であった。

新約聖書（一九五四年改訳版）『マタイによる福音書』『マルコによる福音書』『ルカによる福音書』などにもキリストによるらい病者たちへの治療の奇蹟が記されているが、これらのらい病は最近の版では、いずれもすべて「ツァラーアト」や「重い皮膚病」「悪性のカビ」などに改訳されている。

かたやヘブライ語の《苦痛》《汚染》の意味を表す「ツァラーアト」（Tzaraath）はギリシャ語では「レプラー」になり、ラテン語では「レプラ」に変わったとも考えられている。つまり多種多様なひどい皮膚疾患の総称が翻訳の過程ですべてらい病へ集約化？　した可能性も決して否定し得ない。古代ユダヤの民が使っていた「ツァラーアト」が、実のところは、一体、どのくらいが本来のらい病を示していたかは不明と言わざるを得ない。

らい病は「ミゼル・ズフト」（貧しき不幸の病）として三世紀ころ、南フランスやエルサレムに収容所「ラザレット」、スイス、イギリスなどの各地に教会付属の施設が創られて患者が収容救済された。十字軍の遠征によりらい病は、痘瘡、ペスト、麻疹、ジフテリア、炭疽、麦角熱と共に急速増大し十一〜十三世紀にピークとなり、救済から強制収容へ変更処置も採られ「聖アントニウスの火」と怖れられた。十四世紀以後ヨーロッパでは文明の発達、衛生思想の普及とともに次第に減少していった。

翻ってわが国では『日本書紀』に百済《くだら》から造園工・芝喜麻呂《しきまろ》なる白癩の者渡来の記述あり。『令義解《りょうぎのげ》』(九世紀律令の注釈書)にも「白癩」「白人」など疾病・不具の分類中「残疾・廃疾・篤疾」とあり重度の「篤疾」の一つ「悪疾」について《白癩《しらはたけ》なり。この病、虫有りて人の五臓を食む。或は眉睫堕落し、或は鼻柱崩壊す。或は語声嘶変《せいへん》し、或は支節解落す》との記載がある。平安時代初めは業病には癩と一緒に奇形・小人・醜者・手足萎え・めくらなども含まれていたが、次第に癩だけが別格になり、『大智度論』(巻五十九)では《諸病のうちで癩病がもっとも重く、宿命の罪の因縁の故に治し難し。》と断じている。

『日本霊異記《にほんりょういき》』(下巻第二十)には《持経者《じきょう》(持経とくに法華経を読む僧)を難すると、現報として白癩《びゃくらい》になる。》と述べられている。

『今昔物語集《こんじゃく》』(巻二十第三十五)に《比叡山の僧・心懐《しんえ》が荘厳な法会を妨げ、卑賤な身で尊い僧を嫉妬したために現報を受けて白癩を病み、仮の母として約束した女からも穢れ者として寄せ付けられず頼む者からも捨てられ清水坂の坂下に住むことになった。》と記されている。

十二世紀以降の「起請文《きしょうもん》」(差出人と相手との約束や契約を記し、信仰する神仏名を列擧、破約の際にはこれら神仏の罰を受けると明示した文書。)、例えば『鎌倉遺文』には《諸神等の罰を一々の身の毛穴ごとに蒙るべきものなり。現には忽ち白癩の病を受け、人に交わざるるの果報を感得す。》というふうにさえ書かれている。

鎌倉時代の僧医梶原性全《しょうぜん》『頓医抄《とんいしょう》』（巻三十四）に癩は《前生の罪業により、仏神の冥罰あり、あるいは四大不調による。》と述べ、治るには《所詮善根を修し、懺悔を致して、善く修すべし。》とある。

江戸時代、熊本の藩医村井琴山『和法一万方』に《癩は不治であり、その病因は女の月経血にある。かつて癩は見ることの少ない病であったが、ここ二、三十年増加しているのは、人々が自堕落になって血の穢れを忌むことをせず、月経中に交合するからである。月経血は悪血の中にも尤もわろき血であるために女性は月々瀉下している。しかるに月経血が女性の胎内に残っているうちに交合すれば、悪血が子の体内に残り、癩の根源になる。》とあり、癩が家筋とともに親の不行跡によるとの説をも根拠づけている。

尚、光明皇后癩病者救済物語の湯屋伝説を補強するものに、次のようなものもあるので付け加えておく。いずれも『元亨釈書』の内容に影響を与えているものと思われる。

『今昔物語集』（巻十九第二）唐からの帰朝僧年救《ねんぐ》の語る湯施行の説話に、入宋僧寂照《じゃくしょう》（?～一〇三四）が五台山で功徳行の一つとして大衆に湯施行をしたとき、きわめて穢気《きたなげ》なる女が現われて《女瘡《かさかき》て穢気なること無限《かぎりな》し。》衆僧はののしって追い出そうとしたが、寂照は食物を与えて帰そうとした。女は瘡を治すために少し入浴させてくれといった。女は追い払われたが、秘かに湯屋に入りざぶざぶと湯を浴びた。衆僧は聞きつけ、叩き出すために湯屋へ行ったが、かき消すようにいなくなった。

そして紫の雲が光り天に昇っていった。衆僧は《文殊の化して、女と成りて来給へ也けりといって礼拝したが、甲斐なく終わった。》とある。文殊菩薩が瘡ある女になることは仏教の典型的な説話である。

更に『今昔物語集』（震旦《しんたん》部巻第六）深山に捨てられた爛《ただ》れた女が玄奘三蔵《げんじょうさんぞう》に、医者が膿を吸ってくれると治るといったから、膿を吸ってくれと頼んだので、玄奘三蔵が首から腰まで吸ったとき、香りがたち、光が現われて女は観音に変じ、汝は清浄質直の聖人と讃え、試したことを告げて心経《しんぎょう》を授けたというものがある。

つまり有史以来、東西多くの書物に登場するらい、癩を標榜する疾患の記録は夥しい数に上るが、中にはらい以外の原因不明の重症ないし難治性皮膚病、あるいは異常な外形症状を呈する疾患の混在があり、かつそれらの者が皆一様に、汚れた者、忌むべき者、避けるべき者、恐ろしい者として扱われ、神仏の罰に触れた良からぬ者、悪しき罪人としてのスティグマ（Stigma）を否応なく烙し刻まれてしまった。加えて更に、らい疾患そのものが堕落、頽廃、無秩序、惰弱や、不徳、愚鈍、貧窮、野蛮、狂気などと同一意味化され、「隠喩」となって人口に膾炙し、不条理な偏見と差別の圧制を生むことになった。この歴史的事実はしっかりと認識しなければならないのである。

二　神谷美恵子はなぜ光田健輔の信奉者だったたか？

さて、かかる古来からの長かった暗闇の世界にも、遂に一閃の光が走り輝く時がやってきた。一八七三（明治六）年、ノルウェイの細菌学者アルマウエル・ハンセンによるらい（レプラ）菌の発見である。らい（癩）病はらい菌が皮膚や末梢神経への感染によって発症する慢性感染症であって、他の諸々の皮膚疾患から明確に区別されることがはっきり解明されたのである。

たまたまその前年に当たる一八七二（明治五）年十月、わが国ではロシヤ皇太子の来日直前に、急遽、東京近辺に屯する浮浪者約三百人を本郷加賀邸内の空長屋に収容隔離している。これが東京市養育院の始まりである。

そしてその四年後の一八七六（明治九）年一月には、後にそこの雇員として採用されたことが契機となって異例の出世街道を昇り詰め、わが国のらい医療行政における一大権力者となった光田健輔が山口県の片田舎で生まれている。

ここで、わが国における近現代のらい医療行政を、元厚生労働省医務局長でハンセン病資料館長だった大谷藤郎の説を参考にして概観しておこう。

第一期

一八七二（明治五）年～一九〇七（明治四十）年。

浮浪癩の慈善的救護を目的とした任意収容時代。外人宣教師による私立神山《こうやま》復生病院、回春病院、琵琶崎待労院、公立の東京養育院「回春病室」、日本人有志者による神田猿楽町の起廃病院、目黒の慰廃園、山梨の身延深敬園などが創設された。

第二期

一九〇七（明治四十）年〜一九三一（昭和六）年。

「法律第一一号」（癩予防ニ関スル件）制定により、浮浪癩収容を中心とした公立（後に国立移管）療養所収容時代。英人宣教師が草津湯之沢に聖バルナバ・ミッションを創設した。

第三期

一九三一（昭和六）年〜一九五三（昭和二十八）年。

「癩予防法」改訂成立により、すべての癩患者を強制隔離収容時代。「患者懲戒検束規定」制定。無癩県運動、民族浄化運動の推進。敗戦後には連合国総司令部（ＧＨＱ）／公衆衛生福祉局（ＰＨＷ）が、らい（ハンセン病）の隔離政策続行を認定し、また国民優生法が優生保護法へ改正存続された。プロミンによるらい治療が開始された。

第四期

一九五三（昭和二十八）年〜一九九六（平成八）年。

「らい予防法」が成立し、治療法確立し治癒者実現したにも関わらず法律廃止に至るまで隔離収容が継続された時代。

第五期

一九九六（平成八）年〜現在

「らい予防法」廃止後も、各種後遺症、老齢化または社会との長期隔絶による生活基盤の不安、あるいは一部世間の偏見差別意識のため、引き続き施設内に留まらざるを得ない時代。遥か古から今に至るも尚歴然と続いているスティグマ、「隠喩」のおぞましさ、その悪影響がいまだに社会意識の中にはびこっている現状は、早急に改めなければならない。

右の第一期中の一八九八（明治三十一）年七月から、東京市の養育院に就職していた光田健輔は、その翌年三月、早速、院内浮浪者中のらい患者の隔離施設「回春病室」を設けた。彼は、

たまにこの病者に同情して救いの手を伸べたものはすべて外国の人々である。外国人の好意だけに甘えて世話になって政府も個人も何とも考えていないらしいのである。私は義憤を感じた。この恥ずべき病者を多くもっていることは文明国の恥である。さらにそれを街頭にさらして何の方法もとらないことは何という情けないことであろう。

と憤激している。

ただし、恥ずべきは決して病者ではなく、それを街頭にさらして何の方法も採らず、外国人の好意だけに甘えて世話になりっ放しのわが行政機関であり、何とも考えていない個人なのである。恥など全く問題にすることも出来ない、言わばそれ以前の非文明的なわが国そのものなのである。このような考え方の底にはまた、無意識的な光田自身のらい病者への侮蔑の念が潜んでおり、後年の予防を通り越した隔離と浄化の思想の萌芽をすでに見出す思いがする。

第三期、敗戦後の一九四七（昭和二十二）年八月、ＧＨＱ／ＰＨＷは、ハンセン病対策施行の過程

で、先ず瀬戸内海の大島青松園を視察調査している。

そして一九四九（昭和二十四）年六月十一日、アメリカ太平洋陸軍総司令部幕僚部高級副官部へ宛てた報告で、

公的に維持された施設への隔離、補足的な食料の配給、治療におけるプロミンのような近代的薬品使用を含む近代的管理法は有効であり、ハンセン病は日本では重要な衛生上の問題ではない。

と述べ、一九四九（昭和二十四）年九月十六日付、H・W・ウエイド（International Journal of Leprosy の編集者）宛書簡中で、

光田健輔はまだ逢っていないが、一流の人物で権威として日本人に受け入れられている。

と記して、彼に特別高い評価を与えている。

また一九五〇（昭和二十五）年六月六日付、クロフォード・F・サムス局長の或る関係書簡には、

一三の中一〇カ所の国立療養所は厚生省のもとにベッドの不足を除いてどの地域でも戦略的に配置されている。

と記されている。

結局、ＧＨＱ／ＰＨＷ当局は、占領下日本本土の衛生行政においては、患者数の多い結核、赤痢や子供が犠牲になる疫痢などの急性消化器感染症、アメリカ軍将兵への感染を恐れた性病などに予防、治療の主眼がおかれ、慢性のハンセン病は施設に隔離してプロミンを投与すれば解決できるとの方針で一貫していた模様である。

尚、日米講和条約発効後に独立した日本本土とは違って、沖縄は一九七二（昭和四十七）年五月までアメリカの占領支配下にあったので、少し事情が異なっている。まず軍政下にあった当地では沖縄攻略戦で完全に壊滅した「国頭《くにがみ》愛樂園」の即刻再建と、一九四六（昭和二十一）年二月八日に「離散患者や新発生患者の強制収容隔離」の布告、次いで一九四七（昭和二十二）年二月十九日に「逃走者及び逃走せしめたる者は死刑」の示達厳命があって、より緊迫した行政処置が取られている。基本方針は在日アメリカ軍将兵・軍属とその家族への感染防止だったと思われる。

いずれにしても、アメリカの占領下では、当時のらい医療における国際的趨勢への新しい知識やその理解不足が基因とみられる、狭い視野の近視眼的で些か杜撰な感を免れ得ない対策だったと言わざるを得まい。

が、一九五〇（昭和二十五）年、十二月、沖縄では軍政府から民政府へ移管されると政策は一変した。一九五三（昭和二十八）年七月のウッド記念財団医学部長ダウルの《入所者の社会復帰と在宅治療》勧告に続き、一九五八（昭和三十三）年十二月、民政府公衆衛生福祉部長アーヴィン・Ｈ・マーシャルの《在宅治療推進》発言により、一九六一（昭和三十六）六月、琉球政府立法院から提出された「ハンセン氏病予防法」が同年八月二日に可決公布された。翌年十一月より曲がりなりにも本土に先駆けて陽の目を見た在宅外来治療が、財団法人「沖縄らい予防協会」を中心にして開始されたのである。占領行政解除の遅れがもたらした思わぬ怪我の功名の一つだったと言ってよかろう。

わが国ではアメリカなどに遅れること数年、戦後になってようやくプロミンによる治療が始まった。しかしある程度の薬効が見られ、退所外来治療や社会復帰の可能性が問われるようになった際にも、光田健輔は、

安心して大風子油をやっておれ、何十年もの実績のあるものに信頼をおいた方がいい。プロミンの効果は暫く様子を観察する必要があり、治療は隔離が一番。（昭和二十四年）

プロミンを過信するな。軽率に開放を叫ぶことは、折角ここまで浄化されてきた国内を再びらい菌で汚染させるに等しい暴挙と言わねばならぬ。らい菌はしぶとく直り難い。五年、十年後に再発の可能性あり、一旦、症状が良くなって、菌がいなくなったからといって治癒したとは言えない。（昭和二十四年）

患者の全身が無菌状態にあるかどうかは、患者が死亡して、死体解剖して調べてみなければ医学的に全治とは言えない。（昭和二十八年）

一つの薬がらいに対して本当に効目があるどうか分るのには、少なくとも十年経過してみないと断定を下すことは危険である。（昭和三十二年）

などと語って、終始、かたくなな姿勢を崩そうとはしなかった。

すなわち戦後の化学療法時代になってからも、光田が相変わらず彼の隔離万能思想を変えなかった理由の一つに、わが国の戦前からの患者隔離政策や、断種と人工妊娠中絶適応を定めた戦後の優生保護法に対して、GHQ／PHWが何等の異議を挟まず追認許可を与えてしまったことが大きく影響しているのではなかろうか。

第三期も終わりに近い一九五一（昭和二十六）年九月八日、アメリカ・サンフランシスコにおいて日米講和条約が締結された。その直後の十一月八日、第十二国会へ提出された「癩予防法」改正案の審議過程で、参議院厚生委員会におけるハンセン病に関する学者専門家の参考人として、日本癩学会長の多磨全生園長林芳信、菊池恵楓園長宮崎松記、長島愛生園長光田健輔の三名が出席した。

果せるかな、この場でも三園長はこぞって従来の隔離と断種の継続と更なる懲戒規定の強化を主張し、特に光田は逃走患者への処罰、癩病者家族までへも及ぶ断種や優生手術の勧奨を進言した。GHQの占領政策に後押しされてお墨付きを得た行政側が一段と自信を深めた感無きにしもあらずの改悪新法「らい予防法」は患者側の猛反対にも関わらず、翌々一九五三（昭和二十八）年八月六日に、可決成立してしまった。

　これに相前後して戦前からの隔離予防推進派の外郭団体とみなされてきた「癩豫防協會」の機構改変計画が着々と進められていった。設立基金下賜者貞明皇后の一九五一（昭和二十六）年五月十七日死去に伴い、その遺贈金と事業を継続して、彼女の誕生日に当たる六月二十五日を期して、一九五二（昭和二十七）年から特別新たに皇族の高松宮宣仁《のぶひと》親王を総裁に戴く「藤楓《とうふう》協会」へと衣替えされたのである。藤は貞明皇后節子、楓は昭憲皇后（明治天皇の皇后）美子《はるこ》の印章、二人の皇后に因んだ改称である。この際、またもや皇室仁慈の政治的利用を企む、厚生省系官僚がやたら屯した仮面的半官半民制協会の抜け目の無さを垣間見る思いがする。同日の「ライ予防デー」も「救ライの日」と改められたが、一九六三（昭和三十八）年六月からは「らいを正しく理解する日」と訂正されている。協会は二〇〇三（平成十五）年四月一日より社会福祉法人「ふれあい福祉協会」と再改称されて今日に至っている。

　事実、この時期、高松宮は頻繁に各地ハンセン病施設への慰問を繰り替えしていた。とりわけ一九四七（昭和二十二）年八月の栗生樂泉園訪問時における、予防衣なしで平服のままの園内視察や、監禁独房だった「特別病室」（重監房）への無断立ち入りなどの庶民的な行動は、お付きの関係者や報道陣を大いに驚き慌てさせた。

　けれどもこの高松宮を始めとする戦後における一連の皇族訪問には、早くから占領軍との関係が取り沙汰されていたような節がある。ＧＨＱ／ＰＨＷサムス局長の回想談《わたしは天皇の兄弟の中の一人（高松宮）を福祉の領域での天皇家の代表として利用した》（「Ｃ・Ｆ・サムス博士の証言」社会福祉研究所編『占領期における社会福祉資料に関する報告書』一九七八〔昭和五十八〕年〕が公にされているからである。

後、中央公論新社から刊行された『高松宮日記』にも一九四六〔昭和二十一〕年四月五日、七日〔会談〕、五月二十三日〔共に晩餐〕、六月十四日の四回にわたって、サムス局長の名が記録されている。また、巻末の略年譜によれば、敗戦直前の一九四五〔昭和二十〕年七月二十一日に日本赤十字社総裁に就任。敗戦直後の同年八月二十一日に恩賜財団済生会総裁、同月二十五日に同慶福会総裁、翌一九四六〔昭和二十一〕年三月十三日に同胞援護会総裁、翌々一九四七〔昭和二十二〕年九月十三日には共同募金中央委員会総裁に就任したとの記載がある。これらの事実は、尽くサムス局長の回想を裏付けていると思われる。一九四八〔昭和二十三〕年七月には、高松宮は、一切、これら各団体の総裁を辞任している。

GHQ側の占領政策における天皇制利用の戦略的価値としての裕仁天皇弟君のハンセン病対策活用と、日本側の天皇制護持目的一致がもたらした阿吽の行動とみなしても特に矛盾はなかろう。

ところで、わが国のらい医療行政を牛耳り、学界に君臨した光田健輔なる人物とは？　冷酷無比な強制隔離・断種発案断行の犯罪者だったか、はたまた学識優秀で慈愛に満ちた人情医師だったかの評価は、正直言って今でも真っ二つに分れている。

だが、彼の全生涯を冷静公平に眺めてみた際、やはりどう考えても〔特に治癒可能となった戦後になってさえもそのまま継続された〕わが国の癩医療行政策の根幹たる人権無視の強制絶対隔離収容、断種励行の確信的信奉提唱者としての立場だけは決して容認出来ず、やはり断固反対、確実に否定されるべきものだろう。

思うに光田健輔は、大きく分けて、①内務厚生官僚としての行政官、②癩病理学者、③らい医療の臨床家、の三つの顔を持っており、この三つを巧みに使い分けながら、忙しい一生を駆け抜けていった。

総じて彼は公的な立場においては、主に①、医療の現場では③、時に②の立場を加味して行動したと考えられる。内心、この三つの矛盾相克に苦労、苦心し、人間として懊悩した場合も多々あったかも知れないが、概して外面は、終始、冷徹平静さを装って崩れなかったらしいことは、平素割に身近かに接していた人たちの一致した意見である。かつて長島愛生園で彼の部下だった犀川一夫医師も《光田が患者の強制隔離を主張したのも、単に医学的な理由のみに留まらず、社会的に一般世間の偏見・差別・恐怖感からの擁護、身体的後遺症や生活不安への援助の必要性を長い臨床経験に基づいて考えたからであった》と語っている。更に付言しておけば、プロミンの薬効性に対する批判的な彼の言動も病理学的には決して誤りではない。むしろ疾病の治癒判定を軽々しく臨床的にのみ求めることの早計性への警鐘だったと見てよいのではなかろうか。

元来、また彼は非エリートコースの出身者故か、日常生活では意外に村夫子然とした庶民的な面や人情味を持ち合せ、列車は決して一等や二等を使わず常に三等車を愛用した。学位取得にも至って消極的で、何事も出来得る限り自分自身でやり通す頑固一徹な努力家タイプ、寸暇を惜しむ仕事の鬼で、らい一筋の勤勉な生涯を貫いた人物だった。

叔父金沢常雄に同行しオルガン奏者として、全生病院を訪れたのが契機となってらい医療を志した神谷美恵子が、光田健輔に初めて出会ったのが東京女子医学専門学校二年生、即ち一九四三（昭和十八）年八月、夏季実習期間（五日〜十六日、全十二日間）の時だった。彼女は四日の夜行列車に乗って、東京から長島へ出掛けた。

当時、既に六十八歳の光田園長が四人の医員とともに、戦時における真夏の暑さの中で二千人の患者の診療や、病理解剖、研究、教育、そして園の運営管理に連日奔走する姿に感奮し、たちまち、その人柄に魅了されてしまった。後に、神谷は『光田健輔の横顔』と題して、

光田健輔先生は日本のらい事業の開拓者として、すでにあまりにも有名な方である。忠実な弟子でも何でもなかった私の様な者が、今さら何を書いてみても蛇足のような気がする。

しかし、偉大な人物という者は、たいていの場合、いろいろな側面を持っていて、その人物に接した人や、その時やところによって、いろいろちがった姿をあらわすものであろう。（中略）

光田先生に再会したとき、先生は八十歳を越しておられたはずだが、相変わらず閑さえあれば顕微鏡をのぞき、患者を診察し、気がるに皆と話合っておられた。その後間もなく引退され、〔筆者註：昭和〕三十九年には亡くなられた。

戦後、サルフォン剤でらいが治るようになってみると、患者さんを強制的に隔離収容すると言う政策がにわかに非人道なものにみえてきた。光田先生が主張された方針が園内からも外国からも非難されるようになった。昨年〔筆者註：一九七〇（昭和四十五）年〕、カーヴィルの米国国立

らい病院を再訪したとき、院長でさえ、日本がまだ強制隔離をやっていると信じて、批判されたのにはおどろいた。この非難が烈しいかたちをとって園で爆発したこともある。歴史とは苛酷な面を持つものだ。（中略）
いったい、人間のだれが、時代的・社会的背景からくる制約を免れうるであろうか。何をするにあたっても、それは初めから覚悟しておくべきなのであろう。
私はむしろ、歴史的制約の中であれだけの仕事をされ、あれだけのすぐれた弟子たちを育てた光田先生という巨大な存在におどろく。研究と診療と行政と。あらゆる面に超人的な努力を傾けた先生は、知恵と慈悲とを一身に結晶させたような人物であった。先生との出会いは、生涯消えることのない刻印を、多くの人の心にきざみつけたのだと思う。

と述べている。

ハンセン病診療に関わった神谷も、当然、光田の提唱した強制隔離や断種の非人道性を十分承知していたことは間違いない。とは言うものの、あえて彼女は光田を擁護、信奉した。

思うに神谷美恵子こそはやっぱり、研究（病理学者）と診療（臨床家）と行政（厚生官僚）の三つの顔を併せ持ち、歴史の長い大きな変革の流れの中にあって、現実の内心ではその齟齬軋轢に揺れ動きながらも、常に己の信念を貫き通し続けた人物・生身の人間たる光田健輔の真の理解者だったのではなかろうか。

更にもう一つ、評論家武田徹《とおる》に代表される神谷の「生きがい論」への批判が挙っていることにも触れておかねばならない。

長島愛生園への隔離入院患者の精神医学的調査研究に基づいて確立された彼女の「生きがい論」が、言わば間接的には日本におけるハンセン病の光田健輔主導による強制隔離行政を助長し、患者の人権侵害に繋がったとする見解である。

神谷美恵子の説く生きがいとは何か？　どんな時に最も生きがいを感じるかを、判り易く言えば次のような結論に達する。即ちいかなる苛酷な限界状況の中にあっても自己の生存目標をはっきり自覚し、生きている必要性を確信し、その目標に向かって全力を傾けている時、すなわち使命感、責任感に燃えて生きている場合が最も生きがいを感じる時、となるであろう。

そこで武田は、神谷の説を引きながら次のように反論した。


《しかし使命感がもたらすものは必ずしも人間の社会にとって建設的なものばかりではない。前にもみて来たように、生きがい感には、自尊心の昂揚からくる思いあがりがしのびやすいのであった。またある使命感が精神医学でいう「過価観念」となって視野を狭くし、反省機能をにぶらせることもあるから、使命感の内容によっては反社会的なもの、病的なものをもうみ出しうる。社会心理学者キャントリルはヒットラーやファーザー・ディヴァインなど、いわゆる教祖的人物を社会学的文脈の中でとらえて興味ふかく分析したが、これらの人物の使命感そのものの分析をもっとくわしく行うことができたならば、人間性について、なお一層教えられるところが多かったろう。》神谷はここまで指摘しておきながら、しかし、自分のキャントリルへの批判が返す刀で自分自身にもおよぶという自覚がない。光田健輔や小川正子の使命感そのものをも分析すべきだったのだが、彼女にはそれができなかった。

一九六〇（昭和三十五）年、大阪大学へ提出した神谷の学位論文『癩に関する精神医学的研究』は長島での調査研究に基づいたものであった。その後彼女は、愛生園患者自治会との約束に従って報告発表会を開き、その結語として、

人間の持つ基本的な欲求のほとんどあらゆる面において不満のあることが、こんどのテストでよくわかりました。それに対して私ども社会のもの、あるいは国家としてなすべきことは実に多いと思います。しかしまた皆さんにも考えていただきたいのですが、欲求不満ということは必ずしも精神にとってマイナスばかりを意味しない。むしろ人間の精神は苦しみに逢って初めてめざめ、ほんとうの自覚に到達する、と言われております。精神分析の言葉に昇華という言葉がありますが、これは充たされぬ欲求をさらに高い形におきかえてこれを満足させることを意味しております。愛生園において熱心で純粋な信仰生活が営まれ、美しい詩や深い思索が生まれ、隣人への愛情に充ちた行為が行われるのは皆この昇華の例であるとも言えましょう。これは外部から来る私どもが深く打たれずにいられないところです。

と述べている。ここでもまた神谷は、国の強制隔離行政の非をちゃんと認め、《人間の持つ基本的な欲求のほとんどあらゆる面において不満のあること……に対して私ども社会のもの、あるいは国家としてなすべきことは実に多いと思います。》と言及して、はっきり反省の意を示している。しこうして更にその欲求不満の逆境を梃子にして苦難を乗り越え、より一層高い精神への昇華を目指す生きがい論を説いているのである。決して無責任な観念的抽象論ではないのである。

もちろん、不条理な歴史の一時点において、彼女が負わざるを得なかったとも考えられる間接的な思想の暴力性の一半を、私は決して無視するつもりはない。

小説『いのちの初夜』への神谷的な解釈とも言うべき《新しく精神化された未来の人間としての復活》（私見）を意味した佐柄木、尾田への「生きがい論」が、そのモデルの実人物たる北條民雄へは何ら通じなかったと思われる点についても、この際ぜひとも冷静に振り返ってみることが必要であろう。

三　神谷美恵子と美智子妃の出会い

皇室のハンセン病施設やその患者に対する格別の思いは、昭和初期における例の貞明皇后下賜金の一部を基金として創設された「癩豫防協會」や大宮御所歌会におけるお歌などによって先ず示される。そして特に、先述したような今次戦争終了後の直宮皇族方たちの相次ぐ施設慰問によって、更にその関わりの深さが明らかになって来ている。

現美智子皇后もまた、ハンセン病には若い頃からかなりの関心を抱き学生時代にはボランティアとしてカソリック系施設の患者とも文通されていたらしい。それ故か美智子妃は皇太子明仁親王とともに一九六八（昭和四十三）年四月、初めて鹿児島県奄美大島の国立ハンセン病療養所「奄美和光園」を訪ねて以来、一九七二（昭和四十七）年九月に同じく鹿児島県の「星塚敬愛園」、一九七七（昭和五十二）年七月には「多磨全生園」など、皇太子妃時代だけで既にもう六カ所のハンセン病療養所を訪れている。その後もこの両陛下訪問は着々と重ねられ、二〇一四（平成二十六）年七月に宮城県登米市の「東北新生園」への旅をもって丸四十六年間に及ぶ全国十四カ所（国立十三カ所、私立一カ所、高松市の「大島青松園」のみは船上から）すべてのハンセン病療養所訪問を終え、入所患者たちとの今までには決して想像もし得なかった自ら膝を折り交え、肩を抱え、手を握り合ってゆっくりと語りかける慰問懇談を果たしている。

このような美智子妃に対する神谷美恵子の巡り会わせを考える時、そこには意外と前々から予想を遥かに超えてしっかりと結び合わされ色濃く織り成されていた二人の運命の人間模様の鮮やかさを、どうしても見逃すことが出来ないような気がする。そこで先ず挙げなければならないのが、トポス（Topos）としての軽井沢なる特殊な空間と、そこに建ち並ぶ或る一群の別荘の存在意義であろう。以下、順を追って述べていきたい。

（一）正田貞一郎《ていいちろう》家別荘（離山麓《はなれやま》）

美智子は今次大戦中の末期に疎開し、ここで敗戦を迎えている。高校時代以後はしばしば夏季に滞在し、大学卒業時頃の一九五七（昭和三十二）年夏には皇太子明仁親王とテニスの交換試合をもって知り合う。

（二）千ケ滝《せんがたき》プリンスホテル

当地の大地主市村今朝蔵《いちむらけさぞう》を経て朝香宮家の別荘だった邸宅を不動産業の堤康次郎が一九四七（昭和二十二）年八月十四日に入手したものである。一九五〇（昭和二十五）年夏より、皇太子明仁親王の専用別荘となっていた。一九五四（昭和二十九）年夏以後の数年間、彼はここで極秘裏に軽い肺結核の転地療養を行っている。

（三）三井家別荘

皇太子の家庭教師として来日したヴァイニング夫人が、一九四五～一九五〇（昭和二十～二十五）年、夏季借用しており、一九四九（昭和二十四）年八月十三～十五日の三日間は皇太子明仁親王が学友四名を伴って在泊している。

（四）前田多門・陽一家別荘（南原《みなみはら》）

一九三五（昭和十）年代頃からあり、津田英学塾卒業当時の前田美恵子が二度にわたって結核の療養に使用。ここで英語科高等教員検定試験の勉強をし、受験合格している。また夙に恩師と慕っていた『幸福論』の著者で有名な第一高等学校教授三谷隆正と文通を重ね、医学進学を陰ながら助言応援してもらっていた。再発時には独学でギリシャ語を学び聖書やマルクス・アウレリウスの『自省録』などを読んでいた。

一九五〇～一九五七（昭和二十五～三十二）年の夏季には、ヴァイニング夫人帰国後の後任だったエスター・B・ローズ女史が、しばしばここを借用している。

　皇太子明仁親王は、フランス語教師だった陽一のもとへ結婚後も美智子妃とともに何回も訪問し、目立たないこちらの南原テニスコートでのびのびとプレーしていた。言わば若き日の美恵子も一時滞在したことのあるこの前田家別荘こそは、美智子妃にとって極め付けの因縁スポット、宿命のキー・ポイントだったと言えよう。

（五）野村胡堂《こどう》（本名・野村長一《おさかず》）家別荘

　前田美恵子は、その才能、人柄、容姿の故に、多くの若い男性を惹きつけた。その中の一人でとりわけ有名だったのが胡堂の長男一彦だった。彼は美恵子に（永遠の女性、聖女としての熱烈、純粋な忍ぶ）ダンテ的な恋をしたが、腎臓結核のため一九三四（昭和九）年、二十一歳で死去してしまった。妹の次女瓊子《けいこ》から亡兄一彦の遺した日記を見せられて、美恵子はその後瓊子と親しくなり野村家と繋く交際するようになった。瓊子は一九三八（昭和十三）年、二十一歳で、兄や前田陽一との親友だった松田智雄《ともお》と結婚した。松田瓊子の筆名で少女小説を執筆していたが、一九四〇（昭和十五）年、二十三歳で死去した。後、智雄は胡堂の三女稔子《としこ》と再婚している。

　また胡堂の仲人で前田多門の次女勢喜子は、井深大《いぶかまさる》（ソニーの創業者）と見合いし、結婚している。美恵子は胡堂夫人ハナを平素から理想の女性像と讃えて、日記にもその旨したためていた。

（六）松田智雄家別荘

　松田智雄、野村一彦、前田陽一の三名は無二の親友同士だったので、別荘も三軒隣り合わせだった。再婚した稔子との娘である碧《みどり》（住川姓・胡堂の孫）は一九九七（平成九）年に出版されたばかりの伯母の遺作集『松田瓊子全集』を携えて皇居へ参内した折、美智子皇后が昔、前田陽一から聞いた《小説のモデルになった妹美恵子が松田瓊子の親友だった》という想い出話を懐かしそうに語ったと述べている。

その他、軽井沢には新渡戸稲造、田島道治《みちじ》（銀行家・初、二代宮内庁長官）や小泉信三と親しかった松本重治《しげはる》（国際ジャーナリスト）、團藤《だんどう》重光（法学者・宮内庁参与）、中山伊知郎（経済学者）、蝋山政道《ろうやままさみち》（政治学者）、我妻栄《わがつまさかえ》（民法学者）、緒方貞子（国連難民高等弁務官）、川端康成、梅原龍三郎（画家）、渡邊暁雄《あけお》（音楽家・指揮者）、辻邦生《くにお》（小説家）……等々や外人たちの別荘もたくさんあった。つまりそこは常に文化、芸術的な香りが漂い、自由闊達な雰囲気に溢れる知的上流社会層の醸成する豊かな内面世界充実の理想郷だったと言えよう。神谷美恵子と美智子妃との関わり合いの原点もまた、あらゆる面において実にこの軽井沢から生まれたと言っても過言ではなかろう。美智子妃の印章には軽井沢に因んで白樺が選ばれている。

さて一九五七（昭和三十二）年八月、軽井沢テニス会のテニス試合で女子大出の正田美智子組に皇太子組が逆転負けした事件以後、皇太子明仁の美智子への只ならぬ好意、関心が東宮職内で話題になった。

二カ月後の十月二十七日、皇太子の誘いで美智子は調布市飛田給《とびたきゅう》の日本郵船コートで再会し、ペアを組んでダブルスゲームを楽しんだ。その日皇太子が撮影した彼女のスナップ写真が東宮御所職員展示会へ出品された。

十一月、黒木従達《つぐさだ》東宮侍従の助言（？）もあってか、そのパネル写真の一枚が正田家へ届けられた。一九五八（昭和三十三）年、一月、皇太子は直かに教育参与の小泉信三に《正田美智子を妃候補へ加えて欲しい》と依頼したのである。

当時、皇太子妃選考委員は、宮内庁長官・宇佐美毅《たけし》、侍従長・三谷隆信、東宮侍従・黒木従達、東宮太夫・鈴木菊雄、前宮内庁長官・田島道治、教育参与・小泉信三の六名だった。

この中で田島道治、三谷隆信のコンビは、共に新渡戸稲造、内村鑑三の直弟子である。彼らは敗戦直後のGHQ・マッカーサー命令で皇室改革に着手した際、ずっと華族によって占められていた地位に初めて就任した人物でもあった。天皇制を存続させるべく民間人を抜擢起用し、人心一新を計ったのである。同時に戦前の六千人以上いた宮内省（後に宮内府を経て宮内庁）職員も千五百人以下に削減、整理された。

特に田島道治は前田多門とは第一高等学校、東京帝国大学時代からの親友で、娘美恵子と神谷宣郎《のぶろう》の結婚の媒酌人でもあった。長官辞任後に彼は前田の推薦でソニーの会長に就いている。また三谷の三女正子は聖心女学院時代、正田美智子と同級、親友の知己だった（長女邦子は三島由紀夫の初恋の相手、小説『仮面の告白』中の園子のモデル？　だったとも言われている）。三谷隆信の兄隆正と神谷の関係については既に述べておいた。宇佐美毅もまたクエーカー教徒の新渡戸稲造や無教会派の内村鑑三に繋がるクリスチャンであり、家庭教師のヴァイニング夫人やエスター・B・ローズ女史もやはりクエーカー教徒である。小泉信三も晩年にはキリスト教の信者になっている。つまり、天皇制の中心部には意外とキリスト教の人脈があったことに気が付く。美智子もキリスト教的な環境に育っており、ともすれば敗戦により廃止の危機に瀕していた日本における天皇制は、その護持体制が逸早くこれら天皇を崇拝する知的教養派クリスチャン集団の一派によって半ば意図的に守り固められて来ていたとも考えられるのではなかろうか。

二月に皇太子、追って五月には美智子が、旧皇族・華族、各国外交官や一流企業経営者らが所属する南麻生の名門東京ローンテニスクラブへ入会する。素直にお互いを観察しながら更に親密な交際の期間がしつらえられたのである。

三月上旬、田島前宮内庁長官、宇佐美宮内庁長官の二人が小泉邸を訪問した。

七月二十三日、鈴木東宮太夫、宇佐美長官、小泉参与が揃って葉山御用邸訪問、天皇皇后両陛下へ妃候補には正田美智子が最適と報告。

八月十五日、宇佐美長官が那須御用邸へ参上して、皇太子明仁、正田美智子両名の婚姻計画推進を両陛下より許可される。

翌十六日、小泉は正田家の軽井沢別荘へ飛んだ。しかし《余りにも身分の違い過ぎ……》の理由で、そう簡単に承諾して貰える筈もなく、その後も何かと紆余曲折は続き、彼女は加熱する世間の噂から逃げ出すように、ちょうどその年ベルギーで開かれた「聖心世界同窓会第一回世界会議」へ日本代表として出席、併せて欧米各国歴訪へ旅立って行ってしまった。

が、帰国後の同年十一月二十七日、皇室会議は満場一致で計画を承認可決した。即日記者会見が開かれ、戦後最大の祝賀イベントの幕開け、ミッチー・ブームの到来となったのである。

一九五九（昭和三十四）年四月十日、世紀の成婚パレードの沿道には五十万人以上が群がり、テレビの中継シーンへは観衆が溢れ、その台数普及率は一挙に拡大した。

しかし菊のカーテンの内と外は大違い、皇居内では美智子妃の入内以前よりすでに戦後初の民間平民からの東宮妃決定には、皇后はじめ女子学習院卒業生たち常磐会を中心とした旧皇族・華族妃、女官らのあまた執拗な反対や抵抗、非難の言動、いわゆる陰湿ないじめ現象が渦巻いていた。

一九六〇（昭和三十五）年二月二十三日、美智子妃は無事第一子の男児を分娩、世継ぎの皇子誕生に接してさしもの良子《ながこ》皇后からも《ご苦労さまでした。しっかり静養するように》とねぎらいの言葉を賜り、裕仁天皇が浩宮徳仁《ひろのみやなるひと》親王と命名した。それまでの孤立無援と忍従の極にあった美智子妃にとっては、親王誕生は何よりの心の支えになったことは言うまでもない。

それにしても、美智子妃側にとっての好条件が即周囲の雰囲気改善をもたらしたわけではなかった。却ってやっかみ半分的な反作用の風潮が相変わらず東宮御所内に重苦しくただよい澱んでいた。

そこに降って湧いたのが、一九六三（昭和三十八）年三月四日の第二子懐妊発表と、その後の体調不良による皇后還暦祝賀会への欠席、胞状奇胎による異常妊娠の診断結果、宮内庁病院で二十二日には東京大学小林隆教授による中絶手術が行われた。たちまち周囲の女性たちからの《皇太子さまのお子を流産するとはなにごとか》という中傷の声が流れ走った。その他にもあることないこと様々な噂が東宮御所内を乱舞し、術後の衰弱した彼女の心身を更に鞭打ち、症状を悪化させる結果になっていった。

天皇の意向によって四月中旬より葉山御用邸へ移った美智子妃は、皇太子や医師との会話は保っていたが、周囲の侍従や女官たちとは心を深く閉ざし殆ど口を利くこともなく、最少の必要用件のみを紙に書いて渡していたらしい。巷間、それがいわゆる失語症に陥ったとされた所以らしい。

夏になって軽井沢の千ヶ滝プリンスホテルへ移り、皇太子、浩宮と一緒に過ごすようになってからは体調は急激に回復していった。九月初めに帰京、その後は徐々に公務に復帰している。

ところで、このような心の不安定な美智子妃の個人的相談相手にふさわしいのが神谷美恵子だとかねがね考えていたのは他ならぬ田島道治であった。実際はご成婚直後に一度口に出していたらしいが、この時は美智子妃が《ギリシャ語の翻訳がおありの方でしょうか》と尋ねている。神谷は一九四九（昭和二十四）年に、ローマ皇帝で哲学者のマルクス・アウレリウスの『自省録』の翻訳書を創元社の哲学叢書として出版している。その扉には「故三谷隆正先生に捧ぐ」と書かれていた。一九五六（昭和三十一）年にはその岩波文庫版も刊行されているが、美智子妃は学生時代にそのどちらかを読んでいたのである。

ちょうど神谷の兄前田陽一が皇太子時代から明仁親王のフランス語教師を担当していた関係で、美智子妃もお妃教育時代に続いてずっと前田からフランス語だけに留まらず、プラトン、モンテーニュ、ベルグソンや、西洋古典の進講をも受けていた。早速、彼に尋ねると《妹の美恵子へ連絡して御所へ伺うようにいたします》と答え、かつ前述したように自分の親友の松田智雄の夫人だった松田瓊子が書いた幾つかの小説のモデルに美恵子がなっていることをも付け加えた。中学生頃の少女時代に松田瓊子の作品を愛読していた美智子妃は神谷に会うのを更に待ち遠しく思うようになったのである。

一九六五（昭和四十）年十月六日、芦屋に住んでいた神谷美恵子は、七、八日の津田塾大学の講義に合わせて伊丹空港から羽田へ飛んだ。午後、常宿にしていた市ヶ谷の私学会館に東宮御所からの黒木従達侍従を乗せた迎えの自動車が到着すると、同乗して共に御所へ向かった。美智子妃への初めての参内、神谷美恵子五十一歳、美智子妃三十歳だった。以下主として、ノンフィクション作家宮原安春の記述にしたがって、その経緯のあらすじを述べておこう。

会談は、通常、侍従や女官たちお付の者を避けて二人だけで応接室で二～三時間行われた。時には美智子妃が一人で御所の庭を案内したり、談笑しながら廊下を歩いたりもした。終始、敬意をもって接し、静かにのびのびと話したという。ところがある時、神谷は開口一番、《私、皇族は余り好きではありません。》と言ったらしい。美智子妃は思わずたじろぎ、懸命に《それって逆差別でございませんか?》と言って笑いながらも、《でも何と正直な方なのだろう。この方のおっしゃることならきっと信用できるかもしれない。》と考えて、二人の間には急速に緊密な友情が育て上げられていったようである。

互いの話は松田瓊子の小説から始まった。軽井沢の前田別荘を何度か訪ねていた美智子妃はその隣にあった松田智雄の別荘も知っていたが、彼女が智雄の前夫人だったことや夭折していたいきさつなどは全く知らなかった。神谷はかつての親友松田瓊子の人柄について語り、作品の中に出てくるシューベルトやシューマンの歌曲の話題に続いて、バッハの音楽の魅力についても語った。

美智子妃の問いかけは神谷の携わっているハンセン病や、更に研究しているヴァージニア・ウルフの件にも及んだ。そして自分の読書体験の寺田寅彦、柳宗悦《やなぎむねよし》の著作などを話すと、神谷は寺田が吉村冬彦の筆名で書いた『橡《とち》の実《み》』を論じる。やがて美智子妃が『古事記』『日本書紀』や『万葉集』などの日本古典を読み直したいと思い、すでにお願いしてあるとも述べた。実際にはその翌年から東京大学の五味智英《ごみともひで》教授による日本古典文学の進講が始まり十六年間続くことになる。こうして初回の話し合いは約一時間半ほどで終わったが、最後に神谷は出産を控えている美智子妃に、前回の流産の不安な気分を払拭するように励ましの言葉をかけることも忘れなかった。御所を退出した彼女は、翌日、田島の自宅を訪ねて美智子妃との面談の内容を報告した。田島は手を合わせて《これからもちょいちょい会って上げてください。》と頼み、時々は彼女の上京の節に東京駅まで出迎え、そのまま御所へ同行することもあったという。

つまり神谷の参内が決して精神科医として招かれたものでないことは明白である。多くの国の言語をこなし、哲学、思想、心理、福祉、文学、音楽などあらゆる社会、文化、芸術の全般に通じ、母のよう、姉のように親身になって語り合う最良、最適の掛け替えのない友人としてのまさに見事、理想的な二人の交際が始まったのであった。

その後おおよそ二カ月足らずの十一月三十日、美智子妃は月満ちて第二子の男児を出産、目出たく第二皇子礼宮文仁《あやのみやふみひと》親王の誕生を迎えることになったのである。

生《あ》れしより三日《みか》を過ぐししみどり児に
　瑞《みず》みずとして添ひきたるもの

美智子妃の詠んだ歌である。明るさに充ちた母親の笑み、喜びが満ち溢れている感がする。

翌年三月には二回目の訪問がなされている。当初は割に頻繁に行われたが、関西の芦屋から、その前年精神科医長に就いたばかりの岡山の長島愛生園に通う傍ら、時にその隣の邑久光明園などへも往診に寄らなければならず、加えて各種の執筆や翻訳などの多忙なスケジュールの合間を縫って、大抵は東京の津田塾大学での集中講義日の前後に合わせて美智子妃に会うべく東宮御所詣でが続いたのであった。

やがて何回か通った後に、彼女が田島道治に語った報告がある。再び安原の記述によろう。

正直に申し、御所のような所に上がるにはためらいを覚えるが妃殿下とは毎回楽しくお話しをさせて頂いている。私のこれまでの経験をいろいろお尋ねくださり、私自身のことというより、これまで出会った方達のことを、らい（ハンセン病）の患者さんのことも含め、思い出すままにお話し申し上げている。

私のらいへの関心に心強い励ましを頂いた三谷隆正先生について、妃殿下が著書を通じ深い理解を持たれていたことは思いがけないことであった。

また愛生園の創始者である光田健輔氏と出会った頃のことから、今日のらいの状況についてお尋ねがあり、私の知る範囲をお話し申し上げている。こうした弱者である人々の存在の意味を深く考えておられることに驚かされている。

ハンセン病が話題に上ったこともあって、神谷は長島愛生園については当然語った筈で、園発行の月刊誌『愛生』も毎回必ず持参して行った。長島へ帰ると彼女は療養所の入園者たちに東宮御所訪問について時には語っていたような節がある。もちろん、込み入った内容を事細かに話す筈は決してなかったが、隔絶孤立した境遇にある者たちに見られる心の共通性が、意外と長島の患者たちに東宮御所への共感や親近性を呼び覚ませたのは決して予想外ではなかったのである。このことは後に神谷が或る人に宛てた書簡の文面、

私の中にどこか島の患者に対し、御所のようなところに上がっているということを憚るような気持ちがあり、参殿をあまり知られたくない気分もございました。ただし、これは実際には私の大まちがいでございまして、時によりかなり嫉妬深くもなれる彼らが不思議と妃殿下にたいしては寛容、むしろ保護者的ともいえる優しささえ示すという事実に最近気づかされ、驚きとともにうれしい発見でございました。

に照らしても十分納得できるのである。更に、

重いご責任で、時にお心弱くおなりのこともおありなのだろう。内面の問題を素直にお話しくださることもある。ただ皇室ないの人間関係などについては、一言もおふれになることはない。

今後どのようにお役に立っていけるか、はなはだ心もとないが、妃殿下が今お持ちの人間性を失われることなく、お心の世界を豊かに持ち続けられるよう、お手伝いできればとかんがえている。

ご公務に全力を尽くされると思うが、余暇に何か一つご自分の世界を持たれるとよいと思う。創作はひとつの可能性で、時間をとる絵画、彫刻はご無理だろうが、文学は意外と小さな時間の積み重ねがきく。短歌や詩など、すでにおありのものをおまとめになってみるのもよいのではないか。

妃殿下は多読ではないが、豊かな読書をなさっている。今後のお楽しみに、お許しがあればみすずなどの書店から出版情報をお送りすることは可能である。

との報告の記録が続いている。

田島道治は一九六八（昭和四十三）年十二月二日、八十三歳で死去したが、その直前の十一月二十三日、神谷が入院先の宮内庁病院へ最後の見舞いに行った際、彼は他に聞こえないように小声で《あのことだけは、くれぐれもよろしく。》と拝むようにして頼んだという。

最初の参内から一年経って、ハンセン病患者の心理状況などの調査研究に基づいて書かれた神谷の代表作『生きがいについて』がみすず書房より出版されベストセラーになった。その後も、医師、教師、翻訳・文筆家、カウンセラー、そして学者の夫と二人の子供を抱える家庭の主婦として、ますます繁忙を極める日々を続け、遂に一九七一（昭和四十六）年十二月、初の狭心症発作に襲われる。その間の足掛け七年にわたって美恵子五十一歳から五十七歳までの出来事であった。

神谷が病に倒れた後に書いたと思われる美智子妃の想い出を述べた一通の手紙が残っている。

たくさんの貴重なお話し合いの記憶、大切にしております。お立場へのお自覚からでございましょう、皇室内の御事については、ついにこれまでおふれにならなかったこと、よほどのお心定めでいらっしゃいましたのでしょう。おそらくお心のもっとも深いところの個人としてのおかなしみ、おさびしさは、しずかにご自分の内に封印なさいましたのでしょう。その上でご自分がこれから生きていかれる上の問題を、まじめに、すこしでも健やかにお考えになろうとするひたむきなお姿に接した日々、まことになつかしいものに存ぜられます。カウンセリングとは対極にある妃殿下の深い沈黙が、この上は周囲のものによっても大切に護られ、やがてそこから妃殿下が望まれる明るい和の世界がつむぎ出されますことを、私もこころから希望いたしております。

この文章に接して、宮原もまた、

心のもっとも深いところの個人としての悲しみ、寂しさを「自分の内に封印して」しまう厳しさが、胸をしめつける。感性の豊かな美智子妃だっただけに、その人間としての感情を封印せざるを得ないということはどんなにつらいことであっただろう。

と語っている。

しかしこの七年間の神谷美恵子の東宮御所通いは、決して公にされることはなかった。精神科医の神谷が美智子妃のもとへ出入りしているという話は、譬え事実はどうであろうとやはりなるべくは避けておきたかったのは当然だと言えよう。

何となく噂に上がって来たのは、神谷が世を去って十年後の一九八九（平成元）年、礼宮文仁親王と、川嶋辰彦（学習院大学教授）・和代夫妻長女紀子《きこ》との婚約発表のあった九月十二日、彼女が学生時代の愛読書の一冊として神谷美恵子の著書『こころの旅』を挙げた際、そしてその更に四年後の一九九三（平成五）年十月二十日の美智子皇后五十九歳の誕生日朝、突如、皇后が意識喪失、失語症に陥った時だった。以前にカウンセラーとして神谷美恵子が治療に奉仕したと言うデマ話がまことしやかに囁かれたのであった。

月刊誌『宝島』や週刊誌などの謂れない美智子皇后へのパッシング記事が、精神的ショックを与えたと考えられるが、翌年には見事回復し、目出たく還暦を迎えている。カウンセラーなどの助けを毫も必要としない皇后の純粋な健やかさと稀有なる逞しさを兼ね備えた卓越、秀抜な精神力を、直かに接して最も堅く信じていたのは、やはりあの今は亡き神谷美恵子だったに違いないと思われる。

最近の美智子皇后もまた、あのおそらく心の最も深い所の個人としての悲しみ、寂しさはずっと静かに自分の内に封印し、自身がこれから生きていく上での問題を少しでもまじめに健やかになろうとひたむきに考えておられるのだろう。

老齢や各種の季候、地理、風土上の悪条件をも何ら厭わず、両陛下のたび重なる自然災害直後の日本各地へ見舞い慰問の旅や、遥か太平洋の彼方に拡がり浮かぶ今次大戦における多くの島々の激戦死闘地への鎮魂慰霊の旅に出向こう姿は、まさしく以前神谷美恵子がつぶやいた《沈黙ゆえに誤解を受けるリスクにすら耐えておられるいさぎよさ、テンダーであるがゆえに多く傷つかれるであろう妃殿下を案じ、ウーンデッド・ヒラー（傷を負った癒し人）になられるかも知れない。》の言葉を思い出させてしまう。

美智子妃はかつてより多くの心の傷を負って来た。だからこそ亡くなった人、病める人、傷ついた人、苦しむ人、弱い人などに対してその悲しみ、寂しさ、痛み、悩みをともに出来るし、癒すことも可能となる。沈黙の美しさ、触れ合いの暖かさが人々の心を慰め、支え、励みになり、新しい望みと力を与えてくれるとも考えられるからである。在りし日の神谷美恵子との掛け替えのない触れ合いの暖かさや素直な優しさが、今も尚皇后の心の奥底で貴重な支えになっていることを思わざるを得ない。

主要参照文献・資料

（一）　松岡正剛『違例と救済』（『ハンセン病・病い・差別・生きるハンセン病フォーラム日本と世界』〈企画日本財団編集ハンセン病フォーラム〉）工作舎、平二八・二・一〇。

(二) 酒井シヅ『病が語る日本史』(講談社学芸文庫)講談社、平二〇・八・七。
(三) 木村功『病の言語現象』和泉書院、平二八・三・三〇。
(四) スーザン・ソンタグ『隠喩としての病い』(富山太佳夫訳)みすず書房、昭五七・四。
(五) 藤野豊『「いのち」の近代史』かもがわ出版、平一三・五・一。
(六) 大谷藤郎『らい予防法廃止の歴史』勁草書房、平八・六・二。
(七) 高松宮宣仁『高松宮日記』第八巻、中央公論新社、平九・一二・一〇。
(八) 神谷美恵子『新版人間をみつめて』(朝日選書)朝日新聞社、昭四九・八・一。
(九) 神谷美恵子『生きがいについて』(神谷美恵子コレクション)みすず書房、平一六・一〇・四。
(一〇) 武田徹『隔離という病い』講談社、平九・七・一〇。
(一一) 宮原安春『神谷美恵子聖なる声』講談社、平九・七・二。
(一二) 宮原安春『祈り美智子皇后』文藝春秋、平一一・四・一〇。
(一三) 工藤美代子『皇后の真実』幻冬舎、平二七・一〇・一〇。
(一四) 保坂正康『明仁天皇と裕仁天皇』講談社、平二一・五・一四。
(一五) 猪瀬直樹『ミカドの肖像』上巻(新潮文庫)新潮社、平四・一一・二五。
(一六) 浅田高明『「生命《いのち》」と「生《い》きる」こと—ハンセン病を巡る諸問題を視座として』文理閣、平二八・八・一〇。
註:本論考は参照文献(一六)拙著中の第四章第三節「神谷美恵子」の叙述内容を補足したものである。

第二部　私の体験的作品論　初出誌一覧

一　遠藤周作『海と毒薬』を読んで（原題）
　『行路160』文学表現と思想の会、平一八・八・一。

二　「あの夏―60年目の恋文」をめぐる追想の前・後日譚
　『医家芸術―文藝特集号』第五三巻（通巻五九七号）、日本医家芸術クラブ、平二一・一二・二五。

三　川端康成『山の音』の背景としての昭和の戦争と戦後史
　『異土』創刊号、文学表現と思想の会、平二二・六・三〇。

四　焼夷弾と模擬原爆　空襲被災体験―その検証と考察
　『異土』第六号、文学表現と思想の会、平二四・一二・三一。

五　補遺　神谷美恵子抄
　『異土』第一五号、文学表現と思想の会、平三〇・一・一。

あとがきに代えて

時折、病室の窓から望む雨の合間の裏山の濃い緑に癒されながら、ゲラ校正のペンを走らせている。第四冊目の拙著『探求　太宰治』を出してから、既に二十二年が過ぎ去った。その後発表の太宰治論考や、属していた大阪の読書会機関誌に載せた拙稿なども併せて、このたび第五冊目の本を出すことになったからである。

日々、進み行く老化に加えて約三年前から思わぬ心臓と腎臓の二大病に悩まされ続けて、一時は出版をほぼ諦めていたのだが、〝限りある日の力試さん〟とて、ベッドサイドにパソコンを持ち込み、体調をみながらボツボツとやってきた結果、周囲の関係者諸氏のおかげでようやく何とか五百頁余りの大著に仕上げることが叶いそうである。

文学などには何の知識も持ち合わせていない、畠違いの一介の医者に過ぎない素人の私が、只、その人一倍の執念と弛まぬ努力だけで積み上げてきた四十数年来のお粗末至極な仕事の総仕上げなのだが、いささか医学的な見地からする一風変わった文学論としての貢献を、最近になってやっと少しは認めていただけるようになったのも望外の幸せであり、斯界の方々に深謝すると共に、引き続き専門家諸兄の御批正を切にお願いするものである。

ところで、私が当「孔舎衙《くさか》健康道場」跡地の調査研究に没頭していたちょうどその頃、私自身も属していた大阪の「現代文学研究会」の、今は既に亡くなられた西口孝四郎主宰が、道場跡地の近辺や北方の日下《くさか》町池之端《いけのはた》、通称稲荷《いなり》山（現東大阪市善根寺町）に、谷崎潤一郎（四十五歳）とその前年結婚したばかりの二番目の夫人古川丁未子《とみこ》（二十四歳）が昭和六年九月二十七日から十一月十日迄のほんの一時期仮寓逗留していた大阪市本町三丁目の綿問屋豪商・根津清太郎（妻松子）商店の木造二階建て従業員寮舎（建坪千平方メートル）があったことを、やはり苦心の末に探し出し突き止められた。当時、其処には石垣に囲まれ蔓や雑草の生い茂った建物跡地と庭、石灯籠、蹲踞《つくばい》、踏み石等、山頂には朽ち果てた稲荷社の祠まで残っており、そこへ通じる約百段の石段もあった。今も木津家（清太郎の母の実家、明治時代の貿易業経営者）の石碑が残っており、篆書字体で木津家・根津家の家業発展の経過と山上の守護神稲荷大明神祠設祀に関わる碑文が彫られている。庭にあった石灯籠と蹲踞だけは、現在、東大阪市日下リージョンセンター「ゆうゆうプラザ」玄関前に移設されていることをちょっと付け加えておきたい。

「神武東征」神話に基づく日本建国史発祥の原点とも目されて来たあの孔舎衙地域において、今度は独自の鋭意な努力を駆使した二人の在野研究者が、偶然にも時と場所を殆ど同じくして発見した近代文学史上の珍しい新知見は、一時、大新聞や有名総合評論誌などの文化・歴史・社会面をも大いに賑わせ、地元東大阪市民を驚かせかつ喜ばせたことは言うまでもない。

尚、谷崎と丁未子はその後西宮市夙川の武庫郡大社村森具字北蓮華八四七（現西宮市相生町一二ノ一四～一六）の根津家別荘別棟に移り、その後も数度の転居を経て、昭和八年四月離婚した。以後、松子は潤一郎と交際恋愛の末結婚し、谷崎夫人となったのである。

西陽に染まった夕焼け空を仰ぎながら、来し方八十有余年の生涯を想いやる時、近日来のホスピス暮らしの病める米寿のやもめ男の感慨ひとしおなものがある。

さて、在野研究の第一人者「太宰文学研究会」会長・長篠康一郎氏、木村庄助ご実弟で原始美術研究家の大阪大学名誉教授木村重信氏、太宰治文学研究の泰斗神戸女学院大学名誉教授山内祥史氏の三先生には、今までに種々、格別のご指導教示を賜りましたが、惜しくも近年相次いでご他界されました。厚いお礼と哀悼の念を捧げ、謹んでご冥福をお祈り申し上げる次第であります。

又、「太宰文学研究会」の諸兄姉の長年にわたる懇切なご厚誼、機関誌『行路』『異土』の発行元「文学表現と思想の会」主宰秋吉好氏の二十年来の熱い適切なご指導と会員諸兄姉の好意あるご協力、他に斎藤勝、橘田茂樹、石塚勝、冨永昌敬、西宮由貴、木村重夫〈草弥〉、宇田川清江、千葉武、和田雄二郎、松村冨子、浅田幸夫・佳子、水戸寿代の各氏（順不同）からの特別のご教示、そして病床にありながらもペンを執り続ける我侭な私を、終始、励まし労りつつ、見守っていただけたガラシア病院の主治医森一郎先生と看護師諸姉及び関係者らの方々には本当にご厄介をかけ申し訳なく、深くお詫びをすると共に厚いお礼の言葉を捧げます。そして、私の人生の約半分足らずの四十年間を住まわせていただき、色々親切な隣近所のお付き合いを通じて親しく楽しく暮らすことができました京都伏見の端山団地の皆様方には、本当に言葉では言い尽くせぬ多くのご配慮を賜りまして、只々、感謝の思いで一杯でございます。尚、二人の娘（山本、藤本）夫妻には、常に面倒をかけっ放しで、至らぬ親の不徳を今更のように大いに恥じ、悔やんでおります。
最後に刊行を担当していただいた図書出版文理閣代表の黒川美富子さんには初刊『太宰治の「カルテ」』以来の約四十年にならんとする出版のみならず、諸々のご親切な心遣い溢れるお付き合いに満腔の感謝とお礼を申し上げます。と同時に編集他各種業務に携わって下さったスタッフの皆様本当に有り難うございました。

平成三十年十月

浅田高明

著者紹介

浅田高明（あさだ　たかあき）

1930年富山市生まれ。1954年京都大学医学部医学科卒業。京都大学結核・胸部疾患研究所で，結核，呼吸器病学を専攻後，国，公，私立諸病院・診療所等に勤務する傍ら，長年太宰治の人と文学に関する主として実証的研究に携わってきている。医学博士。太宰文学研究会会員。『医家芸術』同人。文学表現と思想の会会員。

著書『太宰治の「カルテ」』（1981年）『私論太宰治　上方文化へのさすらいびと』（1988年）『太宰治　探査と論証』（1991年）『探求太宰治』（1996年）『「生命《いのち》」と「生《い》きる」こと』（2016年）いずれも文理閣刊，共著『太宰治　芸術と病理』（1982年）宝文館出版刊。他に太宰治関係他論文多数あり。

私の太宰治論

2019年1月30日　第1刷発行

著　者　浅田高明

発行者　黒川美富子

発行所　図書出版　文理閣

京都市下京区七条河原町西南角　〒600-8146
TEL（075）351-7553　FAX（075）351-7560
http://www.bunrikaku.com

印刷所　モリモト印刷株式会社

ISBN978-4-89259-836-4